Le Grand Cœur

Jean-Christophe Rufin

造梦人

[法] 让-克里斯托夫·吕芬——著
龙云——译

上海译文出版社

两心相契，灵犀一点。

弗朗索瓦·维庸

目录

第一章

在疯子国王的土地上

我知道他是来杀我的。这个身材矮壮的人，有着和希俄斯岛上腓尼基人不同的五官。虽然他一直在躲躲闪闪，但我还是多次注意到他，在上城的街巷里，在港口周围。

岛上自然环境优美。我很难相信，这将是我死亡的布景。一生中，我曾经多少次担惊受怕啊，我害怕过毒药、事故、匕首，最后甚至对自己的末日也有了比较清晰的概念。我一直在想象，在半明半暗之中，在阴晦潮湿的雨天的黄昏，宛如我出生的那一天，宛如我童年岁月的每一天。我的死亡将是绝对的永夜、严酷的寒冷：汁液饱满的巨型仙人掌，从墙边一串串垂下来的紫色鲜花，颤抖如恋人之手的炙热的空气，芳气四溢的小径，浑圆如妇女髋部的瓦屋顶，所有这些宁静简洁的壮美，怎么会成为死亡的陪衬？

我五十六岁。身体康健。审判期间遭受的酷刑并没有留下丝毫痕迹。甚至也没有让我对人产生厌恶。很久以来，抑或平生第一次，我不再害怕。荣耀、极端的财富、权贵的友情，这些已经耗尽了我满怀的豪情、急切的贪欲、徒劳的热望。如果死亡在此刻突如其来，那真是太不公平了。

身边的艾尔薇拉什么也不知道。她出生在这座希腊小岛上，从来就没有迈出过半步。她不知道我是谁，而我也正是爱她这一点。我认识她的时候，十字军东征的舰船已经离开。她没有见到船长、全副武装的骑士、教宗的特使，以及他们对我表现出的言不由衷的尊崇和虚伪的敬意。这些人都相信我所谓的痛苦与腹泻，同意将我留在岛上，让我在这里痊愈，或者更可能是在这里一命呜呼。我求他们将我安顿在港口附近的客栈，而不是送进老行政长官的城堡。我跟他们说，等这位热那亚贵族回来，如果知道我当了逃兵，那可要让人羞愧难当了。实际上，我最害怕的是他发现我根本身强体壮。我不想亏欠他，也不想到时候受他限制，不能离岛享受自由。

因此，就有了这滑稽的一幕，我躺在床上，双臂放在被子外面，不停地淌着汗水，但不是因为发高烧，而是因为港口逼人的热气涌进了室内。床边人来人往，骑士披盔戴甲，教士穿着最漂亮的祭披，那祭披刚从船上的柜子里翻出来，早已被压得皱巴巴的。还有腋下夹着头盔的船长，他正用粗糙的手指抹眼泪。他们你推我攘，木楼梯上已经满满当当，一直挤到了楼下低矮的房间里。大家都默不作声，有些尴尬，好像这样就可以得到宽恕似的，毕竟丢下我自生自灭也太卑鄙了。我自已的沉默则是宽恕的沉默，认命的沉默，毫无怨言的沉默。等到最后一位访客离开，等我确认再也听不见楼下小巷里兵器叮当作响的声音，再也听不见街面上杂乱的脚步，我终于憋不住了，大笑起来。我笑了足足一刻钟。

希腊客栈老板听见动静，还以为我是回光返照，才流露出这副让人生厌的喜剧面孔。等我掀开被子从床上爬起来，他才终于明白，我不过就是开心而已。他端来黄葡萄酒，我们两人开始推杯换盏。

第二天，我好好酬谢了他。他给我送来了农夫的衣衫，我改头换面到街上去溜达了一圈，开始做些准备，打算逃出这座小岛。就在这时候，我发现有人想害我。我压根就没有料到会有这种遭遇。我更多的是感到慌乱，而不是害怕。哎，我早已经习惯类似的威胁，但是，最近几个月来，威胁差不多已经了无踪迹，我还以为自己成功脱身了。追杀打乱了我的计划。离岛也变得更加复杂，更加危险。

首先，我不能继续住在城里，不然很容易就会暴露行踪。我让店老板帮我在乡间租一套隐蔽的房子。第二天他就物色好了住处，还给我指了路。拂晓时分，我上了路，那也就是在一个礼拜之前。我找了好半天才看见房子，外面荆棘丛生的篱笆墙挡住了陆风，也挡住了视线。到达时天气已经热了起来，我满头大汗，风尘仆仆。一位高挑的棕发女子正在等我，她叫艾尔薇拉。店老板大概认为我给他的报酬过于丰厚，以为是我弄错了。为了避免我再回去追讨，他只好增加服务内容，除了房子，还外加一名女人。

艾尔薇拉和我只能通过眼神交流，她待我的那种朴实，我已经很久都没有体验过了。对她来说，我既不是法兰西国王的御用监总管，也不是受教宗保护的逃命之徒，我只是雅克。我把她的手放在我心口上，她知道了我的姓氏[①]。这种坦诚起到了立竿见影的作用，她也抓起我的手，让我首次感受到她那浑圆坚挺的乳房。

悄无声息中，她脱掉我的衣服，用一罐在太阳下烤热的水为我沐浴，水中弥漫着薰衣草的香气。她用细腻的草木灰涂抹我的身体，非常温柔。我眺望着远方，海岸线上绵延着灰绿色的断崖，橄榄树

① 叙述者姓氏为科尔（Cœur），即法语心脏一词。

蓊蓊郁郁。东征的船只曾经在那儿等待地中海夏季强劲的北风，好离港启航。船渐行渐远，温热的海风勉强鼓动着风帆。这最后的海上之旅距离土耳其人仍远得很，怎么还能称之为十字军东征呢？三个世纪以前，骑士、布道者、贫苦的人们争先恐后地向圣地发起冲锋，一心要殉道，要追寻荣光。放在那时候，这个字眼才具有意义。如今，奥斯曼人无往不胜，要打败他们，谁也没有兴致，谁也没有办法，东征仅限于在口头上对那几个继续抵抗的小岛加以鼓励和武装，给这种行为冠以华而不实的十字军东征之名，实在是欺骗！这不过是老教宗的任性而已。哎，老教宗还是我的救命恩人呢，我也参与了这骗人的把戏。

艾尔薇拉拿起一块浸满温水的海绵，仔细地擦洗我的身体，不放过每一寸肌肤。我轻轻地颤抖，仿若被小猫舔过，有一丝涩涩的温柔。在蓝盾般的大海上，舰船摇摇晃晃，艰难地前行，倾斜着的桅杆仿佛一队残兵败将的手杖，有几分阴郁的感觉。在我们周围，蟋蟀急促的鸣叫绷紧了静寂的弦，静寂中充满了期待。我拉过艾尔薇拉，她半推半就，把我带入房中。如同所有的东方民族，对希俄斯岛上的居民来说，鱼水之欢总要在暗处，在阴凉的地方，在私密的所在。对他们来说，白日、炎热、光天都是难以忍受的暴力。我们一直躺到了深夜。在露台上，在油灯微弱的光影中，我们用过了第一顿晚餐，吃了黑橄榄和面包。

翌日，我乔装打扮一番，用一顶大大的草帽挡住脸庞，然后陪着艾尔薇拉进了城。在集市上的一个无花果摊后面，我又看到了追杀我的男子。

要是在其他时候，我一定会采取行动：要么逃离，要么反击。

这一次我却犹豫不决，束手无策。真是奇怪的感觉，我非但不能冲向未来，反而被危险从当下拉回到过去。我看不见明天的生活，看得见的只有今天，尤其是昨天的经历。当下的时光温馨地唤醒了记忆中的往事，我第一次强烈地感觉到必须将这些意象定格到纸上。

我觉得，尾随我的人绝不是在孤军作战。一般来说，这些杀手都会集体行动。我确信，艾尔薇拉能更多地了解他们。因为她会迎合我所有的愿望。如果说其中之一是苟活下去，那她也会尽力满足我。但是，我什么也没有告诉她，丝毫也没有向她流露。不是因为我想死。我隐约觉得，如果死亡来临，那也是命中注定，对我来说，首先重要的是要破解命运。因此，所有的思绪都将我拉回到从前。在我的心中，流逝的时光打上了一个个记忆的千千结。我得慢慢地解开这紧实的疙瘩，厘清生命的脉络，同时弄明白有朝一日是谁将其斩断。所以我开始撰写回忆录。

在露台的葡萄架下，艾尔薇拉摆放了一块木板，日午时分，一袭荫凉。从上午直到薄暮，我就在那里写作。我没有握笔的习惯。多年来，总有人为我捉刀代笔，当然更多的是为了罗列数字，而不是堆砌文字。当我规规矩矩地遣词造句之时，当我努力地梳理生命中杂乱无章的记忆之时，在我的指尖，在我的心头，我感觉到一种近乎快感的痛苦。我似乎以一种全新的方式参与到艰难的分娩过程中——已经诞生于世的东西，经过长久的遗忘的孕育，又以文字的形式重新回归。

在希俄斯岛的骄阳下，过往的经历逐渐变得清晰、多彩、美丽，即便是那些痛苦而阴暗的辰光。

我很开心。

最早的记忆始自七岁。此前，一切都是杂乱的、混沌的，是千篇一律的灰色调。

我出生的时候，恰逢法兰西国王得了疯病。很早就有人给我讲过这一巧合。查理六世骑马穿过奥尔良森林时突发疯病，而我则在附近的布尔日出生，我从来就不相信这二者之间存在哪怕半点超自然的联系。但我一直认为，国王失去了理性，世界也就失去了光明，恰如日月星光顿然暗淡。从此，我们被恐怖团团包围。家里家外，谈论的无非都是与英格兰人持续了近一个世纪的战事。每个星期，有时候甚至是每一天，都有新的消息传来，或是杀戮，或是平民遭受侮辱。我们依然住在城里，大家都相安无事。我没有去过乡下，那里似乎经历着各种暴力事件。家住周边村子的女佣，每次都带回来可怕的故事。女人被强暴，男人受拷打，庄园遭焚毁，这些绘声绘色的描述，与弟弟、妹妹和我都毫不相干，当然我们也没有太多兴致去倾听。

这一切都发生在阴晦中，雨丝里。我们可爱的城市，似乎永远都浸淫在霏霏细雨之中。从冬季一直到春末，雨丝多了几分黑色，每当秋季来临，又开始变换各种调子的灰色。只有夏季才能看到连续的晴天。暑热来势凶猛，城市似乎有点措手不及，街上风尘滚滚。母亲们害怕瘟疫：于是我们被关在家中，大门紧闭，依旧是阴影，依旧是灰暗，从来都甩不掉。

我模模糊糊地相信，世界之所以这样，是因为我们生活在疯子国王遭受诅咒的土地上。七岁之前，我从来没有想到过，这种不幸只是局部的。我想不到还有或好或坏、但总归是不同的他乡。当然还有圣雅各的朝圣者，正朝着遥远甚或神奇的地方进发。我看见他们在街巷里上行。他们肩上挎着褡裢，手中拿着便鞋，双脚在镇子下面的奥隆河里已经浸泡了好几个小时。据说，他们朝大海而去。“大海”？父亲给我描述过像原野一般宽广无垠的海面。但是他说得很含糊：不难理解，他也是人云亦云。他也从没见过大海。

七岁那年，一切都发生了改变，那个晚上，我看见了野兽猩红的眼睛、褐色的皮毛。

父亲是皮货匠。他在小镇上学的手艺。等到能熟练处理狐狸和野兔皮之后，他就来到了城里。每年两次，批发商要到大型交易会上去销售稀有的松鼠或灰鼠皮。哎，战争的危险常常让人难以成行。父亲只得依靠小商贩送货上门，他们从大批发商手里倒买倒卖。有些商贩本身就是猎户，还亲自到森林里打猎。出门在外，毛皮也可以当钱使：在路上，他们可以用毛皮换来食宿。这些出身山林的汉子一般都穿着毛皮。但是，他们会把毛茸茸的一面露在外面，而像父亲这样的皮货匠，他们的工作则是把带毛的一面翻过来缝到里面，只在袖口和领口处露出一点边来，这样会更加保暖。很久以来，这都是我区分开化世界与野蛮地区的唯一标准。我属于文明社会，每天早上，我都会穿上紧身短衣，皮料里子深藏不露。而那些野蛮人则与兽类无异，露出一身皮毛，至于那是不是他们自己的毛发，已经无关紧要。

家宅背后，天井连着作坊，作坊里面堆着一包包松鼠皮、貂皮、紫貂皮。灰色、黑色、白色，与石砌教堂和被雨水侵蚀成黑紫色的板岩屋顶相得益彰。某些毛皮上泛着棕色的光泽，让人想起秋天的树叶。因此，从我们家到遥远的密林，同样单调的色彩与忧郁的日子彼此呼应。大家都说我是个忧郁的孩子。事实上我只是有些失望：

余生也晚，这个世界已不复光明。但我依稀抱着一丝希望，期望某一天也许会重见光明，因为我觉得自己并非天生忧郁。只需一个信号，就可展露我真实的性格。

十一月的一个夜晚，期待中的信号应时而至。教堂已经响起了晚课。在木结构的新房子里，我和弟弟同住在三楼的卧室，正好在倾斜的屋顶下方。我与母亲的小狗玩着抛线团游戏。我抛出线团，看着小狗摇着尾巴冲下很陡的楼梯，这是最让我开心的事情。小狗含着线团，刚得意洋洋地爬上楼梯，就被我夺过线团，它开始汪汪地轻吠。夜晚死气沉沉。只听见雨水淅淅沥沥地落在屋顶上。思绪飘飞。我向小狗抛出了线团，但它的驯服却再难让我开心起来。突然，卧室里异乎寻常地安静：小狗冲下楼梯，再没有回来。我并没有马上意识到。直到我听见它在楼下尖叫的时候，才觉得发生了什么意外。我来到小狗身边。它正站在通往底层楼梯的台阶上。它伸着脖子，似乎嗅到下面有什么东西。我也闻了闻，但是人类的嗅觉还不至于发现有什么异常。女佣和母亲每周都要准备烤面包，面包香中夹杂着毛皮的霉味，我们早已经习以为常。我把小狗关到母亲存放被褥和垫子的小屋里，然后轻手轻脚地下楼去看个究竟。我没有让木板发出响声，因为父母不允许我们随便到底楼的房间去。

透过虚掩的房门，只见厨房里没有任何异样。天井里空荡荡的。我走近父亲的作坊。临街的铺子已经关门上锁，如每晚一样装上了木制壁板。这意味着伙计们在送走最后一批顾客之后，已经收工打烊。但是，父亲并不是一个人。我躲在靠天井一侧的门后面，看见了一位陌生男子的背影。他手里攥着条麻袋，里面有什么在不停地躁动扭曲。正在拼接的松鼠皮腹部的白底色上面，清晰地投射出父亲和访客的侧影。烛光照亮了整个作坊。我本应该马上上楼才对。我出现在这个地方，而且还当着来客的面，这是绝对禁止的。但是，我一点也不想离开，而且为时已晚：一切来得太快了。

父亲说："放出来！"那人打开麻袋。里面的动物一下子跳了出来，看起来像护家犬那般大小。它的脖子上套着环，环上系着一条链子。它突然朝父亲跃起，链子被绷得紧紧的。它发出奇怪的声音，想挣脱束缚。它朝我这边看了看，大张着嘴，发出嘶哑的尖叫，我从来都没有听见过这种叫声。我冒失地直起身来，出现在门洞里。野兽盯着我，眼睛里泛着白瓷一样的光，周围是清晰的黑眼圈。它露出了四分之三的身体，让我看清了它的肋部。我从来没有看见过这种色彩，从来没有想到还有这种毛皮存在。烛光下，只见一片金黄，静止的阳光般的底色上面，散布着闪亮的圆点，宛如黑色的星辰。

父亲一瞬间有点愠怒，等我意识到自己的行为有失妥当的时候，他又让我不要慌张。

"雅克，"他说道，"你来得正是时候。快过来看。"

我有点羞涩地走上前去，动物东窜西跳，那男子则紧紧地攥着铁链。

"别再近了！"陌生男子叫道。

这是位老者，干瘪的皮肤上布满了皱纹，他不修边幅，瘦削的脸上胡子拉碴。

"就待在那里，"父亲命令道，"仔细看。以后也许看不到了：这就是豹子。"

父亲戴着貂皮帽，打量着豹子，那豹子慢悠悠地忽闪着眼睛。陌生男子露出笑容，看了看动物那已经掉了牙的大嘴。

“它来自阿拉伯地区。”他吐出一句话。

我目不转睛地盯着豹子。它身上金黄的毛色与我刚刚了解的这个字眼浑然交融。男子进一步强化了这种关联，补充道：

“那里有沙漠、沙子、阳光。常年炎热。非常热。”

在教理讲授中，我听说过沙漠，但很难想象耶稣禁食四十天的地方究竟是什么样子。突然，这个世界迎面而来。今天，我看到了这一切，一瞬间，我的意识一片混乱。原本安静的豹子开始啸叫，不断地想挣脱链子，父亲则被四仰八叉地掀翻在一捆河狸皮上。陌生男子从袍子里取出棍子，用力地抽打畜生，我甚至觉得快把它打死了。豹子失去了知觉，长长地卧在地上，他抓起豹子的四脚，将它重新放回麻袋里面。刚看到这里，母亲用双手搂住我的肩膀，把我抱走了。后来她才告诉我，说我昏了过去。实际上，直到凌晨，我才在卧室里醒来，还以为是做了一场梦，直到午饭时父母才告诉我真相。

时过境迁，今天我知道了那次来访的准确意义。陌生男子是一名衰老的波希米亚人，他一路流浪，以驯豹为生。有时候，缺少娱乐活动的领主还把他请进城堡。更多的时候，他走村串寨，行走在江湖之上。在朝圣之路上，他从商人那里买来了这头豹子。现在，波希米亚人已经年老，豹子也生病了。如果多一些阅历，我一定会注意到，那豹子已经非常衰弱，牙齿也掉了，一副饥肠辘辘的模样。驯兽人想将它转让给其他江湖艺人，但是没人愿意出好价钱。因此，他就想到出售兽皮。他刚好经过父亲的作坊，于是进来谈生意。生意没有谈成，我到底也不知道原因。大概父亲缺少买这种毛皮的客户。或者因为他觉得畜生可怜。说到底，虽说母亲出自屠夫世家，但父亲却从来都只是处理动物的尸体，还不具备剥皮匠的硬心肠。

这是一段孤立的插曲。但这仅此一次的经历已经在我身上彻底地打上烙印。我依稀看到了另外一个世界。一个红尘人世的鲜活世界，而不是福音书中所说的阴间冥世。这个世界有色彩，有阳光，还有名字：阿拉伯。我锲而不舍地牵引着这条纤细的线。我询问我们教区圣彼得教堂议事会的会长。他向我谈起沙漠，谈起圣安东尼，谈起野兽。还谈起他叔叔去过的圣地，因为他出身贵族，所以认识很多骑士。

我当时还太小，听得一头雾水。但我还是确认了自己的想法：我的预感不无道理，雨水、寒冷、阴晦、战事，这并不是世界的全部。除了疯子国王的土地，还存在我一无所知的地方，但是我完全可以想象。因此，冥想不仅仅是忧郁的门户，或一种对世界的简单缺席，更是对另一种现实的承诺。

几天后的一个晚上，父亲低声告诉我一则可怕的消息：疯子国王的弟弟奥尔良公爵路易在巴黎遇刺身亡。国王的叔伯们开始无休无止地相互残杀。贝里公爵让·德·弗朗士是我们的领主，他们府上是父亲的主要客户，他也无法再在这场兄弟阋墙中保持中立。从今以后，战争瘟疫般的气息将吹到我们身上。父母不寒而栗，不久以后，我也开始担惊受怕。

现在，时乖运拙，野兽从麻袋中一跃而出，瞪着我咆哮。我觉得，既然一切都早已黯然无光，那么我应该逃向光明，而且为时未晚。我似懂非懂地念着这个魔幻般的名字：阿拉伯。

五年后，战争卷土重来。战事临近我们的城市，这时的我已经过了恐惧的年龄，更多的是满怀期待。

我已经十二岁，那年夏天，疯子国王的军队与勃艮第人结盟，从我们的城市附近横扫而过。贝里公爵——父亲常常一脸苦笑地称之为我们善良的贝里公爵——在巴黎有自己的府第，却被禁止进入巴黎。鉴于形势所迫，他没能保持惯常的谨慎，开始支持阿马尼亚克人。“阿马尼亚克”、“勃艮第”，在饭桌上，听着父母的交谈，我才知道这些神秘而动人的名字。在外面，在游戏中，我们轮番扮演这些大人物的角色。我们兄弟之间也捉对厮杀。我们对政治一知半解，却以为至少领会了其中的部分精髓。

我们知道，乡间早已传言四起，勃艮第人已经近在咫尺。女佣回家看望父母，却迎面遭遇军队。她家周围的好多村庄都遭到焚烧，被洗劫一空。说起家庭的不幸，可怜的女子声泪俱下。她需要倾诉，而我则倾听。

对于这些发生在身边的事情，我非但不觉得害怕，反而觉得特别好奇。关于士兵，关于骑士，我什么都想了解。在这点上，女佣的描述让我非常失望。乡下的烧杀抢掠不过是兵痞流氓的勾当。她父母压根就没有见过我想象中名副其实的斗士。

出于对东方的热情，我听过很多关于十字军东征的故事。在礼拜堂，我认识了一位年老的副司祭，他年轻时参加过东征，去过圣地。

玩伴们有着与我一样的激情，虽然出发点截然不同。他们热爱武器、战马、竞技，还有在年轻人中风靡一时的各种暴力、武功。对我来说，骑士就是驶向魔幻般东方世界的战车。即便我了解去往阿拉伯的其他方式，它依旧让我痴心不改。那时候，我毫不怀疑，要想去到阿拉伯世界，要想克服路上的艰难险阻，唯一的方式就是身披铠衣、腰佩宝剑，一路驱驰重甲战马。

我们这伙人有十五六个孩子，年纪相仿，出生在同样的街区，父母都是市民阶层。还有几个用人或商贩的孩子也加入了我们的队伍；贵族家的孩子看不起我们。我比其他孩子高，但是体质较弱。我说话不多，从来就没有全力投入到游戏之中。我有点心不在焉。这种游离的态度肯定显得清高。伙计们也不计较。然而，说悄悄话的时候，讲下流话的时候，他们却尽量避开我。

我们有个头儿。这是个很壮的小子，叫艾洛伊，父亲是面包师。他满头乌黑浓密的鬈发让我想起绵羊皮。他体力过人，吹起牛来更是天花乱坠，让大家都害怕，他在圈子里很有影响力。每次还没有真正开打，他就不战而胜，靠的就是名声在外。

六月末，勃艮第人突然出现在城市周边，开始准备围城。军队在郊区迅速集结。空地上堆满了木桶，里面装着腌货、葡萄酒、面粉、油。

这年夏天来得早，天气潮湿。七月初旬，暴雨如注。伴着倾盆大雨而来的还有混乱和惊恐。对于我们这帮小子来说，最大的幸福莫过于大家都披坚执锐，防守城池。此前，贝里公爵的府上更多的是关心艺术与享乐，而不是战争。大人物从来都没有穿过戎装。从今以后，威胁笼罩在城市上空，一切都发生了改变。贵族又纷纷摆出那种先祖受封伯爵或男爵时的派头，仿佛要无愧于初心。有一天，平生第一次，我接触到一名骑士。

他沿着碎石铺成的街道信步上行，朝教堂而去。我在他旁边奔跑着。好像只要跟在他身后策马扬鞭，他就可以把我带到阿拉伯似的，带到那个永远有阳光的地方，带到那片色彩斑斓的土地，带到那个豹子的国度。战马披金戴绣。镫上的双脚连着甲胄。对这个穿铠装的男子，我并没有特别的感觉，这很难解释。最吸引我的是他那身刀枪不入的行头，铠胄上的片片铁甲，盾牌上的光亮色彩，战马身上的厚厚马衣。平常衣着的人，骑上普通的马匹，绝不会有我想象中的骑士那般出神入化的力量。

我开始意识到自己市民阶层的处境，要想有朝一日脱胎换骨，真是难上加难，哎，所以注定只能做梦。

父亲到公爵府上办差的时候越来越习惯带上我。他不期待我也成为匠人，因为我心笨手拙。他觉得我做生意会更加在行。我喜欢这些拜访活动的背景，喜欢高大的殿堂、重门深院前的侍卫、富丽堂皇的帷幔、雍容华贵的妇人。我喜欢项链上装饰的宝石、男人腰间剑柄的华彩、金黄色的橡木地板。有一次，我们去见公爵的某位亲属，在侧厅等待多时，父亲解释说，这里弥漫的独特香味是来自东方的香精，这更让我兴致高涨。

然而，在宫中走动的结果，就是让我断了进入上流社会的念想。在那里，父亲并不受待见，他还想方设法要我学着忍耐。在他看来，只要是跟王公贵族做买卖，谁都应该觉得脸上有光。这种生意真是再完美不过了。所有的才华，所有的汗水，那些埋头缝纫、裁剪和设计样式的日日夜夜，都只有等到富贵逼人的客户满意的那一刻，才具有意义，才具有价值。我记住了他的教导，接受了我们的命运。我学会了勇敢地克制。虽然他被粗鲁地对待，但在走出宫殿的路上，我依然以他为荣。我拉着他的手，一起走回家。他不停地颤抖，今天，我才知道，那是因为侮辱和愤怒。然而，在我看来，他的耐心就是我们仅存的英勇行为，因为我们压根就没机会穿上贵族的甲胄。

在玩伴当中，我也开始效仿父亲，保持着谨慎和疏远。我很少说话，随便他们怎么说，我都无可无不可，他们想出来的把戏，我也是不冷不热地参与。他们有点瞧不起我，直到发生了一件事情，才突然改变了一切。

我十二岁那年，八月，围城准备已经就绪。我们被围得水泄不通。老人们还记得半个世纪前英格兰人的劫掠。类似可怕的故事广为流传，孩子们特别着迷。每天，艾洛伊都讲述那些残暴的故事，让我们印象深刻，顾客到他父亲的店铺里买东西，总会带来诸如此类的故事。他俨然成为我们的头领，在他看来，目前形势突变，我们也应该像其他人那样成立一支别动队。虽然队伍很小，他的雄心却很大，首先就是要搞到武器。他悄悄地组织了一次突击，以便武装自己。连续几天，他安排秘密谈话，在成员之间传授知识，下达命令，以便更好地控制大家。在即将大白于天下之前，有人悄悄传话给我，说除了我之外，大家都已经参与其中。最后，艾洛伊来宣告对我的判决：我必须参加。

夏天，学生大都闲暇无事，我们一般会去礼拜堂听课。战事成了额外的借口，让我们得到解放。白天，我们坐在门廊下面，无所事事地一起待着。夜里绝不能出门，在街上闲逛会被哨兵喝止。因此，我们只能在光天化日之下发起行动。艾洛伊选择了一个炎热的下午，没有雷雨，适于午休。他让我们从鞣革匠聚居的郊区下去，那外面是一道草坡，我们来到了沼泽地。他发现了一条平底船，附近藏着一支木篙。我们七个人上了船。艾洛伊用篙划着船，我们慢慢地出发了。教堂的剪影在远处巍然耸立。我们中间谁都不擅长游泳，我很清楚，大家都很惶恐。我也很害怕，直到船离了岸。我们轻轻地划过浮藻和睡莲，我竟感受到意想不到的幸福。八月的骄阳和暑热，谜一般的水面任我们自由地驰骋，昆虫嗡嗡地飞来飞去，这一切都让我觉得，我们仿佛正奔向另一个世界，虽然我心知肚明，它远在天涯海角，而且完全无法比拟。

有一阵子，小船钻进了芦苇丛中。一直站着的艾洛伊弯下身来，示意我们不要出声。我们在狭窄的水道里前行，两边是毛茸茸的芦苇，突然传来了人声。艾洛伊把船划到岸边。我们跳上岸去。我奉命待在原地不动，负责看船。远处的篱笆后面，隐约可见地上躺着一群汉子。这大概就是勃艮第军人。十来名士兵躺在榆树荫下，大部分人都在呼呼大睡，不远处是一道河湾。我们之前听见的是呼噜声，而不是醒着的人在聊天。他们驻扎的地方正当太阳，离大队人马还有些距离。熄灭的火堆留下一圈黑灰，周围横七竖八地摆着皮毯、袋子、羊皮袋、武器。没有人看管。艾洛伊下令，让三个年纪最小的从草丛中匍匐前进，尽可能去偷些武器回来。孩子们马上遵命。他们悄悄地溜到宿营地，悄无声息地拾起几捆刀剑和匕首。正在他们要折回的当儿，有名军士站起身来，摇摇晃晃地要去方便。他看见了小偷，发出警报。听到叫喊，艾洛伊撒腿就跑，后面跟着那两个从来就形影不离的亲信。

“糟了！”他叫道。

艾洛伊跟两位副官跳上了船。

“过来！”他命令我。

“其他人呢？”

我站在岸边，手里一直握着缆绳。

“他们会跟上来的。过来，现在就走！”

我一时不知所措，他从我手里夺过缆绳，用力撑了一篙，把小船划进了芦苇深处。小船渐渐远去，只听见芦苇噼啪断裂的声响。

只片刻工夫，那三个伙计就赶了上来。每人都不辱使命地带回一两件从火堆旁边偷来的战利品。

“船呢？”他们问我。

“开走了。”我回答道，“和艾洛伊一起……”

今天，我可以肯定地讲，就在这个时刻，我的命运已经决定。我感觉到出奇的平静。对于了解我的人来说，我可能没有任何变化，还是那种惯常的态度，喜欢静静地沉思默想。对于我本人来说，却已经迥然不同。平素，冥想总将我带到另外的世界，而此时此刻，我却切实地置身此间的世界。我模糊地意识到当下的境遇。我看到了危险，对这幕戏中的所有角色都有了定位。对于问题和解决办法，我仿若猛禽似的从高空一览无余，有了全然清晰的看法。伙伴们吓得发抖，惊慌失措，左顾右盼，不知如何是好，我却异常冷静地说：

“从那边走！”

我们沿着狭窄的堤岸一路飞跑。那些军士朝我们大声吼叫，声音粗犷浑浊。他们还离得比较远。他们首先得清醒过来，查看身边的情况，再一起合计合计，而且这帮雇佣军很可能还操着不同的语言。我很清楚，之所以能够虎口脱险，全仗着我们个子小、动作敏捷。我带着小分队沿着河堤前行，果然不出所料，迎面发现一座横跨水道的独木桥。这是一段只经过简单处理的方木，早已弯曲变形。我们四人轻手轻脚地跨了过去。军士们则很难通过，没准碰上谁身体太沉，独木桥就会咔嚓一声断为两截。我们继续奔逃，我让队伍保持着稳定的节奏，比伙伴们希望的速度还要慢一些。绝不能跑得精疲力竭。这是一段漫长的考验；需要保持体力。

各种曲折的遭遇我就略过不提了，总之两天一夜之后，我们才回到城里，骑着浮木穿过条条水道，又偷了一条船，还遭遇一队骑兵。回到家中的时候，已是夜幕降临，我们浑身上下被荆棘划得伤痕累累，肚中也早已饥肠辘辘，但是却非常自豪。我一直都保持着冷静。同伴们对我也是唯命是从。我坚持要他们带回偷来的武器。因此，我们不仅安然无恙，而且还称得上凯旋。

这件事情在城里不胫而走。艾洛伊自作聪明，按照对自己有利的方式编造了英雄事迹，大家都以为我们早已做鬼。他声称曾经追赶我们，试图阻止我们。"我真的特别想帮他们，哎……"，如此等等。我们平安归来，谎言也就不攻自破。他受到了无情的惩罚，从此威信扫地。我平生树了很多敌人，仅仅因为揭露了他们的懦弱，第一个就是艾洛伊。

我失踪之后，父母一度哭得死去活来，等我再次现身的时候，他们也并没有对我严加指责。另外，公爵风闻了我们偷窃武器的事迹，还当着父亲的面对我大加赞赏。

对于我的名声，另外三位幸存者也功不可没。他们一五一十地描述了自己如何惊慌，而我又是多么沉着。从今以后，即便我的行为方式没有任何变化，大家也开始对我另眼相看。人们认为我不再是爱做梦，而是爱思考，虽然腼腆，但是谨慎，虽然犹豫不决，但总是权衡利弊。我没有否认这些全新的看法，而且开始习惯让人崇拜，让人惧怕，一如当年承受蔑视与质疑那般云淡风轻。我进行了有益的思考。艾洛伊的落败，依稀让我看到了不同于身体优势的另一种权威。在整个冒险过程中，我并没有表现出过人的耐力。好多次，同伴们还不得不搀着我前进，或者把我从地上扶起来。然而，我一直是他们的领袖。他们服从我的命令，从来说一不二。因此，能力和力量，这二者并非始终混为一谈。

如果说力量来自身体，能力却是精神的产物。虽然不能完全廓清这两个概念，但是我往前走了一步，可以说思考将我带到了悬崖的边缘。如果说在这次冒险活动中，我通过精神而获得了能力，那也并非因为我掌握什么特别的知识。我并不知道我们身处何方，对于类似的境遇，我也没有任何经验。我的抉择没有经过什么逻辑推理，也许只是想着要走小路，好让追赶我们的军士无从下脚。最关键的是，我的行动完全依靠直觉，也就是说在习以为常的冥想世界里信马由缰。因此，一种虚幻的东西在引领我行动，让我在真实的世界里发号施令。总之，梦想与现实并非水火不容。这个结论让我感到昏眩，我也就此打住。

月末，双方达成停战协定，我们也解了围。城市如释重负。生活一如既往。

虽然我们幸免于难，但战争在其他地方依旧如火如荼。对于其他城市，尤其是所谓的首都，我没有一丝一毫的概念。巴黎仿佛是一具备受折磨的庞大躯体。说起巴黎，无非就是谋害、屠杀、饥荒。在我看来，它之所以摆脱不了这种恶咒，正是因为靠近疯子国王的宫苑，他的疯狂也在周边传播流布。

有意思的是，恰恰是母亲让我对巴黎有了更加明确的概念。她是一个害羞的女人，几乎足不出户，从来都没有出城远足过。她身材修长、瘦削。她怕风，怕冷，怕光，天天都躲在阴暗的屋子里，一年四季都生着火。我们家逼仄而高挑的木房子，就是她平常日子里的布景，也给她提供了各种生活的平面。随着光阴的流逝，她游走在这些平面之上。她的卧室在二楼。她起得较晚，要在卧室里精心打扮。到旁边房间用午餐之前的辰光，她都在院子里和厨房中忙前忙后。下午，她通常要去父亲的作坊，帮着收钱记账。然后，等司铎到来之后，她就上到顶楼，在我们卧室旁边的祈祷室做弥撒。我们家宅的样式在当时很时髦：每层楼都比下面一层要突出一部分，因此最宽敞的就是顶楼。

这是一种幽闭的生活，我觉得极其单调，但是母亲从无怨言。后来我才知道，年幼的时候，她遭遇过暴力，事因一伙强盗土匪。他们抢劫了外祖父家所在的村庄，十来岁的母亲被扣为人质。因此，她格外惧怕战争，但同时又对战争饶有兴趣。在我们家中，她对周遭的消息最为灵通。大概因为她总要接待各种来客，顺便也搜集到很多准确的最新消息，关于我们的城市，关于这个地区，甚至更远的地方。她有着宽泛的情报网络，因为外祖父的关系，她加入了强势的屠夫行会。

记忆中的外祖父非常讲究，手里常常攥着一条亚麻布手绢，把鼻头擦得红彤彤的。他总是那么优雅，浑身散发出一种香油的气息。谁也想象不出来，他可以将一头牛开膛破肚。年轻的时候，他不得不亲自动手，但过去这么久，他手下早已有一群负责屠宰和卖肉的伙计，专门替他干这些苦差事。

屠夫行会组织严密，不是谁都能加入其中。行会的代表与其他地区的同行保持着联系，因此他们无所不知。屠夫在城里执业，但要收购牲畜，所以对乡村也非常熟悉。哪怕有一丁点儿消息，甚至还没有传到国王和众臣的耳中，他们就已经先听为快。一般来说，屠夫圈子非常低调。他们知道其他市民看不上肉商肉贩，所以就与那些备受青睐的行会结盟，好让自己也脸上有光。没有把女儿嫁给屠夫，外祖父已经心满意足，但是他觉得，父亲的职业似乎更加野蛮。他很疼我，大概因为我比弟弟体质弱，因此自然也更适合靠智力吃饭。他最大的乐趣就是希望看到我进入司法系统。多亏了他，我才上了那么久的学。直到他去世，大家都不敢告诉他，在拉丁语方面，我绝对是朽木难雕。

围城的那年年底，我听父母低声说起巴黎的血腥事件。我得知屠夫们在卡博什的领导下揭竿而起，这个卡博什是外祖父的熟人。在勃艮第公爵的支持下，屠夫们反对宫廷的倒行逆施。一群法学家起草了改良法案。在屠夫和起义民众的压力下，国王不得不听取了宪章的一百五十九条内容，然后逐一批准。这时候，他刚好特别清醒，显然是很不情愿地接受了子民的进谏。镇压很快开始了。阿马尼亚克人先声夺人，平息了闹事的屠夫。现在，巴黎街头的绞刑架上，轮到悬挂起他们自己的肉。那些逃过一劫的人也作鸟兽散了。其中一人来到我们这里。眼下屠夫不受待见，外祖父把逃亡者托付给我们。

这人名叫厄斯塔什。我们将他藏在院子后面堆满山羊皮的棚屋里。每天晚上，他坐在厨房门前，我们放学回来就围成一圈，听他讲故事。他让我们很开心，他操着不同的口音，还使用很多形象的表达，我们都闻所未闻。实际上，他不过是普通的肉店伙计。每天早上，他用手推车给大户人家的伙房送鲜肉，还要负责搬卸货物。

虽然他也许只看到过下人工作的房间，但是他描述起王公显贵的府邸来真是极尽其详。内勒公馆是贝里公爵的产业，民众已经将门窗拆卸一空，不让他在其中居住；阿图瓦公馆是勃艮第公爵的府邸；巴贝特公馆是王后的宫室，从前奥尔良公爵路易就是在它门口遇害的。厄斯塔什眼中泛着仇恨的光芒，他不厌其烦地描述这些豪华的府邸，灿若云霞的地毯，熠熠泛光的家私和餐具。他的描述为的是让我们心生愤怒。他一直强调说，在这些骄奢淫逸的场所四周，举目尽是悲惨的景象。我不知道弟弟作何感想；对我来说，这些描述非但不让我感到愤怒，反而给我提供了梦想的素材。关于财富，我唯一的样板就是本城的公爵府，那可真让我顶礼膜拜。每次和父亲进去，那些富丽堂皇的装饰总让我心醉神迷。我们一介凡夫，注定只能住歪歪扭扭的房子。住在其中，倒也没有什么不幸福的感觉。但是，我常常梦想更加光鲜亮丽的屋宇，彩绘铺陈的高墙，雕梁画栋的顶棚，宝石镶嵌的餐盘，金线织绣的地毯……我压根没有厄斯塔什对于王府公馆的愤怒与仇恨。

然而，当他恼恨地讲述权贵是如何苛待市民、工人、奴仆等其他阶级，尽管离开这些人他们的生活就难以为继，我则深有同感。此前，每次陪父亲造访那些富有的客户，我已经领教过各种痛苦的教训。但他逆来顺受地遭人白眼、任人侮辱、被人死皮赖脸地敲诈，仍然让我深深地反感。这是一种深藏不露的反抗，一团被孝道与顺从的灰烬压抑的火炭。只需要厄斯塔什吹一口气，便可以燃起熊熊火焰。

逃亡者来后不久，父亲带我去贝里公爵的侄子家。我们前去交付卧室的白貂皮寝具。年轻人刚刚二十岁。我们在侧厅足足等了两个小时。父亲前一天熬到深夜才完成工作，累得走路都摇摇晃晃，连坐的力气都没有了，再说也没有坐的地方。最后，年轻的老爷让我们进去，我吃惊地发现，他竟穿着睡袍接见我们。从卧室的门往里看，只见一位一丝不挂的裸女。他用戏谑的口吻夸张地称父亲为“尊贵的皮埃尔·科尔”。他抓起被子，直摇头。然后又站起来，示意父亲离开。父亲一贯听命，但是这一次，他急需钱来支付刚刚到货的一大批皮货。他破天荒地请求支付工钱。公爵侄子踱着步回来。

“我们来看看。把报价单给我。”

“给您，大人。”

父亲颤抖着递上票据。年轻的老爷看了看，面有愠色。

“很贵嘛。你把我当傻子，你想想，我还不了解你这可怜的把戏？这又不是腹部的皮，不过是靠近背部的皮，缝起来了而已，你竟想让我付如此高昂的价钱。”

父亲紧张地抽搐了几下嘴唇。

“大人，这些毛皮可以说货真价实。”

我知道，父亲向来都精心挑选供货商，遴选商品。其他匠人那种厚颜无耻的欺骗，他绝不胡来。哎，他本以为这个纨绔子弟值得尊重，父亲不善言辞，只得哑口无言。

“大人，对不起，我不该坚持。但是，希望您宽宏大量，能够结算这笔钱，因为……”

“今天吗？”公爵侄子重复道，做出一副要让所有人作证评理的架势。

他严肃地看着父亲。我看着他，明白他本想继续无理取闹，但是突然改变了主意。也许他害怕被叔父责备。老公爵也并非善类，但是却从不拖延付款。他的原则就是，在自己的城市里，要营造匠人和艺术家的环境，要让别人觉得自己有品位、支持文艺。

“嗯，好吧！”年轻人说道。

他走到家具旁，拉开抽屉。他取出几个钱币，扔在父亲面前的桌子上。我扫了一眼，差不多五斤银子。那床被子价值八斤银子。

父亲捡起钱币。

“这是五斤银子，”他有些迟疑地说，“还差……”

“还差？”

“大人可能看走了眼。我的工钱是……八斤……”

“八斤。如果毫无瑕疵的话，可能值这个价钱。”

“有什么瑕疵？”父亲惊叫道，他当真害怕有留下什么不完美。

年轻人抓起被子，递给他看。

“怎么，你看不见吗？”

父亲伸长脖子，仔细地查看毛皮。说时迟，那时快，握住被子的双手突然往左右用力分开，只听见咔嚓一声，两张毛皮的连接处被撕裂开来。父亲往后退了退。公爵侄子在浪笑声中转身离去。

“现在，你看见了吧？”他洋洋自得地坏笑道，“巴斯蒂安，送客。”

他不停地笑着，回卧室去了。

我们默默地往家走，我感到怒火中烧。要是在从前，我大概会佩服父亲懂得自我克制。但是，厄斯塔什已经教会我合法地愤怒。不单单是我这样认为：劳动应该得到尊重，好的门第出身并不代表具备无限的能力，王侯将相宁有种乎？卡博什的追随者曾经为了这些原则而浴血奋战。虽然我不了解也不太懂得他们斗争的细节，但是我感到些许安慰，从前光是这样想想我都觉得是在犯罪。

一边走着，我顺便把这些想法告诉了父亲。他停下来，看着我。从他的眼神里，我可以看出，我的话语比刚刚遭受的侮辱更令他在意。今天，我明白，他是认真的，他并不认为在这样的世界里还可以换一种态度面对强权者。他的想法无非就一个目的：让我活下去。

他马上想到，之所以我如此叛逆，一定与厄斯塔什在家中散布的说教脱不了干系。在父亲的要求下，第二个礼拜，屠夫就躲到了其他地方，不久之后，他离开了我们这座城市。

说实话，父亲完全没有必要害怕：生米已经煮成熟饭。我本身就该有的那些想法，厄斯塔什不过是赋予其合法权利而已。要说效仿他，或者更宽泛地说效仿那些卡博什造反者，那绝不可能。作为皮货商的儿子，我已经习惯将人分为三六九等，就像兽类也有各种毛色一般，我注意到，厄斯塔什跟艾洛伊一样，有着满头拳曲粗硬的头发。他们两人都迷信无组织的暴力，看似是懦弱的对立面，但其性质毫无二致，也就是说终究脱不了原始的属性。但我并没有屈服。出身低微的人，要想得到王公贵族的尊重，要想得到工作的酬劳，要想在社会上有一席之地，肯定还有其他办法。从今以后，我的目标就是要去发现或发明这样的方法。

同龄的女孩子、玩伴的姐妹、邻家的姑娘、同一个教区信教的少女，她们都让我觉得兴趣索然。在专属艾洛伊和其他伙伴们的那些有关征服的故事里，其实高尚与卑鄙大同小异。在这个话题上，正如别的话题一样，我更喜欢梦想。我们还是孩子，身边的这些小家伙，所谓的女孩，其实毫无生趣。女训要求她们不能随便说话。她们的身体也不如男孩子那般强健有力，不管怎样，都不允许参加我们的游戏。与真正的女子，也就是我们的母亲辈相比，不能说她们完全不像，但至少说相似性还非常模糊。在我们看来，如果说这些还没有发育完全的女孩配得上什么情感，那最多不过是同情而已。

不久后，她们中有一两位突然破茧化蝶，涅槃重生。她们的身材变得修长，胸脯、髋部也变得凹凸有致。默默地等来这摇身一变成为女神的时刻，朴实卑微的眼神也即刻荡然无存。一下子，我们中间就有了女人。她们也开始打量我们，仔细地观察我们还很光洁的脸庞和窄小的肩膀，带着与我们从前如出一辙的万般同情。

然而小小的报复之后，她们开始让自己新的权威派上用场，只不过比我们更讲究区别对待。她们对全体男孩少得可怜的关注，现在被均摊到特别有好感的几个人身上。她们把温柔表现得恰到好处，刚好让我们能够感觉到其中的差异，知道谁是她们的最爱。这些欲望的游戏让我们与她们都暗暗展开竞争。

在我们这群男孩子中，既有的微妙等级也被彻底颠覆。现在，这种等级完全依赖女孩子从外部给我们的排名。有时候，幸好两种秩序还完全契合。我就属于这种情况。

从围城期间的糟糕历险开始，我已经获得了同伴的尊重，或者至少说好感。两位幸存者让和吉约姆都说要知恩图报，对我言听计从。其他人则很怕我。我的缄默、我的心不在焉、我平静审慎的表达方式，被错误地神化为智慧，我当然也没有反对。在我们这个年纪，智慧不可能来自经验：它应该来自别的地方。看到某些恐惧甚或怀疑的眼神，我明白，很多人可能认为我具有超自然的能力。放在别的时候，人们一定会说我装神弄鬼。很早我就清楚，人性中暗藏着多少危险，炫耀又是何等地不谨慎。我的整个人生便是经验。

才华、成就、功成名遂，这些都会让你成为人类的敌人，人们越崇拜你，也就越不会认同你，越要疏远你。只有骗子们，因为钱财来路不正，所以才会沆瀣一气，臭味相投。

在男孩子中间得到的推崇也给我带来了很多好处，尤其是让我深受女孩的青睐。每天，让和吉约姆都会向我汇报，谁又在她哥哥面前说了什么，如何关注我，等等。

十四岁那年，我长高了。稀疏的胡子有着头发一般的栗色，我每周三次会定期修理。我前胸天生畸形，而今更每况愈下。胸廓仿佛重重地挨过一拳。尽管不影响呼吸，但医生还是建议尽量避免体力活动，绝不能奔跑。类似的医嘱更让我有恃无恐，总让两个副官替我完成所有的工作。

女孩子似乎喜欢我的惰怠和懒散。比起身体力行来，盛气凌人地发号施令更为有效。前者可以激发动物般的生理欲望，对于情人来说可谓弥足珍贵。但是，在我们这个年纪，对他人的吸引力还取决于持久与恒远，因为一切往往都绕不开婚姻二字，所以对男人来说，更有魅力的是权威，而不是力量。因此，掩盖起来的虚弱、紧身短衣和宽大衬衫下潜匿的生理缺陷，这些都更让我显得持重，也更强化了我由此得来的好名望。

我不大操心这些问题，直到我对爱情开了窍，开始强烈地渴望征服。

在我们这个新街区，离我家不远的地方，住着一家人，父母认为他们很了不起。随着时间的推移，我才意识到，即便同属于市民阶层，财富上也相差悬殊。虽然我非常敬重父亲，但也得承认现实：他还远远排不上号。像吉约姆的父亲德·瓦耶老爷这样的呢绒商，家底就要殷实许多。某些批发商，尤其是卖葡萄酒和粮食的商人，他们的住宅也比我家要轩敞豪华。再往上数就是做钱币生意的人。有位邻居专事货币兑换。他财大气粗，甚至当上了公爵府的内侍。他不像父亲那样仅仅满足于到宫中跑跑腿，求求人，遭人横眉冷对。在公爵府上，他有自己的差事，可能职位不高，但也名正言顺。在我看来，这已经足以让他扬眉吐气。

这人曾是鳏夫。头房太太给他生了三个孩子。二婚的时候，又添了个女儿，差不多比我小两岁。这是个娇里娇气的女孩，走在街上会把眉眼压得低低的，仿佛什么都害怕似的。有一天，她家那头高大的黑马拉了一车木头，因为不堪重负而撞坏了车辕，把她吓得大哭大闹，这是我对她唯一的记忆。

后来好几个月，都没有见到她的影子。据说她生病了，父母把她送到乡下去养病。等再次出现的时候，她已然不再是个孩子。第一次见到这副新面孔的情景，至今还历历在目。

四月的一天，天空阴晴不定。不知道我又在发什么呆；总之，我陷入了沉思默想，对周围已经浑然不觉。吉约姆在我旁边，我们慢腾腾地走着。就像平素一样，总是他在说，而我压根就没有听。我停了下来，他并没有马上发现。

我们正从圣彼得广场往上走，她恰好从前面不远处穿街而过。她身后是一幢修建中的房子，新刷的墙面，白色的石灰，在太阳的光影中闪闪烁烁。她穿一条黑色长裙，脖子上搭着披风。发髻外散落的金色发丝在阳光下翩然起舞。她朝我们这边侧了侧头，短暂地停了停脚步。孩子般的五官已然不再，仿若焕发出一股自内而外的活力，她额头饱满，面颊丰盈，嘴唇红润，有细长的眼睛、蓝色的虹膜，因为她之前总是低着眉眼，我从来就没有看清楚过。

我马上想到了她的姓氏。而她的名字，我当时已经忘记，这名字后来我曾经多少次心心念念地呼唤啊。总之灵光闪现的瞬间，我想到了她家族的姓氏：莱奥德帕尔。这个奇怪的姓氏来自弗兰德地区，好像是罗勒泼的变体。一天，父亲曾经在饭桌上聊起过。这时候，莱奥德帕尔一下子就暴露了与“豹子”之间的关联。[①]这两个近似的单词，都突如其来地出现在我的生命中，有着同样的力量，也许还有着同样的意义。它们指涉美丽、光线、金黄底子上的一缕阳光、梦想中的他乡。豹子回到了麻袋里，却给我留下了冥想的素材，还留下了一个名字——阿拉伯。虽然莱奥德帕尔小姐本质上不同，但她显然也属于同一个世界。

她名叫玛茜。我是从吉约姆那里知道的，这也是当天我朝她迈出的第一步。随后好几个星期，我一门心思想着要接近她。在这场攻坚战中，表面上看，我还是像那次历险一样保持冷静。但在内心深处，我俨然被巨大的焦虑所吞噬。我要了好多诡计，找了好多借口，有几次已经成功地与她狭路相逢。我决定向她打招呼，但每次都欲言又止。她连看都没有看我一眼就走过去了。但是，一天上午，我突然觉得时来运转，她居然朝我笑了笑。随后的日子，她依旧高冷，目中无人。

想到两家门不当户不对，我深感绝望。父亲与其他市民阶层之间的差距，以前我不明白，如今却被无限放大。我们家的房子坐落在两条街交会的尖角处，显得逼仄，几乎有点滑稽的况味。我觉得，

---

① 莱奥德帕尔（Léodepart）与法语单词“豹子”（léopard）音形近似。

玛茜家的房子几乎都快赶上公爵府那般宽敞、奢华。我费尽心机，想方设法希望被邀请到她家做客。但是无一奏效。玛茜的哥哥姐姐比我大出很多，我不认识他们。没有共同的朋友。双方父母也不相往来。只是过节的时候，我们一起在教堂做过祈祷。哎，真是咫尺天涯。

这些物质上的障碍简直让我发狂。有时候，我甚至还策划过铤而走险的方案。我注意观察莱奥德帕尔家关门的时间、奴仆的数量、用人的习惯。我想夜间潜入她家院子，上到二楼，向玛茜表白，如有必要就把她掠走。但转念又想，我们怎么生活呢，朋友们会帮我吗，父母会是什么反应呢。但我从来就没有怀疑过她的感受。如今时移事迁，我觉得这是最不可思议的。我们只不过打过照面而已，从来就没有说过话。我压根就不知道她的想法，而我自己却信心满满。

一个秋天的上午，事情有了结局，让我终生难忘。我家门前的小广场上，栗树已经黄叶婆娑，行人来来往往，踩着地上的落叶。我们正等着莫尔旺那边送狐狸皮上门。突然，门口出现莱奥德帕尔老爷挺拔的身影。父亲快步迎上前去。我待在后面，没有听到他们的谈话。我觉得他很可能是来买皮料的，或者需要量身定做。唯一不正常的是，他居然亲自上门。我们的大部分客户都是女性，她们一般只派仆人过来。一个疯狂的假设划过我的心际。但我很快就打消了这个念头，认为这不过是正在折磨我的相思病发作而已，冷静下来想想，我其实也开始一点点痊愈。我回到卧室，把门关上。年初的时候，母亲又养了条小狗，它也跟着我进了房间。我粗鲁地抚弄它，开心地折磨它。它咬我的手指，还不停地尖叫。因为这声响，我没有马上听到父亲在叫我。我飞快地冲了下去。来到客厅，只见莱奥德帕尔先生默默地站在父亲旁边。两人齐刷刷地盯着我。这是个普通的工作日，我没有特别注意自己的外表。

“来拜见莱奥德帕尔老爷，”父亲说道，“他刚刚受封官职，我们这些匠人都得听他的。”

我尴尬地致了意。莱奥德帕尔示意父亲不要继续这个话题。他似乎想拉近距离，一副老好人的样子，简单朴实。他一直看着我，露出诡异的微笑。

“您有个好小子，科尔师傅，”他一边说，一边晃晃脑袋，朝我微笑。

介绍也就到此为止，他随后就离开了。

送走他之后，父亲什么都没有讲，也未做任何解释。午饭前，母亲串门回来。他们关起门来私语了很久，然后叫我过去。

“你认识莱奥德帕尔家的女儿吗？”父亲问。

“在街上碰见过。”

“和她说过话吗？你通过丫鬟或者其他办法给她捎过信吗？”

“从来没有。”

父母对视了几眼。

“礼拜天，我们要去他家。”父亲说，“你拾掇拾掇。我答应过圣诞节给你做一件新皮衣，我会赶在那之前做好，正好可以穿上。”

我谢过了他，但关心的并不是这个，于是忍不住问他：

“他们到底想干吗？”

“结亲。”

父亲掷地有声地说出了这两个字，就这样我知道了自己的命运。虽然我错得离谱，但在关键问题上却没有闪失：玛茜与我心心相印。

后来我才得知，她还是小姑娘的时候，就对我感兴趣了。我在围城期间的英雄壮举让她崇拜不已，某些玩伴的哥哥和我年纪相仿，她还暗中设法从他们那里打听我的情况。我注意到她的那一刻，她其实已经发现了我的心动，但是表现得异常冷静，不露声色。从确定我对她心生爱意的那刻起，她就开始行动，目的是要让大家都能满意。

首先，她说服了母亲。然后她们又一起做父亲的工作。她父亲本来有别的打算，目的也是希望她幸福。但她有不同的选择，而且不顾劝告执意如此，父亲当然也不会铁了心反对。莱奥德帕尔包办了前三个孩子的婚事：门当户对，但并不幸福。他同意，小女儿的婚事该以幸福为先，哪怕她所爱的人没什么出息。虽说我算不上多好的选择，但至少家族有头有脸。不会有人说不般配。

三个月后，我们订婚了。第二年，我满二十岁的那个星期，我们办了婚礼。玛茜十八岁。公爵还派了两个差役来贺喜。婚礼似乎很风光。接亲队伍里，城里的商人和银行家都来齐了，还有几名贵族，他们是岳父的客户，受过他的恩惠。我倒并不在意这些，只有一件事让我着急：客人们最好赶快散去，让我们单独待着。

两家商量好了，我们就住在莱奥德帕尔公馆，左配楼上给我们留出了套房。新房经过精心布置，父亲还装饰了很多毛皮。夜深了，我们才进入洞房。在城郊奥隆河磨坊附近，岳父还租下一个大厅，婚庆活动高潮迭起。

我对性爱的所有了解，都来自对动物的观察。我从来没有陪伙伴们去过女孩子家，再说他们也害怕我冷言冷语，干了好事也对我只字不提。但是我并不担心。我认为玛茜懂得引导，善于传情，会勾起我的欲望。

懵懵懂懂，小心翼翼，身体轻轻地颤抖，让人兴味无穷。玛茜跟我一样，沉默寡言、耽于幻想，我早就感觉到了。新婚之夜，在静默中，我们裸露的胴体，我们青涩的动作，宛如两个幽灵的化装舞会。在拥有她的同时，我知道，我对她其实一无所知。她给予我的东西一下子就展露无遗，她的爱，她的身体，同样明显的还有她拒绝给予的东西：她的梦幻与思想。这是幸福的一夜，探索的一夜。醒来的时候，想着我们两人将长相厮守，但各自又都是孤独的个体，不禁觉得有几分淡淡的苦涩，但同时又觉得如释重负。

在新家中，我发现了一项全然陌生的业务：钱币生意。对于商人做买卖时手中流通的那些铜币、银币、金币，我从来都没有产生过任何疑问。在我眼里，钱币了无生气，假如花园中的云石更为稀罕，完全可以取而代之。

在莱奥德帕尔家，我才了解到，钱币是一种与众不同的东西，一种异乎寻常的鲜活之物。虽然大家都在使用钱币，但它又分为很多不同的币种，于是有人专做这门生意，运用复杂的规则从事兑换业务。弗罗林[①]、杜卡托[②]、法币，都带着诞生时的印记，上面铸有本地君主的头像。此外，钱币在不停地转手，最后会到达陌生的国度。初次遇到的人总会问，它究竟价值几何，好比家里要做决断，雇不雇奴仆，也需看实际的价值。在钱币这个行当里，铸币工、银行家、兑换商、放贷人，他们构成了一个庞大的网络，散布在整个欧洲。父亲精于一种具体的商品，而他们却不同，虽然不涉及任何商品，

---

① 佛罗伦萨古金币名。
② 威尼斯古金币名。

但却可以染指所有商品。钱币经过无数贪婪的手指，早已被摩挲得闪闪发光，它充满了能量，蕴藏着无限可能的世界。只要主人愿意，一枚杜卡托就可以变为节日的宴席、首饰、牛肉、马车、幸福、报复……

钱币就是纯粹的梦想。看着它们，仿佛就可以看见世界上的万事万物在你面前鱼贯而过，络绎不绝。

岳父耐心地传授我兑换技巧。他很快就指责我做事不专心。与钱打交道就像面对一堆篝火，而我总是浮想联翩。从事货币兑换这项精确细致的业务，爱走神可不是什么优良品质：弄错了账目可能会代价惨重。岳父做的都是大单生意，但是利润空间很小。稍有疏忽，计错了钱币，算错了比率，都会给他带来严重损失。

这是个善良的人，非常宽容。我是他的女婿，他知道我有哪些毛病，但从来都对我有信心。他坚信，只要能准确了解自己的能力，谁都可以找到适合自己的工作。显然，我的能力不会让我成为兑换商。那也得知道，如果不是一文不值，我究竟适合做什么呢。

提起这个时期，我觉得既灰暗又痛苦，但也很丰富。我难成大器。在本城市民的眼里，能有现在的社会地位，我靠的是女方而不是本人的努力。岳父给女儿盖了一幢房子，让我们搬了进去。婚后第二年，长子出生。是个漂亮的男孩，我们给他取名让。随后又接连添了三个孩子。玛茜非常幸福。我们家里弥漫着泥瓦和新木头的气味，孩子们的叫嚷声，女佣们的聊天声，掩盖了玛茜和我的沉默。我们真心相爱，但又生活在各自的精神世界里，时疏时近，时分时聚，始终隔着几分伤感的距离。

我满腹疑虑，有很多计划，也充满了希望。很多想法都是异想天开，但有的想法后来又决定了我的人生。二十岁到三十岁这些年，我勤勤恳恳、劳心费神，才最终定格了我后来对世界的印象，确定了我决心要在其中占据的位置。

进入岳父的圈子之后，对国家的现状，对掌权者的局势，我有了更加宏观清晰的看法。此前，由于父亲社会地位卑微，我只认识那些对他颐指气使的人。战争的遭逢、诸侯的内斗、民众的反叛，凡此种种，在我们看来无非是命中注定，只得听天由命。领主们像他们的先祖一样，总说权力神授，那时候，农夫都听命于骑士，也受到他们的保护。他们身上还笼罩着十字军东征的无限荣光，东征也让真正的十字架重新回到基督徒中间。每当父亲受到侮辱，我的反抗无非是孩子气的愚蠢行为：我知道——即使我不接受——等到成了人，我也得顺从。对我们来说，世界的秩序岿然不动。但是，一入赘到岳父家，我马上就明白，没有命定的恐惧，没有命定的屈从。

陪莱奥德帕尔登门拜访其他老爷的时候，我会暗中衡量，看他受到的待遇与普通皮货商之间有多少差别。岳父是坚实而无形的货币链条上的一环。贵族都怕他，不敢冒犯他。

我婚后两年，疯子国王驾崩。但是这不仅于事无补，反而使情况越来越糟。原本只属于他本人的疯狂，如今已经漫延到整个国家。诸侯之间的争斗也达到了白热化。谁也没能力收拾残局。王太子查理让人谋害了勃艮第公爵——无畏的让；他自己也遭到围剿，大家都与他作对，包括他的母亲。这位母亲被幽禁在巴黎的宫掖，她与儿子的仇家联手，让三岁的英格兰国王继承了法兰西王位。

一天，我与岳父去安茹地区，那里有桩生意需要他亲自出面。

这是我生平第一次离开我们的城市，所见所闻让我非常恐惧。诸侯的争斗，就像一块碎裂的玻璃，裂痕在撞击点周围大面积地扩散，其结果就是各地都在混战，举国都在遭殃。我们穿越了许多被夷为废墟的村庄。不计其数的谷仓、牲口棚、房子都被焚烧一光。忍饥挨饿的农夫经营着森林周边的小块土地，一有风吹草动就赶紧藏身其中。时值秋末，凉气袭人。一天上午，一群流浪的孩子迎面拦下我们的马匹，他们有好几百人之多，瘸头跣足，踩着冰凉的泥浆，情状更让人同情而不是害怕。在稍远的地方，我们遇到一位小领主，他带着一队人马，一身行猎的装备。询问之后才明白，他正在追赶那群野小子，打算尽可能地多击毙几"头"猎物。那说话的口气，与谈起野猪或豺狼没有什么两样。在这个王国，俨然已经没有了人类，有的只是敌对的部落，彼此连上帝造物的尊严都概不承认。

与我们同行的还有四名保镖，我们压根就不敢带贵重物品，晚上投宿的地方都是岳父有熟人的市镇或堡垒。到达目的地的时候，我们发现那里早已是断壁残垣。

旅行归来，我的鼻孔里全是死亡与战火的气息。至少，我搞明白了王国的现状。如果说以前对诸侯和大小领主们的怀疑还属于天性，如今已经具有了理性的色彩。在父亲等候的侧厅里，我已经见识了他们的真实面目。骑士时代已经一去不复返。这个阶级已不同于先祖的时代，它不仅不能保护任何人；相反还会制造危险。对于这些倒行逆施，国王的疯狂究竟是因还是果，谁也说不清。不管怎样，一切都不再各安其位。显赫的身份成了欺凌而不是尊重的理由。谁出身高贵，就再也不讲什么义务；仿佛他天经地义就应该蔑视下位者，把人家当牲口看待，甚至主宰他们的性命。

更有甚者，毁了国家还不够，领主们甚至无力捍卫主权。我十五岁那年，在阿金库尔，他们又打了一仗，唯一的目的就是炫夸武力、光耀门楣，他们遵照骑士的规矩身手灵活地耍耍刀枪，仪态优雅地驱赶重甲战马。英军的人数只及三分之一，都是普通的弓箭手，虽然鄙陋下贱，但计谋多端、行动迅猛，很快就把法兰西军队打得落花流水。如今，吃过败仗之后，他们对异族国王山呼万岁，将国家置于英格兰摄政的掌控之下，而英格兰人唯一的野心无非就是压制法兰西，直到榨干它最后的资源。

我们回到家中，恍然从地狱归来。诚然，布尔日也不是天堂。前所未有的阴郁，慵懒无力的节奏，远非我梦想中的城市。但至少这里还算安宁。老公爵的智慧，使它免于厄难。公爵去世后，王太子承袭了他的财产采邑。因此，加冕国王之后，无处可去的查理还继续在此驻跸，布尔日也成为王国的首都，盛极一时。我有幸多次入宫，但没有见过御颜。据说，自从大屠杀期间逃离巴黎之后，他一直躲在密室里，谁也不见。而且他还不放心总待在同一个地方，因此他的小朝廷不得不恍如丧家之犬一般，从一座城堡搬到另一座城堡。

这位君王是家族的众矢之的，放眼一片残山剩水，谁也不知道他未来的命运。那时候，在我眼里，他与其他君主并无两样，我对他没有抱任何希望，尽管在我后来的生命中，他起了重要作用。太子查理被尊为查理七世国王的时候，我的父亲也与世长辞。弥留之际，这个可怜的人儿还不忘对我说，要认可国王的权威。自始至终，他都在为我心底的叛逆担心。确实，虽然我很爱他，但我仍觉得，他的委曲求全完全属于另一个时代。

我更倾向于岳父那一套。对他服务的对象，不管是查理国王也好，还是前者的仇敌也罢，他压根就不讲什么忠诚。从每个人那里，他都各取其利。因为他财大气粗，他们离不开他的服务，所以只能一直尊重他。

我努力地追随他的脚步。几年来，我多少做到了，但似乎收效甚微。只是我当时并没有意识到。在某个年纪，你可以诚心诚意地改变性格，而且与时偕行地坚信，你必须走某条路，但这条路让你与心底的愿望渐行渐远，最终让你迷失方向。当这种偏差成为痛苦的时候，当你明白自己错误的时候，关键在于要保存足够的能量来加以改变。

就这样，在所有的买卖中，我选择了钱币生意。那时候，钱币尚属稀有。流通的钱币虽多，但也只能勉强满足交易所需而已。因为无法现金支付，很多生意都只能以实物成交，或者开具银票。市面上最常见的是银币，最值钱的是金币。流通性不足是阻碍商业发展的最大障碍之一。做货币生意真让人艳羡。这些人能力通天，不用舟车劳顿，就可以给远方的借款人放贷筹款。

我相信，这种能力会让我心满意足。我小有成就，外加父母留给我一小笔财产，关键是玛茜的嫁妆很丰厚，人家都恭维我是年轻的阔佬，我心里怡然自得。

我已经成年了，身材高瘦，昂首挺胸的姿态弥补了天生的不足，玛茜教会我正视缺陷，不要害怕。在各种公共场合，我都极力保持优雅的仪态。在院子后面，我开了家钱庄，还另有一间牢靠的屋子，用来存放钱币。城里的富家大贾纷纷找我做顾问。很多贵族在我面前也是低三下四，没有谁敢想象，除了敬重还能如何待我。

我谨小慎微地履行着基督徒的义务，但无非觉得这是义不容辞而已。我很难说清从什么时候起便不再信上帝。说实话，围城期间的落难关头，在向神灵祈祷的时候，我想的并不是平常见惯的基督或圣父形象。我觉得，想要同这种无影无形的力量沟通，只有通过难以解释的非凡手段和只为少数人所知的隐秘方式。而像艾洛伊那种喜欢自吹自擂的笨蛋，每个星期天上午，都要穿上一件过于短小不合身的长袍去做礼拜，再围着教堂的神父，大大超出仪轨要求地三叩九拜，就算这样他也依旧不能与上帝交流，不能体悟自我的存在。

玛茜的虔诚让我很感动，但也不能更多地说服我。我看见她连续长跪好几个小时，双手合十，掩面祈祷。她景仰的那些形象，尤其是那尊圣母马利亚石膏彩绘像，完全是根据圣礼拜堂的雕塑浇筑而成，除却艺术家的才华横溢，那不过是俗胎凡像而已，毫无生气、平淡无奇。明摆着的是，虽然玛茜用功勤勉，她也不可能通过这种方式与任何让意志之光普照人间的真神进行沟通。但是，聊天的时候，我能感受到她身上那种冥思者的自在，那种精心培养起来的直觉，这源自与无形世界和超自然力量的神交。

关于这些年，我没有留下太详细的回忆。记忆中的这段时光，形同合金浇铸而成的整体，一半是平淡，一半是幸福。孩子出生，成长。家里满满的都是小孩。抚育，疼爱。我老老实实地讨着生活，生意圈子还不是太远，主要集中在城里和附近郊区。外面不停地有消息传来，我们每天都在祈祷好运气，希望免受战争、饥荒和黑死病之苦。查理国王与觊觎法兰西王位的英格兰人之间，还在进行着旷日持久的战争，真是遍地狼烟。卢瓦尔河是两大王室势力范围的分界线。有时候，和平仿佛很近，但刚刚得到消息，战火又在别处死灰复燃。

说白了，形势已经江河日下。我的期望不过就是待在本地，做着小生意，有点小钱，经营着小家庭，暂且安稳度日。任何事态的急转突变，都会影响到我们。我只能得过且过，我唯一的想法就是继续过这种舒坦的小日子。表面看来，我已然放弃改变世界的想法，更别说去发现另一个美好的世界了。

然而，那些孩提时代的想法并没有消隐。它们深埋在脑海中，不时还来折磨我。正因为这样，我时不时会偏头痛。鲜艳的色彩在眼前闪烁，稍后，半边脑袋就像教堂管风琴一般搏动。现在，我知道这是一种信号。我的希望、我的梦想，电光石火一般在激越地提示我。身边的日常琐碎，平凡而熟悉的布景，都被它们无情地撕裂。只要我助豹子一臂之力，它还可以从麻袋中一跃而出。在很长一段时间里，我都没有理解这种召唤。等灾难降临之时，我终于不能再置若罔闻了。

我和发小们一直保持着来往。他们大都成家立业。各家的孩子也在一起玩。围城时期建立起来的微妙秩序，还一如既往，在他们眼里，我的头上依旧笼罩着权威和神秘的光环。但是，这些当年的勇事对我们生活的影响微乎其微，我们各自过活，彼此之间的关系也只限于互相串串门。

因此，认识拉万的时候，平常那些参照都用不上了。我们的友谊也不同以往。在他面前，我既没有威望，也没有能力。相反，我觉得什么都得学，我姿态很低，崇拜的心情很快就近乎屈从。

拉万比我大两岁，如果他没有弄错的话。他说父母是丹麦人。这也从他高高的身材、几乎雪白的头发和蓝色的眼睛中得到了印证。在我们凯尔特国家，人的毛发和眼睛都有几分秋天的色彩，偏栗色甚至红色，所以单是外表就足以让拉万玉树临风。另外，他还有惊人的经历、独特的个性。冬末时节，阴雨连绵，他在我们的城市里安顿下来。一切都那么潮湿、阴晦。拉万的蓝眼睛，恰如久盼不至的雨后一抹青天。他来自北方，声势浩大，五位仆人，十名保镖，而且他们的国籍各不相同，也不会讲法语。他只在客栈住了两个星期。他从随行的车上取出金币，现款买下一位朋友刚刚盖起来的新房子。

他草草地安顿下来。全城的人都想知道他到底是谁。我听见有人议论，但并没有特别在意。几天之后，他让人给我送来请柬，我很是诧异。

他家不远。我一路走过去。他住在通往教堂的坡路上，巷子曲曲弯弯。街口把守着两名男子，正在盘查行人。门口有两名穿着皮具铁甲的门卫，一副兵丁的模样。这可不是普通商人的派头。房子里洋溢着大家贵族的气氛。楼下山毛榉火焰很旺，暖洋洋的，这是侍从的住处。有些当差的干脆席地而寝，与乡野的兵卒无异，其他人则进进出出，大声喧哗。院子里，房子后面，两名棕发男子正在接雨水用的大木桶里洗澡，赤身裸体，羞耻全无。狭窄的楼梯就像我小时候的住所，我来到楼上，迎面是一间宽敞的房间，两扇高大的窗户，白色的玻璃，非常明亮。拉万握住我的双手迎接我，他看着我，一副感恩而热情的样子。

然而，只要愿意，同样的眼神可以让你觉得毫无情意，宛如残忍的、冷冰冰的利剑。我马上就对拉万的接待表示感激，就像旅人碰到绿林大盗，对方将其洗劫一空，却留下一条性命。

房间里只放着一张桌子，两把旧椅子。桌子上横七竖八地摆着锡餐具。脏兮兮的盘子叠在一起，还有各种剩饭剩菜。玻璃杯东倒西歪，酒水洒得到处都是。三四个瓷酒壶在一片狼藉中兀自立着。我从来没有看到过这样邋遢的家，尤其是他还住在城里，与我们住的房子几乎毫无二致，但是我们的女人爱拾掇，把家打理得温馨舒适、窗明几净。

拉万让我喝东西。他检查了十多个玻璃杯，最后终于找到杯底相对干净的一只。

“幸会，雅克。”

没有叫雅克师傅，也没有叫科尔老爷。说话的感觉就像朋友，那是一种行伍出身的友情，已经习惯于用勇气和死亡去度量各色人等。

“我也是，拉万。”

我们碰了杯。我看见酒杯里浮着小虫子，但还是一饮而尽。拉万已经开始在我身上施加影响。

他说自己从德意志过来，在那边侍候过多位诸侯。不过小国寡民不足以实现他的抱负；他从北方来到法兰西，先遇到英格兰人，为他们效劳过。在鲁昂待了几年之后，他又上路了，这次决定为查理国王效忠。他没有说起改变主意的原因，我也不敢多问。后来的事情证明，我当时错了。

拉万提起查理，感觉就像是谈及一位充满前途的国王。这有点稀奇，我很吃惊。一般来说，提起他的名字，大多都是对他吃的那些败仗品头论足。

“敢问你们靠的是什么本事？”我斗胆问道。

老实说，我一直以为他是雇佣军头头。这种流浪的绅士举国上下随处可见，他们有的是佩剑，有的是人马，谁出的军饷高，谁的猎物更诱人，他们就为谁服务。

“我是造币匠。”拉万对我说。

造币匠就是专门加工贵金属的匠人。他们的手艺来自地狱之神操控的矿与火的秘术。他们不打犁铧，不做刀具，造的是市面上流通的金币和银币。钱币之路永不停息，有着无尽的冒险，在弥漫着草料和牲口气息的集市上，那些在衣兜内外出入的时刻；在钱庄老板满满当当的保险柜中，那些相互碰撞拥挤的辰光；在朝圣者的包袱里，那些孤独的光阴。所有的风生水起，都缘起于造币匠的模子。

得知拉万的职业之后，我更诧异的是，玛茜的外祖父当年也干过这个行当。在他去世前几年，我得以与他相识。这是一位低调稳重、胆小怕事的市民。他在我们城里从业，持有查理五世颁发的执照。一位是胖乎乎的长者，做起事来总是小心翼翼，一位是粗鲁的斯堪的纳维亚汉子，蓄着让人生厌的红色小胡子，你简直难以想象出比他们更加天差地别的两个人。

他说话很直白，我陡然明白了他要见我的原因。他直言不讳。

“造币匠必须富有，”他说道，“我确实有钱。但是，要获得国王的信任，必须让他认识我，可是他并不了解我。您是土生土长的首都人。您的家庭很显耀，因为您太太的缘故，您与本城最后的造币匠联了姻。我提议，让我们联手吧。”

拉万绝不是温吞水的类型，不会旷日持久地实施包围，然后再攻城略地。他主张正面强攻，迅捷果断。具体到我而言，这反而让他占据了先机。要是他迂回婉转地游说，喝着酒来回兜圈子，我肯定会警惕他，从心里抵制他。这间屋子空荡荡的，地板也凹凸不平，他幽幽地盯着我，马上就征服了我。我同意了他，回到家里还有点魂不守舍，恍若身陷无边的水域，压根就不知道何处是岸。

拉万的财富，加上我在本城的信誉，真可谓珠联璧合，我们很快就大获成功。我们没有见到国王，但是掌玺大臣传来谕旨，圣上同意我们的事情。我们开了工坊，地块是玛茜带来的嫁妆。拉万的手下就地建起堡垒。墙边封存的柜子里，堆放着一锭锭委托给我们的金银等贵重金属。在其他保险柜里，存放着拉万铸造的大量钱币。我学会了点石成金的绝招，在很多人看来，这也是我发家致富的原因。其实，我从来就不是只以金造金。拉万教会我最好的获利方式，当然也是最坏的获利方式。

阁臣给国王建议，确定了钱币中合金的比例。大家都知道，如果以马克[①] 为计量单位的话，用同样数量的银子，我们应该铸造一定数量的银币。成色高，钱币数量就少；成色低，价值也相应较低，一马克的钱币数量就更多。浇铸合金是一道核心工序。拉万带着天平和研钵亲自上阵。他只有一名助手。这是一位德意志老人，有着瘦削的身材，浑身长满了皮疹。他常年呼吸含有汞、锑、铅等物质的气体，中毒很深。几个月之后，他就一命呜呼。

拉万毫无保留地教我，既耐心，又热情。一开始，对这种奇遇，我感到非常陶醉。炉中通红的火苗，大理石熔炉中嗡嗡作响的金水，还有那些具有超强抗蚀力的亮闪闪的纯银，在面对其他金属的时候，即使在数量上毫无优势，它也可以将自己的色泽与光彩强加给它们，在我们萧条的城市里，这一切都宛如一颗新生的心脏，跳动不息。

---

① 古时金、银的重量单位，1马克约等于8盎司。

从这里，钱币滚滚而来，流向整个王国，甚至走出国门。我恍然掌握了魔幻般的能量。

我还是花了好几个星期，才发现其中的真相。它并不像坠落钱柜中叮当作响的新币那么光彩。表面看来，我们的业务光鲜无比，暗地里却难掩卑鄙。在拉万传授给我的核心机密中，还有一道不可告人的天机：弄虚作假。国王要求一马克铸造二十四枚钱币，我们却造出了三十枚。只上缴二十四枚，剩下的自然就落入自己的腰包。又简单，又赚钱。

奇怪的是，我并没有任何违法犯罪的前科。父亲也洁身自好，从来不从客户身上占任何便宜，虽然人家也没有少怀疑他。再说，即便他这样发了家，大家也都会觉得正常。但父亲仅仅满足于公平买卖。他挣的都是良心钱，唯一得到的回报，就是作为正人君子的那份自豪。莱奥德帕尔腰缠万贯，当然更不会用这些卑鄙的手段去冒险。总之，我觉得，这些歪门邪道不过是穷人或贱人玩弄的伎俩。就这样，拉万为我打开了另外一个世界的大门：我们既可以做大生意，为国家造钱，又可以继续干卑鄙无耻的欺骗勾当。

我到底还是很诧异：他解释说，这种做法早已司空见惯。多亏了拉万，我才发现了邻近地区造币匠之间的明争暗斗。在鲁昂，在巴黎，为了号称承继大统的英格兰人，在第戎，为了自恃地广的勃艮第公爵，他们都故意铸造成色很低的钱币。当这些钱币流通到我们这里，也就是查理国王的属地时，常常与成色好的钱币进行兑换。商人们带着价值高的钱币扬长而去，赚走我们的钱，从而兴家发财。钱币成色太高，国家越来越穷，贵金属也落入国王的仇家手里。拉万劝我道，国王委托我们做这项工作，虽然我们弄虚作假发了财，但好歹也是在为他效劳。我深信不疑，直到一个春天的下午，国王派来十名兵卒，在作坊里将我们一网打尽，投入大牢。

对于这一决定，拉万面不改色。后来我才知道——但为时已晚——他此前逃出鲁昂，流亡到我们这里，为的就是躲避重刑。

于我而言，牢狱是残酷的考验。当然，最难受的还是耻辱。这样的事情，对孩子们也只有隐瞒遮饰，但是从玩伴那里，他们还是得到了答案。得知全城人都把我看作强盗，我真是绝望至极。后来我才明白，这样的劫难反倒为我既有的声誉增光添彩。在大部分人眼里，我好像得到了开示：它使得我可以近距离正视权力那黑暗的光芒，然后捕捉其热量，洞悉其秘密。岳父家的损失则更为惨重。在岳父看来，我与外国人结盟，已然失之草率。加上又连坐牢狱之灾，那就不仅仅是冒失，而是大错特错了。全城人都眼见我犯了事，家道中落，我深知即便有朝一日能够出狱，不是说绝对不可能，但至少也很难在这里重塑辉煌。从那时起，一想到未来，我想的就是逃亡。

比起皮肉之苦，精神上的折磨更让我难以承受。我被投入公爵府的一间囚室。理所当然的阴暗潮湿。但是，我平生已经安于阴暗潮湿的环境，于我而言，囚室无非是充盈着阴晦和细雨的命运的延续。相反，一无所有并不使我苦痛。我意识到，安逸享乐、富可敌国、锦衣玉食、奴仆成群，我曾经如此痴迷的这一切，如今都成了累赘，成了身外之物。对我来说，牢狱成为一种自由的体验。

我的待遇差强人意，至少不算太坏。我独处一间囚室。还有一张桌子，一把椅子。我可以给玛茜写信，甚至可以安排我的生意。关键是我有很多时间思考，可以梳理成年岁月最初的这几年。

我已经到了而立之年。除了那些幸福的时光，如孩子们出生的日子，与玛茜在乡下度过的光景，过去的十年，很少有显山露水的时日。有时候，我们独自骑着马，信步来到周边的村庄，也就是所谓的近郊。这多少有点大意，因为在这个王国里，没有任何安全的地方。兵匪可以长驱直入，来到城郊地带。但是我们喜欢这种总归有限的危险感觉。岳父留给我们一栋乡间别墅，在桦树林深处，还有两人专门负责打理。我们去那里缠绵，入梦。

其他的年光，我了无记忆。这也残酷地说明，不管在理想上，还是在行动上，我都胸无大志。我想的做的都是小生意，只适合我们这种小城市。虽然我们的城市贵为首都，但是国王无权无势，所以到底只能虚张声势而已，在这一点上，我与他大同小异。我抱着很大的期望与拉万联手，到头来也不过是黄粱一梦。现实远没有那么亮丽：我们是一伙卑微的骗子。我们从背叛中获取个人利益。我们肩负差事，却故意有辱使命。在这中间，我们不仅欺骗国王，而且愚弄民众。我了解尼古拉·奥雷姆[①] 的著作。他论证过糟糕的货币会削弱商业，乃至摧毁一个王国。因此，我们不但窃取公共财富，而且在人家让我们驾驭马车的时候故意损毁车轮。真是卑鄙。

幸好拉万关在另一间囚室，我们之间毫无联络。因此，我可以独自思考，得出结论，而没有受到他的影响。出狱时，只见他一脸笑容，非常乐观，准备东山再起。在他看来，形势比我见到的要复杂、美好。他贿赂了国王身边的权臣，我们被释放出狱。据说，我们唯一的错误就在于，打通关节的时候忽略了几位有影响力的人物。

---

① Nicole Oresme（约1320—1382），法国经济学家，著有《论货币》。

他又开始劝我，说降低钱币成色，很多人都有利可图。首先，我们可以从中受益，当然也包括那些被我们收买的人，如王族等，他们会睁只眼闭只眼地坐收渔利。我后来一直记得这一课。

但是，那时候，我相信自己犯下了严重的错误，不但颜面扫地，而且无耻之尤。回头来看，可以说，也正是这个结论拯救了我。它给我力量，来考虑彻底的解决办法。要不然，我不会如此轻易地下定决心。我依旧坚持在狱中默默立下的誓言：一旦出狱，马上远走高飞。

之所以必须远走高飞，不仅仅是因为我觉得羞耻。其实，我自己也意识到，这种想法由来已久，甚至可以说始终都萦怀不去。不知道从何时开始，我一直就想离开这片生我养我的土地，这里充斥着阴晦的色彩，弥漫着恐惧与不公的气息。虽然疯子国王已经作古，但是他的恶咒还沉沉地笼罩着这个国度。坐牢期间我还得知，最近这种疯狂又出现了新的表象。据狱卒讲，一位十八岁的少女，既无名望，也无文化，不过是东部边境上某个村子里的普通牧羊女，她以上帝的名义毛遂自荐，要拯救国家。国王吃了败仗，眼看奥尔良又要失守，于是让这个所谓的圣女贞德来统率大军。儿子绝对继承了父亲的疯狂，所以才会召集一帮女魔头，还要将国家的命运托付给她们……

逃离这种疯狂！不再与这个疯狂泛滥的国度有任何瓜葛。骑士们已经摆脱了祖传的条条框框，从前，他们扮演着庄重的角色，与农夫和教士平分秋色。如今，武力没有了约束，也没有了理性。

我知道出路何在。很久以来，依稀憧憬的东方，我已经知道通往那里的道路。这大概就是早些年来广泛收集游记的唯一好处。在波澜不惊的岁月里，我想的无非就是扎根脚下这片土地，但是我的一部分一直在探寻着未知的世界。从前那隐约见到的豹子，既没有在莱奥德帕尔身上投胎，也没有在拉万的金币中转世。它继续指引着通往阿拉伯的道路。我将义无反顾地迈上这条大路。

玛茜先是经历了我坐牢的洗礼，如今又要经历我离家的考验。我思索了很久。我必须出走，我决心已定，所有的障碍都会一并扫除。最大的障碍就是妻子和孩子们无声的反对。我可能一去不复返，可能会将玛茜遗弃，但是不管在任何时刻，她都没有表现出愤怒和伤感。这是一个伟大的女人，她不仅重视爱情，而且关注爱的对象。玛茜爱我开心。她爱我自由。她爱我充满活力，爱我有无尽的计划和理想。很久以来，我都跟她谈起东方。春天的夜晚，我们围着乡间池塘散步，我与她谈心。隆冬时节，天色阴暗，道路泥泞，寒冷的空气里回响着教堂阴郁的管风琴声，我与她聊天。跟她谈起这些，宛如谈起一个梦想，穿越了我童年的时光，仿若已经铭刻在想象的年轮上。很可能，我已经将激情传递给她。我已经说过，这是一位沉默寡言的女子，关心别人，含蓄矜持，落落寡合，从她深邃的眼神可以看出，她沉浸在多少未曾言说的思绪和想象之中。

从监狱出来，我告诉她下个月就要去东方，她吻着我的脸庞，深情地看着我，朝我微笑，看不出一丝痛苦。我甚至想，她会不会说要与我结伴而行。但是孩子们离不开她，再说她也不是那种为了梦想可以不顾一切的人。她肯定羡慕我，她太明白不过，知道我离开后她会很痛苦。但是，我深深地相信，她会为我而感到开心。

我悄悄地准备行程。不能惊动孩子，也不能给家里带来恐慌。玛茜未雨绸缪，不想给我们的生意伙伴增添额外的担忧。

我们共同商量行装和随从。她主张我带一名保镖。我看过很多游记，我相信，走勒皮昂瓦莱大道，然后沿罗讷河谷一直到纳博讷，没有什么值得担惊受怕的地方。当然，有时候那些地方也有匪徒出没。但是，带上护卫除了招惹耳目之外，并不能有效地保护我免遭攻击。一位投亲访友的小商贩可能反倒价值较小，不会成为目标。因此，我只带了一名随从就上路了。我骑着马，马很强壮，但是很粗陋，说实话这更像一匹拉货的牲口，压根就不会吸引土匪的眼球。仆人戈蒂埃跟在后面，骑着骡子紧走慢赶。

复活节后的那个星期，一大早，我们就出发了。复活节让人们心怀乐观。我向来对宗教都不大感冒，但是也感受到无处不在的欢快气氛，真是好兆头。正逢春季，白昼变长，色彩纯净，生机勃勃，要说真有千般理由让我留下来。但是，这一切都起了相反的作用，鼓励我踏上征程。最后，孩子们也知道我要出远门，不过他们还太小，对我要离开多长时间并没有概念。最后一夜，玛茜和我情意缱绻，久久地道别。我赌神发誓会一直当心，会永远爱她，她也同样海誓山盟。

中午时分，在一条笔直朝南的路边，我和戈蒂埃停下来吃面包。此前，我们还不曾翘首回望。回首来路，只见原野起伏，芳草萋萋，早已看不见城市的影子，只余下教堂的塔影。在整个旅途中，这是我唯一流泪的时刻。

随后穿越奥维涅山区，行程平静而美妙。不像与英格兰人常年交战的北方，这些地区没有经受过那样的苦难。这里只有散兵游勇穿行其间，时不时地烧杀抢掠。我们倒没有遇到过，不过在我们驻足的农庄，有时候会听到关于他们的恐怖传闻。这些军士由领主统率，以武力为各位诸侯效忠。谁出价高，他们就拥戴谁，为谁卖命。这些毫无荣誉感的骑士还有自己的老巢，他们与雇佣军盘桓其间，那里堆积着各种战利品。有些还是货真价实的城堡，军头们在里面花天酒地，不用担心任何惩处。在我眼里，这又是世界疯狂的明证。同样，我也愿意——但不是期望——亲眼看看这些迷途不返的领主。我觉得，在这种骑士–土匪的生活中，有着一种摆脱约束和命运的意愿，这与我本人的抱负也不无相似之处。但是，一直走到罗讷河谷，我们都没有碰到他们。

我们的城市位于多条小河的交汇之处，我从来没有见过大河。沿着罗讷河前行，走在雷哥尔达纳驿道上，我目不转睛地注视着汹涌的波涛。我恍然有了大海的概念。春天来得早，天气已经很热。果园里繁花似锦，五彩缤纷。很快就出现了家乡闻所未闻或者不大盛产的物种：草场上的柏树，宛如一座座小小的翠绿钟楼，还有橄榄树和月桂树，比起家乡的树木来，绿得多了一丝苍白，高挑的竹子婆娑摇曳……这一切都与贝里地区迥然不同。树林不再是阴暗的色调；草地上昆虫比鸟儿鸣叫得更加欢快；地里种的不是牧草和欧石楠，而是一簇簇芬芳的香草。路上的行人操着奥克话[①]，与家乡的口音不同，我们听得似懂非懂。和别的地方一样，战争散播对灾难的警惕和恐惧。然而，民众乐天敦厚的天性依然得以保全。

一路前行，戈蒂埃和我也入乡随俗。天气炎热，我们脱掉冬衣，

① 中世纪法国卢瓦尔河以南地区的方言。

换上衬衫。除了身下的坐骑之外，我们主仆并无差异。戈蒂埃不善言辞，漫长的驿程一路无话。马蹄步步，思绪如麻。回想三十二年人生，不禁觉得它们与眼前风尘仆仆的旅人相去甚远，这让我非常诧异。在繁盛逼人的景物中，我已然脱胎换骨，身上洋溢着一种对自由的热望，忽而反衬出我此前对自由的漠然无知。

以前，除了拉万和少数几个批发商，我认识的都是本城人。我知道他们的籍贯、家族、立场，对他们的想法也能猜个八九不离十。出门前，我认为对于人际交流来说，这些参照不可或缺。然而，作为无名的旅人，我既没有炫耀财富，也没有暴露来头，每天会偶遇形形色色的路人，我对他们一无所知，我毫无畏惧，又无比好奇。熟人之间做生意，大家都知根知底，相比起来，这种陌生人之间的交流要丰富得多。

以前，我总是在高墙深院中安然入睡；城市宛如我的甲壳，我在它的庇护下出生，我的存续压根就离不开它。然而，在行进途中的这些温暖的地区，虽然夜晚还有些清凉，但我们已经习惯露营。我可以看见天空。在老家，大部分时间，星星都被云层盖得严严实实。只有些夏天的夜晚，宵夜之后，我会看一会儿天上的星星，然后才回到屋里。人在旅途，只有与夜色相伴。烧饭的炭火慢慢熄灭，大地一片漆黑，只有头顶的星星在闪闪发光，深邃的天空里没有云彩，繁星闪烁让人眼花缭乱。我仿佛打破了自己的甲壳。也许，我就是最后的一颗星星，最不起眼，昙花一现，然而我像它们一样，飘浮在无垠的空间里，既没有边界，也没有围墙。进入蒙彼利埃的时候，我俨然成为另一个人：本我。

在这座城里，我本可以得到很多帮助，尤其是在兑换商和其他代理人的圈子。他们迟早会知道我是谁，而我也无意隐瞒。但我并不想一开始就利用曾经的身份。我想从头再来，对我的人生重新洗牌。我们在一家客栈安顿下来。我开始与陌生人拉家常，对这座城市，对那些与东方做生意的人，我都有了很多了解。每年都有一队威尼斯商船过来，在艾格–莫特停靠。近两年威尼斯人都没有露面，据说今年还是不会来。至于缺席的原因，大家众说纷纭。唯一可靠的是，现在东方商品稀缺，价格已经登峰造极。

我在周边地区消磨了许多时日，以了解不同城市的布局和财富。正是在一次出行期间，我看到了大海。

原野平坦，树木稀少，微风送来不知名的气味，竹林沙沙作响。我们迷了路，在一条白色的沙石小径上，坐骑步履沉重，缓慢前行。大地陡然凸起，上面覆满了肥实的植物、茂盛的杂草，挡住了地平线。我们爬上山丘，海岸线一览无余。过了这么多年，我始终记得这惊鸿一瞥的初逢。远处，水天交接，光雾蒙蒙。在陆地和海浪之间，一道宽阔白细的沙滩蜿蜒而去。果然与我的想象不谋而合，我有了证据，我们生活的那片坚实的土地，其实并没有涵盖所有的地方。它在这里止步，让位于无边无际的水波，其中也许还会冒出其他陆地来。我急于冲向大海。但与此同时，如果不是听人谈起过船只与水手，我绝不会认为有谁能够挑战这浩瀚的水波，这里海风呼啸，怒涛翻卷，像死亡一般充满了诱惑，充满了敌意。

第一天，我们在海边待了很久，太阳灼伤了我们的脸庞。远处千帆竞渡，看到这番盛况，甚至比看到大海还要令我惊异。在所有的技艺中，航海算是最勇敢无畏的了。乘风破浪，随波逐流，毫无目的地，但又充满希望，或者说满怀有所遭际的信念，比起我的梦想来，海员的梦想似乎更加虚幻。

我们回到城里。从此，我一门心思想着要启航出海，船长们的经验也足以帮我圆梦，那航行到东方的梦想。

旅行中，仆人戈蒂埃一直很谨慎。他从不烦扰我，我真得感谢他。但他之所以沉默寡言，无非就是胆小怕事，外加几分羞涩。他本性并非如此。实际上，他还算爱说话，也擅长与人交朋友。这种优势无关语言。在这里，尽管他只能凑合着交流，但每次和别人聊起天来就没完没了。我用其所长，让他为我打探各种消息。在艾格-莫特，他与渔民做朋友，还结交了各种靠海吃海的人。就这样，他得到消息，有人正准备远征地中海东岸。港口的船只整装待发。船主人是一名纳博讷商人，名叫让·维达尔。

我去看了船。那艘船比渔船甚至大部分商船都要大出很多。从码头望过去，感觉有好几层楼高。船尾有一扇上漆木舱门，上面写着船的名字：*圣母与圣保罗*。船身的木材与小时候我家的墙壁和屋顶一样。但是，这些梁柱不是安装在踏实的地面上，而是直刺蓝天，随着波涛摇摆舞动。有人正从手推车上卸下一捆捆呢绒，准备装到船舱里。我明白，出发在即。我们将径直朝纳博讷而去。包裹里，我一直小心叠放着一套丝绒衣服和配饰，穿起来好歹也像个体面市民，与他们并无两样。我让戈蒂埃通报。让·维达尔热情地接待了我。他和我年纪相仿，目光狡黠，说起话来字斟句酌，一副谨小慎微的样子，宛如在钱柜中攒钱那般吝啬。就这样，还算热情周到。他告诉我说，船只已经全副武装。有一队蒙彼利埃批发商参与其事，货物已经装满。我坚持要参与其中。在相互介绍的时候，我强调自己曾经在布尔日负责为国王造币，我们还聊起几位朗格多克地区和我打过交道的大批发商。维达尔对我们的城市倒也敬仰，他说得有道理，这是王国的新都城。这些关系让他对我另眼相看，他设法同意了我的请求。我们达成一致，我可以与仆人一道上船，但只能象征性地装些货物。我乐得其成，只随身带了钱，还有少许的货物(加起来也就是一包珍贵皮货，路上万一有个闪失，以备不时之需)。

就这样，不到一个星期之后，我就踏着跳板上了船。我在上面遇到十多位旅人。他们与家人作别，辞家的心情既激动又忐忑。他们大声说笑，对码头上的人吆五喝六，抛给他们最后一张便条，再下最后一笔订单。我明白了，大部分人都没有出过海。船长奥古斯丁·斯卡尔在旅客中来回逡巡，说些安慰的话，尽力让他们平静下来。他气色健康，大腹便便，有点农夫的派头。我大概小觑了海员。我认为他们爱做梦，爱幻想。而斯卡尔却让我觉得他们可能更像古代的农夫，因为不满足于田边地头的局限，所以才决定驾船出海，在水面上延续那一道道犁痕……

座位上的桨手也如出一辙。他们像自然中劳作的农夫，一副顺从的神态。他们那生满老茧的双手握着长桨的圆柄，就像握住锄头那光滑的手柄。拂晓时分，我们出发了。大部分旅人都站在船尾，挥着手，看着渐行渐远的城市。我不用向码头上的任何人告别，于是在船头安顿下来，眺望大海。一切都那么新鲜，既让人震撼，又充满希望：木船发出阵阵声响，甲板随着波涛起伏颠簸，太阳在水云间喷薄而出。海风送来大海的气息，送来咸咸的水珠，船上洋溢着活力，浸润着汗水，弥漫着食物与松脂的味道。

这种幸福无与伦比，这是一种新生，一种未知的生命体验，既无比壮美，又可能面临死亡，今天可能缺衣少食，明天又可能一夜暴富。城市生活非常安逸，与此相反，摆在我前面的是冒险的生涯，既可能面临最坏的处境，又可能欣逢最好的结局，也就是说，不可思议、难以预料、神奇殊异。我终于有了活着的感觉。

第二章

大马士革的商队

前天陪艾尔薇拉进城，我差点露了马脚。追杀我的男子正在与其他两人密谋，他们同样地鬼鬼祟祟。我背靠着港口监管事处的墙壁，远远地观望。突然，只见他们朝我走过来。我因为只顾看船坞中的索具而分了心，等到发现情况不妙，他们已经近在咫尺。我太大意了，正午时分，街上已经行人稀少。陌生人大概需要打听什么情况。他们朝我而来，因为我离得最近，也是唯一没有急着要去吃午饭的人。幸好帽子挡着我的脸，而且我站在高墙的阴影里，他们迎着太阳过来，大概会看花眼。我想他们没有认出我来。我撒腿就跑，他们放声大笑，任我落荒而逃。他们大概认为我不过是个穷困的农夫，被他们这一身富商派头吓破了胆。

不管如何，我差点就被识破，给人抓个正着。有了铤而走险的这一次，我决定暂时不再到城里去冒险了。尽量让人家忘记我吧。我就待在房子里，散步也不离左近。

清晨，露台上还照不到阳光，夜晚的凉意还没有褪去，不能在上面久留。这时候，我沿着向下通往大海的小路步行。在熹微的晨光中，大自然还没有醒来。傍晚则不同，到处色彩绚烂，香气四溢。太阳升起来了，植物马上打蔫似的，黯淡无光、一动不动，准备迎接骄阳的炙烤，直到黄昏再度降临。拂晓时分，多少有点不合时宜，仿佛会打扰长夜醒来后的预备工作。晨光中，海面平静，偶有细浪拍击在坚硬的岩石上，传出有规律的声声呜咽，宛如摇篮曲一般舒缓。在这温馨的时光里，我尽情地怀想逝去的记忆。当我情满胸怀，对周遭已经浑然不觉的时候，就慢步穿过月桂和冬青林，沿路返回，坐到已经温暖的葡萄架下，开始写作。

小岛上有很多我们这样的房子，真希望追杀者还没有找到我就自个儿厌倦了。我让艾尔薇拉给那位帮着找藏身之处的客栈老板捎了张便条，让他放出风声，说我已经坐船去罗得岛或意大利了。我还随信附上一笔钱，好让他办事得力些。

自不用说，我很有信心。从逃命以来，我终于了解了追杀者的把戏。只要有线索，他们就不加区分，蜂拥而上。只要等着就好。

但是，这改变了我生活的氛围。来到艾尔薇拉这里，我原本只打算小住几天。现在看来得住上几个礼拜。甚至几个月了。与艾尔薇拉在一起，我找到了愉悦的感觉，不再是那种逢场作戏的安慰。我们无声的爱也具有了真挚的力量。我不知道她的感受，但对我来说，正在产生一种感觉，还不完全是爱情，也许只是单纯的幸福。

我越来越多地投入写作中。从开始述说我的人生以来，每天最大的愿望就是潜入曾经的岁月，宛如潜入明净温热的水中一般。

我开始讲述东方之旅，现在，命运的遭逢也成为最好的布景，为我提供了灵感。希俄斯岛，它的炎热，它的色彩，已经完全是东方的情调……

这是一次奇妙的旅行。我的记忆详尽而又准确，几天几夜也讲不完。但是那会儿，对我来说，丰富的经历有如很多杂乱无章的新生事物，扰乱着我的大脑。毫不夸张地讲，一开始，这种冲击让我几乎昏厥，需要我的余生，需要很多其他阅历，才能廓清这一切。

在船上，白天的时光就消磨在热气逼人的甲板上。桨手的号子声，船只的吱嘎声，恶心，头疼得要爆炸似的，这一切都让我心烦意乱。我的旅伴们也好不到哪里去。出发时意气风发的城里人都把漂亮衣服藏到了船舱里面，白天就卧在舷墙附近，面色苍白，脏兮兮的。一下子，我们忘记了外面的危险，尤其是海盗船。好多次，天际线上刚刚出现可疑的船帆，奥古斯丁·斯卡尔就马上偏离航线，朝港口进发，或者到岛屿的上风处抛锚，躲避危险。在阿格里真托，在克里特，我们的船都进过水。深海上航路漫漫，高度紧张，危险重重，最后，我们终于到达埃及亚历山大港。卸下了一部分货物，部分旅伴在这里弃舟登岸，走陆路去苏丹的驻地开罗。虽然我也想与他们同行，但因为腹泻和发烧只得与其他两名旅人留在船上。

船几乎一下子就空了，我们继续奔贝鲁特而去，然后还要再返回亚历山大，来接那些上岸的商人。我们这些病号就待在船上，继续这一小段航程。我的状况逐渐好转。我恢复了精神，在这短暂的旅行中，我向船员打探圣地的消息。有几名去过那里的海员给我讲了他们的见闻。大家都坚持说，去游历一番绝对不虚此行。在贝鲁特一下船，我就马不停蹄地上路了。但是，在这种景仰的心情中，还有一丝奇怪的感觉。我对自己的惊叹暗暗觉得奇怪：因为我自己也难以分说，此间究竟是什么令我觉得如此惊叹。

海岸线上峭壁林立，色彩丰富：大海有如绿宝石一般，远处峻拔的山峰傲视着城市，上面覆满了深绿色的雪松。景色雄浑壮丽，然而，在其他停靠的地方，我们早已看惯了各种美景。

贝鲁特是一座开放的城市，还遗存有十字军东征时期骑士们修造的建筑，但大部分已经是断壁残垣。这些荒烟蔓草的凄清况味同许多法兰西城市与村落别无二致。跟家乡一样，在这里，穷人与富人并存，贵族与小民同处。比起我们的市镇来，东方的底层民众并不会更让人艳羡。

这种惊叹也并非来自对福音书的参照。在贝鲁特遇到的朝圣者，他们始终处在激动亢奋里，因为他们所到之处皆为圣地。置身某个卵石覆盖的空荡荡的广场，如果知道那里曾经是通奸妇人遭受石刑的地方，他们马上就会惴惴不安。但是，我已经忏悔过，对上帝馈赠的这些养料，我并没有多少胃口。

我的同伴们首先是商人，他们最大的情绪波动来自集市上的大发现。城里满是贵重商品：马达班的彩陶、小亚细亚的丝绸、中国的瓷器、印度的香料……但这些宝贝都不是本地出产。城市里有很多手工艺人，给玻璃胎画珐琅的啦，给雪松木嵌珍珠的啦，制作铜器的啦。但他们的手艺也很一般。郊区地带热浪滚滚，什么都像，就是不像赫斯珀里得斯姐妹的花园。必须回归现实：圣地并非天堂。那么此地让人不由自主景仰的独特气质，究竟来自何处？一周之后，我才恍然大悟。

船上的货物已经卸完了。斯卡尔又装上本地采购的货物，准备运到开罗去。船出发了。预计差不多将近一个月之后，他们还会回来。我决定和几名同伴留在岸上，等他们回来后再一起登船。等待期间，我想深入内地看看，了解具有异国情调的神秘东方。

我们找人租了驴子，朝大马士革进发。道路在山中斗折蛇行。

白天酷热难耐，夜晚寒冷刺骨。早上醒来，满身的露水，流到皮肤上，渗进脖子里。随后，我们沿着一条宽阔的谷地下行，这就是朝圣者口中的诺亚谷。他们认为，大洪水前，诺亚就是在这里建造方舟。我们穿过一道道峡谷，进入开阔的沙漠地带，一直通往大马士革。在那里，一次相逢让我发现了自己追寻的东西。

一支骆驼商队缓缓从东方而来。骆驼阵沉稳庄重，轻颠慢簸，赶驼人昏昏欲睡，勉强看了看我们。牲口满载着包裹，依稀可见陶器、地毯、铜餐具。赶驼人解释说，商队从波斯大不里士过来，他们运送的是来自全亚洲的商品。商队慢慢地从我们面前经过，突然，我明白了，这个地方究竟是什么东西让我如此惊叹：这里是世界的中心。这里并没有得天独厚的条件，但是历史使然，它成为了兼收并蓄之地。在这里，诞生了伟大的宗教，在这里，不同的人种相互融合，街头所见，形形色色：阿拉伯人、基督徒、犹太人、土库曼人、亚美尼亚人、埃塞俄比亚人、印度人。世界的财富也汇聚于此。中国最巧夺天工的产品、印度或波斯最精美绝伦的货物、欧洲或苏丹最尽善尽美的制造，统统汇聚于此。

去大马士革的路上，这一发现让我浮想联翩。它颠覆了我此前关于现时的世界的想象。如果圣地是世界的中心，这意味着我们法兰西不过是偏安一隅，天遥地远。法兰西国王与英格兰人之间无休无止的争执，勃艮第公爵与查理七世之间的敌对，我们眼中的这些重要事件，如果从这里加以审视，都不过是无关痛痒的琐碎、毫无现实感的细节。历史就是如此书写而成：我们不时会发现历史的痕迹，一如被流沙掩埋的寺庙。十字军战士曾经认为可以征服这片土地，他们却吃了败仗。以前又曾经有多少人在这里被打得片甲不留。

他们的毁灭恰如曾经的文明，这个世界的中心曾经吸引过多少文明，后来它们又都在这里烟消云散。

能够梳理这凌乱如麻的思绪，我非常开心。但是能得出什么结论？我是否已经找到自己追寻的东西？我的忧郁便是否定的证据。东方依然太过于现实，太过于普通。看见漫漫黄沙，我又想到了童年时期的豹子。它从这里而来，在为我指引方向。在即将进入大马士革的时候，我经历了一场危机，而同伴们却不能理解。

我们在一个绿洲歇脚，另外一支商队也正好在那里停步，商队声势浩大，人多势众，豪富阔绰，与以前遇到的那些不可同日而语。它本身就是一个名副其实的世界，共有差不多两千头披彩叠绣的骆驼。我们到达的时候，骆驼已经卧在地上，卸下了驼具。它们散布在绿洲上，甚至延伸到周边的沙漠里，黑压压的，一动不动，中间挤满了赶驼人，还有女人和孩子，大家围着沙地上的火坑忙前忙后，火苗升腾，青烟袅袅。清晨，一声令下，大队人马一股脑儿站起身来，准备启程。恍若一座城市陡然拔地而起，准备开始行动。牲口任劳任怨，按照不同的家族和部落分组，很快就排出长长的队列。商队前面是敲击大鼓的乐手，后面是全副武装的护卫。有人告诉我说，他们的目的地是西徐亚沙漠。在那里，他们还要与其他去中国的商队汇合。

我感觉到内心强烈的呼唤，我也要加入这浩浩荡荡的商队。我天生不信邪，惯于把控自己的情绪。但是，这一次，我完全淹没其中。我毫无征兆地相信，这一刻，我已经遭遇自己的命运。为了来到东方，我已经牺牲了很多，这里充满了一切可能性，这里是我梦想中的希望之乡，然而，可以说我依旧是人在半途。我可以切断与此前生活的最后联系，可以放弃商船，朝着完全陌生的世界而去，投入到它无尽的秘密之中。一下子，商队给我指明了未来的方向。

我游弋在骆驼之间，用指尖轻轻抚弄它们身上的皮毛，这一切都深深地吸引着我。我陷身在乌泱泱的骆驼阵里，它们脚踏沙尘，等待着出发的号令。这时已经夜幕降临。同伴们找了我一整天，我们的小团队当时本应该出发去大马士革，路程已经不远了。他们找到了我，我先是不同意跟他们走，对他们的问题也充耳不闻。他们以为我得了什么怪病，丧失了理智，也许无法思考了。最后，我回到了他们中间，但仍久久处于虚脱状态，惶惶不安，若有所思，咧嘴苦笑，面容扭曲。

最终，对玛茜和孩子们的想念占了上风，我振作起精神，打消了一去不复返的念头。同伴们见我恢复了正常，同意跟他们一道上路，也都很开心。但是，他们压根不明白我心中的斗争。刚刚放弃了千种不同的生活，只为了从今以后过这唯一的生活，让我的视野局限于此，该怎么向他们解释呢？我痛苦地告别了这想象中的命运。这一刻是我人生中最为重要的转折。出发来大马士革的时候，我怀着无数的愿望，等我置身其中，这些希望又销声敛迹了。只剩下一件事情要做：让我这唯一的人生富有、幸福。这已经足够了，但又微不足道。

我将豹子长久地关进了袋子里。

幸运的是，这场危机来临之时，我已经身在大马士革附近。一踏进这座城市，我感觉开始了全新的生活，其他的生活则已经荡然无存，这是安慰，也是幸福。在贝鲁特的那种感受，在大马士革则更加明显：这座城市是世界的中心。

但是城市经历过严重的破坏，不仅仅因为反抗法兰克人的战争，也因为土耳其人的入侵。最近的一次就发生在我来之前几年，那是帖木儿发动的战争。整个城池被付之一炬。乌木柱子和山达脂清漆都燃起了熊熊大火。只有倭马亚清真寺躲过一劫。我来的那会儿，城市还没有完全重建。然而，整个城市透出一种强势和富裕的气象。商队纷至沓来，市场上，手作的奇珍异物比比皆是。与贝鲁特相比，人烟之辐辏更让人叹为观止。据说，蒙古人曾经将基督徒赶尽杀绝。但是，很多拉丁商人又回来了，在街头巷尾川流不息。我们住进了方济各会修士接待朝圣者和基督徒的修道院。大马士革与开罗等很多城市都有由驼队负责的快驿服务。在埃及的伙伴给我们捎来消息，我们也可以给他们通报情况。

大马士革有很多精致的花园，尤为称绝。这门艺术与建筑一样将优雅推到了极致，在我看来，这是高度文明的象征。家乡兵连祸结，危险重重，贵族都躲在城堡之中，他们没有闲暇像把玩宝石那样来规划土地。我们只知道两个概念：城市与乡村。在二者之间，阿拉伯人发明了花园这种规整、热情、私密的自然空间。为此，他们颠倒了沙漠所有的特质。封闭的高墙取代了无垠的开阔；清爽的荫凉取代了灼热的阳光；百鸟婉转取代了静寂沉闷；清凉纯净、泉水竞流取代了干旱炎热、口干舌燥。

大马士革还有很多细腻讲究的地方，尤其是蒸汽浴。我每天都洗蒸汽浴，感受到一种从未有过的乐趣。此前我从来不敢想，身体本身就是享受之物。从孩提时代开始，我们就已经习惯了遮遮掩掩。在家乡的气候下，水的使用有如一种痛苦的义务，因为水常常很凉，而且一直稀缺；性接触都是在帷幔环绕的阴暗的床上；镜子只能投射出穿衣着服后的身形。在大马士革却恰恰相反，赤身裸体，潮热的水汽，一段尽情享受的时光。我只有唯一的人生，我要让它充满幸福和享乐。在香气氤氲的浴室里，我大汗淋漓，意识到这是一种全新的观念。

这大概是大马士革最让人震撼的特色，它完善了我对东方的理解。大马士革是世界的中心，它利用这种地理位置，不仅壮大了当地居民的强势，也壮大了他们的享乐。诚然，之所以商队云集、四方辐辏，那是因为商业。货物进进出出、你来我往，带来了丰厚的利润。但是，对各种有价之物征税，无非是出于一个目的：服务于舒适安逸。屋子里铺着珍贵的地毯。吃饭时用的是稀罕的餐具。到处都飘浮着没药和焚香的甜美味道；饮食考究，厨师云集，技艺高超。文人学者自由地研读，图书馆内藏有来自各地的典籍。

这种将享乐作为生命终极目标的观念，对我是一种启示。此外，我意识到自己很难衡量它所有的维度，因为我们基督徒无法接触到这些乐趣的最高受益者和配送者，也就是女人。在这方面我们受到了严格的监视，任何诱骗穆斯林女子的把戏，都会让我们掉脑袋。但是，我们可以观察她们。我们在街头与她们相遇，我们透过面纱或窗栅与她们对视，我们能分辨出她们的体型，能嗅到她们身上的香味。尽管她们过着幽闭的生活，但是比起西方的女性来，她们似乎更加自由，更加注重享乐，她们在土耳其浴室内的胴体，可以带给我们大胆想象的快意。我觉得，这种极致的享乐可以滋养热烈的激情。外乡人常常谈起各种争风吃醋的血腥故事，最后往往导致凶案甚至大屠杀。这些暴行非但没有引起反感，反而强化了人们的欲望。很多商人都无力抵抗这种种诱惑，最后付出了生命的代价。

我回归到自己唯一的生活，而我唯一的妻子也让我萦怀难忘，思念良多。我想象她与我一起分享这些乐趣，我答应要给她带回些行头。我买了香水、地毯、成捆的毛料，这种布料很像城里工匠用棉花制作的丝绸。

就这样，一个月倏忽而逝，我们即将返回，难以置信的际遇却又不期而至。我们躺在皮垫子上，吃着各色甜腻的糕点，从贝鲁特一路同行的摩尔向导通报说，有两名土耳其人来访。他边说边笑，我们并没有马上明白他话意中的嘲讽。但土耳其人一出现便马上揭开了谜底。那两人个子很高，乱蓬蓬的头发，脸上胡子拉碴。看到他们的着装方式，就再明显不过了，他们有点不正常。等他们一开口，就更没有任何疑问了：这是乔装打扮的法兰克人。年纪大的那位，红棕色头发已经稀稀拉拉，他自报家门时的那种傲慢无礼，打从小时候跟着父亲到各位贵族老爷的前厅开始，我就已经再熟悉不过了。

“贝特朗东·德·拉·布罗基里埃，勃艮第公爵府的马厩总管。”他斩钉截铁地说。

我们不过是商人，他自高自大地认为有资格说出自己的姓氏和头衔。然而，他的穿着古里古怪，我们则照旧一副漫不经心的模样，这一切让他的自信中又多了几分局促，甚至是害怕。我们也做了自我介绍，但并没有表现出特别的尊重。他和同伴不大情愿地在垫子上落了座。

我们正等着向导点的冰冻果汁。用人小心翼翼，神情严肃，托着精雕细刻的铜盘给我们上了果汁。我们也请总管大人享用，他却大声嚷嚷起来。

“我从不吃这种垃圾！你们在冒险啊，相信我。”

他解释说，这是用雪水做的，雪是从黎巴嫩山中用骆驼运下来的。

“我听说还可以运到开罗去呢。”我惊叹道。

翻译确认了这一点。从前，雪是用船运到亚历山大，如今，苏丹拜伯尔斯平定了沿途地区：三五头骆驼的小商队也可以运送宝贵的冰块到首都去。

“冰块不融化，好神奇……”

“每支商队中都有人懂得这门技术，负责在旅途中保存冰块。”

阿拉伯人的这项新技艺让我们赞叹不已。贝特朗东却耸了耸肩。

“胡说！损失了四分之三，剩下的也都坏了。他们运送的是病毒，不是冰块。”

他一脸坏笑。这倒并没有败坏我们的胃口。我那份是橘花香冰冻果汁。

我们大快朵颐，总管大人则开始夸夸其谈。他看着给我们当翻译的撒拉逊人，眼神不善。翻译倒很机灵，找了个借口，说要买东西，将我们单独留下。马厩总管不再设防，开始有恃无恐地批评阿拉伯人，说他们狡诈、暴力、不讲道德。他的说教无非就是想让我们觉得，与这样的蛮子为伍，我们多么可怜。

“那您为什么还穿他们的服装？”我斗胆问道。

即便大马士革的生活让我们心醉神迷，但至少我们还穿着自己的衣服，可以理直气壮地宣告自己是基督徒。

总管大人压低了声音，欠身对我们说，乔装打扮不过是为了达到目的罢了。我们这才明白，他是想为主子勃艮第公爵完成秘密使命。但这样的谨慎反而会弄巧成拙、十分滑稽，穆斯林一眼就可以看出端倪。但是，贝特朗东自以为别人看不出破绽，所到之处大肆搜集情报。他一一盘问我们走过的城市和村落，死皮赖脸地打听各种军事细节：碰到过军队没有啦？谁在镇守某座桥梁或某座建筑啦？有多少兵丁护卫那支我差点加入其中——我没有告诉他——的商队啦？问得越多，差事的性质也越昭然若揭。这是在重新准备十字军东征。在所有的西方诸侯中，只有勃艮第公爵还在继续谋划，想切实地重新征服东方。几年前，他还资助过一次远征，最后以失败告终。

知道了贝特朗东的真实意图之后，我开始对他另眼相看。我先开始觉得他好玩，现在已经觉得恶心。我们六个人躺在花园里，色彩、阴影、凉意和谐交融，舒心惬意。我们品尝着美妙的冰冻果汁，这真是人类最巧不可阶的发明，其他的创造与之相比可谓天上地下。我们随身带来了样式，在铺子里缝制了崭新的华服，布料精细，印花考究。我们每天都要沐浴，浑身散发着香精的气息。在我们面前，他显得土里土气，满头油垢，藏污纳秽的衣服下面臭虫蠢蠢欲动，远远地都可以闻到他恶心的体味和口臭，而他却口口声声地说，想通过战火和军功将文明播撒到这里。

这样一位骑士的活标本，我从来都没有机会近距离打量过，他完全处于自然状态，脱离了生养自己的环境。骑士曾经是我们的荣耀，如今则俨然是我们没落的工具和象征。他们的祖上想的无非是上帝，而他们一心想的不过是自己，他们爱自己继承来的荣誉胜过其他一切。

他们的理想就是战斗，但又表现得不尽人意。他们打一仗败一仗，压根就不操心什么纪律、战术、胜利。在荣光中死去，只有这样才实至名归。君主成为阶下囚，缴纳赎金，失地割土，民众苦不堪言，对他们来说，这些其实并不重要。市民流血牺牲，农夫忍饥挨饿，工匠经营破产，对他们来说，这些也无关痛痒，只要他们可以游手好闲，冲锋陷阵。在法兰西，这种执着还被视为高贵的精神。

但是，在这座花园里，我们面前的两个人粗俗不堪，既无甲胄，亦无荣誉，而且还用肮脏的指甲尖掏牙缝，真相已是彰明较著。一个想法闪过我的脑际，在法兰西，因为害怕，我曾经摒弃过这种想法，现在这已经是不可置疑的事实。十字军战士不能征服东方，那倒是幸事，而且永远都不能让他们成功。

相反，我一直将自己视为商人，也接受贵族眼中的我们，普通、庸俗、没头没脸，但这种身份截然不同。我们是交易的中间商，而不是征服的代理人。我们的使命在于互通有无，让大家受用。当然，我们也有自己的方式、自己的抱负，想吸收别人的文明，但是必须礼尚往来，他们也要渴求我们的文化。对于破坏、抢劫、奴役，我们概不关心。我们只想获取鲜活的猎物。

贝特朗东尽可能地榨取信息，而后又开始滔滔不绝地大放厥词，先说起君士坦丁堡的形势，那里已是一片瓦砾，还对突厥人称臣纳贡，又说起奥斯曼人，他不无尊重地将其与讨厌的阿拉伯人针锋相对，再说起威尼斯和热那亚之间的相互敌对，在拜占庭领地或阿拉伯控制区，拉丁城市政策也日益受到践踏。

我已经不愿再听他讲了。这次相遇虽然很不愉快，但还是将我带回了西方。不管如何，我们的行程已接近尾声。再待上短短两天，我们就要出发去贝鲁特，然后登船返航。

在见到贝特朗东之前，我一定会为返程而满怀遗憾。

现在，我却一心想着离开了。

回程非常幸福。在我看来，每一天都是珍贵的礼物，每一天离家也更近一程。然而，与来时相比，旅程更加艰难。我们经历过狂风暴雨，船也遭到损坏。科西嘉岛已经在望，最后一场风暴铺天盖地而来，船只偏离航向，撞上礁石。我被惊涛骇浪卷走，差点淹死。在滚滚浪花中，我不停地挣扎，海底和岩石上有大量浑身带刺的海洋生物，我的左手被多处扎伤，皮肤上横七竖八立着几十个小黑刺。岛上的居民救了我们一命，不过更大的不幸也随之而来。一位所谓的君主，其实就是出身低贱的土匪，他在海岸地区称王称霸，霸占了我们的财物，还将我们投入大牢。我们坐了几个星期牢，等着维达尔给我们支付赎金。

初冬时节，我们终于返回艾格-莫特。我的双手感染，一直浮肿。有一阵子，我担心保不住手，甚至也留不住性命。后来好歹还是痊愈了，我明白，现在已经两手空空，但正因为之前的种种担心，我才没有感觉到多少遗憾。圣诞节前，我与戈蒂埃又踏上罗讷河大道，向家乡的城市进发，我已经身无分文。维达尔希望通过私掠许可证来赔偿损失。一俟获得授权——他也确实获得了许可，海盗船就可以袭击我们遭受抢劫的那个地区的船队。战利品就是对我们的赔偿。这一招很有效，也降低了航海的风险。但是过程非常缓慢，也没法救急，我们只有破产。

最奇怪的是，对于这种结局，我非但不觉得难受，反而意外地开心。我觉得自己像婴儿般赤条条地来到这个世界上。我又开始了新的生命。与曾经的梦想作别，梦想也变成了追忆。我带着宏伟的计划回来，相比带回几匹丝绸和几包香料，我更加富有。我的财富还没有显现，它正在路上。对于身上揣着的宝贵财富，我秘而不宣，也不知道它能让我获得什么。但是，我信心十足。

还在蒙彼利埃，我就给玛茜寄出邮件。我知道，她在等着我。最近几周，每每想到她，我就欲火焚身。我的手上伤痕累累，想起当时的遭遇，有如跟魔鬼接触一般。回想起这些考验，也更加珍惜曾经的温馨。在睡梦中，我止不住地尖叫。我那受伤的手朝玛茜白净细腻的皮肤伸过去，想躲开梦魇水域中对我穷追不舍的怪兽，想避开它那扎人的皮毛。

平原上，一路逆风，坐骑劳顿，步步为艰。漫漫归程，真是尝尽了苦楚，教堂的塔影勾勒在地平线上，但似乎总是那么遥远。终于，阴暗空旷的街头响起了我们的脚步声，敲门声，门孔开启，随后是热泪，欢呼，拥抱。夜里，满满的都是快乐，这快乐等待了那么久，让人备受煎熬。

差不多过了一个星期，我们才开始向对方讲述彼此的生活。我原原本本地讲述了一切，玛茜则让我重温了小天地中纷纭杂沓的消息，这个小天地静止不动，一直在等待着我……

我已经认不出家乡的城市。在我的记忆中，它总是黑黢黢、灰沉沉的，永远都是阴郁的色调。回来的那天恰逢春末，阳光明媚，艳阳高照。城里乡下，和煦的阳光里夹杂着一丝潮湿的气息，比起东方的燥热来，这种熏风有着迥然不同的感受。你马上会想到和煦一词，以形容阳光下的舒心畅意。

刚回来那些日子，在直面城市之前，我先去了沼泽地，长时间地漫步其间。在那里，我找到了方式，可以重新缓步踏入街区，可以重新适应城市。在通往柳荫的路上，在黑木船之间，水面上光影摇曳，一丛丛长长的藻荇，如小旗般在水底拍击。回家之前，我想重新审视自己出生的土地，我想感受那种驻足停留的热望，好感谢上苍，让我降生到了人世间。

归来和互诉衷肠之后，旅行的真实效果也随之显现：一切都那么熟悉，一切又那么陌生。别再说什么顺理成章，我情不自禁地要加以对比。譬如，从前，一如这座大都市中的所有居民，家乡的房子让我备感自豪，现在看起来却是那么粗鄙、简陋、低矮。墙面上裸露的柱子，木头拼出的菱形图案，拐角处宽大的梁柱，这一切都恰似原始的窝棚。在东方，我看见过石头建造的宫殿、人烟繁阜的城市、蛛网密布的街道和两侧高耸的多层屋宇。在我看来，我们的财富实在可怜。

旅行中，另一个彰显的现实就是漫长的时间维度。此前，在我的周遭，我只注意到相对较近的历史印痕。我们城市的教堂和主要建筑不过有着一个世纪的历史，顶多也就两个世纪而已。在东方，我看到了更为古老的遗迹。在巴尔米拉，我有幸参观了古罗马时代的废墟，旅行期间，我还多次目睹过古希腊的庙宇。回来之后，我才恍然发现，我们的城市也遍布古代遗存。最让人叹为观止的就是教堂脚下沿山迤逦环绕的城墙。次第向远方展开的高大塔楼，我曾经成百上千次从下面经过，但是我从来不曾将其与福音书中所说的古罗马人联系起来。这一发现虽然无足轻重，但是对我产生了重大的影响。我过去仅仅从空间上想象过他乡：只有自己移动，才能看到事物变迁。现在我明白，时间也在事物之上发挥作用。停留在原地，我们也可以看到世界的变化。因此，号称坚不可摧的城墙，最后也轰然陷落：如今，城墙下街道纵横，新楼拱卫，一直延伸到低处的溪流边。也许某一天，这些房子又会无影无踪，或者被更加高大的建筑沉沉俯视。这就是时间，当我们在其中扮演角色，时间也就成为历史。每个人都可以参与其中。我在别处看到的宫殿，天知道某一天会不会在我们这里拔地而起。总之，从这座城市出发的时候，我将其视为静止不动的遗产；等回到这里之后，我从中看到的是仅取决于人类自身的历史素材。

我的旅行经历不胫而走，大家纷纷邀请我去做宣讲。大大小小的商人，以为我要重振旗鼓，都提出要与我合作。我拒绝了所有的建议。我的想法出奇地清晰。我知道自己想干什么，该怎么干。问题就在于要和谁来干。

为了实现抱负，必须与他人合作。但是，我心中的秘密计划只能与完全可靠的人分享。我在脑海中把熟人们都过了一遍，却发现没有谁完全靠得住。这时我想到了围城期间的玩伴。那段插曲将我推向人前，也让我认识了自己，也许是出于迷信，为了重续前缘，我觉得必须寻找陪我冒险的伙伴，再说他们后来也确实对我死心塌地。

首先，我去见了吉约姆·德·瓦耶。他住在圣-阿芒，我回来之后，他还没有任何表示。我知道其中的原委。他拉不下脸面。他在做呢绒生意，遭受了严重的损失。好多车货物被抢劫，库房又遭了火灾，还有一个大客户被劫匪杀害，他的遗孀想赖账……生意做得一团糟。吉约姆接待了我，他们一家正忍饥挨饿。他的妻子瘦削、苍白，不停地咳嗽。从眼神可以看出，她自知来日无多。她最担心的是，不知道自己死后孩子们还能不能活下去。吉约姆一直充满活力、严肃认真、不知疲倦，他的所作所为、他与命运的斗争，他都一一讲给我听。但他凡事都不顺利。就在头天，他得知又错失了一桩很期待的生意。他低着头跟我说话，我一直在观察他。他还是那么矮小、瘦弱、紧张。如今，他身体中的能量只能表现为绝望或疾病。他很像我们这个国家：满满的都是勇气、才华、志愿，但由于形势所迫，这些优秀品质没有用武之地。我与他并无两样，只是我知道，在别的地方可能更适合发挥所长。

我建议吉约姆来跟我一起干，我先预付一笔薪金，让他马上还债。他开始全身发抖。要是换了别人而不是我的话，他大概会害怕这样优惠的条件，对于是否投身一种尚不明确的志愿，他大概也会踌躇不决。但是，我救过他的命，他对此没齿不忘。这不过是重组当年的团队罢了。他站起身来，拥抱我，又单膝下跪，像领主宣誓效忠一般。那时候，骑士精神还是我们唯一的参照。后来，每当提起这第一份契约，大家都相视而笑。但是，这契约比白纸黑字更有力度，谁都没有质疑过。

我想到的第二个人是让，我们称之为小个子让，真名叫让·德·维拉热。情况不同，麻烦更多。让比我年幼。当年，他也是那伙顽童中的一员，对所谓的头头艾洛伊崇拜得五体投地。围城期间的那段冒险经历使得他与艾洛伊分道扬镳，但这不过是他堕落的开始。让先是想投靠到我的门下。可是，那时候，我对管人的事兴趣索然，于是断然拒绝。我感到他身上有一种负面的能量，有一种破坏的狂热，会挑战一切权威。他天生叛逆。他是这样的一个人——我后来还碰到了几个——他们童年时期遭受过家人的暴力，内心深处的伤口从来就没有愈合，一生都叫嚣着不可名状的仇恨。他们奉行的暴力并不需要什么结果，只是为了给坏脾气提供出口，在他们受伤的灵魂里，这种暴戾和着痛苦与日俱增。十五岁时，他就开始杀人。

当时战事正紧，那是为一位小头目干的，谁也没有怨他。他追随这位头目，后来又加入查理国王的军队。圣女贞德夺取奥尔良的时候，有人看见了他。国王在兰斯加冕，他也在现场。但是，从第二天起，他就心生厌恶，不想再伺候如今已经合理合法的国王，似乎只有在抵抗中，在沦陷的事业里，他才能找到自己的用武之地，于是他从军队开了小差。据说他回到了家乡。他开始做葡萄酒生意，还给当年的战友发过几批货，让他们一醉方休。哎，后来生意也破产了。他失踪了。吉约姆一直跟他有来往——正因为如此，吉约姆对我很有用——认为他到里昂投靠了丧心病狂的领主维朗德朗多。在那里，他大腿受了伤，于是返回贝里地区来治疗。他成了奥比尼领主们的门客，为他们尽着不可告人的义务。我到那边去见他。吉约姆提前给他捎了信，说我要登门拜访。我原以为他不过就是盗匪罢了，说实话，我真担心行伍出身的他早已经被酒色掏空了身子。

看到他身体十分健康，我非常满意。他比我足足高出一头，穿着紧身衬衫，身材修长、结实。经过日晒雨淋，他练就了一身古铜色的皮肤，他的面颊上留着金黄色的、亮闪闪的胡茬。腿上的伤差不多已经痊愈，只是行动还稍显僵硬。当年相识的时候，他还是个孩子，如今只留下那双蓝眼睛和喜悦的神色——如同那些身心遭受过创伤的人一贯示于人前的。我深知，开始的几分钟至关重要。要么我们形同陌路，什么也别指望他；要么就像我设想的那样，当年的情谊还在，他就是我需要的那个人。

一位女佣在附近走来走去。让低声跟她说话，我觉得是个好兆头。我并不觉得他行为粗鲁，也不像平素里的兵卒。

“那你后来当了兵？”我问道。

“我想当，雅克，我想当。”他若有所思地回答，微笑着，眼神忧伤。

他给我讲了很久随法兰西军队打仗的情况。只有贵族才有自己的角色。他们只手遮天，哪怕就是错误也必须执行。其他人不过是用来牺牲的行尸走肉。

他对军事艺术没有任何兴趣，这与其他很多我后来遇到的庶民不同。

我明白，让在寻找一位领袖，但是从来就没有找到。他给我讲起奥尔良围城，这是他唯一全力以赴的浴血奋战。他跟在圣女贞德身后战斗，但是对她却一无所知，只知道她自称是上帝派遣而来，可是他并不信上帝。在营地里他也遇到过她，当时她已经卸掉甲胄。他看见了她裸露的大腿，瘦骨嶙峋的感觉，她低垂着眼睛。我知道，他本可以为她出生入死，在所不惜。他喜欢比自己弱小的领袖。而对于其他人，早晚有一天，他会向他们发飙，然后各走各路，免得将他们碎尸万段。

坐在他面前，我显得更加矮小，我将双手平放在桌上，只见皮肤白皙，指甲精致，经常有人说我像女人一样，手无缚鸡之力，那时候我正想极力左右他，也就故意显示出自己的弱势。

他走上来，握住我的双手。他喜形于色，我甚至觉得他已经快热泪盈眶了。

“雅克，”他说道，“你是上天派来的吧。”

少年时期的友谊依然如故，而且早已一劳永逸地划分了彼此的角色。他重新做好准备，要一直追随我。我赢了！

随后的两年有些诡异。在内心深处，我清楚地知道自己要达到的目的，我从未怀疑自己的事业会取得成功。但从外部来看，我的境况何止是风雨飘摇。我坐过牢。后来，我平白无故就放弃一切去了东方，唯一的借口就是要去那里发财；再后来，我又身无分文地返回了故乡。我早已过了而立之年，但还是一事无成。虽然人家从来没有把“一无是处”这个词说出口，但是我能猜到，亲戚朋友心里都少不了这个念头。只有玛茜一如既往地信任我，还是那种方式，默默寡言、心不在焉。她真心地希望我能成功，其实我怀疑她早已料到，一旦功成名就，我很可能会离她而去。她给孩子们讲我的英雄壮举，讲我的精彩故事。然而，儿子让已经十三岁了，他有自己的判断。虽然他生性内向，但还是忍不住问起了我的人生，我真觉得他是在怀疑我。

岳父还年富力强。他一直是——可能未来很长时间也是——家里的顶梁柱，一家人的生活都得靠他，虽然他嘴上抱怨不迭，但心里面还是很得意。对于自己做的事情，我心里也算有谱，因而不怕他怎么评判。我只希望他能最后借我一笔钱，这是我实现理想的救命钱。我并没有去说服他同意我的想法有多么在理。不管我找什么理由，他绝不会改变自己的主意：从我这里，他等到的只会是挫折。

我让玛茜去劝说，他终于让了步。

我们在鞣革匠居住的郊区租下一间仓库。六月中旬的一天，在扑面的暑热里，我们召开了第一次会议。闻见从敞开的窗户蔓延进来的皮革味道，我们才恍然明白为什么成交的租金如此低廉。吉约姆、让和我围着一张破旧的杉木桌，身子远远地离开桌沿，生怕被木刺儿划伤，年轻的公证员为我们起草了第一份契约。我们相继签了字，打一进门公证员就屏声静气，出去的时候差点快透不过气来。密谈一直持续到深夜。让出去买了葡萄酒和宵夜。我几乎一个人从头说到尾。旅行期间积累的笔记、参考、想法一下子全涌了出来。它们经过时间的梳理之后已经成形。伙计们全盘通过了计划。他们唯一关心的是具体操作问题。谁干什么？怎么干？用什么办法？他们之间性格互补，于是也就马上明确了彼此的分工：吉约姆负责管理、票据、账务；让负责开路、说服合伙人，还需要扫清障碍。

到底是什么呢？很简单，一家批发行。其特点在于要面向东方，辐射全欧。初看起来，这没有任何新意。这些年，经历了战乱频仍、人人自危的岁月，想与远方做买卖不过是十成十的乐观主义。旅行期间，我做了大量笔记。那些有用的人名、地址都被我一一记录在案。发生海难之后，那个抢劫我们的科西嘉暴徒认为这些信笔涂鸦一文不值，所以我得以留存下来。除了有关地中海沿岸港口商业活动的笔记之外，还有我在碌碌无为的这些年里收集的很多其他信息。在岳父身边，在拉万左近，在监狱中的日子，我一直专注于倾听、提问、学习。

这一刻，一切都具有了意义。我想做的不是仅凭财富就可以慢慢拓展的小生意，我的想法是要构建一个覆盖法兰西、地中海和东方的网络……要想捕到大鱼，就必须下网快、撒网远。两位伙计都很清楚，这也需要精心的组织。有些普通批发商也提议要与我合伙，但他们无非是想利用我的经验，而让和吉约姆则不同，他们并不算富有的市民。他们可以赢取一切，而别无长物可损失。这个大项目让他们激情昂扬。

在得知有多少启动资金的那一刻，我感觉他们有些泄气。我预料到他们会反对。但是，我们不可能像其他商行那样设置分号或代理商。我们只签临时合同，只涉及当下的交易，交易一结束，合同也就终止。如果有人想加盟，想在与我们有生意往来的城市里做中间人，他们可以来去自便，但是别指望我们付什么报酬。他们可以在自己带来的业务中自行提取佣金。总之，关键在于要到处去为我们做推广，让客户信任，要打造一开始有点言过其实的名声。信任的人多了，名声也就渐渐成真。这项工作使得让豪情万丈。他很健谈，喜欢抛头露面，懂得循循善诱，这真是为他量身打造的角色。他开始描绘自己需要的四季服饰，我则完全表示同意。我曾经轻车简从地旅行，目的是为了更好地观察。然而，我知道，在将这个体系付诸实施之际，我们常常需要使用各种可能的手段，抛弃一切低调的美德。

我们商定尽快派吉约姆到蒙彼利埃常驻，让他在那里负责安排往东方发货。一开始，我们还得依靠做这桩生意的批发商，需要利用他们的商船。一等做好绅士的那身行头，让就出发去了弗兰德地区，那是勃艮第公爵的领地。他去那边看看能否搞到呢绒。一部分货物可以就地转手，或者在国王的领地内销售，从中获得的利润则用来将剩余的货物运往东方。一有可能，让就得去德意志，甚至去英格兰人在法兰西控制的最后地盘鲁昂，到那里物色我们共同确定的一系列商品。他还要马不停蹄地赶往里昂，当地要举行大型商品展销会，他必须取得某位经纪人的支持。

为了帮助自己完成这些行动，让提出要招募一队人马。绅士绝不能单枪匹马地出门，更不用说还有大宗货物啦。吉约姆已经当起了司库，反对说没钱付保镖的额外开支。让有点瞧不起地交涉说，他更了解保镖这种人。招募的时候并不需要预付款。那些横行乡里为各色王室贵族效劳的军队，也只是从战利品中获得报酬而已。有时候，成员们需要等待很久才能分到一杯羹。但是，有这份期待也就足够了，在晚上沉沉睡去之时，不管是酩酊大醉，还是得到了妓女的抚慰，他们都能梦见上天的赏赐，上天对纯朴善良的人也总是格外开恩。

“你给他们什么战利品？”吉约姆反问道。

“我们的利润呀，如果有的话。”

我觉得他们之间已经建立起这样一种关系，既有竞争，又有嫉妒，既彼此友爱，又互不理解，他们二者缺一不可。为了更好地统治，就必须先进行分化，虽然我从来没有试图这样做，但是我始终认为，矛盾的统一即成功的秘诀。

该确定我的角色了，我径直宣告说，我还是想当造币匠。那时候，货币短缺制约着所有的生意，整个王国都深受影响，我们的贸易也概莫能外。没有存货就不能进行实物交易。我们得控制货币的路径，在所有法兰西兑换商那里，我们都必须持有一定的银票。这便是我的工作。

这就是我对他们的交代，他们完全同意。但是，他们也意识到有些事情我并没有说出口。第一点不言而喻、不问自明，我是他们的老板。商行打的是我的名字。跟别人提起这个名字，就像提起芝麻开门，又如低声说出某个神圣的称号，让人充满了敬畏的心情。毋庸讳言，从今天开始，为了我们共同的利益，他们的使命就是要建构我的传奇，将我的名字打造成一个品牌、一个神话。他们之于我，恰如彼得和保罗之于耶稣基督：他普世荣光的驯服的创造者。我衡量了一下这个对比有多么可笑，多么夸张，如果有人认为我自诩为神，那也请他们放心：我们充分意识到这一切都是基于谎言。我们比谁都更清楚，我何等地弱小，我也是凡人，我也会犯错误。然而，我们创造的业务不同于简单的生意，后者虽然不可或缺，但是没有光环，没有希望。我们想赋予它以气息、规模、视野，好配得上这个全新的抱负。为此，我们的店号也不应该让人觉得像商贩的买卖，而应该像先知的教派。先知，如果需要一位的话，那就是我。

夜幕降临了，我们还在工作。我们挽起袖子，额上大汗淋漓。透过敞开的窗户，只听见旁边的两座钟楼上响起了声声晚祷。

在想法、计划和当下的处境之间，距离当真有如霄壤之别。在生命中的这个时刻，对我们最好的概括就是失败，但也许正是失败才让我们团结一心。有些人看我们时总是带着那种对失败者的怜悯，听见我们异想天开的计划，他们大概会无奈地耸耸肩。我知道，在心底，他们认为这是一场闹剧，我也懒得向合伙人解释这个让我萦怀难忘的计划如何切实可行。从布尔日围城以来，他们对我还算了解，他们一定会感觉到，在实际部署背后，在我透露的业务之外，我肯定还有其他的想法，对于要达到的目的也有更高的期待。他们没有多问。也许，这份神秘是必不可少的，这样才好让他们相信，我就是那位先知，他们要将我的说教传遍全世界。也许他们还知道，如果我不想多说，强人所难也不会有结果。

其实，即便他们问起我，我的态度也不会改变。因为我相信，我心底的想法只能与一个人分享。一切都将取决于他，如果他不情愿的话，那就没必要公布我的意愿。这个人就是查理国王。

两年间，我想尽各种办法，希望能够被引荐给国王。没有达到目的主要是因为两方面的障碍。首先，他总是行踪不定。与英格兰人和勃艮第方面的和平谈判常常让他分身无术。然而，他又不想放弃追随作战的大军。据我的理解，他对敌人敞开着谈判的大门，同时又不断地在军事上施加压力。在类似的矛盾中，说闲话的人看到的无非是他的摇摆不定，还有身边朝臣彼此相悖的建议。我倒宁愿认为，这也证明了他的机敏，他的政治智慧。不管如何，君主行色匆匆，我很难与他见上一面。我得出了结论，最好还是待在原地，老老实实地等他来到我们的城市再毛遂自荐也不迟。在这里，好歹还有些人可以支持我，虽然我的生活没有什么了不起的地方，但我也绝非一无所有。

还需要知道怎样才能获得单独面谈的机会，这是我成功实施计划的关键所在。能够助我一臂之力面见国王的人，我是否应该告诉他们真相？或者干脆找别的借口，那有什么借口呢？在没有见面之前，国王只委托我做过一件事，那已是不堪的回忆：和拉万联手造币的惨痛经历。我想最好还是先不要提及。但是我又想，实在没有其他办法，造币的事情也许就是最好的开场白，再说我还想重操旧业呢。我回去见了拉万。

他住在奥尔良，自从城市解放以来，他依旧干着自己的老本行。乍看起来，他已经发了家。他身体发了福，生了酒糟鼻，脸上也有了红斑。然而，他从火红的熔炉中吸取了能量，看起来精力旺盛，不减当年。

弄虚作假出了丑，还遭受刑罚，这之后仍想重拾造币的活计，这种种顾虑，我都一一讲给他听。对于那件旧事，他早已忘在脑后，略微思考了片刻才明白我的意思。

“哎，”他拍拍大腿说道，“这就是职业啊！没有进过监狱的造币匠，就好比没有坠过马的驯马师。谁敢相信他啊。”

他重新讲起了三年前我不爱听的那套说辞。这一次，我开始洗耳恭听。在拉万看来，人家付钱给造币匠，交代给他工作，他必须反其道而行之。他原本应该保证钱币的成色，但是众所周知，他会造成色很低的钱币。造币匠之所以能够欺行霸市，那是因为他花钱打点。搞歪门邪道得来的利润，他要与可以惩罚他的掌权者一起瓜分。可以说是集体犯错，一人担责。他必须保证事情不能出漏子。假如合该倒霉——当然也时有发生——碰到保护人相互敌对，彼此不和，他就得承担苦果。抓了人，也没有了利润，很快那帮争吵不休、将他投入大牢的人又会改变主意：最好还是息事宁人吧，于是大家又开始狼狈为奸，结成联盟，最后将他释放了事。

“要趋利避害，最有保障的法子就是与权力至高无上者打交道。”他总结道。

“国王？”

“当然！”

他微笑着举起杯子。很庆幸他这么快就聊到了这个话题，正中我的下怀。

“正好，拉万，我希望你能帮帮我，觐见国王……”

丹麦人眯起双眼。他狡黠地掂量着我的建议。我是否在骗他？他从国王那里得到的好处，我是否在想夺人之美？

我睁大双眼，平静地等待着。他能够说服自己，他眼中的我还是那样单纯而真诚。

“你想面见圣上……”

“单独谒见。”

“哎哟！”

成天同火与金打交道的人，哪里还怕夸什么海口呢。

“他就是这样接见我的。”他继续说道，“但是，他很早就认识我了。他会很警惕的，你知道吗？你越是热烈地推荐某人，他越会加以防范，除非他亲自嗅嗅。我说的是嗅嗅……等着瞧吧。”

我们开始上桌吃饭，虽然还为时尚早。

等女佣送上一盘菜，我才明白过来，对于拉万来说，随时都是用餐时间，女佣随时从厨房上菜，他则是来者不拒。

“你知道他现在在哪里吗？”我问道，想拖延一下再吃那个肥鸡腿。

“很难说。他在安排与勃艮第那个老狐狸谈判的事宜。据说他召回了所有的旧部，包括那些失宠者。我了解他，不同的时候，他身边有着不同的帮派。今天得宠，可能明天就会坐牢，或者被缝进口袋投入水中。但现在可是大赦天下！查理想做个了结。如果谁遭到疏远，勃艮第人或者英格兰人就会趁机收买。他不希望再看到叛徒。”

拉万边吃边说。我本来就没有胃口，看到拉万残缺不全的牙齿，更是索然无味。

“据说，他还在打仗……”

“对。他软硬兼施，一边谈判，一边打仗。据我所知，现在他应该在图尔驻跸。他迟早会回到东边。他可能会打这里或者布尔日经过。”

“你能够给他消息吗？”

“文字肯定不行啦。跟他谈事情，最好不要留下任何痕迹。但是……”

他有些迟疑。不知道是在掂量要下口的那块肉，还是在斟酌要说出的那句话。

“不管怎样我都要和他见面。他交代给我的任务，我很快就会完结，后面的事情，我们还得一起商量。对他来说，和平的代价非常惨重，战争就更不用说啦。他比任何时候都更加需要我在钱币上的收益。”

他站起身来，就着上衣衣襟擦了擦手和黑黑的指甲。

“你瞧，倒是你让我拿定了主意。还得谢谢你。我明天就去图尔，他还在那里。我到时告诉你，看他是否同意接见你。”

“单独，你明白吗？”

“是的……是的，单独。”

他抓住我的肩头，和我拥抱。拉万点燃生命的火焰，如同浇铸金币一般。他往烈火中胡乱地投入食物、饮料、女人、危险。但是，给这一切带来味道的却是友谊，这友谊需要小心翼翼地收获，需要小批量地收获，因为这是一种稀缺珍贵的食物，这是一种令人永不餍足的调料。

拉万说到做到。他的雇佣兵来到我们的城市，给我带来了好消息。国王要路过布尔日，还要接见我。他将在圣周四那天到达，还要在教堂参加复活节弥撒，星期一再离开。侍从会通知我具体的觐见时日。国王驻跸期间，不分白天黑夜，我都得一直待命。也许国王要到很晚的时候才会传召，如果到时一等不来，二等不至，他可受不了。

国王还有两天就要到了。既漫长，又短暂。我必须想到一切，预见一切。我充分地意识到，我的整个人生都将取决于这次晤谈。这不是平常的召见。国王也许会想到，我要说的内容事关重大，绝非求赏或求官那么简单。再说，我还希望他多给我点时间，让我仔细奏明事情的来由。不管如何，打一开始我就必须得打动他，要用言辞去吸引他。

想到这些，我很快认定自己没有任何成功的机会。既然如此绝望，内心反倒平静了下来。我觉得控制住了自己，清醒而坚定。我一丝不苟地谨守着四旬斋，只是为了让别人相信我也是信徒，实际上我已经不再有信仰，在这期间，我得以衡量我的一无所有。我什么都算不上。我也没有什么可以失去。但如果说我有什么可以赢取，那就是全部。

国王如期到达，在公爵府驻跸。我则时刻待命。玛茜了解了事情的来龙去脉，对我也倍加关爱。旅行回来之后的这些日子，无疑是我们婚后最幸福的时光。今天，我深感遗憾的是，在那段时间里，我常常魂不守舍，一心只想着要完成的事业。玛茜看到我心神不定的样子，大概非常难受，但我们从没有说起过。

晚上，我都是和衣而眠，仿佛一位僧侣在时刻等待着终极召唤似的。我留心着街头的脚步、家中的动静。时逢三月，潮湿，无尽的阴暗。从凌晨开始，冰凉的雨点就一直掉个不停。

星期六黎明前，等待的消息终于传来。三名男子来到我家，咚咚地敲门，仿佛要上门抓人似的。然而，从来就没有哪个罪犯这么急着跑去自首。一瞬间，我就来到了楼下。

我在雨中跟着他们走。冰冷的雨点落到我的后背，我宁愿认为是雨点让我在不停地颤栗。大约五点钟光景。街上空无一人，只碰到了一队巡夜的兵丁，他们早已累得昏昏欲睡。公爵府上，好多扇窗户都灯火通明。也不知道是刚刚才上的灯，还是烛台燃烧了整整一夜。我心想，这究竟是国王的第一场晨会呢，还是夜里的最后一场召见。要是前者，他可能还睡眼惺忪，要是后者，他大概已经瞌睡连天。我强迫自己不要往坏处想。

我被带进一间间殿堂，在贝里公爵那个时代，我就已经陪父亲来过。但是，卫兵带我进入重院深处。我们走过了无数的楼梯、穿廊、侧厅。国王的大队人马盘踞其中，到处都乱糟糟的。过道里塞满了柜子，大概三下五除二就可以从中拖出布帘餐具什么的。有些内侍正在墙角呼呼大睡。盘子直接摞在地上，里面留着残羹冷炙，那是各位老爷在卧室里匆匆吃剩的宵夜。我们上了一层楼，穿过一条狭窄的通道，来到一扇低矮的门前，门口守着两名年轻的卫兵。带路人和他们协调几句。其中一人打开房门，闪身进去，又随手把门关上。他过了好久才回来，示意我准备进去。一名卫兵让我把打湿的大衣递给他，我连忙照办，甚为感激。门终于打开了，我略略低头，独自走了进去。

第一印象恍如置身星空。我进到房间里面，黑咕隆咚，无边无际，毫无参照，只有中间的桌子上燃着一支孤零零的蜡烛。微弱的烛光消弭在沉沉黑暗中。死一般的寂静，只回响着我的脚步声，我意识到这个房间非常之大，也非常之空。

父亲经常给我讲起一间极尽奢华的殿堂，里面甚至可以召开贝里地区的三级会议[①]。修建的时候已经是举国赞叹，因为天花板上的梁柱全是异乎寻常的高树大木。我打探着沉沉黑暗，但什么也看不清，大厅里悄然无声。我走近桌子，进入烛光映照的光圈。我站在那里，等待着。桌上铺着纸。我忍住没有看上面的内容。如果说国王的目的是要给我个下马威，那得承认这确实达到了效果。我仿若正手无寸铁地独自穿越黑压压的森林，不知道何处会发生危险。漫长的等待。在我的身后，黑乎乎的什么也看不清，突然传来了轻微的声响。声音延续了一会儿。这是一种呼吸声，或者说一种连续的吸气声。我傻傻地认为，在厚重的阴影中，潜伏着一只看家犬。声音越来越近。突然，脑海中回想起拉万的话：“他要嗅嗅你。”我转过身来，对着声音响起的方向，被惊得连连后退。黑暗的边缘站着一个人影。几点破碎的光，消散在漆黑的空间里，投射到他的身上，在昏暗的背景上勾勒出他的身影，宛如壁炉上的浮雕图案。那人一动不动地盯着我，惊动我的急促鼻息声正是来自他。

他慢慢前行，出现在烛光中。据相关描述来看，这就是国王。

---

① 法国中世纪的等级代表会议，参加者有教士（第一等级）、贵族（第二等级）和市民（第三等级）三个等级的代表。

我早知道他，但还是无比诧异，难以置信。之所以如此，既不是因为他的穿着出奇地简单，也不是因为他长相丑陋，亦不是因为他怯懦的神态。我只是没想过会见到一个同龄人。

“晚上好，科尔。”他低声说道。

“晚上好，陛下。”

他坐到桌子后的木椅上，示意我在他对面坐下。他特意坐得靠后一点，好让我看到他的全身。他停顿了一会儿，好像是要给我留出时间，让我将他的形象传递到大脑，然后再得出结论。今天，当我想起他的行事方式，很容易就可以洞悉其原因了。查理七世比任何人都更懂得运用自己的外表，而不是言语。在将全身展示出来的同时，他一下子就显示出了特殊的权威。我平生遇到过很多有权有势的人物，我知道，他们大概可以分为两类。一类是靠力量来施加威势。他们通常是军队的将领、派系的头目，当然也有教会的精英。他们的精力、热情和胆魄，谁要是当面见识过，真恨不得能够一直追随左右，哪怕放弃一切也无所谓，简直就是天不怕地不怕。权力，就是力量。另一类则更稀少，也更可怕，他们从自我的弱小中获取权威。这类人看起来无能、弱势、受伤。只因命运弄人，他们不幸君临天下，统率大军，或者执掌某项事业，他们只有通过外表来坦诚相告，他们无力完成使命，但又不甘心就此放手。显而易见，他们是牺牲品，这反倒引起人家的钦佩，也由衷地想为他们效劳。他们越是无能，身边集结的力量也就越多。大家都英勇无畏，争先恐后地要让他们心满意足，这份拥戴，他们欣然接受，但照旧是一副惨兮兮的神态。这些心力交瘁的巨头才是最危险的。

那时候，我对此一无所知，我从来也没有面对过这样的人。我一不小心就中了圈套，马上对他心生怜悯。

他格外单纯，这让我既震惊，又对他顿生好感。在这里，我曾经拜见过远不如他显赫的贵族，但他们仗着自己高贵的出身寡廉鲜耻。查理呢，他先后接受过王子、太子和国王的封号，这一切都有如恶咒。诚然，这给他带来了几许荣耀，但更多的是嫉妒、仇恨、暴力。在他看来，九五之尊是宿命，也几乎是弱点。他能够登基，无非是命运使然，但未来也可能会要了他的命。我对他的那些了解，以一种痛苦的方式解释了这种恶咒。他目睹过疯子先王主政的岁月；母后与敌人蛇鼠一窝，互通款曲，与儿子反目成仇；一位异族国王进入都城，要抢他的王位：没有比他更悲惨的命运了。这个偏偏倒倒的小个子男人，唯一的武器就是那长长的鼻子，用来嗅每一位访客，从中识别敌人，他让我产生了一种全力效忠的激情。其实，他嘴角挂着的一丝微笑原本可以警醒我。他本不想露出这么强烈的笑意，但乔装打扮的猎人看到又有猎物落网，肯定少不了会有几分得意。

国王开始默默地打量我。他的平静，他的沉默，都让我摸不着头脑。在关键时刻，我习惯凌驾于别人之上，退后一步，表现出冷漠的样子，好与对方的亢奋形成鲜明对比。但是面对眼前的这个人物，这一招却并不高明。有一阵子，我还试图转换角色，表现得兴奋、健谈。但这不是我的本性，即兴发挥可能会功亏一篑，甚至会留下虚伪而不讨喜的印象。

我清空万千思绪，深深地呼吸，静静地等待。查理口拙，对话以一段无尽的沉默开始。终于，他谨慎地下了第一着棋。

“您是从东方回来的？”

我明白，拉万已经用我的旅行给他下了诱饵。说起“东方”，就如同说起“金子”。很多游记都证明，东方遍地黄金，甚至比我们这里的银子还便宜。

“是的，陛下。”

回答得简短有力，让国王无言以对。他皱了皱鼻子，又用弯弯的食指摸了摸鼻头，好像要将其调正似的。我很快将发现，这个动作无非是他假装出的千万种痛苦抽搐的一环。

“据说我的堂兄勃艮第公爵在准备十字军东征？”

这是个长句子，他好似缓不过气来，说到最后已是喃喃自语。随后他张开嘴，深深地吸了口气，仿佛差点被淹死似的。

“的确，在大马士革我遇到了他的马厩总管，就是在为此刺探情报。他乔装成土耳其人。”

“乔装成土耳其人！”

查理大笑起来。这是一种扭曲的笑容，一如他的其他表情。说实话，他仿佛痛苦得要死，从嘴里挤出来的声音，有如麦地里逃命的山鹑。他的眼睛噙满泪花。让人同情。看到他有了反应，虽然他自己并不情愿如此，但我还是感到高兴。

“您认为他会成功吗？”

“陛下，我不希望任何人成功。”

“您的意思是？”

“并不是只有东征一条路，除了东征，在东方还可以做很多别的事情。”

查理眯了眯眼睛。我说话有点大胆，可能吓着他了。他左顾右盼。我不禁怀疑屋里是不是还有别人。我的眼睛也多少习惯了黑暗的环境，但并没有看见其他人。在漆黑的角落，也许有人在暗中窥探。

“您觉得，有必要在圣地重建真正的信仰……同时教训那些自行其是的穆斯林……吗？”

他说话吞吞吐吐，非常吃力。慢吞吞的唯一原因就是中气不足。他边说边想词，仿佛在背课文似的。我由此推断这并不是他的本意，而且他还鼓励我反驳这样的观点。同时，这也是一个冒险的赌注。虽然还没有进行纵深评估，我已经开始衡量对手的邪恶，与他直接交流隐藏着多少致命的危险。

“今天，似乎更应该首先关注基督教区。两个世纪前，我们大修教堂，乡村富足，城市繁荣。我们有财力进行东征，重建真正的信仰。但是现在，基督徒的第一要务是恢复民众殷实的生活。也许有一天，等我们足够强大了，就可以重启东征。”

他愣住了，有一刻，我以为言多必失。他审视着我，面部的抽搐荡然无存。他不笑，也不怒。只余一种冰冷、贪婪的目光。很久之后，我才学会识别这种表情。每当脸上出现这种表情，无非是他得到了垂涎已久的东西：他想据为己有的某个观点，他渴望占有的女人，他刚刚惩罚的仇家，他亟欲招到自己麾下的得力干将。我一动不动，想方设法地掩盖心中紧逼的怀疑。终于，紧张以一种意想不到的方式消融：他哈欠连天。

桌上摆着一只长颈水瓶，一个杯子。他倒上水，喝了两口，然后古怪的事情发生了：他将杯子递给我。这会儿我已经觉得到处都是陷阱，于是犹豫了很久。接过国王的杯子喝水和径直拒绝，到底哪个更糟糕？看到国王的微笑，我选择了友善。说到底，他不过是个同龄人，不过要让我喝水罢了，再说我也口渴了。见我接过杯子，他非常满意。之后的日子，我得以了解，他平素里的举动，究竟是出于何种天性。这种单纯源自艰辛、贫穷的童年岁月的影响。但同时，我也亲眼目睹过，只要有人胆敢稍有放肆，他绝对格杀勿论。

“我们该怎么做，才能像您说的那样，恢复民众殷实的生活？”他继续说。

说到这里，他显得无比伤心，又非常真诚。胸中隐隐作痛，这给了他力气，以一种几乎高八度的声音继续说：

“您在我的王国旅行过吗？……废墟……被焚烧的村庄，战争。英格兰人烧杀抢掠。勃艮第坐收渔利……为我服务的人，所过之处，杀戮奸淫。是的，我同意……您说得千真万确。在东方，我们无能为力。但是，这里。就在这里。怎么才能让财富回归？财富！怎么说呢？怎么让大家都有饭吃？仅此而已。怎么办？”

他断断续续地说完这段长篇大论，瘫坐在椅子上。老问题又滑过我的心头：他是已经睡过觉了呢，还是打算接见之后再睡？我看着他倒在椅子里，突然觉得这个问题只有对正常人才有意义。对他来说，大概既没有睡觉的时间，也没有完全醒来的时候。他的生活就消磨在这种焦虑状态中，半是熬夜，半是休息。至少在这点上，我没有弄错。

他抓起水壶，往手掌上倒了点水，抹了抹脸。他好像一下子从麻木状态中走出来，贪婪地看着我。

“那您的回答呢？”

“给国家带来繁荣的，正是陛下您自己。”

我坚持从尽人皆知的事情说起。从开始晤谈以来，我的心头就一直想着圣女贞德。当初他也讯问过她，如同现在对我一样。她并没有多少头衔，也不足以让他信任，但他还是愿意倾听。为什么？因为她触到了他那骄傲而脆弱的神经，这根潜藏着的神秘的弦使得这个奇怪的男子相信，自己无所不能，又一无是处。她只是对他说：您是法兰西国王。单单这一点就带领他们共赴兰斯，举行了加冕礼。

“是的，”我重复道，“您会给这个国家带来繁荣。”

我沉默了片刻。国王大声地咽着口水，仿佛从我的话语中得到了慰藉，并等待着它产生奇效。只见他直起腰身，看着黑洞洞的前方，开始问我，那语气仿佛已经踏上了追梦的征途：

“怎么说？”

我向他解释。因为合伙人压根就无力改变任何事，所以有些内容我并没有对他们说起过，现在我却毫不保留地告诉了国王。我对他讲，法兰西已经三分天下：英格兰人控制的地盘，其中包括巴黎；勃艮第公爵控制的地盘；还有他自己的地盘，也就是从贝里地区一直到朗格多克地区。每个地区都各自为政，人员与事物也不相往来。如果接受和平，他将成为唯一得以在三大区域之间重建交流的人。我们的国家就会成为全世界的商品集散之地，不管是苏格兰还是佛罗伦萨，不管是西班牙还是东方。

“陛下，这场持续了一个世纪的战事，您应该画上句号了。这不是再一次的休战。和平不是休战。和平，就是人们的技艺、商品的流通、城市的发展、交易会的兴盛。”

“您还是一副商人的口吻。”他打断我，突然有点不屑。

第一次，也是唯一的一次，我有点发火。

“我讨厌商人，陛下！不管什么情况，他们想的都是一己私利，他们常常钻空子，精于奇货可居、待价而沽。我呢，我想做的正相反，是充足货源。我想通过流通和交流来创造财富。我希望商队能够将全世界最精美的产品都带到我们这里。”

他蜷缩在椅子上，赌气的样子就像挨训的学生。他又开始皱鼻子，还用指头摩挲鼻头。

“现在，”我接着说，“商队都奔东方而去。我看见过商队。在那边，掌握了这些财富，他们创造出了优雅的文明。而且比我们的文明更优雅，我们的骑士金玉其外，败絮其中，他们是不会懂的。”

“败絮其中，哎，哎！说得好。”

我不再关注国王的反应。我需要一气说完。

“他们到那边是去掠夺，实际上，他们更应该去学习才对。东方富庶、雅致。我们可以效仿东方，从而发财致富。不只是要与它旗鼓相当：我们还可以更胜一筹。我相信，东方正在衰落。它的繁荣已经停滞不前。如果研究他们的方法，如果带回他们的技术和经验，如果国泰民安，我们无疑可以超越他们。”

我极力克制自己，但还是有点兴奋，国王觉得必须把控住我。

“科尔先生，您到底想跟我谈什么？”

我双手扶膝，深深地吸了口气。

“我开了家批发行，与东方做生意。在很多地区，我们都有代理人，如勃艮第、弗兰德、鲁昂。希望早日实现和平，交流的困难也就少了。”

“好主意，但是除了和平，与我有什么干系呢？至于和平嘛，我自己心里是有数的。”

“陛下，这就是您的商行。请保护它，让它成为王国的事业。我们只能小打小闹，而您可以将它做大做强。”

国王打了个喷嚏，然后用袖子反面擦了擦鼻子。他两眼放光，我不知道是说到利益让他突然兴奋起来，还是他在不怀好意地嘲弄我。

“说到底，您想让我跟您合伙？”

“不是，陛下，我只希望您能做太平天子。”

这条理由真是字字千钧。在阴影中，有那么一刻，他目光失神，被我看在眼里。国王比谁都更清楚战争会带给他什么。他要打仗，就得让各位领主和各个城市出饷银，这绝对要费尽口舌。但是他也懂得和平的代价。他既没有什么特别的支持，手里也没有多少钱，再说当上国王之后，为了迎合其他诸侯，让他们来勤王助战，他已经决定减免赋税。真是进退两难：一边是旷日持久的战争，一边是赤贫。突然，我让他依稀看到了另外的收入来源：商业利益。此前，这种利益体现为税收，但征收起来却相当困难。我的建议则是让国家介入商业活动，由国家来控制、拓展、操作商业活动。我与吉约姆和让共同打造的工具，也并不仅仅是我们自己的产业。我从中看到了一种萌芽的组织形式，它将是国王的事业，它将得到国王的鼎力相助。

这一直觉的创举原则一清二楚，但也有很多细节需进一步廓清。在国王与这个体系之间，怎样才能建立起联系？谁来管理这个网络？在不同的代理人之间，怎样分配利润？

他沉默了好一阵子，我感觉他是在权衡那些难以左右的困难，大概也在盘算各种需要解决的问题。每当碰到棘手的问题，或者需要别人帮忙才能达到目的之时，他就摆出一副可怜兮兮的脸色。臊眉耷眼，目光略略涣散。他驼着背，指尖紧握，瘦骨嶙峋的双手形同两只蜘蛛。看到他这副柔弱、忐忑和痛苦的模样，对方不可能无动于衷。我呢，我愣头愣脑地开始出手相救。

“陛下，您知道，如果您觉得可行，我会全力投入这项事业。”

他眨了眨眼睛，似乎是在提醒，也可能是确实困了。突然，他换了话题。

“有人告诉我，您还是想当造币匠？”

在给我安排觐见的时候，拉万大概已经说过了。这是好事，但是对于我们正在勾勒的宏伟蓝图来说，这并不重要。我本想避开这个问题，但又觉得国王不想继续刚才的对话了。那好歹也得有所收获才行。

“对，陛下。”

“这种差事收入很可观啊，尤其是如果还像你们从前那么干的话。”

“陛下，请相信，我很懊悔……”

他懒洋洋地抬起手来，手指都没伸直。

“重要的是对利润的使用，是不是？我相信，这一次，您会更加谨慎。”

这是场面上的话，话中有话，再清楚不过。

“陛下，您始终都可以对我放心。”

我边说边低下了头，他却站起身来。

“晚安，科尔先生。”他说道，在阴影的边缘，他回头最后看了我一眼。

他已经精疲力竭。在无边的殿堂里，他的身影显得那么渺小，黑暗一口就将他吞噬。

我觉得非常伤心，不知所措，仿若被朋友无情地抛弃。晨光熹微，天空阴郁，我回到了家中。

这次见面让我非常困惑。当玛茜问我谈得如何时，我不知道该怎样回答。我反复琢磨与国王的对话，我非常自责。显然，我太过于抽象，太过于激动，尤其是太过于直接。国王听见我对他指手画脚，肯定不高兴。

最让人苦恼的是，完全没有结论，谈到最后国王突然离席，关于他对我的看法，我压根就摸不着头脑。

但是，也有几点发现让我感到欣慰，多少平息了我心中的忧虑。首先，国王单独接见了我，这非常难得。我见到他的时候，他身边并没有前呼后拥的朝臣，也没有人越俎代庖替他作答。与他们一起公开露面的时候，国王总是保持一种消隐、几乎是畏葸的态度。面部抽搐总是妨碍他。他很少主动表达观点，阁臣说什么他都表示同意。那些观点常常相互矛盾，因此他也得到了没主心骨的坏名声。大家都觉得他受别人操纵、懦弱，说穿了，很少有人认为是他本人在治理国家。

他向我展现了另外一副面孔，他真实的面孔，还有面对事情时他的怀疑、他的疑问、他内心的斗争。我应该记住这一课，绝不能将他视为傀儡。另外一条有利信息则来自拉万，但解读起来也有些困难。几个星期之后，拉万给我讲，国王在接见我之前曾经长时间询问过我的情况。我现在已经非常了解国王，很清楚他当时脑子里想的是什么。他对身边朝臣有多么言听计从，同时就又有多么粗暴，他可以随时遣散宠臣，谁胆敢肆意专权弄政，就会立即失宠。在调转风向之前，查理先要观察。他对新人非常好奇，总会在暗中考验他们。拉万对我说的这些知心话，又让我充满了希望，国王也许是在考验我。但是，日复一日，旬月飞逝，什么也没有发生。我推测大概是考验结果不理想。想到那次夜谈，我就止不住千百次地责备自己，我承认自己应该承担失利的全部责任。

幸好，我们的生意上马了，需要我全力投入，因此很少有时间来琢磨曾经的错误。让手下的伙计给我带来了消息，吉约姆也在蒙彼利埃和布尔日之间开设了名副其实的私营货栈。经手的每一分钱，他都毫不含糊，他为朗格多克地区的富商大贾运送货物，利润十分丰厚。

生意很快就做得有模有样。经过了这些年的蹂躏破坏，民众的需求非常旺盛。发出第一批货物图的是开业大吉，却也着实带回了丰厚的利润。吉约姆还租了开往亚历山大港的商船，并且占据了很大的份额。

前景非常美好，国王最终也与堂兄勃艮第公爵在阿拉斯签订了和平协定。这一消息又让我想到了他。我很想念国王，这有点奇怪，因为我们毕竟也就只见过一个多小时的面。但这个不幸的小兄弟让我牵肠挂肚。

与勃艮第的和约方便了与公爵属地的商业交流。与查理国王的领地不同，好人菲利普的属地繁荣富庶，相对来说也没有遭到兵匪的破坏。公爵控制的省份，弗兰德地区、埃诺地区，都是产业发达之地。但是因为战争而输出不便，这些地区也希望与我和我的合伙人打交道，我们可以将其产品销售到新兴市场。

这一时期，我非常忙碌，不知不觉中，我已经腰缠万贯。必须说一句，我们的生意无所不包。每卖一单货，就必然会催生新的采购、新的交易、新的利润，利润马上又投出去，进入无尽的循环，我们也不断地推进。货币稀缺，加上我们的业务一日千里，要想存下现金来真是奢望。有时候，商队经过我们的城市，我就抽出一些丝绸和金银制品送给玛茜。我几乎有种做贼的感觉，那时我们的生意当真是稳赚不赔。后来，当家赀巨万之时，以前想都不敢想的宝贝也都唾手可得，我偶尔会怀念当初刚刚发家的日子。那些日子总伴随着一丝怀疑，几乎是犯罪的感觉，与永久的占有相比，似乎获取的过程更加令人快乐。

我常常人在旅途，这时期，我更是长期离家在外。随后——很快——就开始了这样的日子：待在家里倒算是例外的情况了。我时常深感惋惜，但是，在打拼之初，一切都只是乐趣、风险、发现。

与国王面谈之后，一年半的时间倏忽而过，不管是直接，还是间接通过拉万，我都没有国王的任何消息，然而拉万却与他见了好几次面。生意上，我分身乏术，后来也渐渐地将国王忘到了脑后，虽然在内心深处，我一直对他有所期待。一次从昂热归来，我遇到了他的信使。

他们两人专程从贡比涅骑马而来。他们自称是国王的人，但是除了那份趾高气扬之外，他们的话似乎毫无凭据。有一会儿，我还怀疑起他们的身份，但是其中一人笑着对我说：

“要我说，您比上一次要清醒多了！”

这是在公爵府带我去面见国王的卫兵。

我于是不再怀疑。

“这一次，国王捎来什么信呢？”

“什么信都没有，”卫兵回答道，带着一丝傲慢的微笑，“收拾行李，快跟我们走，仅此而已。”

“行李是现成的，我刚旅行回来。”

“这样的话，那我们马上出发。”

我匆匆地与玛茜和孩子们吻别，马不停蹄地和两名男子上了路。在路上，他们告诉了我一些关于形势的新闻。巴黎又重新回到了国王手中。头一天，市民们还在对勃艮第公爵宣誓效忠，第二天他们就开始攻击英国驻军，打开城门迎接法兰西国王。现在，国王还没有进城，但早已做好了准备工作。我心想，在这出戏中，自己究竟要扮演什么角色呢。路上走了三天，有时候，我俨然是扈从簇拥的王子，有时候，我又仿佛是被严密押送的囚徒。说实话，我一直喜欢这种恍若置身山脊的时刻，不知道会被命运带到哪一侧。要是我不喜欢这样的平衡，有可能会摔得更惨、摔得更快。

正是晚秋时节，虽然已经是十月下旬，树叶还挂在枝头，霜林如醉。离贡比涅越近，路上的行人也就越多。看见来来往往的兵丁，似乎战争依然近在咫尺。然而士兵们一副松松垮垮、漫不经心的模样，平民无论男女老少都是喜气洋洋的神采，很久以来第一次，他们终于可以放心地出行了，看到这些情景，我们马上就会明白，和平时代已经来临。

王家军队驻扎在贡比涅城内，圣女贞德也是在这里遭到逮捕的，可能是一时大意，也可能是被叛徒出卖。国王和朝廷驻跸在城内的宫殿。我们从大开的城门进去，门口只有一位老年卫兵把守，一副敦厚的神态。陪同的兵丁显然需要等待命令，他们并不知道该拿我怎么办。我跟着我的守护天使走过好几重院落。每一次，其中一位都与我在外面等候，另一位则进去报信。夜幕降临了。他们在一栋私人住宅里安排过夜。主人是一位严肃的市民，半为国王获胜而开心，半为保全财产而担忧。他一脸怪相地将我们安顿在粮仓里，周围全是为过冬而准备的木柴。楼上传来窸窣声、嘀咕声、低沉的笑声，我们明白，为防侵犯，他早已将女眷安顿好了，包括他的太太、两个女儿，还有丫鬟。第二天，我在院子里洗漱的时候，楼道的孔眼里，一张粉嫩的小脸蛋在偷偷地打量我，我假装什么也没有看到。我们的到来让大家都很好奇。此前，我一直对玛茜非常忠诚，此时，我却感觉到一阵躁动的欲望，恐惧和疑虑像催化剂一般在强势地发挥作用。如果我们待的时间更久，我想房东大概很难再保全女眷的贞洁。哎，幸好，第二天，护卫就接到命令，要带我进宫。

我不清楚自己被接见的原因，也不了解召见人的身份。我只抱着一线希望能见到国王本人，等到信使把我交给衣着华丽的卫兵，我马上就吃了定心丸。这一次，没有阴暗的走廊，没有隐蔽的房门。我穿过人满为患的宽大楼梯、人声喧哗的侧厅。最后，卫兵将我带进一间宽敞的大殿，当然不如布尔日的大厅那般轩敞。两盏吊灯将黄昏的薄暮一扫而光，灯光反射在甲胄上熠熠生辉。在大厅的人群中，有很多将领和骑士，皆是身穿戎装、腰佩宝剑。我还看见一群高级教士，他们绛色的无边圆帽你挨我我挨你，仿佛一大束紫色的鲜花。白色法衣上的花边、袖口处露出来的细皮毛里子、帽子上平滑生光的丝绸，这般的奢华让我看得如痴如醉，然而我却找不到有效的方式，将这些零散的印象组合成协调的整体。虽然这里乱哄哄的，但却光鲜亮丽，并没有什么让人害怕的感觉。然而，对于那些习以为常的人来说，这种乱七八糟的背后却隐藏着一种逻辑，对于我的出现，谁都不可能视而不见。虽然我精心打扮，但还不足以让人觉得风度翩翩，大部分在场的人马上就视我为不速之客。只要我从人家旁边经过，谈话马上就戛然而止，他们好奇的目光带着几分敌意，一路紧盯着我，我则跟着卫兵一直走到大厅深处。越往里走，人群越拥挤，甚至连通行都很困难。终于，我们艰难地分开最后的人群，来到一个小小的圆台前面，圆台上面几乎空荡荡的，周围一圈栏杆将人群隔在外面。地板上摆着一把木椅，又高又直的椅背上雕着百合花。国王正蜷缩在座位上。他的姿势看起来很不舒服，只见他跷着二郎腿，双腿与身躯歪歪扭扭，双肩向左倾斜，一只无力的手托着下巴。再也不是我在布尔日见到的那个男人。他默不作声，半眯着眼睛，面部扭曲，徒劳无果地对抗着神经质的抽搐，形如痛苦和虚弱的化身。头一天，我在城里还听到大家议论纷纷，盛赞国王在攻取蒙特罗期间的英雄壮举。好话一传十十传百，民众都很崇拜国王。但是，我眼前的真实情况却截然不同。国王正变本加厉地依靠自己的懦弱来治理国家。他身边集聚了各色重要人物，他的统治随时都可能会受到左右，他也日渐被这群如狼似虎的权臣包围。可以说他已经遭到绑架。无论如何，他乐得让别人这样相信。

我冒失地认为，是国王有话跟我说。行完见面礼之后，我就一直盯着他，等着他发话。有位不知名的老爷，一只脚站在台下，一只脚踏在台上，倾身向国王，开始询问我。

“您就是雅克·科尔？”

“是的，大人。”

“国王让人找您，要您陪他去巴黎。我们明天就得上路。”

我连声道谢，表示同意这些安排。周围挤满了高傲的面孔。等我报完家门，也就暴露了市民和批发商的身份，我有多少身价，这些大人物自然会还以相应的蔑视。

“到了巴黎之后，国王希望您马上开始执掌造币局。”

我忍不住看了看国王。他心照不宣地扫了我一眼，短暂得只有我能看得见，随即又是一副心不在焉、死气沉沉的神态。

跟我说话的那人转过身去，开始与其他人聊天。该告退了。我谢过国王，跟着卫兵离开。

前脚一迈出门，我就开始打听立马向蒙彼利埃和里昂发送信函的办法，让可能正在这两个地方。我们应该尽快评估新的使命会给事业带来什么影响。我也希望合伙人让我手头多些银钱可以支配，好符合新的派头。我手头还算宽裕，可以买一匹马，租两名仆人。我回昨晚住的地方去取行李，见我突然不期而至，一群漂亮女子仓皇四散，只留下满室香气，令我神魂颠倒，如煎似熬。

此前，所有重大的变化都是在梦中筹划，都是在无声地准备；现在，已然是质的飞跃。诸凡事业、情势，我不再满足于想象，不再满足于期待，从今以后，我要一一亲历。未卜的前途在我心中激起了纷杂的反应，有些熟悉，有些陌生。在习以为常的感觉中，依然少不了那份漠然的冷静，我恍如猛禽腾空，对自己和四围周遭一览无余。在全新的感觉中，多了一份感官的欲望，这欲望从来都没有如此激烈。与玛茜的肉体关系已经逐渐淡化为脉脉温情。我们的爱抚只在黑暗中，除了身体羞答答的性欲之外，再也没有其他欲望。然而，在这人欢马叫、臭气熏天的男人堆里，在这熙攘喧哗准备班师回京的朝廷中，我却感觉到对肉体关系的致命渴望，在青天白日之下，在幕天席地之间，从精神上卸下来的焦虑，仿佛要让身体承担起所有的重负。也许这来势凶猛的全新境遇需要同样力度的放松，而只有女人才能让我获得如此感受。在当下的境遇中，这种激情让人无限焦灼，但是我绝不能马上投入其中。谢过房东之后，我就与国王的大队人马上了路。

万圣节之后几天，我们进入了巴黎。我远远地走在队伍后面，因此并没有看到欢迎盛典。首都居民曾经长时间地与国王作对，如今又筹备了迎接仪式。人们对我说起过正式的交接仪式，还有城市各处的载歌载舞。我到达的当儿，还看见化过装的男男女女，正东一处西一处凄凄切切地各自回家。说实话，这节日更像是为了赢得新主子的垂怜。大家都强颜欢笑，害怕再遭受痛苦，害怕再痛哭流涕。

巴黎已经不堪入目。那种触动有如当年东方之旅时穿越南方荒凉的乡村。破碎的村落之间，原野展现出一派宁静的画面，自然重归荒蛮，却也生机勃勃。而巴黎则是百孔千疮、捉襟见肘。暴动、抢劫、战火、瘟疫、人口迁移，这一切已经超过了城市的负荷。很多房子已经废弃，空地上垃圾成山。兑换桥上，大部分店铺已经关门大吉。民众争先恐后地投掷物件，乘胜追击英格兰人。狭窄阴暗的街道上，横七竖八堆满了各种残留，东一头西一头的猪，在废墟上翻来拱去，寻找食物。国王进驻卢浮宫。我住进了圣雅各大街的一家客栈，打算随后出门看看将要接管的造币局在什么位置。

我的处境很矛盾。在朝廷中，除了国王，我谁也不认识，但我又不能接近他。在七零八碎地搜集了不少信息之后，我才弄明白，当时在贡比涅对我讲话的那人名叫唐吉·杜·沙泰尔。这是个大名人，是查理身边最有资历的重臣，从国王童年时期就侍奉在侧。二十年前，当勃艮第人占领巴黎，他将国王包在床单里仓皇遁走。这次班师回京算是报仇雪恨，而且他坚持要官复原职，继续当巴黎市长。这人也非常讨厌，和谈期间还时不时地出来捣乱。他还被指控手握匕首在蒙特罗桥上结果了老勃艮第公爵的性命，虽然没有直接证据，但确实非常可疑。后来，国王只得为他的错误承担责任，在阿拉斯受尽侮辱之后，多少才算洗刷了这一污点。国王也是左右为难，既想姑息迁就曾经的罪人，又不想惹怒新的盟友。我了解到，虽然沙泰尔已经官复原职，但是却不能入住夏特勒。总之，他被藏了起来。在卢浮宫的一个角落里，我终于找到了他。他的衙门设在潮湿的地下室里，抬头是拱形的屋顶，靠近河流的一侧，壁上结满墙霜。他不冷不热地接待了我，我当即明白，由我掌管造币局绝对是国王力主的结果。他问我是否在行，我回答说，我在布尔日与钱币打过好几年交道。我吃过官司，他好像并不知情。他随后口述，由秘书代笔草就了一纸公函，正式确认了我的新职务。

我带着任命书，一路步行至造币局。院落深处，坐落着四间空荡荡的大厅。逃命的时候，那些人卷走了全部银两，所有的柜子都空空如也，他们还掠走了工具，打碎了模具。

一位老匠人因为年纪太大而无力逃跑，他枯坐在角落里，嚼着核桃。他瘦削的脸上，带着金属气体留下的痛苦烙印。他解释说，作坊从来都不兴隆，英格兰人喜欢在鲁昂造币，勃艮第公爵则在第戎铸钱。巴黎造的钱币品质不高，后期造出来的银钱都是黑不溜秋的。但是也足够了，城里还剩下什么可买卖呢。

我回到客栈，有点沮丧。天气已经转凉，即便我出手阔绰，老板还是找不到好木柴，唯一尚能使用的壁炉里，冒出来的更多是青烟，而不是火苗，一点也不暖和。

第二天，我希望接近国王，于是就在卢浮宫里徘徊。凭着那封公函，在朝臣公干的大厅里，我畅通无阻。没有一个熟人，我漫无目的地在人群里穿梭往来。至少这里还暖意洋洋，我得多待一会儿，好让被寒风冻得发青的双手恢复正常颜色。我靠着一扇窗户，对着手心呵气，一位相当年轻的男子走上前来。他身材高大，微微弯下腰来的样子，仿佛在测量我的身高。他好歹还算友善，无非就是有点军人的直来直去。他听说我新晋造币局执事，而且还是批发商出身。

我马上就明白过来，他是无事不登三宝殿。他大概需要钱，想指望我白送东西或者免费效劳。这种做法我从小就熟悉。在我看来——虽已大不如前——情势一贯如此。毕竟他是贵族。无论如何，眼下我身无长物，实难帮他什么。然而，他却可以帮助我。我向他打听宫廷秘事，打听首都的政治形势，打听后续的军事行动。他告诉我说，英格兰人撤得并不太远，他们攻击了圣日耳曼昂莱，所以还需要继续战斗。对于首都，他也做了严肃的判断，我觉得这座城市饱经磨难、值得同情，而他似乎并不赞同。

“现在，他们将付出代价。”说起巴黎人，他这样对我说。

至于政治形势，他也是满腹牢骚。

“现在，我们是勃艮第人的朋友，”他尖声道，“什么都忘记了，是不是？包括我那被谋杀的父亲。”

这时候，我才反应过来，他是奥尔良公爵路易的儿子，在豹子出现的那个冬天，父亲给我讲过这起谋杀事件。

"我哥哥一直在英格兰人手里，但是，好像谁也不操这份心。"

查理·德·奥尔良拿起武器，为父亲报仇，在阿金库尔失利之后，他沦为了俘虏。

因此，我刚刚认识的这个人，就是著名的奥尔良的私生子、圣女贞德的战友、英勇无畏的将领，他的英雄事迹已经在国内广为流传。他蓝色的眼睛和青春意气让我非常喜欢。在军人身上，总会有一种直接的东西，也许这源自他们随时准备献身的习惯。为了打动别人，即便是在战斗中，也需要摆脱文明的重负，因为当我们身陷其中之时，往往变得虚假和矫揉造作。一旦揭开面具，人的真实天性也展露无遗。大部分时间里，这类人无非就是脱离外壳的粗鲁之人，抑或凶残野蛮的莽夫。但有时候，因为少了社交圈的各种扭捏作态，倒也流露出简单、几乎温柔的天性，让我们看到一个纯粹的人，他有着孩子般的激情，有着细腻的风度，会发自内心地尊重他人。这个还会在短时间内被大家称为奥尔良的私生子的人，给我留下了如此的印象。他告辞的时候，我恍如在宫廷的泥沼中发现了一块珍贵的宝石。

我毫无进展。庆典过后，巴黎的生活又一如从前：艰难、暴力。一切都那么昂贵、匮乏，首当其冲的要数食物，更有甚者，正如奥尔良的私生子所说，在首都附近，军事行动依然在继续。我写信给拉万，希望他给我送来铸币设备，但一直没有回音。在奉命造出第一批钱币之前，我希望多少有点从容的时间。就职才刚刚四天，一天上午，市长的卫兵押送着两辆马车在作坊前面当门停下。里面全是待熔铸的物品。烛台、餐具、首饰，堆满了马车，卫兵将这些东西卸下来，杂乱地堆放在院子中间。看热闹的人里三层外三层，一脸敌意地围观。后来我才得知，国王凯旋，受到了民众的热烈欢迎，而作为回报，他命令立马开始抄家行动。教堂被抢，私宅被掠，谁胆敢私藏财物，格杀勿论。

我所有的期望，就是在这个大出血的城市里，不要再有什么可以征缴的东西。堆在这里的掠来之物，当然还得尽快熔铸。

幸好，老匠人罗什是个机智的工头。他认识很多在作坊工作过的老伙计，因为没有活干，他们早已打道回府。一周之后，我们就差不多凑齐了十五名伙计，包括管事和门卫。从前的模子还是照用，只是修改了铭文：查理七世换掉了亨利六世。活儿干得粗糙，最后鼓捣成了查亨理七世，不过谁也不会在意。

我们把握不准合金比例，造出来的钱币不怎么好看。我原本是商人起家，也真心想造出成色好的银钱。我相信，一个国家必须拥有高质量的货币，才能赢得信任，才能吸引最好的商品。但是沙泰尔放出话来，他指望我尽快从铸币活动中获利，我只有像拉万那样弄虚作假，才能达到目的。

只一个月时间，作坊就走上了正轨。我给王家府库提供了大量钱币，而且也留足了油水，好支付人工费用，同时让自己有利可图。我又成了有头有面的人物。我尽量不在宫中露脸，免得逢人就要找我借钱、求我帮忙。但是人家少不了还是会找上门来。

在其他任何地方，都不像在巴黎，有如此之多的大富巨贾，同时也有一样多的穷人寒士。上流社会冠盖云集，无非是为了配得上首都的荣光。正如从前厄斯塔什描述的那样，大小宫中，挥霍无度，骄奢淫逸，哪管它周围饥寒交迫、又脏又乱。宴饮之夜，烛光辉映，华灯流彩，为了多几分虚荣，为了在人丛中光彩夺目，大家经常每周五天都不用晚餐。女人化的妆远远好过吃的饭。绫罗绸缎包裹着饥饿的躯体。尽管这种生活让我跃跃欲试，然而我还是毫不费力地拒绝了很多艳遇。那些殷勤地攀附我的女人，她们干瘪的乳房、残缺不全的牙齿、袒露的前胸上厚厚的脂粉都掩盖不了的粗糙斑点，只消看上一眼，顿时就索然无味。极端的奢华、深刻的衰败，这种怪异的混杂，从前我闻所未闻。在我们家乡，大家或穷或富，但是谁也不会置健康于不顾，只为了表面的光鲜。

因此，尽管并非我本意，我很快就赢得了洁身自好的名声。

老工头罗什守着作坊寸步不离。晚上，他就住在院子后面的棚屋里。但谁也不知道是如何做到的，他对城中的动向了如指掌。一天上午，他告诉我一则正在疯传的消息：国王要离开。对于这个决定，巴黎人不知道该作何想法。一方面，这里重新成为首都、国王的驻留之地，令他们非常自豪。另一方面，查理和朝臣把他们看作手下败将而不是忠诚的子民，就连英格兰人也没有如此强硬过。

至于我本人，我也不知道国王这一走到底意味着什么。我应该跟随国王离开吗？到哪里去？还是应该独自留在这里，在这座充满敌意的城市里，形同异乡人一般生活？正当我胡思乱想之际，一天傍晚，一位奇怪的客人来访。这是个严重畸形的侏儒，穿着节日表演服。他走在街上，后面跟着一群孩子，不停地打趣他。他主动登门找我，对于一个天生残疾的人来说，那份自信不得不让人咋舌。说实话，如果抛开身高和畸形的四肢，他既不缺风度，也不缺尊贵。我曾经听说过，宫中养着这些侏儒，他们生活在大人物身边，举手投足也模仿大人物的仪态，但是亲自遇上一个还是头一遭。他告诉我，他叫曼努埃里托，来自阿拉贡地区，先后伺候过不同的主子，现在，他在为国王查理效劳。他的工作大概就是为了博取国王一笑，但是，他跟我说话的时候，俨然一副严肃庄重的神态。他爬上椅子，开始认真地和我交谈。

他先捡关键的说：今天夜里，国王想见我。曼努埃里托示意，他的主子希望秘密召见我。国王身边有很多权贵，他们打着效忠的幌子，把他看管得如同囚犯似的，他的一言一行都受到监视。他给我解说，要如何行事才不至于走漏风声。

随后，我们又聊起巴黎，他告诉我，国王打算离开这里。国王从来就不喜欢这座城市。勃艮第人大屠杀前那个凄惨的夜晚，他仓皇出逃，躲过一劫，但每每想起，总是他挥之不去的梦魇。自从回到这里，他就几乎夜不成寐，万分焦虑。曼努埃里托侃侃而谈，描绘了宫廷的境况。他解释说，诸侯曾帮助过国王，现在他们要求得到回报。如果说他们曾经伸出援手，帮助他打败了英格兰人，那首先也是为了他们自己的私利。假如国王答应他们的要求，那么刚刚统一的王国又会马上分崩离析。这些封建领主都希望在各自的地盘上称王称霸，而国王只有乖乖地听命于他们。

“他呢，他怎么打算？”

“君临天下。”

“但是，他太懦弱，太优柔寡断。”

“别糊涂了！他也许懦弱，而且，这种懦弱该受诟病。但是，他一点也不优柔寡断。这人有钢铁般的意志。他能够粉碎所有的障碍。”

凭自己的直觉刚刚有点类似的感受，曼努埃里托就给了我确认，我得感谢他。最后，他请我对所有人都要提高警惕。我不知道这个人精是否有暗线，他是否知道某些东西。他含沙射影，说到纷纷登门找我帮忙的贵族，他也警告我不要受他们诱惑。

“只要帮了他们，就是削弱了国王。目前，他们之所以有那么多需求，那是因为他们正在筹划，要收拾国王。”

我有自己的良知，于是平静地回答说，任何危害国王的事，我都会一概拒绝。他无言地表示赞同。

夜里，我如约从新桥来到卢浮宫。我顺着城壕一路来到曼努埃里托指示的大门口。卫兵什么也没有问就放我通行。顷刻我便进入宫中。国王正在入口不远处的一间小屋子等我。这是卫兵值班处的偏房，靠高大壁炉背部的热气取暖。房间里没有一件家具，查理兀自站着。他跟我握了手。他个头跟我差不多，但是看起来稍矮一点，因为他的衣服紧裹着大腿，有些扭曲，站得有些倾斜。

“我要走了，科尔。您得留下来。”

“只要您愿意，陛下。但是……”

他摆了摆手。

“我知道。我知道。不会很久的。等等吧。耐心点。事败至此，我比您更不愿意看到。现在，我得首先应对紧急情况。我需要很多钱。我再也不能依赖他们。”

听他说最后一个词的语气，显而易见，他知道我已经对诸侯的事情心知肚明。没有他的授意，曼努埃里托绝不敢多嘴。

“您干的工作很肮脏，我都知道。今后，为了这个王国，如果上帝给我力量的话，我会改变方式：我们会拥有一种坚挺稳定的货币。但现在，我需要的是从这个让我厌恶的城市中吸取利益，这个城市能给我一切所需，让我存活下去。继续吧！不要屈服于任何威胁。合适的时候，您会收到消息的。走吧，我的朋友。”

他又握了我的手。我感觉泪水一直在他眼睛里打转。不管曼努埃里托怎么说，那时候，我一直坚信他很懦弱。这种懦弱令人反感，因为正如侏儒所说，他所图宏大。但我会全力地保护他，给他手段，让他抵抗，让他获胜。就这样，我同意留在巴黎，而他则要离开。

第二个礼拜，国王和扈从离开了巴黎。他留下一支小规模驻军。然而，明摆着的是，没有国王和军队，他在巴黎的代理人危险重重。在这座城市里，暴动此起彼伏，民众怨声载道，市民尔虞我诈，安宁从来都是假象，从来不会长久。我担任的职务让很多人眼红。总的来说，它引起了众怒，大家都恨我。每天，在城里以国王名义收取的贡品，难道不是都交给了我吗？我必须加强作坊的防卫，派出全副武装的保镖，将满当当的钱箱子押运到国王驻跸之地。一天深夜，我们甚至击退了一伙劫匪，但始终不知道谁是幕后黑手。城里空房子很多，我毫不费力就租下一套紧挨着作坊的院子。我住在里面，由罗什年老的表姐来负责打理。院子里养了两条狗，我的饮食都要先由它们尝过，免得有人投毒。

该是痛苦地回归当下境况的时候了。随着让·德·维拉热的来访，这种想法也应时提前。在两次出差的空当儿，他来到巴黎，也给我带来了生意上的消息。生意做得红红火火。在十多个城市里，让都安排了代理人或者简单的中间人。呢绒、金银器、皮毛，还有很多其他商品，都可以向全国发货，而且远销英格兰以及北欧各大城市。吉约姆已经往东方发了两船货，第一艘船很快就要返回。利润非常可观。代理人在抽取报酬之后决定用它们再次投资。让在城市间来来往往、栉风沐雨，已经晒得黑黝黝的。冒险、风险、成功，这些都让他激情昂扬。虽然处处道路未卜，但是他只丢过一次货物，而且还与雇佣兵在强盗后面穷追不舍，最后缴获的战利品与丢失的货物可谓旗鼓相当。执掌造币局以来所有的盈余，我都尽数交给了他，让他用来提高购买力，随后他又上路了。他留下我，我非常懊恼。我觉得自己造就了一个骗子云集的市场。我接近国王，想让他来保护我的事业，将它提升到与自己的抱负相符的高度。没想到，他在给我恩宠的同时，也暂时让我远离了自己的生意。合伙人正奔波在路上，感受着逆旅风雨，见惯了海上惊涛，而我却躲在这病态的城市里，忙着熔化勺子，每天与狗分享着饮食。

我远离家人。玛茜给我写信。她一心扑在孩子身上，她告诉我孩子们的消息。我给她很多钱。这是交易的开始，这种交易既致命，又不平等：我出门在外，远离家人，我为此付出足够多的钱，用以赎罪。因此，物质逐渐取代了感情。但是，如果说在量上可以比较的话，那么在质上却不可同日而语。在这个时期，我对此还有意识，怀着深深的负罪感。然而，随着其他人——虽然不尽完美——填补了家庭的空缺，我对家人的挂念也淡了下来。

我说过，从来就不缺少背叛玛茜的机会。欲望亦然。但是，二者从未契合。直到见到克里斯蒂娜的那天。

她无意中来到作坊，至少她是这么说的。她的故事让人心碎。她出身名门，从小娇生惯养，几年前，城里天花病流行，她成了孤儿。一个远房表兄想娶她，绝望之余，她接受了他的彩礼。她虽然同意，但并不爱他。她红着脸，低着头，风情万种地说起自己的口味。坦诚自己在这方面有所偏好，就相当于透露她有着欲望，修女们劝她说，这不好……

小两口住在作坊旁边的那条街上。哎，她丈夫先是受到英格兰人的牵连，后来又与他们一道远走高飞，但是他答应会给她救济。丈夫要她留在巴黎，照看家产。她很快就发现，这不过是在骗她。债主们蜂拥上门讨债，她却无力偿还。房子和家什马上要遭到查扣。讲起这一切，她显得特别有尊严，今天，或者我应该说，她演技高超。我觉得她顶多二十来岁。她美到极致，美得谦卑，美得娇羞，当她抬起双眼与我目光交接之时，她的眼中燃起一缕火焰，出于虚荣，我认为我们心有灵犀。

我独自住着一套房子，于是支支吾吾地建议她搬到楼上来住，等形势明朗再做计议。她矜持了一下，然后同意了。

两天后，深夜，冬末的雷雨，整个房屋都在摇晃。狂风吹开了窗户，卷起瓦片，飞落到大街上。午夜时分，克里斯蒂娜发出一声尖叫。我以为发生了什么严重的事情，急忙冲进她的卧室。只见她已经虚脱，栗栗危惧，不停地发抖。她一边抽泣一边说雷声勾起了她可怕的回忆。我待在她旁边。我自作聪明，认为只有在我怀里，她才能缓过劲来，我压根没有注意到她只是刻意做出那副样子。就像大部分人那样，我马上认为，她自然希望得到我的保护。从这份虚荣当中，我获得了动力，于是付诸实施。一投入我的怀抱，克里斯蒂娜就安静了下来，气息也变得均匀了，随后又是一阵激动。我拯救了她，有几分滑稽的骄傲，我感觉到欲火焚身。我们成为了情人，即便没有雷雨，每天夜里我也会回到她的房间。

在这种关系中，我发现了一种肉体的乐趣，此前与玛茜从来就没有感受过。偷情绝对刺激。但是，也得承认，虽然年轻，克里斯蒂娜却经验丰富。玛茜与我结婚的时候还是处女，而我本人也毫无经验，滋味自是不可同日而语。除了肉体的欢欣，克里斯蒂娜也鼓舞了我的士气。此前，我满脑子都是远大的梦想，但是，终归只是梦想而已；我呢，我什么都算不上，我自己也很清楚。打一开始，岳父家就让我觉得他们不大情愿接纳我，我出身低贱。而那时的成就，也不足以让我扬名立万，抵消出身的卑微。

从东方回来后，我创建了商号，赢得了国王的青睐，人生第一次，另一种命运勾勒出它的轮廓，虽然这还不足以与我的梦想相匹配，但是让我摆脱了早年的卑贱。那些从前不认识我的人，那些在巴黎主动巴结我的人，从他们的目光中，我读出了一种新的尊重。克里斯蒂娜让这种崇拜进入到私密的范畴。她有着年轻人的直率，她让我感觉到，她对我格外敬重。在性爱上，我原本不是高手，但这居然也变成了优势，她赞扬我进步神速，悟性很高，能满足她最难言的欲望。总之，我很幸福，或者至少说，我信以为真。多亏克里斯蒂娜，我忘记了工作上的烦心事，忍受下首都和它的麻烦。我找到了能量，推掉了所有图谋不轨的盛情邀请。一句话，我感觉在命运对我的所有眷顾中，克里斯蒂娜是最珍贵的。

随后的一件事情，表面上看起来无足轻重，但实际上却至关重要，导致整个形势也发生了变化：我雇了一名新的仆人。从东方回来之后，我一直没有贴身仆人。我雇过保镖、厨师、女佣。但是，从戈蒂埃离开之后，就再也没有一名这样的仆人，与我同吃同住，了解我最隐秘的事宜，负责我最棘手的庶务。戈蒂埃为人正派，他认为自己游历已久，于是回老家村子去了。我得另找一个人。我照例征求工头罗什的意见，他想了想，把侄子马克推荐给了我。

一天上午，马克来见我，他睡眼惺忪、面色蜡黄，显然头天晚上干了坏事。我从来都不会停留在第一印象，尤其是对那些不老实的家伙。如果留心的话，在这个藏龙卧虎的群体中，我们可以发现人类最优秀的元素。在违法犯纪的圈子里，集中了大量的智慧、勇气、忠诚，甚至我敢说，还有理想主义。只要不涉及过多的谎言、暴力和圈套，这些优良品质就大有用武之地。就我自己的感受，在生活中，那些从底层物色的人，比起所谓的正人君子来，他们把我伺候得要好得多：出于胆怯，所谓的正人君子不敢犯事，出于害怕，他们的长处无非就是把大事化小。

马克混过黑社会，他甚至也毫不隐瞒。真正的问题在于，他为什么想换一种营生。他回答得很巧妙，说时代不同了。巴黎不再是暴乱之地、屠杀之地、篡权之地——我明白，他根本就不把英格兰人当回事。从今以后，在首都，老实做人可能会获益更多。他的言外之意是，在他眼里，我代表新的财富，王权让人充满了期待。我完全有理由担心他想打入我们内部，然后趁机下手。毕竟，如果他还与匪徒串通一气的话，他也就成了卧底，可以为他们打开所有的方便之门。我下了相反的赌注，如果他一心一意想为我效忠，他就会把那股匪气用到正道上去，而我也找不到比他更讲江湖义气的仆人了。事实证明，我赌赢了。马克一直追随我，直到我越狱逃亡。他是我的救命恩人，为了救我，他赴汤蹈火，在所不惜。

当天，他就开始为我当差。克里斯蒂娜碰到他，当下未露声色。但是晚上，当房间里只剩下我们两人的时候，她却乞求我不要雇他。

她大吵大闹，声泪俱下，试图说服我，这种过激行为倒让我认为，她对这个陌生男子一定有什么别的不满，但又不想当着我的面说穿。这次我没有让步。马克留了下来。

后来，我花了很多年去观察他、理解他。他的行为总是那么得体，判断总是那么明智，直觉总是那么准确。但是，我逐渐发现，所有这些优良品质都源自他异常简单的世界观。对于马克来说，所有的男人都是男人，所有的女人都是女人。我的意思是说，在他眼里，任何男人，不管他多么正经，多么强势，多么虔诚，都很难不为漂亮女人失去理智，只要她懂得用什么武器让他对自己俯首称臣。任何女人，不管她多么正派，多么忠诚，多么规矩，都很难不为某个男人如醉如狂，只要这男人可以激起她火山般的欲望，而她又不需违心地用灰烬去扑灭。他对此深信不疑，在看人的时候，他也有自己独到的方法：看其欲望，看其弱点。他从来就不会止于表象，正人君子在自己周围构建起严肃的外衣、道德的城墙，他绝不会受到影响。于是我明白了，他从前的职业大概既不是土匪，也不是强盗，而是做女人生意的。

我傻乎乎的，对于克里斯蒂娜身上的某些东西，我压根就难以察觉，而他一眼就能看出来，所以她感觉到了威胁。我有心等待他们交锋的结果。他们各自都在调查，在随后的日子里又开始说对方的坏话。克里斯蒂娜先发制人，给我提供了有关马克从前职业的准确情报。据她说，之所以能获得情报，那是因为她收买了街区一位客栈老板的太太，夜里，那客栈摇身一变就成了赌场。她关于马克的所有说辞都准确无误。但是，这些他早已老老实实向我交代过。看到我的态度并没有改变，她深感失望。

马克略花了更多的时间才向我汇报。我了解到的内容很严重，但是，她对我的欺瞒让事情更严重。据马克的调查，克里斯蒂娜本非嫡出，而是一位公爵的私生女。母亲在勃艮第公爵夫人身边做女仆，一手把她拉扯大。她善于模仿，学会了上流社会的风姿仪态，而她原本并不属于这个阶层。母亲去世后，她想靠姿色吃饭，而不是给人当仆役。她上了一个无赖的当，还生了个女儿。孩子跟着奶妈，住在蓬图瓦兹。年轻、貌美、受过教育，这为克里斯蒂娜提供了条件，可以捕捉到价值连城的猎物。开始的时候，保护人为她找了很多大款，他们都知道她的状况，也愿意出好价钱。后来，她隐瞒真实身份，在那些愿意为她挥金如土的人面前假装出浓情蜜意，她认为这样更有利可图。两年前，巴黎法院的一位法官上吊自杀，给她留下一大笔钱。趁着城里兵荒马乱，她躲得无影无踪，再回来的时候，又换了新的身份。她真实的名字叫安托瓦内特。

接到密报，我犹如挨了一刀。我很难说究竟是什么最让人痛苦。意识到被背叛？爱人的变形？或者，眼看自爱情中获得的尊严陡然消失，让人失望？

当然，我的第一反应就是质疑马克的说辞。他早预料到了。

“别屈尊纡贵去核实我的说法啦，”他建议道，“全是真的。您如果真想搞明白究竟遇到的是个什么人，办法非常简单。”

为了彻底释怀，我采纳马克的建议，策划了一次终极考验，要对克里斯蒂娜–安托瓦内特下最后的判决。我告诉她说，我要出四天差。她问了问家中的情况，而后我把所有的钥匙都留给了她，包括保险柜的钥匙。请君入瓮，这种方式有点阴险，但是我想把事情弄个水落石出。为了让她放开手脚，我还通知她说，马克要陪我出门。

实际上，我确实去了凡尔赛，但是仆人却原地按兵不动，布下了天罗地网。我出发后的第二天晚上，安托瓦内特的保护人应时而至，还带来一辆马车和三名全副武装的跟班。马克早已在房子周围设下防御，理所当然地也让夜间巡逻队提高警惕。等柜子打开，抬出钱箱的时候，他们伺机出动。最后，暴徒全部入狱。但因为我从中求情，马克做出安排，让克里斯蒂娜顺利脱身，没有受到牵连，这让他多少有些遗憾。接着，他请伙计们一起为我的健康开怀痛饮。

我再也没有见过安托瓦内特。

第三章

御用监总管

与克里斯蒂娜的艳遇，就这样以悲喜剧的方式告一段落。但是，她对我的影响，却远远超出我的想象。很长时间里，我对女人都保持着天然的戒备。我曾经以为很讨厌那些为了利益而投怀送抱的女人；最后，我还是对她们情有独钟。从今以后，最值得怀疑的就是所谓无私的爱情。我必须接受事实：在这个饥荒时代，因为身家不凡，我已经成为人人垂涎的目标、算计的对象。那些试图让我相信真爱的人，我马上就会加意提防，甚至滋生怨恨。在后来的岁月里，我遇到过好几个女人，她们对我也许是真心真意地倾慕，这对她们大概有些不公平。然而，与自己被戏耍——假如再来一个克里斯蒂娜——和受伤相比，径直拒绝她们，伤害要小得多。

我还吸取了一条教训，让我一时止步于未来的边缘，甚至使我质疑曾经的计划。生活在梦想中的那些日子，我可以规避平庸的侵蚀。我满怀雄心壮志，为了实现梦想，我盘算着如何调动更大的力量。自从将梦想植入现实以来，我必须习惯于蹒跚前行，在日常的泥浆中，在嫉妒和艳羡交织的沼泽里。很大程度上，让和吉约姆也承担了自己的那份束缚，但是依旧给我留下了很多制约。我想全部放弃，重新开始平凡的生活，回到妻子和孩子身边，过原本就应该有的日子。

说实话，我最大的愿望就是离开首都，辞掉官职。可这样一来会失信于国王，不但以后什么也别想指望他，而且还会让他心生怨恨。

我只有等待。克里斯蒂娜给了我新的理由，让我厌恶巴黎。如同这座城市，她也是一个混合体，既优雅，又粗暴，既愉悦，又危险，既美貌，又背叛，既文明，又肮脏。为了解脱，我守着作坊寸步不离，全身心投入到工作中。我鼓励国王的司务们，送来熔铸的金属要多多益善，这意味着要在城里更多地搜刮，要民众更多地进贡，要往城市满目疮痍的伤口上撒更多的盐。我身不由己，觉得痛苦，对于这座一心想逃离的城市，我难以抗拒地产生了一种混沌的温情，一种矛盾的爱意，恰如我很难对认识克里斯蒂娜表示后悔一样。

如果我不想继续耗损心智，那么就不应该放任这种境况持续太久。幸好，六月初旬，国王捎来消息，任命我为御用监执事。我必须立即赶赴图尔。要离开巴黎，真是好消息。这个不熟悉的官职，我对其职能一无所知，而且看起来也很低级，但是这些都不重要了。为了获得国王的好感，我难道不是已经走上了顺从之路吗？有一阵，我还想拒绝这份差事，回到合伙人身边。但是，直觉告诉我不能拒绝，只能等待。毕竟国王了解我的情况，熟悉我的计划。

一个礼拜之后，我从圣雅各门出了巴黎城。我随身带了两名保镖，还有马克。他生来天不怕地不怕，除了马。坐骑开始一路小跑，只见他抓着马鞍，颤颤巍巍、面如土色，真是好玩……

去御用监所在地图尔，行程并不着急。我顺便绕道布尔日。玛茜和孩子们深情地迎接我回家。让已经长高了。他非常乖巧、虔诚。那时他已经决定要加入修会。显然，他有意无意受到了母亲的影响。这种完完整整的信仰，他并不是从我身上承继而来，这信仰赋予了他庄重的神态。他的嘴角始终挂着淡淡的微笑，既和蔼，又清高。这既不是圣人脸上令人恍惚着迷的苦笑，也不是我再熟悉不过的梦想家的神不守舍，这是一种对教内高官的模仿，既仁慈，又倨傲。大概也是出于直觉，如有可能的话，玛茜决定让他当主教，甚至是红衣主教。随着时间的推移，加上我长年在外，玛茜也慢慢变了。她的秘而不宣，她的不苟言笑，就像新酿的葡萄酒一样，要么变陈，要么变酸，她并没有变得善良、朴实，恰恰相反，她喜欢出头露面，喜欢名利场上的虚荣。我在巴黎的差事，我源源不断寄给她的银钱，既有造币局的收入，也有生意上的红利，这一切都被玛茜转化为高贵的符号、成功的象征。在成功里，在表现成功的方式中，有其愉悦和慷慨的一面：宴饮、盛装、美食。这不是玛茜选择的道路。她完全站在严肃和苦修的一面。对她来说，奢华，就是做弥撒，参加庄重的葬礼，在复活节和圣诞节接待那些令人生厌的富人，她暗中的希冀就是，在他们眼里显得更加悲惨、更加富有。

她与我弟弟一直保持联系，弟弟后来加入了修会，一直在罗马教廷供职，还当上了主教。

我意识到，在巴黎的劳苦生活已经让我与家人渐行渐远。回头审视，与克里斯蒂娜的那段感情纠葛也越来越有益。她打开了我的眼界，让我看到了另外一个世界，在那里，奢华与享乐相得益彰，它们结成了一对，既昙花一现，妙趣无穷，又有如犯罪。我并不怀念克里斯蒂娜，但是，她带给我的东西，与我在家乡城市看到的人事物景，始终是鲜明的对比。总之，弹簧已经断裂：在很长的时间里，玛茜和她的父母曾经为我指明了要走的道路。我遵从他们的命令，说一不二。从东方之旅，尤其是巴黎生活以来，这种震慑力已经化为乌有。它让位于一种几乎让我感到痛苦的尖刻的清醒。玛茜，她的抱负，她想被人尊重的欲望，她对品德和荣誉的追求，在我看来都是那么可笑，带着市民的悲哀。

同时，这些需求也很容易满足。对她来说，关键是我要在上流社会继续我的职业生涯，以便她能继续分享财富为我带来的头衔。同时，她也需要钱，这样我们上升的每一个阶段才能让人家看见。她渴望宅院、仆从、礼服、献祭，需要为孩子们谋得地位，需要为自我救赎高唱弥撒。因此，她完全能承受我的远游，甚至还好过我返家的日子。我们原本就不牢固的肉体关系，实际上已经名存实亡。取道布尔日的时候，我曾想与她亲热，但发现她的心不在焉远胜于前。更糟糕的是，这一次，她的沉默仿佛是在祈祷，我自然马上就兴致索然。不但远没有克里斯蒂娜让我发现的新奇感受，而且对于玛茜来说，夫妻之间那些简单的亲热动作，似乎也是罪恶，也需要向上帝忏悔。我没有坚持。虽然我心底也有罪恶感——因为毕竟是我冷落了她，我也有错——但是，我拒绝在遗憾中沉沦，拒绝追随她的脚步摇身一变成为新贵，成为虔诚的信徒。因此我没有久留，只待了短短两周。

我满心欢喜地离开家乡城市，如释重负。玛茜找到了自己的道路，然而这并不是我的道路。不过，我们各自的努力可以互补。我追寻梦想，不管愿意不愿意，我都生产了物质财富。玛茜则将财富转变为尊贵的地位、孩子们的未来。说到底，一切都最好不过了。

返乡期间，我给马克放了假，重逢的时候他非常开心。靠着做女佣和妓女生意，他又大赚了一笔。他向我描绘另外一座城市，一座我从来就不了解的城市，赌场、窑子、滥饮、混乱的城市。

八月中旬，我们抵达图尔，恰逢圣母升天节后。城里热浪逼人。我费了好一番周折才找到御用监。这是教堂后面一栋没有窗户的小楼。负责看守的两名兵丁敞着衣衫，躲在阴凉的角落里昏昏欲睡。他们老大不高兴，说御用监总管不在城里面。我出示了御用监执事的任命函，他们还是拒绝为我开门。

我在卢瓦尔河畔的客栈里租下一个房间。我开始琢磨国王的意图。他为什么要派我来这个死气沉沉的奇怪部门？在城里打听了一番之后，我才弄明白，御用监有点类似御用仓库，里面存放着宫中必需的物品，如布料、帷幔、家具、器物，有点广储司的感觉。这样说来，现实并不是那么光彩。我拜访了几位家族故交，他们给我讲了很多有关这个机构真实情况的知心话。御用监管理不善，供应跟不上，不过宫中也很少有人关心它的商品供应。不管是必需品，还是奢侈品，大部分人都宁愿直接从商人那里购买。我也多少有所了解，毕竟经常有人找我借款。

我无所事事，于是就写信给让和吉约姆，让他们到图尔来见我。该为我们的生意做总结了。如今，我觉得已经做好了准备，要全身心投入其中。

等待期间，御用监总管回来了。这是一位善良的图尔领主，生得一副红红的脸庞。我得知他在武弗雷那边有自己的产业，他感兴趣的是自家葡萄园而不是什么御用监。我前来就职实非他所愿。他可不想别人来多管闲事。国王交给他的这项工作，肯定油水很多。

显然，不管三七二十一，他想的是多为自己赚钱，而不是扩大御用监潜在客户的利益。等到他带我去参观库房，我才发现有多少亏空，经营有多么不善。他先是百般推诿，后来终于同意让我看看账本。虽然我不懂财务，但还是看出了一些眉目。阿尔芒老爷——这是他的名字——解释说，是连年战争毁了御用监，货物供应跟不上；而我根本就不相信他这一套。“一旦有了货源，不管价格多高，都得收购。”他这样为自己的高价采购辩解道。他一边说一边微笑，还偷偷地瞟我。看得出来，他想尽力解释他的把戏，好让我与他狼狈为奸。他认为这样搞些小动作，我们就可以好处同享。当然，他心底里有一百个不情愿，不过再怎么也胜过一败涂地——倘若我举报他弄虚作假的话。

看到这一切，我更多的是同情，而不是眼红。

随后几周，大家相安无事。八月酷暑，各处的活动都放慢了节奏，御用监则更甚。九月，依旧无事。阿尔芒老爷忙着打理葡萄园，还不忘趁着好天气出去狩猎。天高皇帝远，没有任何迹象表明他们不久之后会来图尔：冬天也在无所事事中度过。这些日子，我沿着河边长时间地漫步。现在，我知道，这些水都将汇入大海，大海可以通往东方。望着滚滚逝水，我仿佛可以与全世界默契相通。经历了此前激荡的岁月，这种休整来得正好。在库房里，我也消磨了很多辰光，大部分时间都是独自一人。借口盘点，我摩挲着长满蛀虫的呢绒、干涩的皮料，我在思考，这御用监究竟有何利可图。从前，在大讲排场的日子里，可能确实有过。可现今它还能再度辉煌吗？也许这正是国王隐而未宣的意图。越是这样想，我越认为很有可能。假如由我来执掌御用监，对于我们正在着力打造的商行来说，它至少可以成为头等重要的客户。我认为还可以走得更远。

初秋时节，吉约姆先到一步，第二个礼拜，让也与我们团聚了。我租下小山丘上的一栋房子，四周弥望，尽是葡萄园。都兰地区天空澄澈、气候宜人可是有口皆碑，非常适合长时间散步，悠闲地用餐，也适合夜谈。马克点燃葡萄枝，我们把脚伸过去烤火。

我很快就发现，伙计们对形势有着不同的看法。他们只了解其中的商业部分，对我构想的宏大计划还不甚了了。他们也不大清楚我为什么要接近国王，他们以为我只是想通过掌管造币局来夯实我们的货币储备。不管怎样，我并没有指出他们的错误。我只是透露，我在新桥上获得了一家票号。这是事实，但要真正营业，还需要等很多年。我重点谈了当下首都生活的难处，还有我想独立于国王，重新获得自由。对于这条好消息，他们非常欢迎。我在巴黎的那些倒霉遭遇，他们一点也没有经历过。因此，他们都很乐观，而且由衷地高兴。在朗格多克地区，吉约姆已经建立起坚实的商业基地。通过陆路，他把生意做到了加泰罗尼亚、西班牙的天主教地区、萨瓦和日内瓦等地。通过海路，他往东方发货，定期与热那亚和佛罗伦萨进行贸易往来。他还摸清了地中海上的各种势力。蒙彼利埃和整个地区的批发商已经习惯了和这个短小精悍、胆大心细的贝里人打交道。启动一条属于我们自己的商船，如今已是万事俱备。吉约姆期待在这次见面中让我们通过他这项重要决定。

来的时候，让身边跟随着一伙奇奇怪怪的人。给他当保镖的那群坏小子把他绑在马鞍上，这样他的双腿就不会动弹了。他中过埋伏，腿上挨了一刀，伤口一直在化脓。出事之后，他不但没有放慢工作，而且干活有增无减，只是吃喝比平时稍微多一点。要是放在别人身上，这样大吃大喝早就发福了。但他的工作始终停不下来，把热量全都消耗光了。他住在旁边的房间里，即便在睡梦中，我也听见他焦躁不安，大喊大叫。一分耕耘，一分收获。亨衢大道，车马辐辏，到处都运送着他精挑细选的货物。如今，在各大产业中心，都有他的联络人和供货商。

从签署阿拉斯协定以来，法兰西各地都弥漫着自由和激昂的气氛，对商业活动大有裨益。经年累月的战事之后，各地区都做出了部署，纷纷生产各自所需。所过之处，不管丰年灾年，民众都有衣穿，有饭吃，有酒喝。但是，对于远方来的商品，大家还是趋之若鹜。女人梦寐以求的是充满异国情调的布料，它们与当地缝纫用的面料截然不同，再说本地女人都在穿，早已黯然无光。只要是异国来的物件、食品、服饰，立马就让人竞相追逐。

法兰西是一个被战争弄得生灵涂炭的国家，尤其是在北方和中部。土匪依旧蔓延流窜，横行乡里，勒索城市。整个国家还远没有恢复正常。说实话，民众几乎都忘记了正常究竟是什么滋味。旷日持久的战争已经成为生活的常态。只要战事稍缓，在民众看来，一点轻微的好转也算是恩惠，几乎都快与幸福混为一谈。

很多商人领会到，现在已具备天时地利。然而，因为接二连三的困难，大部分人都已经偃旗息鼓。一般来说，他们只满足于做一两种商品买卖，很少有人像我们这样无所不包。我对自己的直觉相当得意。我觉得关键在于构建网络、驿站、路线，在销售网络当中，只要有买家，我们就要发货。让的才干主要在于寻求武力，保障货物安全。吉约姆的职责是打通国家的南北两地，未来还要向地中海和东方开放。我自己呢，我为他们提供兑换商网络，在这个圈子里，我的名字就仿佛“芝麻开门”的通关密语。计划的第一部分已经获得成功。

九月份，我们做出了重要决定。我说服合伙人，努力的重点应该是东方。吉约姆未雨绸缪，已经扩大了我们在海上的影响力。但这些海域还不太平，安全是最后一道障碍。为此我们决定，让到蒙彼利埃去，在那里与雇佣兵一起负责保护货物。在第一个阶段，我们的商船只发往意大利，然后再逐步扩大航行范围，直至东方的港口。

这期间，相反，需要吉约姆北上组织贸易网络，让已经在那里建立起很多联系，押送队也可以保障道路畅通无阻。我打算尽快加入他们的行列，把全部时间都用来发展事业。在此之前，我打算最后试一次国王的门路，好让他放我离开，同时也借机表示忠心。

让和吉约姆离开了。我请求觐见国王，开始了漫长的等待。平静的冬天，这也是我人生最后一个无所事事、默默无闻的冬天。我将很多时间都消磨在大自然里。每天，我几乎都要在树林或葡萄园中漫步良久。以前，我从来都没机会过这种乡间生活。观察自然也让我洞悉了原来的未解之谜。我为何喜欢奢华？出于什么深层的原因，我一直痴迷于那些装饰繁复的豪宅、珠光宝气的服饰、严整划一的宫殿？这种迷恋并非必须。在此地讨生活，或在别处过日子，其实都无所谓，陋室一间我也能怡然自乐。一旦不需要应酬，我马上就可以脱下锦衣华服，换上粗布袍子。我沉迷于奢华，崇拜那些手艺人、建筑师和金银匠的巧夺天工，是出于更加微妙、隐秘的原因。实际上，由人类聪明才智创造出来的产物，只要能让我们的居所近似于大自然，我都会沉迷，都会崇拜。秋天如金的黄叶、茶褐色的田地、皑皑的白雪、湛蓝澄澈的天空，都被高墙阻挡在楼宇之外；屋顶的遮盖、木百叶窗的掩藏、围墙后的帘幕，无情地让我们与之隔绝。只有艺术，才能在日常的家居中，重塑那些被隔离的天然财富。

这好歹算是我的发现，这让我觉得坦然。总之，我信奉人类，崇尚人类的创造力，创造也是对人类自身能力的致敬，它赋予了我们天真未凿的自然。艺术家的才华、建筑师的技艺、工匠的巧手，在奢华中找到了最高的表达形式，在财富中找到了绽放的契机。这并非浅薄无用的爱好。相反，这是人类最崇高的活动，在让人成为创造新世界的主宰的同时，它几乎可以与神平起平坐。经历了那么多的磨难，那么多的毁灭，现在该是时候了，同时作为创造者和毁灭者的人类，应该让创造的天性自由驰骋。我从前并没有想到这些，但还是把事业向这一方向引领，现在，合伙人都认为水到渠成：我们当然是商人，但我们交易的不是日常平素的产品。你绝不会看见我们贩卖面粉、牲口、奶酪。我们感兴趣的唯一食物就是盐，我们已经讨论过了，应该把它看作一种象征。我们感兴趣的这种“额外的”食物，它可以化普通为美味，可以让动物的饕餮逊色于人类的盛宴。大地之盐……

除此之外，我们在地球上流通交换的物品，全都是人类创造的杰作。意大利的丝绸、弗兰德的呢绒、波罗的海的琥珀、火山上的宝石、寒带森林中的毛皮、东方的香料、中国的瓷器，我们宛如教士一般，传播着对人类智慧的全新崇拜。

卢瓦尔河两岸，白色山峦蜿蜒铺展，行走在崎岖不平的山路上，我感觉从来都没有这样自由地放飞梦想。但是，从今以后，梦想变得更加坚实，具有了真实的色彩，仿佛通过我们的努力，它很快就将扎根于世界之上似的。

冬末时节，等来了期待中的消息。国王要在奥尔良召见我，那里正在召开三级会议。在图尔，我不需要向任何人辞行。居留期间，我的身份并不明朗，在城里的各色人等中，我未能找到自己的一席之地。贵族还是把我当作普通市民看待，而市民则对我保持警惕，认为我是在为王室效力，哪怕官冷职卑。如果没人重视这些差异，我本应更加强大。后来，我多次意识到这一点。但是总而言之，我个人的财富与御用监的官职不大相符。一方面，我已经富埒王侯，但却毫不惹眼。另一方面，我只是个下级官僚，这又显而易见。贵族孤立我，对我看不入眼，我也只得将就。每次到城外溜达，进入田庄，走过村社，我都趁机与农夫打成一片。有时候，看到三五成群的年轻姑娘赤着脚丫站在清凉的溪流里，忙着洗衣服，我可以整下午陪着她们，看她们挥动着起起落落的捣衣杵。我喜欢她们结实的躯体、粉嫩的肌肤、充满力量的牙齿。后来，不管我爬得多高，我始终坚信，自己属于人民，我们有着共同的思想、共同的苦难，我们也有着共同的体魄、共同的生命力。天知道一生中我走进了多少座宫殿，接触了多少位君王。但这不过是拜谒造访而已，有如会见陌生人一般，而后我总是急匆匆地赶回家。当然，我的家人也是人民，普通的人民。

我让马克为我从中撮合，因为与农家女子的艳遇，那是纯肉体的关系，我流连乡间的时间越来越长。她们与我在一起也大方自然。

她们像同伴一样与我打情骂俏，让我完全忘记了自己的财富和背景。我获得了最大的胜利，也确信获得了最大的欢愉。克里斯蒂娜早就给我上过一课，我只是寻欢作乐、逢场作戏，不再投入爱情的幻想。

我带着遗憾离开这一切，同时意识到很快就要翻开新的一页，未来将是另一番人生。

三级会议代表云集奥尔良，一派热闹非凡的气象。在教堂对面那栋宏伟建筑的楼上，我见到了国王。他身上的变化让我着实吃惊。以前见面时，他的孤独让我印象深刻，现在似乎已经人随时迁。第一次，在空荡而昏暗的大厅里，那是绝对的孤独；第二次，他被潮水般的大臣包围，他们阿谀奉承、不怀好意，那是一种悲怆的孤独。在奥尔良，曾经在贡比涅见过的那些大人物已经踪影全无。三级会议的氛围带有太多群众、市民和低级贵族的气息，不对他们的胃口。国王和诸侯互不信任，所以后者都留在自己的领地上，也许正准备着与他作对呢。至少这是我看到他们缺席时马上产生的想法。

当然，国王也不是孤家寡人。在他周围总有一帮熙熙攘攘的朝臣，只是换了新面孔。这些人更加年轻，少了些行武气，大部分出身市民阶层。他们脸上没有暴力、愤怒和不屑的表情，而大领主却认为只有这样才能与普通民众拉开距离。宫中的气氛更加轻松、喜庆。我说不出这种变化是如何体现出来的，但是能真切地感受到。在朝堂内遇到的人并没有把我视为不速之客，他们热情地跟我打招呼。他们一身平民装扮，也没有任何的标志，来表明军中和教内的品阶，而大领主从来都不会忘记佩戴这些徽识。你很难一下子看出谁是什么官，什么品。仿佛是朋友间的聚会，大家都决意不显摆自己的官职与义务。

这些人对国王的态度，让我想起了我本人对他的情感。既不是卑躬屈膝的顺从，也不是像大领主那样要左右他的意愿。国王靠着懦弱来驾驭他们，与我初次在布尔日见到他的感受毫无二致，大家也同样想为他效劳，想保护他。看到国王与其他人共处的场景，我可以更好地理解自己在他面前的反应。他歪歪扭扭的身体，长长的手臂，又迟疑又笨拙的动作，又痛苦又慵懒的面部表情，所有这些仪态都仿佛是在寻求帮助。如果说身边人给他送上椅子，那绝不是为了献媚争宠；这个动作更多的是一种发自内心的同情，一种怜悯的殷勤，仿佛听见快被淹死的人发出凄惨的叫声，于是随手扔出一块木板，让他可以抓住这根救命稻草。

看到这些人的反应，我突然有了全新的发现，在很大程度上，国王是在捉弄他们、唆动他们，这是明摆着的事实，但又有些扑朔迷离。他生性既不火爆，也不孤僻。只要稍微努力，他就可以在体力和理智之间保持中和状态。如今，我可以肯定的是，他非但不想弥补自己的缺陷，反而故意要将其强化。他相信难以通过实力和权威来御宇天下，于是雷厉风行地决定，要通过懦弱和踌躇来达到目的。这种个性本身无关宏旨。然而，我马上从中看到了危险。这种对衰弱的欲求，这种在脸上精心保持的怯懦的表象，需要每时每刻都用心经营。查理花了那么多精力来表现得弱小，而其他人则一门心思要表现出不可战胜的气势。这意味着同样危险的两层意思。首先，大家对他百般殷勤，但与他们所认为的不同，他并没有上当受骗。他对谣言的源头一清二楚，对于罔顾事实不由自主接受他这副形象的人，他压根从心底里就看不起。其次，为了始终保持自己所设定的形象，为了强迫自己始终遵守百折不回的誓愿，他必须具有异乎寻常的意志力。不管是谁，能如此残忍地对待自己，肯定也能同样地对待别人。从前，他曾经清除宠臣，就连最忠心不二的亲信也先后失势，这足以证明，他可以翻手为云覆手为雨，完全出乎你的意料。当然，他还是会装出懦弱的样子，让人错误地认为他只是无力反抗在背后策划阴谋诡计的人。如今我可以肯定，实际上，他本人才是阴谋高手。我不再怀疑，要伺候他真是太危险了，常在河边走，哪有不湿鞋。不管如何，到达奥尔良那天，他朝我转过疲劳发青的眼睛，他呼唤我的名字，向我伸出双手，那时候，我早已迫不及待，毫不设防地屈从于他的意愿，虽然我最不相信他所谓的懦弱，但还是跟其他人一样无所适从，不知所措……

国王示意我在他旁边坐下。他给我介绍了几个人。大部分都是朝中新贵，后来很多年，我每天都会与他们共同分担国家事务。他们大概已经知情，而我还蒙在鼓里。对我来说，只是一连串陌生的面孔，一连串并不熟悉的名字。他们中间，我只认识皮埃尔·德·布雷泽，他少年扬名，曾经是圣女贞德的战友、昔日陆军统帅的死士。有传言指责他曾经参加一个别动队，到家中去绑架了拉特雷莫勒，拉特雷莫勒是国王的顾问，生活糜烂，毫无道德。一下子，我就喜欢上布雷泽的直率。他看起来大概比实际年龄还要年轻。他身材瘦高，只有强健的关节才显示出武夫的气质，尤其是长长方方的双手后面突出的手腕。在他身上，我看到一种鞍前马后为主上效劳的殷勤，一种保护弱者的自豪，一种挑战强者的偏好，大概正因如此他才轻而易举地成为了国王的猎物。

国王突然站起身来，抓住我的胳膊，拉着我走开。这个亲密举动让我大惊失色。国王紧抓着我，我认为他再次证明了自己的弱小，但同时我又感觉到，他的手指压着我的胳膊肘，宛如钳子一般有力。他迈着罗圈步，将我拉到旁边。我们走过陈旧的楼梯，从房子后面出去，来到院子里。两条被链子拴着的狗一看见我们就活蹦乱跳起来。国王让我坐在无花果树下的石凳上。狗朝我们这边扑过来，一副跃跃欲试的样子，似乎让他很开心。狗猛冲过来，却被链子活活拽住，然后摔在地上直吐舌头。狗吠声，链子的哗哗声，狗那副咄咄逼人、恶狠狠的样子，这些都让国王觉得好玩，甚至还挑动起他身上残忍、兽性的天性。院子的另一端，两位浣衣女正赤膊上阵，卖力地洗着成堆的衣物。查理毫无顾忌地看着她们，目光中还带着刚刚看两条狗时的粗暴的欲望。可怜的女孩子低下眉眼，专心地干活，朝国王露出她们浑圆的臀部、结实的肌肉。还未开口，我便五味杂陈。

然而，国王在意的还是我。不管他多么舒心地观察着周遭的场景，他还是相当好地控制着情绪，心平气和地跟我说话，像君主一样向我发问。在随后的岁月里，对于这个痛苦的人，我有无数机会探索他身上的矛盾之处。直到今天，我仍在思考，自己是否打心眼里恨他。但那时候，我并没有多想，只是简单地认为，爱戴他可能有点轻率。

“法兰西真是个肮脏的地方，科尔。您怎么看？”

他冷笑道。

“还有很多事情要做，陛下。”我提高嗓门，好盖过狗叫声。

国王摇了摇头。

“全部。全部都要做，请相信我。”

狗听见我们的声音，好像也安静了下来。让我诧异的是，只见国王用脚做各种小动作，不停地刺激它们，希望它们继续。

“三级会议请求我扫除盗匪。这是个好主意。您怎么看？”

“是的，很有益。”

“当然，这并不是他们自己想到的。我给他们出的点子。但是，既然他们已经提了出来，我就只有照办。亲爱的诸侯们可能不会再有雇佣军啦，活该他们倒霉……”

一条狗狂吠乱叫得筋疲力尽，轰然摔在地上，发出痛苦的啸叫。查理拍了拍大腿，更加轻佻地看着浣衣女。我早就风闻国王好色，他喜欢换情妇，对各种出身的女人都来者不拒。我不明白，这种肉体的欲望怎么能够与怯懦的神经相互匹配。面对这让人神魂颠倒的场景，我终于明白，国王那反复无常的个性，既可以让他当着诸侯的面表现得胆小怕事、唯唯诺诺，面部抽搐，形如一潭死水，也可以让他欲念如火，暴力和淫荡你来我往，互不相让，就像此时此刻他在我面前表现出来的一样。

“我要改组内阁，”他继续道，“他们别再想越权篡位，我敢肯定。”

“他们”指的是诸侯，我明白。我无言以对，表示同意。

“他们开始联手对付我。去年，我阻挠了他们。但是他们还要卷土重来，这一次，我儿子也不识体统、野心勃勃，要与他们为伍。没什么大不了的，我会让他们碎尸万段。”

我心底闪过一个想法，但马上又打消了念头。喧闹、暴力构成了查理平素的世界。我有着宏大、宁静的梦想，而他的梦想却充盈着粗暴、仇恨、占有。沉默的时候，他肌肉抽搐、面部扭曲，这大概是铺天盖地撕裂他大脑的风暴在外部的表现。因此，在声声犬吠中，他反倒觉得自在从容。不管犬吠有多激烈，也不会赶上他心头的嘈杂之声。我正这样想着，他突然朝我转过身来。

“我们需要很多钱，科尔。造币那点小利润远远不够。您明白我为什么任命您为御用监执事吗？”

我此行原本打算向他解释御用监和我的事业可以互为补充、相得益彰。通过与吉约姆·德·瓦耶的讨论，我相信，一边是供货商的网络，一边是御用监的集中采购，我们可以打造出一件实力强大的工具。但是，我们这些手艺人挖空心思想出来的玩意，查理早就了然于胸。

前两次觐见的时候，我不敢肯定他是否听进去我的想法。事实证明，他不但做到了，而且得出的结论也远比其他像他一样身居高位的人的构想要大胆。因此，当同情心刚要让位于其他情绪的时候，当恐惧感慢慢弥散开来的时候，对这个古里古怪、魅力无穷的国王，在种种臣服于他的理由当中，膜拜之情还是迅速跃居榜首。

“我任命您为执事，是希望您暗中调研，做做计划。结束了吗？”

“结束了，陛下。”

“这样的话，我今天就任命您为御用监总管。现在在位的那个老好人肯定会不高兴，但他活该。他从未认真履职；他认为这是荣誉，只顾让自己脸上有光。因此，他们都在发战争财，不做正经事。他们忙着为自己捞钱。这一切都将改变。”

我想欢呼雀跃。因为这种结局是未来一切的起点。说起来很荒唐，你们也很难相信。我一下子又飞到了远方。我感到出奇的平静；我远离了狗，远离了浣衣女，远离了三级会议，甚至远离了国王。我看见商队改变了路线，朝我们而来。法兰西将成为世界的中心，比大马士革还要富庶繁荣、让人艳羡。

我还没缓过神来谈话就结束了。好像有人来找国王。他从拖着链子的狗旁边擦身而过，离开了后院。狗在离国王大腿一指头远的地方不停地咆哮。他渐渐远去，笑声在楼道里回响。我呢，仿佛第一次生命就此了结，看着阳光穿过浓荫如盖的无花果树，我宛如初生的婴儿，睁开眼睛看到了新的光明。

希俄斯岛上的骄阳晒黑了我的肌肤。今天早上，艾尔薇拉做完复活节弥撒，兴高采烈地回来。在这座没有冬天的希腊小岛上，圣诞几乎算不上过节。相反，复活节则让人激情澎湃。

在那些漫长的不眠之夜，艾尔薇拉教会了我几句希腊语。这些种子散落在久已抛荒的心灵上，它们让从前布尔日圣礼拜堂的教理问答教师播撒的古老种子开始发芽，因此我慢慢能听得懂，也可以说上几句。

仅仅两天前，我还会说，这就是幸福。哎，昨天，一眨眼工夫，情况就全变了。

快中午的时候，艾尔薇拉上市场去买每周需要的柠檬和大蒜，这时候来了个男子。幸好我老远就看见了他。我赶紧躲到房檐下面，那里晒着艾尔薇拉在山中采集的野草。男子绕房子转了一圈。我多少能确定他说的是希腊语，而那些追杀者对这门语言一窍不通。当然，也有可能是在当地雇佣的同盟。

他进到屋里，东走西走，把壁橱打开，还翻了翻东西。我担心他发现手稿，然后顺手牵羊。他倒是看见了手稿，不过并不感兴趣；手稿原封不动。

艾尔薇拉回来的时候，我还惊魂未定。她极力安抚我。她勉强说通了访客的来意。回来的路上，他们撞了个正着，还说了几句话。那是掌管本岛的热那亚行政长官的特使。老长官旅行回来，听闻我已经登陆，却不见踪影。客栈老板碰上了本岛父母官，结果也把守口如瓶的承诺忘到了脑后。得知我住的地方后，行政长官便派来使臣，了解我的身体状况。

这些解释我一句也不相信。肯定是陷阱。那些寻找我的人大概想出了高招，说服行政长官要把我交出来。这样的话，杀手就是受命于查理七世，对此我不再怀疑，老谋深算的国王为了追捕我已经用尽了各种手段。当初与热那亚结盟还是我的功劳呢。后来，他重新缔结关系，把我排挤在外。他不择手段，仇恨中满是狂热，从他那里，我学会了承受这一切。当这邪恶将其他人作为目标时，我已经习以为常，不曾想自己也会沦为牺牲品。

幸好，艾尔薇拉出人意料：她回答得很机智，说我已经死了。怕就怕行政长官再派人来核实，总之，只要有人知道我的藏身之处，我就不再安全。至少，艾尔薇拉的谎言为我多少赢得了一点时间。

今天上午，她去了小岛西岸的一个海湾，那里峭壁环绕，孤零零的村子里住着她的一位表兄。她想与这个渔民合计一下如何带我乘船出海，到别的地方去安身立命。据说，在离这里一天航程的地方，有两个属于威尼斯的小岛。在那里，只要有足够的淡水维持生活，我就可以高枕无忧。自从艾尔薇拉说起这两个避风港之后，我一直梦想着能够到那里居住。我曾经是西方的首富。今天，人们很难统计我的产业、我的城堡，它们此时仍属于我，而我唯一的关切竟是：有没有足够的淡水，可以让我在荒无人烟的小岛上生活……

艾尔薇拉要我答应带她一起走。我不知道她的具体想法。可能她觉得这是逃亡的第一站。我不知道在完成我交代的事情的同时，她是否开始了解我的底细。我更喜欢最初那个时期，她只是把我看成可怜的逃犯。在这里，我与她感受到的简单的幸福，最好不要被关于我财富的宵想干扰。生活阅历告诉我，最单纯的人也可能因为金钱而改变。任何人都抵挡不住金钱的诱惑，也许只有我这样的人除外，我全身心投入金钱事业，早已觉得它魅力全无，不过就是钱生钱的游戏而已。自从艾尔薇拉学着了解我以来，她有了很多梦想，虽然她没有告诉过我，但我敢肯定，她已经滋生了危险的欲望，想的是珠围翠绕、车马如云。

我想继续活下去，又缺少力量在世上重新争得一隅之地，怎么给她解释呢？说实话，我不想逃遁。怎么解释我的感受呢？在希俄斯岛上，这意外的驻足停留，也让我发生了改变。刚登陆的时候，我还想继续我的行程。这些天来，要么写作，要么游手好闲，已经磨灭了我的念头。我唯一的愿望，我唯一的担心，都关乎这段故事：我担心写不完。如果说我想拯救什么，那既不是我的生命，也不是我的未来，而是这偶然开始的作品，今天看来，这已然是最不可或缺的工作。

我的故事讲到这里，也许有人认为大可不必再继续下去。毕竟，从国王任命我为御用监总管、提拔我为朝廷重臣以来，我的生平已是家喻户晓。我所有的行为都有见证人，在准备案子期间，检察官多维还召见了这些见证人，他们都一五一十地作了交代。生意上的细枝末节无不为人所知。御用监的辉煌成就、遍布全欧洲的三百名代理人、里昂的银矿、满载商品与东方做贸易的船只、食盐生意、在全国各地买下的产业、贷给权贵显要的巨款、与教宗和苏丹的友情、孩子的主教职位、布尔日的府邸，这一切都是妇孺皆知，成为茶余饭后的谈资，还曾经让人笔底生花。我也可以就此打住，因为从这时开始，生活将代替我言说。

但是，我的感受恰恰相反。在整个庭审期间，我最大的绝望就是：看到我的人生浓缩为一堆数字、财产、石头、荣誉。这确实不假，但这压根就不是我。物质上的成功只是人生的一个侧面。我不想在这上面浪费笔墨，我想言说的内容，是这些年来灵魂深处的震荡：激情、邂逅，还有从抵达奥尔良那天开始就形影不离的恐惧。

作为御用监在任的唯一总管，我全身心地投入到工作中。我既想与国王供应商的身份相符，也想与满朝文武的地位相当。从必需品到奢侈品，御用监必须应有尽有。我向所有分号都下了订单，还吩咐让和吉约姆留出专门时间来处理这项工作。我雇了很多人。图尔的库房大门与窗户洞开，人来人往，非常繁忙。我们又添了两处库房，改造之后，一处用来存放武器和皮具，另一处用来存放香料，最早的库房则用来保存布料。从早到晚，我都与手下穿着衬衫不停地忙前忙后，有时候天气炎热，还干脆赤膊上阵。

一天下午，在皮具库房里，我与奥尔良的私生子不期而遇。我正站在梯子高处，大汗淋漓，他看见我，放声大笑起来。这是一位喜欢战场胜过朝堂的贵族。他喜欢与手下人一起过兵营生活。他觉得我也是同道中人，把我也看作正在作战的士兵。我穿上衣服，带他来到一家小酒馆楼上喝酒，我平时也都是在那里用餐。

他是无事不登三宝殿，我觉得这也无所谓；见到他我非常开心。

表面上看，他是专门来看我。但就像打仗过招似的，一来二去，终于说到了关键。

“我想提前告诉您，科尔。诸侯们已经忍无可忍。他们帮助国王打败了英格兰人，但是国王看不起他们，不尊重他们。他们要造反。我也要追随他们。”

“谢谢您提前告诉我……”我大胆说道。

他欠身过来，目不转睛地盯着我：

“一起干吧！我们需要您的才干。您会得到回报的。”

在奥尔良的私生子的话语中，有他作战时的激情，也有那种过分喧嚣的自信背后的怀疑，还有因为真诚爱戴国王而产生的悲切。我明白，他在焦急地等待我的答案。如果我加入的话，不仅可以壮大他选择的阵营，而且可以增强他的信念，或者彻底地让他动摇——如果我不同意的话。

我从来就没有背叛过，但是也并非强烈地抵制，因为我知道，背叛通常近似于忠诚。在人生的某些时刻，在对世界和未来茫然无措之际，在事业和其对立面之间，谁都可能踌躇不决。二者之间也就一步之遥，就像小孩子轻轻一跃就可以跨过溪流。

为了让他摆脱私生子的尴尬身份，查理七世封他为杜努瓦伯爵。阿金库尔战役之后，他同父异母的哥哥查理·德·奥尔良成为了英格兰人的阶下囚，国王不大情愿支付赎金，这也是他对国王唯一不满的地方。说实话，杜努瓦对哥哥并不感冒，如果哥哥重获自由，还是会看不起他。但是，私生子就是这样：他们生来命运悲惨，处心积虑地想得到家人的认可。查理·德·奥尔良眼下还在伦敦吟诗作赋，在心底深处，杜努瓦并不同情他的命运。杜努瓦对国王的崇拜和感激，要远远大于看见哥哥被抛弃的苦闷。不过，虽然家里人不待见他，他依旧要表示忠诚，所以他准备背叛国王。

他告诉我，正如国王预言的那样，太子路易因气恼没有任何实权也参与了谋反。我还没有和太子打过交道。一天，在布鲁瓦，我看见过他瘦长的身影、苍白的脸庞，他正领着一群闹嚷嚷的年轻人大呼小叫地走过大厅。他朝四周恶狠狠地望了望，有着利剑一般的眼神。据说，他老奸巨猾，既虚荣自负，又深藏不露，从孩提时代起，就展示出心狠手毒的迹象。

与太子结盟，大家都觉得名正言顺，杜努瓦强调说。他还得意地向我介绍谋反的详细名单，包括大部分大领主、亲王、权臣。他们曾经救过国王的命，现在，他们要证明自己的实力，要搞垮他。

杜努瓦期待着我的回应，他脸庞白皙，双眼圆睁，嘴角动了动，一丝轻微的抽动，看得出他已经不耐烦了。在他身后，窗户开着，马车在街头停住，草料的气息蔓延进来。正当盛夏时节，暑热正欢，似乎经久不退，这时候，一切都那么慵懒无力。我握住他的手。

“不行，我的朋友，我下不了决心弃国王而去。我决定为他效忠，不管付出什么代价。”

我微笑着，尽量温柔地继续说，我理解他，我会一直做他的朋友，我祝他好运。他给了我一个武士般的拥抱，然后扫兴而归。

在杜努瓦面前，我意志坚定。当我自个儿待着的时候，又是另一番情景。此前，我偶尔和国王走得很近，但还不至于受到牵连。因为东方之旅，因为我建立起的各种友谊，在不同的政治格局中，我都可以期待着生存下去，甚至兴旺发达。在接受御用监总管职位的同时，尤其是在拒绝参与诸侯叛乱的同时，我和国王的命运已经息息相关。然而，比起与英格兰人的战斗来，未来的战事同样艰难。即将交锋的对手，曾经帮助他打败过英格兰，对他来说真是出师不利。

昔日的内阁重臣，如今反戈一击。又一次，查理众叛亲离，成为孤家寡人。这种境况会让很多人灰心丧气，但是对他来说，真是太自然不过了，他似乎还能平心定气，坦然面对。他旋即重组了新内阁，出乎我的意料，我本人也忝列其中。

在昂热城堡二楼大厅，召开了第一次会议。气氛非常怪异。大部分与会者明显焦虑不安，这反倒让我镇定不少。别指望国王来消除你的焦虑。他坐在桌子一端，手不停地颤抖，大概为了遮掩，他紧攥着双手。会议开始之后就是长时间的沉默，非常尴尬。桌子周围，不见了诸侯们的身影，只有几个并不显赫的贵族，为首的当数陆军统帅德·里什蒙和皮埃尔·德·布雷泽，其他的都是市民。刚到奥尔良，我就已经注意到，最近，市民填补了国王身边的空缺。他们的脸上流露出既专注又担忧的神色。能够感觉出来，他们没有任何合法的世袭头衔，可以到这里来出席会议。这份荣耀完全来自他们的才华，因而每时每刻他们都需要证明自己。而诸侯不需要自我证明：几百年的历史就是最好的注解。在人生的十字路口，他们依旧可以目光游离，可以想自己的情妇，可以想未来的行猎。市民却只有做好准备，证明自己多少有些价值。我身旁的布洛兄弟明显就处于这种心理状态。他们低声地打趣，淡淡地微笑，几个月以来，他们仿佛已经习惯于这种场合，但是他们敏锐的目光从来就不离国王左右。国王提问的时候，他们脱口回答，声音清晰。我尽量模仿他们的态度。我多少忘记了刚刚入席时的失望。再一次，在直面现实的时候，梦想少了些轻盈，少了些神秘。与会众人衣冠不整，横七竖八地坐在破旧的椅子上，战战兢兢地面对君主，而君主也不成体统，缺少魅力，最高权力机构难道也不过尔尔？

然而，随着参加的会议越来越多，对内阁的感受也发生了变化。真正伟大的不是我们，而是我们做出的决断。权力的神秘之处在于，它可以将我们转瞬即逝的话语变成实际行动，并且带来巨大的影响。短短数月，我们就做出了许多至关重要的决策。国王决意利用新近获得的自由和新内阁的权能深入改革整个王国。他确立了严谨的计划，要彻底打破诸侯的权利，最终夯实君主的权威。

为了让决定落到实处，第一件事就是要赢得战争。因而当务之急是要为国王组建常备军。从前，一有战事，他就依靠大领主，至于人力财力的进贡，也全都要看各地区的脸色；今后，他必须拥有自己的军队，能够单独发号施令。我积极出资，装备王家正规军。这些军人都是乡巴佬，他们的优势在于可以使用骑士看不起的兵器。跟我们打仗的时候，英格兰人依靠弓箭手，无往而不胜；我们也仿效他们，组建起弓箭队，虽然效果要差一些。加斯帕尔·布洛还发展了新的兵种，此前少有人用，或使用不善，谁都没有认识到它的威力：炮兵。对于贵族来说，这种作战方式无所不能，只是不太光彩。使用金属和化学手段，大炮可以远远地置人于死地，这在体面的战场上，绝对派不上用场。除非让那些穷鬼花力气拖拽大炮、瞄准目标，还算说得过去。在骑士眼里，这玩意儿跟那些长期使用的攻城机械处于同样的地位。在他们看来，通过炮兵去赢得战争，非但不正大光明，甚至还大逆不道。

我们也顾不上这么多讲究了。我们需要打胜仗。我们的命运和国王系在一起。如果国王遇难，我们也只有殉国。因此，我们同仇敌忾、士气高涨。

刚开始，我们非常担心。我们观察国王，大部分人都在怀疑，即使兵多将广，他到底能不能获胜。但是，随着时间的推移，怀疑开始让位于佩服。在朝会上，我打量着这个高深莫测、运筹帷幄的男人，我的信心不断地提升。他推行的改革措施显然都经过了深思熟虑。除了智力非凡之外，在行动上，他也决断如流。这场诸侯之乱被称为“布拉格叛乱”，以影射波希米亚战争的血腥事件。为了镇压这次叛乱，四年间国王恩威并施，既打仗，又谈判；如有需要，他既懂得无情地严惩，又懂得宽容地原宥。他将民众与下层贵族玩弄于股掌之间，以对抗王公显要。这一切仿佛让人觉得，在经历了英格兰战争的序曲之后，他终于开始了自己的统治。当年从屠刀下救出来的那个小太子，那个被母亲摒弃的可怜的王储，那个早年几无立锥之地的国王，突然为自己所有的不幸遭遇报了一箭之仇。

但是，他依旧不露锋芒，高兴也好，野心也罢。这些年，即便他变得更加自信、更具权威，却始终摆出一副懦弱和焦虑的模样。所以，胜利的喜悦、成功的幸福，都只有轮到我们来表达。

这四年，我的工作非常辛苦，始终在东奔西走，夙夜操劳。然而并不痛苦，心底最柔软处的快乐一直支撑着我。这四年，行动取得了成功，计划已经顺利成形，见效很快，也符合预期。这一切，伴随着梦想，有如行云流水，一气呵成。我甚至有种幻觉，这种顺风顺水将一直持续。回头来看，我明白，这压根就不可能，但是在其持续的时间里，我感受到了幸福，我已经非常满足。我懂得品味这种幸福，因为那时候，工作就是我的生活。我孤身一人，阿涅丝还没有出现在我的生命里，要是没有这种太绝对的比较，我可能会认为，我的幸福已经圆满无憾。

御用监并不是简单的王室机构。我慢慢发现，在国王心里，它需要扮演特殊的角色。在这份王家差事中，我看到的是一个有保障的市场，可以为我们经营的各种商品找到可靠的出路。如今，我们可以承担巨大的风险，可以投入大笔资金去采购贵重商品：我们有了保障，只要是精挑细选的商品，都能找到买家，都可以盈利。批发行还是打着我的名头。然而，在发展过程中，我们越来越感觉到，需要一个简洁、响亮的品牌。代理商的人数不断增加，必须把他们聚集到同一个字号下面。让和吉约姆没有征求我的意见，就自作主张将“科尔商行”的招牌推而广之。从我就职御用监以来，科尔商行的业务就与王家采买水乳交融、密不可分。换句话说，我们是王室的供应商。但是，将二者区分开来反而更方便行事。毕竟，我们的商行还可以有其他客户，甚至包括其他君主。因此，两个实体在齐头并进地发展，在这二者之间，我是唯一的桥梁。一端是商行，一端是御用监。

御用监的头等顾客当然是国王和他的亲众。当上供应商后，我得以了解查理国王与物质财富之间的关系。我相信，对于锦衣玉食、奇珍异玩，他丝毫也不热衷。很多次，我都有幸看到他真实的状态，比如人在旅途的模样，我最后发现，他真是知足常乐。不幸的童年岁月，长期遭受迫害的日子，使得他完全能够承受清贫的生活，他甚至有喜欢节俭的作风。但是，自从凯旋以来，他对奢侈生活有了无穷的胃口。他穿的是锦衣华服，房间里铺展着壁毯和皮毛，动不动就赏赐价值连城的礼物。我马上就明白，这种态度无非是政治使然，绝非享乐。在这点上，一如其他诸多问题，国王经过了深谋远虑，但是从没有向任何人透露过。思考得出的结论，他从来就没有公开宣讲，也不曾私下倾诉。只不过结论都变成了行动，需要我们自己去从中解读。他的想法既简单又明白：对他来说，奢侈代表权力。豪华的排场、富丽的装饰，他以这些来取代自己外在的羞怯和生性不善驾驭别人的弱点。对于王后安茹的玛丽，他从来就没有爱过，作为弥补，他大施恩惠、一掷千金。对于床上走马灯似的轮番登场的情妇，他也缺少热情、心不在焉，作为回报，他就赠送精美绝伦的礼物。在与他亲密的时候，情妇们也忍不住怀疑他是否真的有那么伟大，而他考究的馈赠则让她们不得不承认，自己确实是在辛辛苦苦地陪一位国王睡觉。丝绸、貂皮、金银刺绣的布料、柔软的皮革，我负责为这个巨大的无底洞提供货物。通过代理人的辛勤努力，首饰、贵金属、挂毯，香精、香料从全欧洲汇聚而来，到达国王纤弱的手中，然后赋予它们充分的价值。

世上从来不缺野心勃勃之辈、爱慕虚荣之流，只要是国王看重的物品，很快就上行下效，蔚然成风。市民为了让人忘记他们不是贵族，贵族为了张扬他们不是市民，大家都争先恐后地来到御用监。有时候，我很难满足所有客户的需求。一开始我还为缺货觉得很抱歉，很快我就打定主意，何不乐得开心。因为货物短缺正好可以涨价，让客户的欲望达到极致，这样倒好，大家都有求于我。按三倍的高价卖出货品，人家还要对我感恩戴德。分明让我发了财，还要对我千恩万谢，受恩于我的人比比皆是。

天下何止我一个商人，但只有我是御用商人，国王为我的才干做了最好的宣传。另外，多年来凭直觉形成的方法，我也派上了用场，在这种层面，可谓如虎添翼：发放贷款。我始终认为，金融和商业必须并驾齐驱。这个想法来自与莱奥德帕尔家族的接触，一开始还不是很扎实。我不过觉得找到了法子，可以规避银钱方面的困难。现在，作为御用监的当家人，我衡量了当银行家的真实效用。通过发放贷款，其他商人高价销售的货物变得触手可及。有了这种办法，采购也不再让人头疼。

然而，在举债的同时，客户恰似在脖子上打了个结，一开始觉得很宽松，后来就越勒越紧。市民则大多量体裁衣，可以现支现付，不会遇到这种风险。但是，贵族和诸侯借贷非常普遍。国王也鼓励这种做法，在收回款项有困难的情况下，他还为我提供担保。他知道贷款是怎么回事。从前困难时期，他也借过钱，甚至有些不信任他的批发商有时候还拒绝交货给他。处在镇压诸侯叛乱的残酷斗争中，他明白，这个工具会有多么可怕的作用。对那些放下武器表示归顺的人，他大加赏赐。他们也都享受到御用监的服务，一开始是国王的赏赐，目的是巩固和解。随后，他们主动购买，再后来，为了在宫中充门面，他们只好借款求贷。用不了多久，骄傲的盟友就被控制在我的手中，也就是说控制在国王的手中。我很佩服国王的高招，就这样他成了仇敌的大恩人，同时照例摆出一副弱小的样子，更何况他们也不会想到，国王应该为他们的泥足深陷承担责任。

就此，我的生意与国王的事务开始不分你我，后来我因此而饱受诟病，也遭到国王的指责。但那会儿，我们的利益互为补充。他在重新征服自己的王国，争取“布拉格叛乱”中的敌方，我则尽量让他们中立，让他们归附国王，让他们坠入欲望的陷阱。比如，如果诸侯和大领主有需求，国王就鼓励我卖给他们价格高昂的马具。另外，他下令要多举行骑士比武大赛，这样骑士就有机会展示自己灵活的身姿。买家身世显赫，我们自然获利颇丰，也就可以更好地装备王家军队。以前，国王让诸侯出巨资养骑士，但是这些军队无用且过时，现在他有了钱，就可以用现代军队换掉骑士团，这完全是他自己的军队，可以攻打其他诸侯。

我们如法炮制，实施其他改革，以巩固国王的权力。我利用国王交到我手上的征收盐税的差使，既做盐生意，又负责收税，获得了巨大的利润，国王也从中受益。他还让我负责好几个要塞，后来还给我补助，建造商船，以发展海上贸易。所有这些补贴，回报又何止成百上千倍。诸侯为王家当差，唯一的目的不过是提升自己的实力，以便与国王分庭抗礼。与此相反，我受了国王的恩惠，唯一的想法就是要让它开花结果，以回报君恩。因此，他能够建立起名副其实的国库，也就有了足够的资产，可以实际地统治国家。

国王为了犒赏我的努力封我为贵族，方便我与诸侯做生意，这也算是帮了我一把。我摇身一变，换了身份，他们也就完全没有了那副目中无人的气势。实际上，他们之所以变了嘴脸，绝不是因为我的新身份。他们对此漠不关心，他们眼红的是我的财富，他们需要的是我的金钱。

在为国王挣钱的同时，我也积累起自己的财富。请相信这不是我的初衷，但是结果似乎又自相矛盾。说到底又有什么关系，不管我愿意与否，事实就是如此，最近这几年，我已经富可敌国。

平时不花钱，你就很难意识到自己的财富。我终日东奔西走，萍踪浪迹，国王在哪里作战，我就追随朝廷而去，因此，我更习惯简陋的客栈和军营，而不是宫殿。马克一直尽心尽力，让我穿得体体面面。但是正式的朝服下面藏着一件脏兮兮的衬衫，这样的事情也时有发生。一天，在圣通日地区，我们遭遇劫匪，对方费了半天劲才在鞍鞯的缝隙里找到几个银元。他们根本就没看上眼，但碰上了穷人只好自认倒霉，后来还是放了我们一马。

这种简单有时候跟贫穷只有一步之遥，但我乐得逍遥。出门在外，没有行李一身轻松，我感觉很自在。生意上的头绪越来越多，需要一直小心谨慎。这种感觉形同成了财富的仆役，又好比在为一头漂亮的牲口服务，你必须全神贯注，唯一的乐趣就是知道它还健在，它还在成长，每天它都越来越好看。

我虽然富有，但是浪迹江湖，总有四海为家的感觉。在四壁萧条的茅舍，在护卫森严的城堡，我都同样自然、同样舒心。每扇大门都向我打开。不管平民还是诸侯，都会热烈欢迎御用监总管；哪怕在乡间草草停留，也会感受到同样热情的接待，还会多一份自然。我很快就名扬天下，这也迫使我更加谨慎。只需要自报家门，我就可以入住富丽堂皇的豪宅，但我总是慎之又慎，尽量隐藏自己的身份，这样才能够隐身民间，被人坦诚相待。

有时候，实在瞒不过去，也会暴露秘密。一天晚上，在布尔日周边，让·德·维拉热正好也在附近，我们不期而遇。在行走四方的过程中，他随时都想显富逞强。随行护卫也都衣着华丽。四辆专车载着歇脚用的饰物，还有他的华服、女人。一年到头总有那么两三位夫人身着骑装，在他身边前呼后拥。让呢，脖子上套一条金链子，上面挂着个小雕像，远远看去，还以为是金羊毛勋章。

那天，在进入我歇脚的村庄之前，他派了一支小小的雇佣兵先遣队打前站。这些人蛮不讲理，硬是要清理大街上的闲杂人等，不假思索就猛踢马克的屁股。为了报仇雪恨，马克纠集了一帮农夫，要不是他亲自撑腰，这些人绝对早已认怂。让·德·维拉热出现了，他头戴羽帽，倚红偎翠，打手如云，行李如山，压根没想到会劈头遇到一场狠仗。头天晚上我们到得很晚，当时我还待在卧室里，迷迷糊糊中，突然听见楼道里有人大呼小叫。在进攻的时候，让认出了马克。现在，他们双双上楼，把我从床上拖了起来。

得知我也在场，让马上就向全村发出通报。村长、药师、司铎，后面还跟着唯唯诺诺的店老板，他们纷纷上前，毕恭毕敬地给我行礼。让认为，报出我的名字立马就可以产生奇效。再说，他也总是奉行便宜不占白不占的原则，走到哪里都自称是科尔大老爷的合伙人。但是，对我来说，就再也享受不到那份自然和清净了。我永远也无法让他明白，我很厌恶这种显摆财富的方式。无论他怎样在这群老实人面前卖弄我的实力，人家也只能量力而行。我还是只能睡羽绒枕和鬃毛垫。高调出行的唯一好处不过是可能会有一两位市民会极不自然地格外殷勤，不是准备献上他们的老婆，就是准备牺牲他们的千金，目的当然也是多套点钱财。

御用监总管，实力人物，唯一不能逃避这些身份的地方，就是在家乡的城市。从前，在我们的钱财还不算多，也就是说还可以思议的时候，玛茜就已经开始谋求社会地位的上升，如今她还是始终如一。一开始，她量入为出，有多少钱做多少事。现在，她的所作所为再也没有所谓合理的门槛。她必须自己去发现欲望的边界。这种新境况让她感到昏眩，她还到修道院静修了一阵。

出来的时候，她有了明确的计划。她的决定是，她本人不会再有什么改变。她继续衣着简单，虽然布料、首饰和脂粉都是上乘质地。我们的权势财富要让家人受益，首先就是我们的孩子。她为孩子们规划了精彩的人生，就差没希望让他们的人生道路先遍布艰难险阻，然后再开心地一一扫除。

如我所料，她要求我们重新建造一座府邸。一开始，我以为她要的是普通民宅。我已经做好准备，要建就建最好的，但我压根就没有想到，事情远不是这么简单。圣诞节前，我们就这个问题做了友好的交流，这也符合我们现在的新关系，既有尊重，又有点冷漠。玛茜直言不讳地告诉我：我们应该有一座宫殿。

我开始沉不住气了。浮夸炫耀，我避之唯恐不及。我还是暴发户的想法：我觉得，只要不做出头鸟，人家就会宽容我的成功。喜欢显摆一定会遭五雷轰顶，首先就会受到国王的训斥，会毁掉我根基尚不牢固的商业大厦。既然他可以授官予我，要撤掉我的御用监总管，还不是同样易如反掌？为他干的所有差事，尤其是收税，每当给他说起来的时候，我总是故意形容得像苦差事一般，好让他觉得多亏我任劳任怨地为他服务。如果人们注意到我的收入，显然谁都会清楚，国王给予我的恩惠是一个肥缺，根本就不是什么苦差，而且马上就会有人群起而攻之，让我倾家荡产。说实话，我最害怕的还是国王本人。我知道，他骨子里并不善良，满是嫉妒、满是可恶。炫耀奢华和权势非常危险，因为这些实力直接取决于他的好恶。再说，建造宫殿岂不是自比诸侯吗，他早已对他们恨之入骨。所有这些理由都被玛茜一一挡回，我明白她不会让步。不管怎样，要营造这个庞大的建筑还需要时日。从征地到竣工，需要好多年时间。

我希望在这期间我的地位更加巩固，所有人包括国王都能够对我的财富习以为常，等到时候再显山露水，他也会宽恕不究。

我说过，在古罗马时期，家乡小城曾经高墙环绕。如今，城市远远超出了城墙的范围。新建筑以墙基为依托，又拔地而起。有些地段，城墙已经拆毁，成了采石场。朝南一侧，还有一段巍然屹立的老城墙，我决定购买下来。在城墙的一端，耸立着一座高大的塔楼。新买下的物业并不是空地，看起来更像是建筑群。如今，不管谁从塔楼前经过都会说："这就是未来的科尔府。"玛茜急不可耐地想过上流生活，这也多少算是对她的慰藉。买卖的手续，我故意久拖不决。因为我不在家，没法签字，买卖一直没有成交，我暂时摆脱了她施加给我的威胁。

最怪异的是，刚刚推迟玛茜的奢华计划，我就毫无征兆地当上了城堡主。说实话，虽然一切实非我所愿，但却并非偶然。那么多手头紧张的贵族都在向我借款，他们中间的某一位，如果摊上不像我这样好通融的放款人，被逼上绝路，为了免受牢狱之灾就只得以家产抵债，这也在所难免。投机取巧的债权人也就获得了土地，土地总归还是有些价值。我呢，有国王的担保罩着，我也并不刻薄：因此，有人用老房子来抵押，也就是说没人接手的房产，因为它们不但不会带来收益，反而还要添不少钱进去。就这样，人家抵给了我第一座城堡。

后来，我又有了好多其他城堡。我不能一一回忆起来，再说我也并没有全部巡视过。但是，这第一座，我绝对没齿难忘。

这不会引起国王的嫉妒。人们也不可能仅仅因为这座城堡便指责我炫耀财富。这处乡间产业位于皮伊赛地区，远离城市，隐藏在潮湿的山谷深处。四座高耸的塔楼浑然一体，相互拱卫，宛如形影不离的姐妹。密闭的墙面上，长排的枪眼密密麻麻，仿佛在战斗中负过伤似的。当你拾级而上，走近吊桥，便会发现这座城堡的影响所及不会超出这片区域。没有哪位君主曾经在此驻跸，甚至也没有工夫去攻打它。在潮湿的土地上，在灌木丛里，它就像一朵自生自灭的蘑菇似的。

这是昔日骑士制度的遗存，在过去的岁月里，它曾经看管过这片领地上的财富。我想到了农奴，他们与今天在本地区随处可见的自由民并无不同，当然还有一位保护他们的领主，他邋遢、粗鲁、胆大、纵欲、虔诚。农奴一车一车地运来石头，修建起四座高塔，领主将在那里居高临下地管理他们。

岁月沧桑，物事犹存。在这座城堡里，比其他任何地方都能更好地感受时间的凝固、季节的轮回、生命的流逝，亘古不易的秩序战胜了各种诱惑和考验。没有任何迹象表明当地的领主曾经参加过十字军东征。城堡、周边的田野、葡萄园，都远离世界的喧嚣。然而，有一天，天下大乱、暴力肆虐，连此处也未能幸免。作为对疯子国王的回响，社会秩序分崩离析。自由的农奴向主子出租自己的劳动。领主则转向城市，希望获得奢侈品，对他来说，必需品已经太平淡无味。战争带来了抢掠，领主不能保护他的农夫。最后，他投靠了朝廷，背上了沉重的债务，只好出售物业，以偿清债务。农夫被抛弃、背叛，坠入了不幸的深渊。他们看见城堡中来了一位商人，他出身卑微，还可能是高利贷者，他就是我，这意味着曾经的岁月已然是明日黄花，现在，一切皆有可能。

我在城堡中待了三天。我走遍了所有房间，在顶楼消磨了很长时间，一个一个地翻开那些陈年的箱子，又在各间卧室里来回徘徊，追寻曾经的记忆、气味、异乎寻常的物件。债务人什么都没有拿走，证明他走得太急，或者他不爱这个承载着太多烦恼和历史的地方。在大厅恢弘的壁炉里，我点燃了熊熊火焰，独自一人看着火光在墙壁上摇曳，仿佛幽灵在我面前渐次穿行。这种强烈的体验，如同当年在大马士革附近，在沙漠的边缘。再一次，我又踩在他乡的门槛上，但可以确定的是，这一次，我再也不可能去到他乡，因为它属于过去。怀想昔日的光景，怀想儿时如痴如醉的骑士制度，怀想疯子国王之前的和谐时期。梦想的力量曾经将我带到东方，现在它却让我偏离方向，走向遥不可及的过去，走向其他的生活。然而差异还是很大。在梦想着东方的那些岁月，我的生活还未走上正轨。一切都有可能。如今，我已经在一条路上渐行渐远，我获得的东西超过了预期。但是，其他生活依旧吸引着我。这当儿，我觉得自己已经意识到，不管什么样的生活，即便再幸福、再风光，也永远不会让我满足。梦想者总是会被梦想带到他乡，于是他自以为幸福，但是总会有那么一个时刻，他会意识到自己的不幸。

幸好，马克注意到我闷闷不乐。他不无道理地认为自己是包治百病的高手，于是他找来了唯一的解药。第二天晚上，一名粉嘟嘟的村姑从塔楼螺旋形的楼梯爬上来，习以为常地要陪城堡主人开心。她千方百计要让我回到现实生活中来。但是，在这种场景里，我仿佛看到了领主旧时的习俗。因此，我不但不能从梦想中回还，反而完全陷入其中。

我再也回不来了。

后来的岁月，因为有人抵债，我又得到了好多处产业。每次我都要设法去看看，而且通常都是在刚刚接手的时候，当然不是为了核算价格，而是为了重温那让人心潮澎湃的体验，我可以暂时进入不容置疑的历史深处。

这些物业的情况，我最后都告诉了玛茜。她压根就不想了解。我明白，领主的府邸对她没有吸引力：让她感兴趣的无非是在本城拥有一座宫殿，让其他重要人物看在眼里，只有这样才算功成名就。随着时间的推移，我收藏的城堡数量巨大，而且颇为荒唐的是，我已经不再满足于抵押所得，我还主动出手购买城堡。人家给我看图样，如果我动了心，马上就会一手交钱一手交货。

要是没有某种激情让我从当下的束缚中解脱出来，我从来就不知道该怎样生活。最开始是短暂的爱情，那是刚认识玛茜的时候。后来，同样的激情催生了我对东方的向往。再后来，就是这些墙坚壕阔的城堡。这激情有如一种不可或缺的、隐秘的缺陷，更重要的是它充满温馨，它可以帮助我去热爱生活。我嫉妒伙计们。让·德·维拉热懂得满足于当下，他只在意眼下实际的财富。吉约姆对具体的东西没有兴趣。他是个心胸宽坦的市民。工作使得他常常耽于空想，而采购、销售、投机、出口、投资，这些都让他很开心。他们谁也不懂我的激情。让从我的收藏中看到了欢宴的好机会。他经常让我把某处物业借给他，然后带着心花怒放的姘头过去逍遥。吉约姆佩服我做生意的能力，但是并不理解我的意图。他认为，我在领主的物业上投机肯定有合情合理的缘由，合情合理当然指的是他那样的理由。

国王也风闻我到处买地置业。他并没有生气，只是有点不屑。我一套一套买下来的老宅子，压根就不会让他嫉妒和羡慕。他让我明白，他同情我，他很高兴在我身上看到了缺点和不足，这可能是出身低微所致。国王喜欢掌握我们每个人的秘密，他可以随时给我们致命一击。因此，他还是一如既往无所顾忌地表现自己的弱点，他深知自己随时都可以曝光我们的缺陷。

从与英格兰人停战到彻底战胜反叛的诸侯，整整五年间，国王总是行色匆匆。他常常在那些刚刚树立权威的偏远城市召开内阁会议。虽然我也想尽量让自己作为御用监总管的公干配合国王的行程。但是往往难以事事尽如人意，我很少能够见到他。有一次，他说想让我陪他。他要去朗格多克地区，他知道我在那边有生意。

我们从布鲁瓦出发。这并不是军事行动，因为南方省份一直效忠于他。国王心急火燎要赶过去。他只带了一队轻车简从的保镖，如果路上碰到强盗，大概只够马马虎虎地保护我们。总之，那感觉就像我单独与国王相处似的。

这两个星期，我们始终待在一起，后来再也不曾有过这种亲密接触。有时候，我几乎忘记了他的身份，当我们笑谈历史的时候，当我们在旷野策马扬鞭的时候，当我们在夜里围着篝火钻进皮毛被子的时候。夏季来临；夜晚很热，有彗星划过天际。我们在凉爽的溪流中洗澡。他梳洗的时候只有我有幸陪侍在侧，我得享特权，看到他因为艰苦的童年而扭曲的身体、他青白冰冷的皮肤、他佝偻的后背。我知道，这些暴露的苦难眼下并不打紧，但是有朝一日，却足以让他指责我僭越犯上。作为交换，他也看见过我深陷的胸膛，但是我觉得，这么廉价的玩意还不足以赎罪。

我越是学着了解他，越是发现他多么危险、受伤、嫉妒、可恶，他从不让任何人逃过他的魔掌。我已经知道这一切，我已经预感到它的后果，但是却无力自保。

在旅行中，我还有一大发现，那就是查理的倾听能力。他的想法不仅来自个人的思考和直觉，也来自对听闻的无以数计的话语的细细解读。如果他对某个话题感兴趣，他就会主导对话，提出很多问题，引导你的言辞。这种推波助澜的招数在我身上产生了奇效，和他说话的时候，我奇怪地发现，他能让我表达，甚至催生新的观点。

一天晚上，我们彻夜长谈，聊起地中海，一直到拂晓时分。我至今念念不忘，那是在塞文山中的一个小镇。我们在半山上的一座堡垒里歇息。主人家辟出了一块露台，从那里可以俯瞰罗讷河平原，远处雾霭沉沉，依稀可见阿尔卑斯山的层峦叠嶂。这里是登高眺远的理想去处。查理喝了甜酒，懒洋洋地安坐在柳条椅上。我坐在刚才用晚餐的石桌旁边。我推开狼藉的杯盘，将胳膊肘撑在桌面上，身体前倾。暮色四合，漫过山头，国王却不让上烛，我们在黑暗中继续讨论。他望着满天繁星；夜空深邃，没有月亮，星星更加扎眼。再也没有主仆之分，我们恍然登上梦想之舟，借着充满希望的强风扬帆起航，酒足饭饱放松休息的时候，身体恰有飘飘登仙的感觉。

他让我跟他聊聊地中海。我开始给他描述这里的海岸线，并且首先就提醒他，他也跻身瓜分海岸线的四位主宰。

“四位！其他都是谁？”

我微笑着朝他怀疑地看了看。与他在一起，你总是很难知道他的问题里面是否有陷阱。他究竟对地中海了解多少呢？我觉得，他不可能对那里的形势毫无概念。但他过去那么专注于与英格兰人的战争，他与勃艮第、弗兰德和其他北方省份之间有那么多麻烦，也许在南方事务上，他真的是一片空白。

“想象一下，”我不无谨慎地说，“我们沿着这个方向，一直走到大海。”

我朝南指了指，那也是山谷的走向。夜还不深。国王眨巴着眼睛，好像要扫除淡紫色的薄雾，河流远远消隐在雾霭之中。

“到了海边，想象一下，朝右走，您就到了加泰罗尼亚，我知道您一点儿也不喜欢：阿方索，阿拉贡和西西里的国王。他有一队商船，也有海盗船，遇到其他船只就会进攻、掠夺。”

“上葡萄酒！”查理命令道。

他只是抿了几小口，但是我已经发现，每当情绪紧张、压力增大，他就乐意喝酒，更想喝酒。

“朝左呢？”

“朝左走，首先，您会看到马赛港，正如整个普罗旺斯一样，那是安茹公爵的地盘。”

“勒内。”

“是的，勒内国王。”

查理耸了耸肩，尖叫道：

“勒内‘国王’。不要忘了，他是我的附庸。”

“不管如何，在海上，他更像是一位竞争对手。他可以像其他诸侯那样臣服于您，但是在商业领域，他会无情地与您一较高下。”

“我不会听之任之。”

“诚然。”

我知道，这个想法会讨他的喜欢。查理不是封建主。他讨厌封建秩序，它虽然让他贵为诸侯之首，但却没有办法真正成为国王。他与我这种市民结盟，他希望打倒大贵族，他想拥有金融工具、强势的商业、属于自己的军队，这些都让我佩服得五体投地。

“第四位呢？”

“过了普罗旺斯，在海岸线上更远的地方，就是热那亚。”

“热那亚，”他若有所思地重复，“这是个自由的城邦吗？我对意大利一窍不通。”

这是法兰西国王的典型思维。勃艮第公爵就不会这么说话。在查理曼大帝的后裔中，在第戎主政的一脉从来都是眼睛向南看，他们了解意大利半岛的事务。法兰西国王则死盯着英格兰。但是查理的问题表明，情况可能会发生转变。如果法兰西国王能彻底摆脱英格兰人的威胁，他也可以将目光投向意大利。我真是巴不得这样。我一直认为，法兰西可以在这个地区扮演重要角色。一想到要让我们的王国成为世界的新中心，我便同时想到，要是没有罗马，很难想象这个中心会是什么样子。诚然，分裂的意大利可以任由我们去征服。实力远逊查理七世的加泰罗尼亚王族，不就征服了西西里和那不勒斯王国吗？我不想解释得太清楚，担心国王害怕。我只是朝这个方向迈出了第一步。

“热那亚一直都需要保护人。在这座城市里，有些人很高兴这人能够是您呢，陛下。”

国王一动不动，忽闪着眼睛。看到他这副模样，我明白他完全领会了我的言下之意。他还是老习惯，将自己的好恶深藏不露，但是我敢肯定，他还会绕到这个话题上来。

“比热那亚更远的地方，还有什么？”

“在海上就没有什么重要的啦。佛罗伦萨没有船队，罗马的教宗并不关注他的港口。热那亚的唯一对手，在意大利半岛的另一侧，在亚得里亚海上。这就是威尼斯。”

从巴塞罗那一直到热那亚，四支船队平分天下。国王又问了很多相关的细节问题。他还细细打听朗格多克地区的港口。我给他谈起蒙彼利埃，还有一直到拉特的航道，这在我看来并没有什么前途。听到艾格–莫特的光辉历史，他非常地好奇。但是，我刚说港口已经淤积了大量泥沙，他马上就转移了话题，也许历史上的工程和关于圣路易的回忆让他陷入了感伤。我已经不是第一次感觉到，他从骨子里恐惧时间。穷困、失败、背叛，他都能承受，但想到死亡，他就惊慌害怕。回头来看，我觉得这也有一定的逻辑。他的力量源自等待，源自寄希望于未来的变化。当他意识到自己也有大限之期的时候，时间也就不再与他为伍。没有了时间这个盟友，他变得更加脆弱，而且他暂时可以接受的东西也变得难以承受，因为他可能再也来不及从中解脱。

谈到东方的时候，夜已经完全黑下来了。上葡萄酒的女佣没有走开。黑暗中，她身影模糊，似乎就站在国王身边，他一边说话，一边摩挲她的大腿。

“在东方，也是四位。”我说道，“两两结对，互为敌人……”

“解释一下。”

“很简单。大部分人都会告诉您，在圣地，基督徒与穆斯林针锋相对。”

“一般来说，这就是人们赋予十字军东征的意义：您不同意吗？”

“当然同意。但这样说来，就忽视了另外一种同样激烈的敌对关系。”

“什么？”

“每个阵营中又有两个对立的集团。”

“穆斯林也有分化？”

“分化还很深。埃及苏丹的影响所及一直到大马士革和巴勒斯坦，而小亚细亚的土耳其人是他们最头疼的敌人。”

“也就是说，我们可以拉拢一个，打击其他？”

“没错。欧洲来的商人在开罗很受欢迎。”

“不是说留在圣地的基督徒要忍受各种令人不快的行为吗？”

“阿拉伯人很警惕他们，这毫无疑问。我倒不是替他们说话，不过必须指出的是，支持十字军东征的人并没有放弃，首当其冲的要数您的堂兄勃艮第公爵。他们一直搞错了敌人。他们觉得土耳其人热情友好，却抱怨阿拉伯人占领了耶路撒冷。然而，阻碍朝圣者到巴勒斯坦去的是土耳其人，进入欧洲的也是土耳其人，他们在不断蚕食巴尔干地区。”

“基督教各王国也有分化吗？”

“当然。对您谈起‘基督教区’的人，对您谈起针对穆罕默德门徒们的战争的人，他们想到的是拜占庭，在拜占庭附近驻扎着土耳其军队。”

“难道不对吗？”

“不是不对。但这种宣传首先是对拜占庭皇帝有利，他喜欢自视为阻止伊斯兰教徒的最后一道防线。实际上，他至少花了同样多的时间，来与其他基督徒打仗。”

“谁敢这样打他？”

“我们的拉丁朋友，热那亚、威尼斯，如果说加泰罗尼亚人没有介入，那是因为他们保留了实力，专门让海盗船来出手。”

月亮一直没有出来，我们的眼睛已经习惯了黑暗。模模糊糊中，只见女佣站在国王身后，国王引导着她的双手，在按摩他的肩膀。他的多位情妇都给我讲过，他最需要的就是这种推拿疗法。按摩可以让他摆脱可怕的压力，摆脱各种紧张情绪。我明白，女佣的动作非但不会让他分神，反而会让他卸下痛苦的包袱，可以让他更加放松，聚精会神地听我讲。

“如果说，在陆上，君士坦丁堡受到来自土耳其人的威胁，”我继续说道，“那么，在海上，它一直受到拉丁人的骚扰。”

关于君士坦丁堡和意大利城市之间的商业争端和领土纠纷，国王又问了很多细节。他的问题问得很确切，有时候，还夹杂很多逸闻趣事，我再次觉得他在耍我。我对这个话题本来自信满满，这对他来说也就构成了挑战，所以他大概想极力刁难我。他达到了目的，我得承认，好多次我确实不知道该如何作答。他呢，也露出了满意的微笑。当我又一次哑口无言之时，他站起身来，谢过女佣，摸了摸她的脸蛋，然后离席就寝去了。

在旅行的两个星期中，他不停地问这问那。在蒙彼利埃，他要求看看商船，甚至还到船上查看了货物。城里热烈地欢迎君主驾临，但他要求一切仪式从简，为的是多留出时间去看各种商业设施，与船老板和商人交谈，甚至还亲自过问起桨手的工作。那时候，桨手算是自由民，当然大家可以想象，他们并不属于上等阶层。他们之所以受雇来当桨手，通常都是为了躲避牢狱之灾或者更重的刑罚。只要他们能够坐在长凳上安心划桨，在海上跑几个来回，也就可以得到司法的赦免。

旅行归来，我感觉与国王更加亲近。但是，由于他性格的关系，与他的距离越近，对他的不理解也与日俱增。在大家看来，显然我已经进入让人艳羡的亲信圈子。而我自己呢，我确信已经进入一个高危区域，就好似某人为了打探秘密，已经深入地道之中，没有了任何退路，各种危险难以预料、不为人知，在这种凶多吉少的情况下，只得举手投降，任凭摆布。我并不认为，我们拉近了关系，他就会更加听从我的意见。在所有关涉地中海和东方形势的问题上，我终于得出了结论：国王让我谈起这些，不过就是为了好玩。他提出各种问题，穷追不舍，把我的无知暴露无遗，然后就绝口不提这事了。

回来之后，我参加了第一次内阁会议，我提前并不知道国王要探讨什么议题。让我瞠目结舌的是，他宣布的一系列举措居然完全出自我们两人的对话。他准确地描绘了意大利的局势，这个话题让与会者大出所料，他们早已习惯他开口闭口都是谈论英格兰，偶尔再谈谈弗兰德和西班牙。围绕今后要系统实施的政策，国王陈述了各种理由，而我本人在某种程度上也是他推行政令的工具。关于穆斯林的问题，他表示应该珍惜苏丹对我们的好感。这种说法来自与蒙彼利埃商人的谈话，他们在开罗见过阿拉伯君主。听到这些宣言，与会人员面无表情。毕竟教宗曾经宣布禁止与摩尔人做生意，当然也有例外，朗格多克地区恰恰就拥有一定权利，可以与他们有贸易往来。然而，法兰西国王要与占领圣地的异教徒保持友好关系，让在座诸位从心底里都感到惊讶。国王还说要委托我以御用监的名义打造和武装海上的商船。他命令知会司法部门，招募囚犯以充船役。如果囚犯选择出海，自然就不再受刑。各法院将船役列为刑罚内容，广为施行。

国王再一次表现出远见卓识。他让法兰西向地中海和东方开放，介入意大利事务。这些决定表明，他听进去了我的话，完全领会了我的意思，甚至还超出了我的期待。

我投入战斗，要将国王的想法变成现实。我召集让、吉约姆以及御用监的重要代理人，向他们通报这场革命。

在御用监内部，我们经常提到一个计划，但当时担心不能马上付诸实施，现在在投向意大利的同时，国王也使之成为可能。我们做的是商品买卖，我们意识到自己完全依赖于商品生产者。要是我们也能生产，一定会获利更多。最珍贵的商品算是丝绸，现在我们已是大买家，我们应该效仿意大利人。他们在中国发现了这种材料，很长时间里，他们都靠花重金从中国进口丝绸，损失很大。一天，他们发现了制造秘笈，于是就开始在本地生产。因此，佛罗伦萨成为全欧洲最大的丝绸之都。如果我们也能够进入丝绸生产商这个封闭的圈子，那我们就不再需要靠别人来供货。我们可以控制质量、数量和价格。

因此，我转向意大利，一来可以遵从国王的政治意愿，二来可以追求御用监的利益。春天时节，我出发奔佛罗伦萨而去。

这一次，我需要去说服那些素昧平生的人，需要引起他们的注意。我只有少许关系，而且局限在兑换商圈子里。吉约姆和那里的两个大批发商做过香料生意，但是从来就没有亲自去过。我一改常态，决定到达的时候一定要讲究排场，大张旗鼓、彰显头衔。据我的了解，意大利人与我们不同，他们并不欣赏简朴，或者说他们认为简朴应该用在别的地方。对他们来说，所谓礼节就是要保持自己的身份，我们认为的炫耀，在他们眼里不过是方便实用的标识，人家看上一眼，就可以在社交圈的舞台上界定你的角色。这样直截了当的做法，恰恰可以让你表现得亲切、自然，甚至还会得到赞赏。在我们这里，通常是反其道而行之。大人物都得装出简朴的表象，但是为了让人家马上看出自己来历不俗，他们说起话来总是傲慢无礼、自命不凡。

一翻过阿尔卑斯山，我就特意穿上华贵的衣服。我的坐骑也经过精心打理，披上呢绒，套上金马镫，坠满光彩夺目的绒球。随身十名保镖，穿着清一色浅黄皮革制服。佛罗伦萨在望了，我们迎风展开小旗。一面是法兰西王家军队军旗，一面是我个人的徽旗，上面绘有三颗心和圣雅各扇贝。我还专门配了翻译。以前，这位长者在巴黎为一位伦巴第银行家工作，直到后来，所有意大利金融界的成员都被阿马尼亚克人赶出了首都。他曾经陪同老板去过意大利半岛的很多城市，他对佛罗伦萨的描述让我获益良多。

对于将要看到的东西，我心里早有准备。然而，在看到这座城市的时候，我还是感到目眩魂摇。甚至可以说，我的惊异、我的震撼，完全比得上甚至要超过初到东方时的感受。我脚下的这座城市，它得到了和谐的发展，它没有经历过法兰西那样的战争肆虐。宫殿、教堂美轮美奂，为首当数圣母百花大教堂，斑斓的云石雄浑壮观，让我目瞪口呆。在温和的气候里，在灿烂的阳光中，洋溢着东方那种让我神往的细腻感觉，然而，这里没有东方城市周边那种干旱的沙漠，佛罗伦萨周围山岭环抱，绿意盎然。古代的遗迹随处可见，让人想起远古的文明。东方文明也历史悠久，但它似乎在优雅细腻中止步不前，但在佛罗伦萨，文明在不断地发展进步，不断地日臻完美。

城市里生机勃勃，商业活动异常繁忙，新鲜事物层出不穷。街头巷尾，工地处处，人声鼎沸。石匠、砖瓦匠、屋顶匠、木匠正忙着修建宫殿，为本已密集的建筑群落再添新作。我很快就明白，在这座自由城邦中，不存在我们了解的那种贵族与市民之间的差别。这一特点也反映在财富和建筑习俗之上。在法兰西，宫殿和城堡大多是贵族的遗产，他们没有钱维护，也无力再建。至于市民，他们的抱负还赶不上自己的财力：他们始终担心一旦达到某种高度就会僭越自己的出身。在佛罗伦萨，财富既不可耻，也无禁忌。炫耀财富的时候，唯一需要在意的就是必须包装上艺术的外衣。美是富豪与民众分享财富的手段。

在其他任何地方，我都没有看到过如此众多的知名艺术家。十字街头，新的雕塑拔地而起，人群蜂拥而至，竞相玩赏。城市上下随处都可以看到忙碌的工人，他们正在为新宫殿搬运大幅油画，行人满怀敬意地纷纷避让。教堂里信众云集，既是为了望弥撒，也是为了欣赏主祭坛的新装饰，抑或是为了感受唱诗班的最新清唱剧。我发现，城里的很多知名艺术家都来自君士坦丁堡、希腊或小亚细亚城市。我有一种直觉，东方的壮美与佛罗伦萨的华彩之间不无联系，现在看来这绝非偶然。东方文明向西方世界的流播绝不是异想天开：如今已经蔚然成风。法兰西应该加以借鉴。

奇怪的是，城里面很少有法兰西人的身影。因为经商活动，佛罗伦萨人主动走向外国，甚至远赴中国，但似乎他们的城市吸引力并不大。我首先担心的是，这种情况使得外国人很难在城里安顿下来。但我很快就发现，实际情况恰恰相反。只要你不高傲，也不刻意掩饰自己的财富和实力，你就会大受欢迎。总之，在这个商人和银行家云集的城市里，你得入乡随俗。谁有钱谁就是老大，金钱的多少代表着实力的高下。我在法兰西宫廷的官职，我的批发商和金融家的身份，尤其是我刚来时的那种排场，为我打开了所有的方便之门。我只在客栈住了四天就赶紧租下一座宫殿，主人家是一位孀妇，丈夫去世后生意便破了产，她已经享受不起这等奢华。我还从拉万和让那里学来一招，在短短时间里，我就在身边培植起一班差役，开始接待访客。

在物欲横流的世界里，金钱从来就不会静止不动。每个人都在努力地获取金钱，只要你会摆阔，形形色色的人都会朝你拥来，为你提供各种服务。我很快就明白，一切都可以买卖，不仅包括物品，也包括身体和灵魂。空气中飘浮着我在巴黎感受到的那种腐败气息，然而却带着一种美好的情致，甚至可以说虚假中至少还有一份坦诚，我马上就觉得这个地方讨人喜欢。

翻译还负责为我管理后勤，从一开始，我们就接到各种推销服务，包括多位厨师、十多名女仆、各类供货商。他负责从中筛选，一周时间不到，家里已经是奴仆成群，酒窖里填满了阿斯蒂起泡酒，厨房里塞满了火腿和新鲜食物。

那时候，我已经找到了方法，也就是后来我在生意上的惯用伎俩。我在其中扮演的角色既有限又关键：负责选人。记忆中，这一直就是我的行事方式。当你有了想法，就会衍生计划。计划则需要林林总总的日常行动，需要计算、监管和协调的能力，而我身上的这种能力颇为有限。解决办法就是物色一个人，把我的梦想传递给他，就像黑死病人感染身边亲友似的，要让病毒在他身上扩散。我一贯如此，在法兰西各地，从弗兰德到普罗旺斯，从诺曼底到洛林，概莫能外。其实我的商号里就是一群疯子，他们都被我的想法所感染，他们劳心费神，要让这些想法进入现实世界。更不用说在国外，在佛罗伦萨这个陌生的环境里，我不可能单枪匹马闯入丛林，好歹总有绕过荆棘的法则，总有比学校案例多一些例外的规定，总有被神秘的亲属、姻亲或阴谋关系捆绑在一起的商人。我需要一位合伙人。

几个礼拜以来，我们举办了很多场灯红酒绿的宵夜、酒会和宴饮活动，我结识了形形色色的业内人士。对我来说，最新奇的感受在于，这是一个没有参照的社会，因为君主并不存在。在法兰西，不管国王有多倒霉，他至高无上的地位总不会受到质疑。在他身边，朝廷井然有序，每一位大臣也都光彩照人，恰如众星捧月，国王将光芒投射到自己的周遭，投射到王国最遥远阴暗的角落。佛罗伦萨的情况却大相径庭：以美第奇家族为首的豪门望族，还有无数等级清楚的大小贵族。出人头地似乎取决于诸多因素：家庭出身、亲族关系，当然可能尤其关键的还是产业和财富。

对我来说，这种混合体非常新奇。在很长时间里，生我养我的国度都是以土地为主导，包括土地的拥有者、土地的耕种者。在土地、耕种和祈祷这三种秩序中，封建传统赋予每个人以固定的位置。在此之外，一切都无关痛痒。因此，商人和工匠长期受到歧视，他们的经营活动——诸如交易、高利贷、制造——让人不屑一顾。慢慢地，市民和钱币行业争取到了自己的地位，尤其是在查理七世治下的今日，他们拥有了辉煌的地位。但是，我们这些商人身上还残留着旧时的印痕：或多或少都相信自己并不属于上帝的选民。

在佛罗伦萨，我突然得到了开示，这两个世界非但不相互抵牾，还可以彼此结合。在一定程度上，佛罗伦萨的贵族属于封建秩序。他们拥有城堡、田园，他们的根还是在土地之上。但是，他们并不歧视劳动，也不排斥商业或工业。他们更没有鄙视财富，捞钱的时候毫不手软。因此，这里形成了一种奇怪的混合体，我原本以为水火不容的两种秩序，居然几乎可算达成了和解。

然而，当贵族与富豪这两种身份合二为一的时候，也就开始了变质。它催生出一种独特的人群，既不像我们的领主，也不像我们的商人。与这些优雅、和气的人物相处，我感觉如鱼得水，但是我却不能依赖这种模糊的感觉行事：我不了解他们，恰如他们不了解我。我得找一位可靠的中间人。

在生意拓展过程中，这始终是至为关键的一环。平生多少次，在陌生的城市里，就这样待上好几天甚至好几个星期，身边各色人等争先恐后地要为我效劳，为我提供关系网络，为我提供他们的财富，唯一的希望就是要加入“科尔商行”，要成为我们的代理人。到达之后，我可以做出选择，有时候我可以独自决断，有时候我又得勉为其难。但是，在大部分时间里，我都要等待。我不知道说什么，也不知道对谁说。我只知道，在某个时刻，有一种信号会让我豁然开朗，让我识别出可以信任的人。我也有弄错的时候，当然更多的是被别人欺骗。今天细细思量，那些骗子多是些我原本就不大情愿往来的人，而且在潜意识里收到的信号十分微弱，或者说压根就不存在。

但在佛罗伦萨，信号非常明显，我没有犹豫。

尼古拉·皮耶罗·迪·博纳克索挽着他最小的妹妹来到我的住处。我压根就不知道是谁邀请他们来的，直到今天我都在怀疑，这有可能是马克耍的花招，想找那个小美人来陪我睡觉。他真是白白浪费时间。在佛罗伦萨，我报的是真名实姓，而且场面风光，我绝不能让自己毁在女人手里。在这个社会里，我觉得女人比男人更加凶险。不需要多久就可以发现，在这座充满嫉妒和享乐的城市里，女人才是主宰。要把持住自己也不是那么容易，因为佛罗伦萨女人魅力无穷、左右逢源，她们天生美貌，再配上让这座城市繁荣富庶的金银饰物、绫罗绸缎，更是楚楚动人。在哥哥陪伴下的那位姑娘也不例外。她看起来规规矩矩，话语不多，绝不可能去搞垮一个男人。但是，自从在巴黎遭遇克里斯蒂娜以来，我倒认为这样的品性更得加倍提防。

不知道为什么，妹妹身上让我担心的成分，也就是自然和纯朴，放到哥哥身上就让我好感倍增。与尼古拉交谈了几句，我马上就认定他是上天对我的赏赐。他比我年轻二十来岁，但与我在那个年纪相比，却要得心应手许多。由于母亲那边的关系，他可谓来自丝绸世家。他和美第奇家族也沾亲带故。那些比他年长的人对我的到来消息灵通，也知道我在朝中的职位，而他却不同，他对我一无所知。我告诉他我的计划，他从心底里充满热情。他给了我很多建议，仿佛已经看到佛罗伦萨的丝绸正源源不断地流向法兰西。他做梦都想了解我们国家。

我决定让他做我们在佛罗伦萨的代理人。真是好主意。就这样用不上两年时间，他就可以让我们稳稳扎根丝绸这个最强势的产业。我发了誓，正如后来我的小儿子拉旺，吉约姆也同样发了誓。我们的商行永远都达不到美第奇家族的规模，但是我们好歹也有体面的地位。真是马到成功，我们随即就往法兰西发送了丝绸和绣金料子。马帮驮着货物穿过阿尔卑斯山口，来到里昂、普罗旺斯分号，当然也包括图尔御用监。

需求很旺盛。我们与英格兰人一直处于休战状态，大家都对幸福有着无边的渴望。我艰难地满足着有求于御用监的各位顾客。需求得到满足，他们就再三谢我，卖给他们几件长袍，简直有如救命之恩。缺少现金，我就大肆放贷，很快朝中显贵都成了我的债务人。

佛罗伦萨改变了我。从那里回来，人生第一次，我不仅想扩展我的财富，同时也想使用我的金钱。从前，金钱无非是我生意的成果。我的所作所为并非为了获取金钱，我已经说过，除非特殊情况，我的日常生活很简单、很俭朴。在佛罗伦萨，我有了别样的发现。这既不是对舒适的追求，也不是奢侈的吸引，而是又多了一个梦想，它来得正是时候，因为其他的梦想已经开始变成现实，也逐渐在我身上丧失了威力。

怎么解释这一发现呢？我可以大略说说，可以给它起一个名字，可以说佛罗伦萨让我发现了艺术。但是这还不够。我必须说得更加准确。此前，我只了解一种艺术，也就是工匠的艺术，比如我父亲的手艺。掌握必要的手段，将未凿的材料打造成有用、结实、美观的物品，正如皮毛匠、裁缝、砖瓦匠和厨师的工作。这种艺术可以臻于完美，但总的来说它可以传承。师傅传徒弟，父亲传儿子。在佛罗伦萨，我学会了如下的区分，工匠的艺术非常细腻，而艺术家的艺术却反映了别的东西：天才绝伦，高标独树，新颖脱俗。

在那里，我接触到很多画家。通过对他们的观察，我清楚地发现了两种秩序之间的界线：技术和创造。在研磨颜料的时候，在准备丹配拉画法、壁画或油画材料的时候，他们还只是工匠。有些人临摹现成的样板，再完成自己的作品，他们终究还停留在工匠的套路上。但是在创作的时候，有些人大胆摒弃既有的参照，突破已经掌握的技法，在作品中充分发挥另类的风格。这种风格，我认得出来：这是辽远的梦想空间。人类从那里获得了高贵的气质。我们之所以成其为人，因为我们获得了前所未有的突破。并不是所有人都可以获得这种财富，那些跋涉到这个无形世界的人，只有等他们满载宝物归来之时，才可以让其他人一起分享。

之所以谈到画家，大概是因为我对他们的天才极其敏感。我也可以列举建筑家、音乐家、诗人。这些艺术家远没有单纯的工匠人数众多。但是，他们的活动是推动整个城市不断发展的动力，这一点与东方截然不同。我理解自己在大马士革的感受。所有的优雅、所有的财富，都汇聚到这座城市，但它们不过是原封不动地在那里集聚，没有任何新生事物出现。城市大概经历过黄金时代；但如今似乎万事休矣。它生活在昔日的积淀之上。在佛罗伦萨，恰恰相反，新鲜事物无处不在。这座城市会不远万里去寻求财富和技术，比如来自中国的养蚕技艺。它从来就不满足于现状。自不用说要去改变，超越，创新；这是一座艺术家之城。

我回到法兰西，认为我们不仅应该获取财富，我也相信，只有到达艺术和创造的神圣领域，我们才能够名副其实地成为世界的中心。今天，这已是司空见惯的想法。当时，这还是全新的观念。

我们很难想象近十年走过的历程。与英格兰人休战那会儿，我们已经差不多打了上百年的仗，真是百废待兴。我们只知道两种状态：悲惨与富足。从一种状态中走出，大家恨不得马上投入另一种状态。因此对数量的追求出奇地大：更多的饰物，更多的珠宝，更多的美食，更多的宫殿，更多的宴饮，更多的舞蹈，更多的爱情。战争时期，资源短缺，大家寅吃卯粮；如今休养生息，生活中的乐趣数不胜数，微弱的生命之火又开始熊熊燃烧。然而，我们还是品位低俗。

这种花销的供应者就是我。在佛罗伦萨，我跨入了新的阶段：作为商人，我不仅贩卖异域的商品，作为丝绸行会的成员，我还直接参与他们的创造。我是为数不多想到制造的法兰西人。我召集吉约姆和让，告诉他们新的计划：不再采购兵器，而是生产；不再销售粗布，而是制造。不仅仅通过贸易来获利，我还决定自己制造钱币。为此，我在里昂山地买了矿，还招募来擅长采矿的德意志人。

我将源自佛罗伦萨的创造的想法发扬光大。不仅仅是简单地复制异域商品，而是要追本溯源，获取这些发现的原动力。我的野心是要让创新弥盖天地。我喜欢这种想法，我要让各种想象自由驰骋，要将想象的效力注入物质。如今，我知道艺术家处于创新的顶峰。然而，我们国家还没有艺术家。音乐家兜售来自传统的旋律，画家复制因循守旧的宗教题材。在思想和情感的原创空间里，可能只有诗人在不断地除旧布新。但是在所有人当中，也数诗人最天马行空，少以事物为依托。从佛罗伦萨回来，我确定了目标，要召集相识的人才，要赋予他们以自由，去创造全新的饰物、别具一格的建筑、别开生面的演出。经历了战争的长期荒废，我不确定我们是否还拥有这种能力。然而，百年之前生养过教堂营造师的这片大地，在艺术方面不可能就此一蹶不振。需要去寻找青年才俊，让他们得到发展，让他们绽放出创造之花。

在为玛茜修建许诺的宫殿时，我也有幸做出了自己的贡献。在去佛罗伦萨之前，设想中的建筑只不过契合我心目中的顶级奢侈罢了：伊埃夫尔河畔默恩城堡。这是贝里公爵从前所建的城堡，也是国王驻跸的行宫。圆形塔楼，高墙壁垒。唯一算得上新颖的元素，当然也是其大放异彩之处，就是墙壁上高大的窗户，从那里可以欣赏乡间景色。

我购买的地块和罗马式墙基，完全可以作为基础，用来修一座类似默恩城堡的建筑，至少这是我和玛茜的决定。因此，我们打算给巨大的罗马式塔楼配上一栋姊妹楼，这样整个建筑就会具有城堡的格调。但是，从佛罗伦萨回来之后，我觉得这个想法荒唐可笑。在那里，宫殿有如百花齐放，毋庸赘言，当然没有任何战争的痕迹。这些殿堂明亮、高大，塔楼仅供掩蔽连接各层的螺旋形楼梯之用。建筑师争相让屋宇尽显高雅、轻盈，将我们的堡垒打回野蛮的原形。更不必提墙上壁画绚烂夺目，彩绘玻璃光影生动。

我决意仿效这些样板，重新审视原来的计划。哎，一回到家乡，我就发现，趁我不在家的空当儿，玛茜早已经开始大兴土木。罗马时代的城墙已经被加固、修复，从低处看起来，双塔巍峨，俨然默恩城堡的缩小版。玛茜希望我到工地走走，兴奋地向我展示她独自在家时有多么勤劳。我却万分绝望。应我的要求，一位佛罗伦萨建筑师已经为我画好了图纸，我却根本就不敢拿给玛茜看。

我要到勒皮出一趟短差，然后再返回家乡。旅途中，我满脑子想的都是宫殿。当着玛茜的面，为了不辜负她的热情，我三缄其口，假装心满意足。独自在外的时候，一种彻底的绝望沉沉袭来。出于什么难解的原因？我还有其他产业，我也有钱，完全可以在别处再建意大利风格的宫殿。我刚刚在蒙彼利埃买了地，准备盖一栋房子。不管是玛茜还是别人，谁都不会强迫我必须修建什么样子的建筑。然而，这些想法并不能让我得到宽慰。此前我并不重视布尔日的这座宫殿，决定营造也不过是为了讨玛茜的欢心，但没想到它在我心中占据了如此重要的位置。说实话，自从到过佛罗伦萨，我一直心心念念家乡的城市。我正逢壮年，在这片安家立命的故土，在这个生意的中枢，我认为完全有必要建造一座宫殿，因为它可以昭示未来，可以契合我的愿望，可以实现我的梦想。可笑的是，我最终建造的竟是领主府邸的翻版，既苍白又肃杀，这不过是贵族虚荣的象征，它不会让任何人产生幻想。总之，我正为自己描绘着一幅新贵的自画像。多少年后，甚至好多个世纪之后，这座建筑可能还会让人们对我产生严重的误解。他们会觉得我渴望权利，渴望金钱，满心在封建社会里谋求上位的欲望。说到底，未来人家怎么看我并不重要。但是，从现在开始，我与家人之间已经有了误解。我想把自己的真实面目和内心深处的打算展示给玛茜，展示给孩子们，展示给国王。金钱、封妻荫子，对我来说，这一切都并不重要。我之所以要行动，是因为对另一个世界的梦想，这是一个光明与和平的世界，一个交流与劳作的世界，一个妙趣横生的世界。在这个世界里，精英们懂得别样的表达，而不是花样翻新地去屠戮同类。各地最精美的物产，都朝这个世界汇聚而来。在佛罗伦萨，我依稀看到了这个世界，我希望自己的宫殿能够与之形肖神似。

从勒皮回来的路上，我总是遐思迩想，不料发生了一起事故。胯下那匹年老体衰的黑马曾经陪我去过意大利，我知道它性情温驯。坡路很陡，一直延伸到树林的高处，有礼拜堂在道路尽头傲然耸立。我们刚爬到半坡上，两条狗就朝马腿间扑了过来。老马一个趔趄，我正心神不定，从马上摔了下来。我从左侧重重地摔在地上，肩膀受了伤。我被带到一家田庄，两个小时后郎中才从相邻的小镇赶过来。骨折并不严重。他替我包扎好手臂，我又上了马，继续行程。

这次事故产生了奇异的效果。宛如神来之笔的观念交融，让我产生了关于未来宫殿的想法。我想到了身体两侧的不同：一侧活动自如，一侧固定不动。突然间，我看到了解决方案。我已经说过，盖房子的地块分为两层：下面低的一层，在古罗马时期老城墙脚下；上面一层地势稍高，和昔日的堡垒处于同一水平面。现在，工程只涉及城墙部分，也就是说刚刚与上面一层持平。因此，玛茜已经完成的工程，没有必要推倒重来，我们可以为未来的宫殿修建两道不同的外墙。城墙处可以继续施工，这里有点像是堡垒。在另一侧，在朝向城市高处的位置，还可以修建另一道外墙，营造出符合佛罗伦萨风格的建筑。大家各得其所。

玛茜能够让人家看到恢弘壮丽的围墙，城堡既可以与我们地位相符，也可以彰显我们全新的实力。教堂下面，小巷蜿蜒，我曾经在那里度过了悲惨阴暗的童年岁月，从那一侧过来，我幸福地用石头勾勒出未来的形象，这表明人生还有另一种活法，不仅仅是浪迹他乡。迈过与意大利所有宫殿毫无二致的简洁大门，随即进入一个院落，我想象这是一个温馨的住处，周围是轩敞的窗户，看不见太多的墙壁，上面装饰着各种雕塑、精致的圆柱、壁画……

一回来，我就给玛茜讲了我的计划。她表示同意，但是并没有搞明白究竟会有什么调整，因为她从来没有亲眼目睹过意大利建筑。她只是马马虎虎地懂得，在旅行中，我发现了某些创新元素，并且想将它们纳入宫殿之中。我敢肯定，她万万想不到这段小插曲给我带来的种种折磨。她坚持要我好好养身体。我卧在床上，只见花园里新绿盈窗，薄阴的天空中白云舒卷。亚麻床单质地柔软，卧室里还挂着一幅翻印的油画，描绘的是古代场景。我觉得如释重负，睡了整整三天三夜。

今天，我想，我的身心已经开始未雨绸缪，准备迎接即将到来的巨变。当刻骨铭心的爱情来临之前，总有我们难以破译的信号。等到潮水退去，岸上散落着杂乱的记忆和激情，这些信号才变得清晰易懂。但是，等我们明白过来，却为时已晚。

差不多刚刚养好身体，我就得到消息，国王想尽快见我。查理总是行踪不定。以前，因为战争的缘故，他是不得已而为之。如今，因为喜好的缘故，他保留了曾经的习惯。他来信告诉我说，他很快就要去索米尔，要我赶过去见他，并参加内阁会议。

我的手臂不那么疼了，医生允许我自由活动，只是还得小心在意。滴几滴从东方带回来的酏剂，可以起到镇痛的效果，同时又让我浮想联翩，既温馨又幸福。我出发了，胯下是一匹温驯的母马，马夫已配好鞍鞯。马克寸步不离地紧跟在我身边。我们一路紧走慢赶，穿越万物复苏的原野。果树正繁花盛开，篱边墙外，山楂花烂漫如雪。农夫们正面朝黄土辛勤地劳作，似乎没有了任何恐惧。和平不再是一纸文书，在乡间村野，和平已经随处可见。

马克还是不改包打听的习惯，对索米尔的一切已经了然于胸。他和我聊了很久国王的变化。确实，因为意大利的远行，我都好多个月没有见过他了。与英格兰人的休战已经得到确认，要将其演变为名副其实的和平，也有很大的希望。据说，布雷泽在商谈联姻的事情，以便巩固新的和解局面。根据各种迹象来看，王室要选择安茹的勒内之女嫁给英格兰国王。三十年前，亨利五世与查理六世之女的联姻并不成功，随后战争又死灰复燃，大家都希望抹掉这段不幸的插曲。这值得查理高兴。然而，马克并不认为国王的变化仅仅是因为这些成功。在他看来，需要由表及里到内心深处去寻找解释。要是没有肉欲的激情，任何成功都不足以让一个男人如此彻心彻骨地高兴。对于政治局势，马克话不太多，但是每当谈起国王的感情生活，他却滔滔不绝。在他看来，所有的事情都可以归结为一点：查理有了新的情妇。

详细描绘王后玛丽的不幸遭遇，这是马克最喜欢的话题。可怜的女人不停地怀胎生子。根据马克的统计，她刚刚生下了第十二个孩子。国王真是热情高昂，别忘了他还有其他私生子。王后怀孕或生产期间——这几乎占用了她所有的时间，他一直在外面拈花惹草，从来就不缺女人。这个人看起来如此郁郁寡欢、了无生气、孱羸纤弱，居然精力这么旺盛，我也算是领教过了。

最近这些个月以来，天翻地覆的变化影响了国王的性格，所以说他有了新情妇的传言并非耸人听闻，亦不算难以置信。从他得胜以来，从英格兰的危险消除以来，从他重新将国家控制在手里以反制诸侯以来，从他开始实施强化权威的改革以来，查理早已今非昔比。那些认识他的人都感觉到，他的两面性——阴暗与敞亮、热情与萎靡、骄傲与谦逊——正在相互颠倒位置。如今，国王走出了他过去藏匿的阴暗所在，开始公开抛头露面。在统率军队的时候，他表现得极其勇敢，甚至有点流于冒失；在内阁会议上，他表现得精力充沛；与女人在一起的时候，他表现得百般殷勤。

此前，他的各种关系都秘而不露、偷偷摸摸，纯粹是肉体关系。如今，他有情妇成为尽人皆知的事实。这也说明，即便在这个平常极力掩饰的问题上，他也要选择正大光明。这至少是我听到马克讲述那些流言蜚语时得出的结论。我很难想象，国王到底能让我们震惊至何种程度。

一个星期一的凌晨，我到达索米尔。城堡还在睡梦之中。走廊里空无一人。几名仆役呵欠连天，有气无力地收拾着昨夜宴饮之后留在桌上的残羹冷炙。我在空荡荡的大厅里信步闲逛，想到了国王的命运，想到了认识他以来走过的道路——我与他初逢在什农城堡，当时他一副孤零零、怯生生的模样。他吃饭时坐的椅子仰翻在地。桌布、餐巾、脏乎乎的杯子、剩菜剩饭，全都乱七八糟地堆在桌子上，散落在周围的地面上。我猜想，查理熬夜熬得很晚，他嬉笑、歌唱，也许还对女人甜言蜜语，和同伴打趣逗乐。他曾经只能勉强填饱肚子，见到同类都害怕，只敢远远地接见少数几个臣属。曾经的那个人哪里去了？他是个贪婪的情人，对别人并不尊重，用几个被他征服过的女人的话来说，他不遗余力地满足自己的欲望，却又连当众对她们说一句暖心话的力气都没有。这个曾经的他变成了什么模样？

然而，我不相信国王的阴暗面已经完全消失。此前，很容易就可以看出他恶劣的天性，因为他总是表现在脸上，表现在态度中，现在这一切似乎都让位于更加随和的品格。但是，我想象得到，他的本性一直没有变，只是藏而不露，所以更得加倍小心。

正午过后，我再次前来。国王起床了。他正在工作间，旁边有三位宫中的年轻人，他们的样子我大略认识，专门负责节庆和宴会活动。窗户开着。微风拂过杨树，沙沙作响，村子里远远传来喧哗声。室内洒满了大片阳光。查理把脸冲着阳光，微眯着双眼，仿佛沉醉于太阳温暖的抚摸。他看见我进来，惊了一跳。

“雅克，终于见到您了，我真高兴！”

其他人脸上也流露出满意和愉悦的表情，与国王一模一样。

他让我挨着他坐下，大声叫上酒。他的每个动作都会引发连锁反应，其他人都回应似的欢呼雀跃。仆役们进进出出，满面春风。整个气氛异常欢快，但是每个人都在热情地契合这种气氛，这说明还是命令使然。

查理让我筹备未来的节庆活动。最重要的——虽然还为时尚早——当数其手下败将英格兰国王与安茹的勒内的千金的婚礼。在这之前还要搞其他庆典活动。我早已让手下准备了一份御用监库存清单，这样无论谁向我提出类似问题，都可以作为备用。国王对我的回答很满意。他还没有问起，我就主动请缨，如有需要，我随时愿意为这些宴饮活动提供资金支持。查理重重地握了握我的手，然后笑着走到一边，其他人也鹦鹉学舌似的笑了起来。

我也假装发自肺腑地开心，但还是保持着警惕。说完了节日庆典的话题，查理示意其他人离开房间。他们纷纷退去，大呼小叫，你推我搡，不停地戏谑笑闹。国王也假装与民同乐。但是，等他们前脚离开，刚刚关上房门，他立马拉下脸来，又是一副愁眉苦脸的样子。

他走到窗前，把窗户关上，半拉上厚重的窗帘，这样阳光就不能直射进来。随后，他把椅子拖到墙边最阴暗的角落，示意我坐到他对面。又毫无征兆地回到从前见面的方式，本该让我心里七上八下。但虽然看起来特别怪异，这样的国王才让我觉得踏实。见到他从前的模样，我感觉从容不迫、如履平地。同时，我知道必须要加倍小心。从前，当他将最坏的一面——踌躇、懦弱、嫉妒——暴露出来的时候，那是为了掩盖内心深处最好的一面：他的活力，他的坚决，还有经过了所有考验的那份乐观主义。因此如果说他要凸显快乐、威仪、殷勤，那是因为他想掩饰坏的特质。一旦大门关闭，再也没有其他人在场了，我预想着要直面巨大的危险。

长长的沉默之后，他从下向上打量我，然后说：

“为了打仗，我需要很多钱。”

这样直奔主题，让我不寒而栗。这些年来，内阁实施了财政改革，国王有了固定的收入来源，可以保证国家防务。这也是他对诸侯的一大胜利，他不再需要先求助他们，然后才可以打仗。在新的国家秩序里，财富既属于市民，也属于贵族，他们的税收是君主的财源。如果他还需要钱，那是因为国库已经入不敷出。因此，国王这是话中有话，包含着威胁的成分。

因为，在很大程度上，这些收入依赖于税官自身的忠诚度。国王委派我在朗格多克地区向各阶层征收各种捐税，尤其是盐课。依靠在该地区为商行办事的一帮同仁，我建立起高效的征收机制。在盐课方面，按照吉约姆的建议，我们沿罗讷河谷组织起运输和销售活动。作为商人，我要缴纳捐税，作为命官，我要代为征税，真是一箭双雕，财源滚滚。我并没有窃取国王的钱。在我负责征税的这些地区和行业中，国王所得的回报非常高，远远高过他从前委任的当地贵族，他们几乎将全部款项都中饱私囊了。但是，显然，扣除缴纳给国王的捐税之后，我自己还有很多盈余。我暗自思忖，他是不是在含沙射影地批评我发了财。不管如何，如果国王认为收上来的钱不够花，那肯定会要我再多缴税。

再说，他不会不知道，在其他生意上我也收入颇丰。我真心觉得，要么是出于他的本心，要么是受到身边无数眼红我财富的人的影响，现在，他已经开始对我的家业不满。在半明半暗之中，他斜着眼瞟我，不无恶意，目不转睛。他说出的这句话，仿佛从我熟悉的那种可恶与嫉妒的心底处突然冒出来似的，让我恍然大悟，一个时代已经结束了。

“承蒙圣上隆恩，我万死不辞。陛下，敢问究竟有何需求？”

说这话的当儿，我恍如回到了从前的布尔日，由父亲领着去富家宅院。父亲任由他们摆布，提前已屈从于他们不公正的决定。同时，就像一直以来那样，在一闪念之间，我仿佛看到了向专横无理的强权者宣战的义士厄斯塔什。

“我想包围梅斯。”

“梅斯？”我问道。

“您知道，因为王后的关系，我的内弟勒内国王当上了洛林公爵。”查理不情愿地回答说，目光转向一边，“他的臣民已经揭竿而起，我有义务要助他一臂之力。”

看得出来，回答我的时候，他有些迟疑，这恰好说明，他自己也很清楚，这场洛林之战并不是势在必行。这不过是对安茹家族的一个让步而已。国王从来就没有像现在这样屈从于岳父母家的影响。王后玛丽的母亲约朗德左右了国王很多年。在某些人看来，上天将出生在安茹辖地洛林地区的圣女贞德派来，其实就是她在幕后操纵的结果。两年前，约朗德去世了，但是国王并未就此摆脱安茹家族的影响，事实恰恰相反。他的内弟勒内在王国内挥金如土，勒内的女儿被选中要远嫁英格兰国王。从排挤走拉特雷莫勒以来，一直是勒内的哥哥查理在主持内阁工作。至于国王的新情妇呢，据说是勒内夫人的侍女……因此，在全新的力量背后，国王依旧隐藏着同样的弱势，因为他还是受制于一小撮人。他对安茹家族百依百顺，就像从前对其他帮派言听计从一样。在这点上，他没有任何变化。

一下子，我看透了自己的局限。我选择与国王结盟，以扫除专横跋扈的诸侯。我相信能够与他建立起互利关系。但是事与愿违。就像所有从事生产与贸易的人一样，我已然向唯一的一个人绝对屈服。

我们之间的交流很短，刹那间，上面解释的那些内容划过我的心际。我们又聊了几句，定下了我要缴纳的捐税总额，在这个话题上，话已说尽。国王觉得松了口气，他又挽留我，聊了很长时间的意大利。

我详尽地向他描述佛罗伦萨。但是，我依旧小心，没有告诉他我打算进入那边的丝绸产业。否则他免不了会认为，我是故意要让一部分生意摆脱他的控制。确实如此。

他还问了一些关于意大利的其他问题，我明白，他并没有放弃朝这个方向去拓展自己的影响力。我又给他谈了谈热那亚。但他眼下最关心的却是教宗。

我们一起待了个把小时，这期间，他始终保持着严肃的神色。他还是我一直以来了解的那个样子，让人难以琢磨，内心极其痛苦，胸中涌动着坏坏的好奇心，这也暴露了他嫉妒成性、报复心强的性格。我破天荒地开始认为，如果说他解放了整个国家，差不多已经战胜了英格兰人——虽然他一开始处境不利——那也并不是因为他心怀天下，而是为了满足自己报仇雪恨的卑鄙欲望，饱受屈辱的童年岁月让这种欲望在他身上不断滋生蔓延，这欲望真是无孔不入，这欲望让人痛苦不堪，宛如荆棘丛生的森林一般。

突然，公园里响起了刺耳的钟声。这声音仿佛将他从梦中唤醒，将他从不怀好意的政治梦想中拉了回来。他用手捂住脸，朝周围看了看，仿佛突然醒过神来。他站起身来，拉开窗帘。日影西移，澄澈的空气里透着一丝微凉。他抓住衬衫，深深地吸了口气。随后，他又走到我身边，横坐在桌子一角。

“您有什么建议……”他开始说道。

他彻底变了一副表情。你很难发现任何乖戾、严肃的痕迹。他摆出一副少年人忧心忡忡的样子。

“最近，你们御用监是否收到什么稀世珍宝、绝世收藏……我想送一位夫人礼物，尽善尽美的礼物，最好是：绝无仅有的礼物。”

他好像很享受自己刚刚说出的这个词，嘎嘎大笑起来。我深思片刻。

“合伙人说起过，东方来了一位商人，卖给了我们一枚特别大的钻石。”

国王兴奋起来。

“钻石！太好了，但是，必须要绝世超伦。”

“绝对。他们告诉我说，有卢瓦尔河中的卵石大小。”

查理两眼放光。

“给我拿来！”

“陛下，还没有打磨、装饰呢。现在看起来，不过是一块灰不溜秋的石头。”

“没关系！我要送的那个人，她会知道是钻石的。她不难想象……”

我保证三四天时间就可以送过来。国王握住我的手，感激不尽。随后，他一声招呼，马上应时出现一群宫娥和内侍。我起身告辞。在出门之前，国王又留了我片刻。他欠身过来，说了一句：

“我很开心，雅克。”

从他的眼神看得出来，他说的是实话。但是，我又扫了他一眼，只见他胡须黑乎乎的，脸颊看起来脏兮兮的，大大的鼻子一点也不雅致，四肢歪歪扭扭，上半身长得不合比例，虽然裁缝很卖力，想弥补他生理上的缺陷，但他看起来还是衣冠不整。我暗想，在苦难中，这人绝对更加有魅力。

仅仅两天之后，我就遇到了阿涅丝……

第四章
阿 涅 丝

到记忆的这个节点，我已经思潮翻滚，再也不能平静地继续。就这样，我整整停笔一天。

据艾尔薇拉讲，在我本希望藏身的那座小岛上，压根就没有淡水，不能往那个方向撤退。我接受了这个最终判决，并没有像想象的那样沮丧。然而，这总归是坏消息。不管发生什么，我注定只能待在这里。有可能也正因为别无选择，我才没有被彻底击垮。坏消息也有好的后果：我不会被迫中断写作。此时此刻，我非常想打开下一道记忆的闸门，从这道门终于可以窥见阿涅丝的身影，我不想再延宕自己的计划。

没有办法，我只得待下去，但我意识到会冒很大的风险。自从行政长官派人来过之后，再也没有人来打破岛上的安静，然而我却空前地觉得，这宁静无非是假象而已。危险就在这里，我甚至觉得危险日渐临近。我朝艾尔薇拉发火，她却安慰我说不用害怕。如果说她没有感觉到威胁，那可能是因为她太单纯。在大部分时间里，我都这样想，所以我也尽可能像她那样温柔体贴、无忧无虑。但是，有时候，我发现她完全不同。即便她是农家女子，家里人大概靠大海或种葡萄为生，但毕竟她也是女人，懂得盘算和滋养某些我不甚了解的希望。这时候，我就会相信，她背叛了我。现在，她知道我遭到追捕，受过审判，从我这里得不到的东西，也许可以通过出卖我，从我仇敌的手里获得。

但是，我很讨厌这样想。我在阴谋诡计当中生活了那么久，不管愿意与否，我都收集了那么多卑鄙和伪善无可辩驳的明证，所过之处，我都将这些阴暗的思想贴身收藏。我也将其带到了这座小岛上，在这里，一切原本是那么简单、纯净。在这个堕落败坏的世界里，唯一保持着璞玉浑金般心灵的人，就是阿涅丝。艾尔薇拉与阿涅丝天差地别。但无形中似乎又有什么东西将她们拉近，让我将她们混淆。

我知道，再也没有了逃亡之地，我只剩下两条路：蛰居在这座房子里，或者干脆顺应这种处境。得到这条消息之后，我彻夜未眠，最终做出了决定。命运将我带到了这座监狱般的岛屿，我却并不想在这里过与世隔绝的生活。如果说这个小岛必须是我的囚室，那我也要踏遍它的每一寸土地，至少要享受它的美景。我开始长时间地漫步，只是要小心避开城市和港口。能看的东西依然非常多。昨天，沿着内陆的山路，我几乎走到了小岛的另一侧。炎热的阳光下，乳香黄连木散发着幽香；很多人正在采集树干上流出来的树脂。他们跟我打招呼，还要请我一起喝酒。朝西的方向，在一道延伸到大海的斜坡上，我发现了成片的柠檬树。我喜欢在这些树下小憩，醒来的时候，金色的柠檬会让我产生幻觉，恍若进入了赫斯珀里得斯姐妹的花园。我曾经怀着梦想，要让我的国家成为世界的中心，今天，我却身处世界的边缘，也许还会被排除到这个世界之外。然而，在心底深处，我却并不痛苦。因为，一门心思为了法兰西的这番雄心壮志，说到底不过就是梦想而已，我真正的国度是梦想之国。如今，我难道不是已经身在其中吗?

自从我提起与阿涅丝的相遇，她就一直让我梦绕魂萦。这些年来，我一直将她珍藏在记忆的深处，将她存放在宝盒里。从她去世后，这盒子就再也没有开启过。所有的记忆都清晰如初，原封不动，浑如她的身体一样，仿佛被防腐的香料封存。然而，只需要唤一声她的名字，就可以马上让保护罩四分五裂。她的脸庞、她的香气、她的声音，就会无处不在，泛滥成灾。在柠檬树下，我再也难以入睡，我急匆匆地跑回去，继续写我的故事。如果杀手们现在到来……那么我只有唯一的遗憾：我害怕还没有来得及重温与她度过的这些岁月，就被无情地杀害。

日落时分，我回到家中。艾尔薇拉正在准备橄榄和羊奶酪，还有一篮子水果。我们在暮色中用晚餐。天空没有月亮。夜色沉沉，隐约只见艾尔薇拉把裸露的胳膊交叉着放在桌上。我能够感觉到她的呼吸。我将手伸进她浓密的头发。夜色越来越深，再也看不出她与众不同的地方，漆黑的夜幕将她变为一个模糊的存在，只能感觉到她肌肤的味道、如丝的头发，还有女人特有的又急促又柔弱的气息。漫长的一夜，直到黎明时分才有睡意袭来，我又一次和阿涅丝在一起。我在心中说了很多情话，想象了很多情景。今天早上，只需要安坐下来，就可以文思泉涌地开始写作。

十年一弹指，与她初逢的那一刻，至今念兹在兹。那是我到索米尔之后两天。我正在给风尘仆仆从图尔赶过来的执事下达指示。尤其是需要安排将原钻石迅速安全地送过来，因为我已经夸下海口，说四天就可以交货。

我不习惯在衙门里工作。再说生活也没给我那样的闲暇，因为我平时总是走南闯北。我随身的箱子里带着文书，走到哪里，就工作到哪里。我曾经卧在床上接见过代理人。我也曾蹲下来就着膝盖写过信，而代理人则手拿帽子，站在一侧。如果天气适宜，我还是最喜欢待在户外。在索米尔的那些日子，南风吹来了燥热的气息，也吹来了沙尘。在城堡的花园里，树荫非常惬意，让我想起在大马士革度过的某些辰光。我让人将文牍工具带到果树丛中。我只着衬衫，摘下帽子，一边来回踱步，一边口述文书，让代理人负责记录。他不想脱外衣，坐在石凳上大汗淋漓，叫苦不迭。

突然，我们听见了银铃般的笑声。我们躲在树荫下面，少女们一路走过来，阳光照花了她们的眼睛，她们只顾着说话，没有看见我们。她们在阳光下，距离我们还比较远。挨挨挤挤的一小群，大概有五六个人。然而，只有一位女子最抢眼，其他姑娘似乎都在围着她转，仿佛夜里的飞虫围着灯光来回萦绕。姑娘们信步前行，曲曲弯弯地在花园里走着，看得出来领头的正是那个最出挑的姑娘。在离我们不远的地方，她脚碰到一个掉在地上的梨。她停了下来，其他人也亦步亦趋。她用脚尖拨弄这个坏掉的水果玩，随后抬起头来，朝我们这边的树丛看了看，尖叫道：

“瞧，还有呢！”

她朝梨树走了过来，说时迟，那时快，就在进入树荫的瞬间，她看见了我，于是一下子定在那里。虽然萍水相逢，但我马上就可以确信，就是她。

她顶多二十岁的样子。金色的头发全都向后梳着，只简单地挽了个发髻。她眉毛很淡，鬓角修得很高，前额饱满、光润、精致，宛如一段象牙似的。她的五官也好似用珍贵细腻的象牙雕凿而成，极尽秀丽纤巧。那天上午，她与随身女伴并没有想到会遇见生人。她的美，可谓清水出芙蓉，天然去雕饰。

她吃了一惊，于是马上严肃起来，我记忆中的她永远带着这副表情。后来，我看见过她欢笑，诧异，恐惧，恶心，充满希望，享受快乐。这副天造地设的面孔，可以变换出一千种不同的和声。但是，对于我来说，她真实的面目永远是我们初次四目相对时那严肃的音符。

在这份严肃中，依稀可以看出她悲剧性的美貌。因为这人人嫉妒的完美无瑕，不管落到谁的身上，都会是一种痛苦的宿命。类似的美貌算是一种绝对的形象，增之一分则太长，减之一分则太短。然而，谁拥有了这份美丽，谁就会知道，这将是昙花一现。这美貌赋予她一种自然的权威、一种无与伦比的能量，但是，这手无寸铁的脆弱身体，可能因为一丁点原因就香消玉殒。这种天仙般的美貌让她与其他凡夫俗子不同，引起他们的欲望和嫉妒。当她委身某一个人，便是让其他无数人落空，他们会将爱情的绝望和痛苦转化为危险的报复。无所不能的国王将这种美视为大自然的恩赐。所以谁拥有了这份美，便要背离自己的愿望，因为完美无瑕，所以会被身不由己地带入高处不胜寒的生涯。这一刻，我想到了查理，想到了他不怀好意的气息，他扭曲的肢体，他乱七八糟的胡须，我想到了他粗糙的手抚摸着她那白皙的肌肤，他的嘴吻住她那苍白的双唇……

无论是自己的感受还是别人对她的情感，这个年轻姑娘早已经习惯时时提防，但是在我面前，她还是迟疑了一下。她知道国王宠她，她也害怕与别人有瓜葛，不管如何，她只能一味地拒绝。然而，在看到我的时候，据她后来所说，在她朝我走过来的时刻，她也感受到了同样的情感冲击。

但是，我并没有她那样出众的形貌。我比她年长二十岁，我并不是很在意外表，穿得与田庄的打草工无异，没有任何徽识可以向她表明我到底是谁；我也不能通过任何能量或手段给她留下印象。然而，我知道，在那个时刻，她感受到了对我的深刻情感。后来，我们曾经那么多次谈起过。她给我的解释还不足以廓清其中的秘密。按她的说法，她马上就看出我是“她的分身”。这是一个很奇怪的词，我得承认，从来就没有比这更加不相像的分身。但是，她生活在自我的世界里，现实世界很少参与其中。大概这是她刻意打造的庇护所，这样她就可以保护自己，免受生活的伤害。不管如何，只有她暗中选定的人才能进入这个世界。从我们初次相逢开始，我就享有了这份痛苦的特权，在其中获得了辉煌的地位。

其他女孩也渐次来到树荫下，等眼睛习惯了阴翳之后，都开始目不转睛地打量我。她们是勒内国王的王后——洛林的伊莎贝尔——的侍女。当我在国王身边的时候，当她们的女主人站在我旁边的时候，她们中的好几位都曾经远远地看见过我。其中一位女子不知道克制，禁不住掩嘴叫出声来：

“科尔大人！”

就这样，阿涅丝知道了我是谁。我根本不指望她改变自己的态度。我走上前去屈膝行礼，向她致意时眼睛一直盯着她看。

“雅克·科尔，小姐，为您效劳。”

我特别强调了雅克，她马上也决定，要同样地亲密。

“阿涅丝，”她清晰地说道，还补上一句，“索莱尔。”

其他人都没有做自我介绍，似乎她们都明白，这是特意为她和我准备的场景。等我反应过来的时候，我发现阿涅丝脸上掠过一丝警觉的阴影。不管我们感受到多么强烈的激情，不管这激情有多么来势汹汹，必须想尽办法不让这些下人知道。她们是假惺惺地顺从，虚情假意地欢喜，也许她们笑里藏刀，暗中干着监视、嫉妒、背叛的勾当。

阿涅丝退后一步，行过礼来。

“科尔大人，我可是你们御用监的忠实顾客。”

说话的时候，她的眼睛一一扫过众人，这表明她这话不是单讲给我一个人听的。侍女们都表示赞同，这也证明了事情原本就是如此。即便我的官职再显要，也不过是国王的胥吏，像阿涅丝这种身份的人只会疏远我，就算有几分热情，那也夹杂着蔑视，无非就是与供货商之间的那种关系。

“希望您能满意，小姐。您有什么想法，尽管告诉我，我们会尽力为您效劳。”

阿涅丝的眼中闪过一丝神秘的微笑。从那一刻起，我就明白，她身上夹杂着两种不同的音调，就像管风琴琴键似的：一种是对社交圈明显的、夸张的模仿，可以让对方感受到欢笑、讶异、伤感，就像抛狗食一样粗鲁、俗气。在它的下面，是另一种隐形的、难以察觉的方式，就像在波涛汹涌的大海后面，也有细细的和风，也有各种痛苦、希望、温柔和真爱的迹象。

“我眼下就有几个订单，我会告诉您的。您知道，节庆快到了。

我们都得出头露面。”

她咯咯地笑了起来，女伴们也依样葫芦似的笑了。一切都那么欢快，转瞬即逝，无关紧要。她们结队离开，纷纷跟我告辞，落落大方之间流露出几分肆无忌惮。

这次邂逅让我非常尴尬。随后的一个小时里，我心中五味杂陈。应该说，在这个时期，我已经开始意识到极端的孤独。上一次回家，我已经感觉到，我与玛茜早已形同陌路。她生活在贵族和虔敬的梦想里。她认为重要的东西，也就是荣誉、地位，以及在布尔日出人头地的那些小算盘，在我看来都没有任何价值。同时，我又满足着她所有的要求。另外，家里人也似乎全都复制了玛茜的欲望。我弟弟已经当上红衣主教，他总是与嫂子不谋而合；在红衣红帽的外表下，他醉心于同样的俗世欲望。孩子们也完全继承了母亲的观点。儿子让已经从神学院毕业。似乎他更多地学到了利用教会的手段，而不是为上帝服务的方法。女儿已经准备风光出嫁。只有小儿子拉旺对我的人生道路感兴趣。但他也是出于对钱的喜好，而不是像我这样为了追逐梦想。那倒更好：他更容易得到满足。我让他跟着吉约姆当学徒，他很满意。

家里人都指望我大把地挣钱，此外再没有别的期待。谁也不会操心，我可能也有愿望、有需求、有痛苦。从遭到克里斯蒂娜算计以来，我还是继续与女人打交道，但再没有与谁推心置腹。这些短暂的肉体关系受到双重暴力的支配：由我的财富引发的贪欲，以及我对情感的警惕。这些都让我不可能堕入情网，总是突如其来的生意也让我的孤独感与日俱增。还有，我的生活有如断梗飘萍。我终日奔波在路上，建立起的那些关系，也是在匆匆走过的城市，我知道，不久之后我就会与他们作别。所有的友情也都是源于利益。我的生意网络越来越宽广，越来越坚实。但是，在这纷扰的人群里，我仿佛一只蜘蛛，被困在自己编织的网中。有些日子，因为事务繁忙，我不会想到这些；有些日子，当我行走在朝天的大路上，坐骑颠簸，我便会陷入梦想之中，孤独感也就一发而不可收拾。每当稍有闲暇，每当倒霉的消息传来，每当我在国王身边感到切实的威胁与危险，一种孤独的痛苦感就会弥漫全身。就是在这样的精神状态下，我遇到了阿涅丝。

因此，我日思夜想，希望再见她，与她待在一起，向她敞开心扉。有一刻，她让我依稀看到了早已忘却的爱情的欢愉。这很荒唐，也太过于心急。然而，从我初次见到玛茜以来，我就领悟到，对我来说，真爱的确源于一见钟情。另外，我也敢肯定，在这点上，爱情的信念并非来自时间。它也不是由习惯所创造。爱情的信念会全副武装地不期而至，而且没有任何预告。爱情在我们身上刻下的文字，与毫无准备的白纸一张相比，破译起来绝不会更加容易。

不管如何，我已经坠入情网。同时，以同样的力度，我衡量了这一告白的可怕程度。阿涅丝是国王的情妇。而我呢，我知道国王天性好妒，性格凶残，我又完全依赖于他。有一刻，我想要逃避。毕竟到处都有我的生意，说不定还需要去哪里救火呢，我要离开也算名正言顺。

下午时分，我正惊魂未定，突然有人带信过来，国王明天要召开内阁会议，希望我届时参加。后路已被斩断。我别无选择，只得安下心来。

因此，我继续留在朝中，并没有离开，除非要出差公干。就这样我开始了人生的新阶段。一下子，我远离了我的生意。最近这些年来，我的生活无非就是疯狂地订货、配送、交易，现在我立即把这些事情交给吉约姆来打理。如今，这样做也未尝不可，因为我们建构起来的网络已经非常牢靠。在全欧洲，我们有三百多位代理人。钱币和商品源源不断地流通。这些活动都围绕图尔御用监这个神经中枢而有序展开。在短短的时间里，我们已经成功地让从胜利中复兴的法兰西成为了世界的中心，最让人艳羡的财富朝这里滚滚而来。一旦启动，就只需要维持正常运转即可。吉约姆和其他几个人都来自贝里地区，与我沾亲带故，大家相处得非常默契。

因此，平生第一次，我摆脱了身在曹营心在汉的局面，开始全身心地投入到宫廷生活中。

这个曾经浅尝辄止的世界，对我来说是一大发现。首先，我对它的奢华瞠目结舌。国王巡视天下，车如水，马如龙，满载着各种宝物。刚入朝不久，我们一起去图尔，我才有了充分的衡量。在那里，我们见到了王后。关于英格兰国王大婚事宜的谈判已经结束。大家正张灯结彩等待萨福克公爵的到来，以便签署最后的协定。每逢这种喜庆活动，大家都有求于我。御用监的订单如雪片般飞来，我也放了很多贷款。

这一切不过是司空见惯而已。但是，当仪典开始，在普莱西斯莱兹图尔城堡的穹顶下面，我看到了由我提供的所有财宝。布料，刺绣，珠宝，武器，车驾，盛满香料的餐盘，装着异域水果的杯盏，这一切都鲜活、辉煌地反映了我日常的工作，也就是合同、契约、银票、盘点。此前，我有如在表芯中生活，现在突然面对表盘，我不禁开始赞叹表针的和谐、报时的准确。我已经意识到，这些年辛勤的劳作已经让我心灵干涸。我一直在追逐梦想，最后却看不到梦想的影子，梦想已经被密密麻麻的数字所掩盖，已经被生意上的斤斤计较所隐藏。一下子，我脚踩在梦想当中，此时我的梦想已经成为现实。

我得感谢阿涅丝，是她促成了这种变化。我们第一次短暂见面之后，在很长时间里，我都没有再单独见到她。奇怪的是，我很适应这种状态。她在我身上燃起强烈的情感，一开始我惊慌无措，想逃之夭夭。但是，因为国王召集内阁，我只得留了下来，必须待在她左近。我意识到，生活在她的周围，远远地观望她，在公开场合与她说话，这一切让我欣喜若狂，而且也让我心满意足。我害怕，如果我们走得太近，她对我的吸引太过于强烈，最终会让我们走向灾难性的结局。

当她陪侍在国王身边的时候，我就注意观察国王。国王从来不会大胆示爱，在公开场合，他一直避免任何关爱的动作；因此，他的激情只表现为嫉妒。当阿涅丝跟其他男子说话的时候，我注意过他的眼神。如果他正在谈话，他马上就会分神，会用目光追随阿涅丝的身影，表情又担忧，又痛苦，又难看。我特别小心，不想引起类似的感觉。我得感谢阿涅丝，她从来就没有将我置于这种微妙又危险的处境。她心思细密，所以早就知道，在国王面前必须加意小心。若是国王更加老谋深算，便会看透她的把戏：实际上，她越想搞掉谁，就越会公开地向谁示好。安茹的查理不仅扮演着内阁首相的角色，而且暗中还是国王的皮条客，阿涅丝就是他介绍给国王的。在公开场合，她总是对他温情款款。而他呢，还觉得好玩，压根就不知道她正谋划着要搞垮他，这也正是他的弱点。相反，布雷泽，我的朋友布雷泽，为了国家，一直英勇果敢、满腔抱负，对身边人也始终慷慨大方。据我所知，阿涅丝特别佩服他。然而，当他们在国王面前相见的时候，她总是对他表现得冷若冰霜。

就这样过了好多个星期，这段时间既风光，又幸福。这悬而未决的情事，我很难想象它的性质、它降临的时刻，以及谁能够为我与阿涅丝牵线搭桥。我只满足于在旁边观望，倾听，了解。

突然，在内阁里，我变得兢兢业业，追随着国王出巡，我走过了一座又一座城堡。说真的，这是我第一次全身心地参与宫廷生活。我奇怪地发现，在这种生活里，一半是无聊，一半是宴饮，二者几乎平分秋色，但其实我之前对二者都了解甚少。一天中的大部分时间，城堡中弥漫着无聊的气息。我已经习惯早起；我发现，上午的辰光停滞不动、静寂无言，人人都关在自己的屋子里。所到之处都是仆役和女佣的天下。他们也沉默寡言，免得破坏这难得的闲适。下午，同样的慵懒，要是下雨天，还会多几分阴郁，如果季节转暖、日影北移，萎靡之余便会多几分午睡的倦意、低声的闲聊。晚上，一切都苏醒过来，宴饮占据整个宫廷。烛台流光溢彩，香水摄人魂魄，脂粉炫彩满室生辉，这一切都让人们在宵夜之前便心旌摇曳，一直到深夜才兴尽收场。

当时，安茹家族正如日中天，我也学着了解他们的优雅。安茹的查理把持着内阁，勒内是英格兰国王的准岳父，虽然老公朝三暮四，王后玛丽还是照样子息繁多，我们到处都可以看到安茹家族的身影。我和这个家族的领袖勒内国王并不太熟。这是个资质平庸的政治人物，他败掉了在意大利继承的全部遗产，所谓耶路撒冷之王也不过是一纸空文。但是，他懂得生活，这你还不得不服气。此前，谁也没有像我这样成天鼓捣奢侈品；矛盾之处在于，我自己很少享用。从孩提时代开始，我就梦想着住进宫殿，但现在当我置身宫殿的时候，还跟从前与父亲进宫的感觉相同，总觉得自己是局外人，不会在里面勾留太久。与阿涅丝相逢之后，投身宫廷生活以来，我才突然动了心，真正想住进豪宅，想在其中拥有自己的地位，想按照宴饮活动的节奏来生活。

虽然这种转变有各种各样的原因，但是却跟国王本人的转变比较类似。从前，他的生活、他家人的生活，全都极尽俭朴。全宫廷的大型公开活动也就四场而已，复活节、圣灵降临节、万圣节、圣诞节。国王会赏给朝臣礼物，还要参加一场庄重的弥撒。接着就是宴会，宴会结束之后，仆役们一边分发礼物，一边高喊“有赏啦，有赏啦”。既简单，又短暂，说到底还有些凄惨。自从国王开始向享乐开放以来，宫中也逐渐引入了其他宫廷流行的时尚。

毋庸置疑，勒内国王负责总理这些新奇的享乐活动。他在这方面的精力不得不让人佩服。形势对他非常有利，当我们在南锡见到他的时候，他为我们准备了各式各样的娱乐活动，让我们真正大开眼界。通过旅行，通过家族分支，通过他自己的好奇心，勒内国王对全欧洲的欢宴行乐几乎无所不晓。在这方面，他总是不甘心落于人后。他组建有艺术家和代理人的团队。将马术“漫步”引入法兰西的正是他，这一习俗已经在勃艮第流行了很长时间。“漫步”就是骑士比赛，其规则是在德意志或弗兰德制定的，非常复杂。在这种娱乐活动中，骑士尚武和彬彬有礼的古老传统与现今奢华的把戏交相辉映：在比赛之前，可以看到精雕细刻的兵器、华贵绝伦的袍服、气势恢宏的演出。

在这些活动中，国王看起来很开心。在梅斯人投降之后，他来到沙隆地区，勒内为他组织了为期八天的“漫步”。显然，布雷泽故意败给了查理，查理折断了多支长枪，赢得一片喝彩。国王想蛊惑阿涅丝。他露骨地朝她示意。为了参加盛会，阿涅丝穿了一身宝石镶嵌的银铠甲。这件异乎寻常的戎装——与几乎所有的首饰、马具和饰物一样，都来自御用监——让她格外光彩照人。前几个星期，我接待了宫中的各路显要，我尽量让所有人都能够体体面面，与自己的品阶相符，包括那些最拮据的人。阿涅丝也亲自来见我。她不可能看不出我的局促。然而，她并不是独自一人，我们的对话也只限于参加“漫步”活动所需物品的实际问题。这次见面让我很困惑，也有点伤感。从初次相逢以来，过了这么长时间，这还是我第一次私下和她见面。有女伴在场，她有些放不开，但就算考虑到这种情况，从她那里我也丝毫看不出上次发现的东西。没有任何即便是最隐秘的信号，没有任何眼神，没有任何一语双关的言辞，可以帮忙印证我的感觉。后来，我不禁怀疑自己是否是在白日做梦、自作多情。

“漫步”期间，我仔细观察过她的态度，我甚至无需隐瞒，因为她是大家注目的焦点。我发现她从来就没有像现在这样爱过国王，国王也从来没有像现在这样宠过她。

整场欢宴下来，我闷闷不乐，不过这也是淡忘她的最好方法。因此，在娱乐活动期间，我花了一周时间，形成了对勒内国王及其在宫中奉行的各种奢华、享乐的看法。为了这场面，我也一身盛装，因为国王时时让我陪伴左右，而且要求我解决物质方面的细节问题。我应景地笑着，让人家以为我也融入了这皆大欢喜的氛围。实际上，我的心情非常阴郁。

在我看来，这些比赛既荒唐又不入时。它不过是想展现那个已经逝去的时代。我们最后能战胜英格兰人，那是因为有由布洛创建、由我投资的现代炮兵部队。该赞扬的是这支新式军队，而不是让王国四分五裂的骑士制度。

要是能朴实、谦逊地重提这旧时风俗该多好啊！当我获得城堡的时候，我听见了昔时岁月的沉闷回响，心里充满了对往日温馨的怀想。在比武期间，恰恰相反，骑士制度妄图复活，然而我很清楚，它早已死亡。我了解这场景的背面。卖了多少地，抵押了多少城堡，贷了多少款，我再清楚不过。我知道这奢靡是以多少悲惨的境况为代价。从前，骑士制度富有生命力，其基础是土地的产权、农夫的顺从。现在，全是金钱的天下，已经没有了领主。

在沙隆举行的演出活动中，骑士雅克·德·拉兰的倾情表演无疑是高潮，他在全法兰西声名远播，被视为勇敢骑士的经典形象。这位英雄仿佛从亚瑟王的传说中走出来。在举手投足之间，他流露出夸张的礼数，策马前行的当儿，一对一格斗的时刻，他更是武功盖世。他保持着童子之身，这是他的优良品质，也是吸引人的奇异工具。他希望让骑士制度保持生机，保持最严苛的纯粹，我对这个异人不无好奇，很想见到他。

但恰恰相反，我看到的却是一个自负、粗暴、还多少有点滑稽的处男。显然，他保持童子身并不是出自真心的愿望，而是源于被伪装成道德的那份羞涩。他的行为举止与时下的风俗完全不同，他看上去似乎在扮演某种角色。看热闹的人也非常好奇，就像在“漫步”之前，他们对登台表演的演员连连喝彩一样。比武期间，雅克·德·拉兰有经验上的优势，因为他参加过一场又一场的格斗。普通绅士很少操练这项活动，而对于职业骑士来讲，这不过是驾轻就熟的日课。他的成功更多得感谢蹩脚的对手，而不是他个人的才华。然而，他的每个动作都那么矫揉造作，吹毛求疵的仪轨、陈旧过时的礼制，他遵循得一丝不苟，他精心地给自己包装起贵族外衣，让人觉得他的胜利也是自然而然的结果。

实际上，这个小人物是个十足的傻瓜。在他身上，只有发展到极致的因循守旧，而没有任何独特的创新。在两场比武之间，我有机会和他聊了聊，因此获得了证据。在他的仆人堆里闲逛的时候，我意识到，最好不要太近距离地打量骑士的行头。马具干涩的皮革已经开裂，布料也修修补补，坐骑一旦卸下战斗的盛装，无非就是半饥半饱的可怜牲口。这些细节也多少让我感到宽慰。它们将这位骑士还原为人，也更加符合他所代表的阶级：跟其他人一样，他也是个穷光蛋。他自认为生活其中的那个世界，已经与昔日游侠的世界毫无共同之处。虽然他赶场一样四处参加格斗，所到之处也都受到隆重接待，但却只能勉强糊口。聊天过程中，我引他谈论有关物质的话题。他厌恶地看着我。我意识到，他一直想过英雄般的骑士生活，这并不是假装出来的。他固执地拒绝按照本来面貌去看待这个世界，对于我们这样的人物，他的先祖们有多么嗤之以鼻，他就有多么不屑一顾。要不是看见阿涅丝对他崇拜得五体投地，朝他投去含情脉脉的目光，也许我还不至于如此残酷地在言谈间将他打回原形。但是，我忍不住想拿他开涮，寻他开心。他了解我在国王身边的角色，又不能随意粗暴地待我。我步步紧逼，他的防御无非就是支支吾吾、闪烁其词。

与宫廷贵族打交道的习惯自然而然地流露出来，我马上向他推销新的坐骑，还有来自西班牙的皮具。我一边厚着脸皮摩挲他那粗糙不平的铠甲，一边卖力地鼓吹热那亚的铠甲如何精美，还告诉他说，只需到御用监来一趟，就可以贴身定制一套。他一时语塞，想随便找个借口开溜。我则得寸进尺，提议说他需要花多少钱，我都可以提供方便。拉兰又惊又怕，仿佛比在布劳赛良德森林里遇到火龙攻击还要手足无措，于是也不用仆人伺候，就自个儿上了马。他一身铠甲稀里哗啦响个不停，试了三次，大腿才跨过马屁股。他连声说：谢谢，谢谢，一路疾步跑开了。他歪坐在马背上，一串杂耍动作之后，头盔滑落到眼睛上，遮住了视线。

这些娱乐让我产生了一种苦涩的感觉。不管如何，对于这种透着死亡气息的找乐子，我有点格格不入。在余下的欢庆活动里，我反复咀嚼自己的激情。我做出了决定：我得离开。这段宫中的生活很荒唐。我完全误会了阿涅丝的感情，再说，我能抱什么希望呢？这段插曲根本就属于头脑发热。人到中年，大概某种形式的感伤会让他错误地抱有幻想，以为有了前半生的经历，现在完全可以开始第二春了。我得想办法将决定告诉国王，还要说服他同意。

我不知道是应该遗憾，还是将其视为机会。不管如何，等到第二周，当阿涅丝叫我去她的美丽堡时，所有这些决定都一一灰飞烟灭了。

这么多年来，国王一直躬行节俭，甚至于有点近乎吝啬，现在他却开始喜欢挥金如土了。遇到高兴和感激的事时，都要赏赐礼物。每逢王子或公主出生，王后照例会收到一条绮丽的长袍。我已经说过，出于同样的秉性，查理还为情妇买了一枚很大的钻石。战胜了英格兰人自然也是论功行赏的机会，而且越演越烈，因为礼物就是从敌人手里失而复得的土地。一般来说，战利品都会被赏赐给最勇敢的将帅，或者其他宫中人物。

赠予礼物，赏赐采邑，国王两手并用，还为阿涅丝置办了物业。我怀疑这不是他亲手选定的，因为他骨子里那么吝啬，肯定会偏向于选择更加简单的住宅。有可能是阿涅丝自己提出来要美丽堡。她如愿以偿。

她了解这座城堡，或者只是被它的名字吸引住了？说到底，她的选择很棒，甚至可以说太过完美，以至于还由此引发了丑闻。美丽堡是查理五世所建，靠近文森地区，这是全法兰西最美丽的城堡之一。这里曾是查理的祖父最偏爱的居所。五年前，里什蒙从英格兰人手里收回了城堡。

这种恩遇谁都清楚是怎么回事，但大家都装聋作哑：国王坠入了爱河。阿涅丝得到了这份王家产业，自然也比普通情妇高出一等。谁都没有想到她可以进入宫闱之中。一时间，争风吃醋，沸沸扬扬，据内侍的描绘，现在已然可以看到仇恨的光芒。

嫉妒归嫉妒，不管是国王还是阿涅丝，谁也不在意那些人怎么想。无疑，这是查理真实的心情：他早已超越了这些低级的雕虫小技，他生性残忍，如果看到谁脸上流露出嫉妒的神色，应该反而会很享受。而阿涅丝呢，她什么都明白。她一直在努力做到不露声色，同时要加倍与那些最坏的对手搞好关系。

对于“美丽夫人”的封号，她也毫不卖弄。然而，这个名字具有双重的挑衅，因为这既是贵族的象征，也是对她美貌的嘉赏。她带着这个封号，就像身着华服：既高兴又自然，绝不显摆，也绝不掩饰。

因为她要出席南锡和沙隆的庆典活动，所以还没有及时入住城堡。在“漫步”活动之后不久，她决定到城堡去看看。出乎我的意料，她要带着我一起去。

现在，我才初次领教她的机巧。这些礼拜以来，她刻意对我毫不在乎，甚至表现得非常冷淡，所以要我陪她出行，就连嫉妒成性的国王也并不反对。再说，因为要彻底装修城堡，我到现场看看有什么需要，这也符合逻辑。

我们在一队兵丁的护卫下出发了。其实我们一行也就四个人，阿涅丝只带了个随身丫鬟，我也只带了马克。本来我还有些犹豫是否要带上马克。我知道，如果带上他，我就得忍受他心照不宣的眼神和窃笑。如果碰巧倒霉，阿涅丝领会了其中的深意，她可能会认为我这个人俗不可耐。最后，我还是带上了马克，但是要他慢腾腾地跟在后面，注意保持距离。

其实这只算是一次短足，阿涅丝是骑马高手，就是长途跋涉也完全不在话下。连续两天天气都不好。她却兴致勃勃地冒着雷雨快马加鞭，让随行护卫战战兢兢。他们都带着兵器，追赶起来碍手碍脚，所以我们常常落得清净，独自走在前面。我觉得，在宫中女子的面纱下面，我看到的是另外一个人。她生机勃勃，甚至有点生猛。有时候，她的眼睛里闪烁着让人担忧的火焰。雨水乱了她的发饰，花了她的红妆。她的身上散发出一种野性的活力。她偶尔看我时的眼神，她银铃般的欢笑，她抿着被冷雨浇湿的嘴唇的样子，这一切都让我想入非非。我又找到了初见时的那份熟悉，那份震撼。然而，我却不知道该怎么想，更不知道该怎么说。

一个阳光灿烂的日子，我们穿越了文森地区。进入美丽堡的时候，我们似乎还没有从淋雨的落魄中恢复过来。跨过城壕上的吊桥，走进城堡那会儿，我们看起来就跟一群流浪汉差不多。

临近黄昏，我陪着阿涅丝参观美丽堡。英格兰人没有进行任何维护，但是幸好他们也没有洗劫。房间里非常阴暗，我打着火把。在查理五世的图书馆里，成千上万册书籍码得整整齐齐，在火光的照耀下熠熠生辉，从昏暗中投射出金色的光彩。城堡中间的方形塔楼共有三层。“福音传道者”大厅装饰着巨幅油画。“喷泉之上”大厅从查理五世去世以来就没有改变过。儿子还没有得疯病之前，他喜欢与巴伐利亚的伊莎贝尔一起来这里闲住，度过了一段幸福时光。他封闭了老国王辞世时待过的那些阴森凄切的房间，专门收拾出一层楼，供夫妇二人居住。阿涅丝在这层楼为自己挑了个房间，然后让我住进另一个房间，中间只隔了个小平台，上面摆放着一组大橡木柜子。她命令随行人员统统住在底楼，跟当年查理六世的做法无异。她的丫鬟身材高大、满面春风，但是沉默寡言。阿涅丝似乎有意选了她，因为她为人少了些可恶刻薄。与女主人分开住，她也没有任何问题。这倒正中马克的下怀，方便他接近这位年轻女子。这一次，轮到我朝他诡秘地笑了。

天黑之前，阿涅丝让我登上塔楼顶部：森林的高处，一览无余，视野开阔，甚至还依稀可以看到西边巴黎上空的炊烟。在宽大的垛口前，我们将胳膊肘撑在粗糙不平的石头上，肩并肩地站着。黄昏时分，周围一片宁静，我却压抑不住内心的躁动。我可以感受到阿涅丝的呼吸，可能因为爬了一路楼梯，她微微娇喘，要不就是因为心情激动，我倒是发疯一般地期望实情果真如此。但是，没有任何动作可以让我猜透她的心思，我也比以前任何时刻都更加警惕。我们就着暮色下得楼来。马克给我们上了宵夜，就在我们这层的一个房间里用餐，在英格兰人占领期间，这里可能是指挥部大厅。中间的桌子很小，大概还是查理六世和伊莎贝尔时期的旧物。英格兰人在桌子四周摆放了很多椅子，用来召开秘密军事会议。

在来的路上，阿涅丝和我已经说了很多话。我们发现，她这个皮卡第人，我这个贝里人，居然都对意大利有着共同的爱好。她跟随洛林的伊莎贝尔在意大利待过好几年。因为伊莎贝尔，她结识了很多艺术家，他们还一直保持着通信来往。

在户外骑着马，当着丫鬟的面聊天，内容当然不能太私密，虽然在我看来，阿涅丝说出的每个词语都具有情感的重量，都饱含特别的深意。她给我谈了很多她的家庭出身和教育情况。她出生在贡比涅地区一个小领主家庭。这个小领主属于波旁家族，因为有与安茹家族结盟的公爵从中斡旋，阿涅丝很小就来到了洛林的伊莎贝尔身边。这位夫人活力四射，很有教养，她对阿涅丝影响很大。阿涅丝给我讲的内容，我都已经知道，丈夫在第戎战败投降之后，伊莎贝尔将勒内的封臣召集到南锡城堡，令他们当面发誓效忠。后来，可怜的战俘得以幸运继位，登上了那不勒斯、西西里和耶路撒冷国王的宝座，伊莎贝尔则赶赴意大利，接管了这份遗产，同时等待他获释归来。她勇敢地保卫自己的财产，变卖了首饰和金银器皿，调动一支军队去对抗阿拉贡国王。她可比勒内机智多了，可怜的勒内刚刚获得自由，就急于求成、功亏一篑。这段插曲已经广为人知。但最有意思的是我发现了它对阿涅丝的影响。洛林的伊莎贝尔除了让她具有文化、富有修养之外，作为一位自由、勇敢和强势的女人，也成为了她的典范。阿涅丝尤其欣赏她那种深刻的、全心全意的爱，因为她对勒内是真心倾慕，但同时她又非常独立，能够独自采取行动。时运不济，阿涅丝没有条件完全效仿伊莎贝尔。但是，我预感到——后来也确实得以验证，她身上培养起了同样的品性，而且她懂得让其发光。

到达城堡的第一天晚上，用餐的时候我们几乎默不作声。最后一步非常漫长。这里是王家宫闱禁地，这里的房室见证过死亡与爱情、失败与复兴，这一切都让人感到焦虑。虽然房间不大，加之重重帘幕也可以隔音，但奇怪的是我们依旧害怕，仿佛置身于高大而又空荡的穹顶下面似的。

用完宵夜，彼此道过晚安，我们就回房间了。我让马克送水上来，然后慢慢地梳洗，好洗去这一路风尘，洗去汗水和马匹混杂的怪味。只听见对面也在来来回回地走动，这说明阿涅丝也在干同样的事情。后来，仆人们都下楼去了。在楼道里，阿涅丝的丫鬟发出咯咯的笑声，这大概表明，还没有回到楼下，马克就迫不及待地开始对丫鬟动手了。

终于，城堡里一切都归于寂静。

既疲劳，又瞌睡。我躺在床上，若有所思地摩挲着亚麻床单，决定不再点蜡烛。我回味着旅途的所有细节，阿涅丝的所有表情。我思索这次旅行、她让我紧挨着她住下的这份信任，这一切该如何解释。她国王情妇的身份，我对她的爱慕，我们彼此心心相印的感情，担心这样发展下去立马见光死的恐惧，这一切都在我心中打上了千千结，重重心事既矛盾又撩人，只有阿涅丝才是唯一的解铃人。

片刻之后，夜深人静，当她走进了我的房间，做的正是这事。

这一夜已经过去了十年，而她也离开了七年。我从来不曾对人提起过。然而，一切都是那么刻骨铭心，清晰宛然。我记得每一个动作，每一句话语。今天，将其诉诸笔端，我有着奇怪的感觉，既享受又痛苦。感觉有点像与她在一起重温这些时光，然而她已经永远地缺席了。

她推开门的时候，我有点诧异。我事先并不知晓，但我一直在期待。一切就这样发生了，无声的默契，心领神会。她端着铜烛台，烛光映红了她的脸庞。她的前额显得前所未有的宽阔。一头金发散落下来，一直垂到肩头，让人非常惊艳。她一语不发地走了进来，朝着我微笑，来到我的床前。她在床沿坐下来，将烛台放到了床头柜上。我也大着胆子掀开被单，她钻了进来，在我身边躺下。也许是因为她蜷缩在我臂弯里的缘故，突然，我觉得她的身子非常娇小，就像孩子似的。她的双脚冰凉冰凉的，还有点哆嗦。

就这种姿势，我们保持了好长时间。外面万籁俱寂。只听见晚风轻敲着楼上的窗户。我感觉像是捕获了一头母鹿，在经历了长时间的追赶、逃命之后，它已经慢慢地恢复了平静。她看起来那么纤弱，那么弱不禁风，虽然是软玉温香抱满怀，虽然她的头发散发出幽香阵阵，虽然她与我肌肤相亲时缱绻温柔，我觉得自己身上的欲望还是在逐渐消退。想保护她的愿望太过于强烈。这想法击退了所有占有她的欲望，似乎占有她的任何东西——更不用说她的全部——都是不可承受的背叛。

终于，她伸直了腰身，抓过一个枕头靠在上面，和我拉开了一点距离，看着我。

“一见到你，我马上就信任你了。”她对我说。她眼睛睁得大大的，盯着我看，打量我的脸庞，观察我最细微的表情。我朝她笑了笑。她却一脸严肃。

“为什么？”我说道，“我不过就是个男人嘛。跟其他男人没有什么两样。”

她突然大笑起来，我看见她洁白无瑕的牙齿。随后，她又平静下来，温柔地捋了捋垂到我前额的一缕发丝。

“不，不！你不是个男人，不管怎么说，不是一个像其他男人那样的男人。”

我不知道应不应该把这句评语往坏里想。她是否误会了我对她的尊重？她可能会觉得，我没有欲望，对她无能为力。我还没来得及表示不满，加以反对：她一下子伸出双臂，在卧室的黑暗中，微笑着，直视着前方。

“他们跟我说起过御用监总管……这是个严肃的职位，我以为官拜该职的人，大概是位刻板的先生。然后……我见到了你。”

她朝我转过身来，又开始笑。

“不是一位刻板的先生，而是一位天使。一位迷失的天使。你就是这样：从月亮堕入凡尘的造物，命运弄人，你担任起重要的职务。你一直都很努力，为的是要让人相信，你可以胜任自己的位置。”

“你就是这样看我的？”

“难道我错了吗？”

为了做做样子，我还是为自己辩白，说我如何刻苦工作才获得了已经拥有的东西，我试图说服她，我很严肃。但是，我并没有坚持太久：她看到的我就是真实的我。我所扮演的官方角色与我的欲望和梦想世界之间的差距，谁也不曾如此迅速、深刻地领会过。

“我害怕，”她突然尖叫起来，“你知道我有多害怕吗？”

她朝我俯身过来，用胳膊搂住我的脖子，将头靠在我的肩头。

“能说出来真好。我没有人，你理解吗，没有人能袒露心扉。”

“国王呢……”我斗胆说道。

她突然直起腰身。

“还不如别人呢！”

“你不爱他？”

准确地说，这不是我们的话题，但是必须提出这个至关重要的问题。阿涅丝耸了耸肩。

“我能怎样呢？”

有一刻，她视野模糊，眼前恍若闪过很多不为人知的可怕意象。随后，她又恢复了镇定，更加心平气和地继续对话。

“我必须与所有人斗争，随时都要斗争。就这样。你难以想象，我是多么地受用，如果有一刻能够放松，有一刻能够自由地对话。与一位天使。”

她朝我调皮地看了看，我们大笑起来。我觉得与她之间有着难以置信的熟悉感，仿佛与亲姐妹重逢。我想，她也是迷失的天使，我们大概来自同一星球，来自太空中的某个地方。

随后，阿涅丝开始给我解释她的计划。一切都那么有逻辑，那么缜密。在这位表面上毫无敌意的宫廷女子背后，在这位对国王又崇拜又温柔的情妇背后，在这位来自安茹阵营的弱不胜衣的女子背后，隐藏着一个清醒、果断的女人，她有着强大的生存能力，有着卓越的智慧，可以找到各种办法保护自己的利益。

“走到现在，”她说，“我也是没有办法。我只能做国王的情妇，而且我必须专擅其宠。此前的女人，还没有谁享受过这种待遇。那时候，国王还很害羞，他们之间的关系也只是悄悄的，或者说是谨慎的。现在，他全变了。他把我捧得太高，因而谣诼不断，要是我被抛弃了，绝对活不下去。如果他找了新的情妇，敌人就会觉得我失去了保护，他们会杀了我的。”

“但是，他为什么要换情妇呢？”我安慰她道。

事实上，这是我自己的想法：有这样的女人当情妇，对一个男人来说，可谓五福骈臻。同时，一想到另外一个男人如此幸运，我就心如刀绞。

“在这点上，我一点都不信任他。”她干脆地说道，“我知道，安茹的查理一直想讨好他，不停地给他介绍女人，想要取代我。”

“这就打错算盘了。你难道不也是他们家族的人吗？”

“越来越不是了。国王对我的宠信让我越来越独立。我拥有的金钱，他赐给我的土地，使得我可以不再依赖安茹家族而生存。他们一直在利用我。这一切该了结了。”

提起困难的时候，她少了些温柔，多了些忧虑。有一刻，她直起身来，对我说道：

“我饿了。到餐厅去吧。”

“你认为他们还会留东西吗？”

“丫鬟知道，我每天晚上都要起来吃东西，她始终都会为我准备一盘水果或糕点。”

她站起身来，我跟着她。我们只穿着衬衫，在黑暗的屋子里小心地往前走，就像两个孩子似的。阿涅丝拉着我的手。我们打开小餐厅的门，果然，餐桌上有一个锡盘，里面装满了红香蕉苹果。她啃了一个，我陪着她。我们将两把椅子靠到一起，肩并肩地坐着。阿涅丝的一条胳膊肘撑在桌上，身子转过来，将大腿放到我的腿上。

“我怀孕了。”她心不在焉地对我说，又挑了一个苹果。

“好事啊。这可以把国王拴得更紧。”

她耸了耸肩。

“恰恰相反。他有王后为他生儿育女，我这种状态只会制造麻烦。我尽量瞒着他，能瞒多久是多久。目前，唯一的结论就是我必须得赶快行动。”

“行动？”

她把苹果核放到桌上，用手背揩了揩嘴。她披着头发，露着前胸，歪歪扭扭地坐着，胳膊肘撑着破旧的桌子，这副模样就像个酒馆女郎，像个性感、粗鲁的女汉子。宫廷女子的谨严荡然无存。我非但不害怕这一变化，反倒真正地感到开心。因为我意识到已经进入她不轻易示人的真实世界里。她跟我谈话的时候，那种信任感就像在自言自语一样。而我呢，已经习惯了掩饰，习惯了孤独，现在我却突然奇怪地觉得，我可以什么都对她讲，可以向她袒露我真实的灵魂。

“是的，行动。一切已经就绪，我的科尔[①]。”

---

① 此处一语双关，既是甜心，又是科尔。

她突然笑了，用手捧住我的脸庞。

“瞧，我以后就这样叫你。我不喜欢叫雅克。以后，你就是‘我的科尔’。”

她噘着嘴，吻上我的嘴唇。这是纯洁的吻。

“你是说，行动？”

她站起身来，走过去打开身后的壁橱。她取出一壶水，两个杯子。

“该是抑制安茹家族影响力的时候了。”她肯定地说道，那语气就像法官宣判一样断然决然。

随后，她继续说道：

“再说，皮埃尔·德·布雷泽也同意呢。”

我知道，她和宫廷总管大臣的关系很好。突然，我心头顿生醋意。他们是不是也同样亲密？如果说她与国王的亲密让我伤心不已，那么她与布雷泽的关系则让我愤怒发狂。她笑了笑，猜出了我的心思，又在我旁边坐下来，摩挲着我的手。

“不是的，我的科尔！皮埃尔只是朋友，我没有把他当成哥哥，跟你不同。因为他不是迷失的天使。他是个正直善良的男人，但也只是一个男人，仅仅是一个男人。他可能有些粗暴，他的过去也证明了这一点。我们之间是真诚的友谊，但是我得抑制他那武夫的热情。这不影响我们达成共识。让国王和国家好，这符合我的利益，也符合布雷泽的利益。查理打败了英格兰人，也降伏了诸侯。要真正自由，要成为伟大的国王，他还有最后一道障碍：必须清除手握权柄、越俎代庖的安茹家族。”

“但是，布雷泽拥有的一切，还不是多亏了安茹家族。”

“他对国王比对谁都忠诚。他的意见是，安茹家族的势力已经很危险了。他们正在编织网络，等他们露出真面目，一切都太晚了。”

“你们打算做什么？”

“我让皮埃尔选择时机、确定方法。几年前，正是他让国王摆脱了可怕的拉特雷莫勒。这种雷霆手段，他很擅长，连国王都怕他。”

“那他什么时候出手呢？”

“他在等待时机，就快了。这期间，我们每个人都要尽量让国王提高对安茹家族的戒备心理。在这方面，我们最好的盟友就是可怜的勒内。他越是炫富，越是志满意得，便越会激怒查理，让查理更加害怕。”

阿涅丝的理由让我信服，我也认为必须不惜一切代价削弱诸侯的势力，哪怕得势的只有某一个家族。对于阿涅丝和布雷泽的反戈一击，我一点都不诧异。安茹家族毫无羞耻地利用他们，需要的时候，又毫不犹豫地清除他们。他们的行动是为了自保。唯一让我觉得尴尬的事情，也关系到我对阿涅丝的信任：她怎么可以心安理得地背叛大恩人洛林的伊莎贝尔呢？我径直问了这个问题。她的回答，生猛得有如被逼急了的动物。

“当这个家族的男人把我介绍给国王的时候，”她唾弃地说，“当他们把我像牲口一样卖给他的时候——虽然我是无辜的，伊莎贝尔曾尽力保护我。在她与小叔子之间，有过很多激烈的争吵。但是，她的丈夫一直都很懦弱，不支持她，她只得让步。我们哭了整整一晚上。她搂着我，让我发誓，有朝一日要报仇雪恨。我不知道她是什么意思，但是我发了誓。今天，时间到了。我不仅没有背叛她，实际上，我遵从了她的意思呢！”

说到这里，她站起身来，拉着我的手。我们回到了我的卧室。她重新依偎在我的怀里。

“他们什么时候把你介绍给国王的？”

“两年多前。跟查理在图卢兹初逢的时候，我十九岁。那时我跟今天很不一样。两年时间，我学到了很多东西。”

一阵沉默，我感觉她在叹气。然而，在她入睡之前，我执意又问了一个问题。

“嗯……”我有些迟疑地问，“你对我有什么期待？”

她笑了。

“没有，我的科尔。你别操这份心。你带给我的东西是无可替代的：只有和你在一起，我才能自由地聊天。这是我和布雷泽共同的计划，但是除此之外，我很少有可以向他倾诉的事情。我很小心的。你呢，你是我的哥哥，我的朋友。”

“你怎么就相信，我不会背叛你呢？”

她摸了摸我的脸颊。

“我了解你，就像了解我自己。我们是碎成两块的同一颗星星，有一天，我们掉到了地面上。你不相信这种事情吧？这可是上帝亲口告诉我的。”

“上帝？”

“我祈祷的时候，他对我讲的。”

她用胳膊肘撑着直起腰身，严肃地看着我。

“别告诉我说，你没有信仰！”

“说实话……”

“闭嘴。你又骄傲，又无知。”

她笑了，把头枕在我的肩头。我觉得她睡着了。

“如果我们就这样被人抓了现行……”

“早上，只有我叫丫鬟的时候，她才来见我。”

她又打着哈欠说：

“再说，谁怕她啊。”

片刻之后，她就沉沉睡去。我一夜无眠，面对这个突然闯入我生活的娇小的人儿，我思绪万千。她那么主动，那么温柔，那么熟悉，那么神秘。我心潮翻滚，心乱如麻。我心中充满了矛盾的感觉。我害怕占有她，害怕背叛国王，也害怕辜负她对我的信任。同时，我又傻傻地觉得有几分罪恶感，因为表现得不够主动；她会不会认为我的冷淡是出于蔑视？所有这些又痛苦又荒唐的想法，最后都被我一一排除，我毫无保留地投入到货真价实的幸福之中。毕竟，我不缺少享受肉欲的机会，我永远都欲壑难填。抛开这一切，我缺少的是友谊，就像天造地设的夫妻之间可以建立起来的那种情感。阿涅丝给我带来了信任、真实、纯朴，这是我和她都需要的东西。这种从天而降的关系，让我感受到无尽的快感，我决定，不管发生什么，我首先都要保全这份信任。至于别的，至于这份友情的形式……再看吧！

我们在美丽堡待了五天，整整五天五夜，我们形影不离。阿涅丝对我无所不谈，谈她的童年岁月、她的担心、她的梦想，而我呢，人生第一次，我终于可以敞开心扉。我从来都不能向玛茜倾诉我的怀疑，我的异想天开。阿涅丝却什么都可以理解。如果有些东西我没有提起的话，那是因为我可以确信，她早已心领神会。

就这样，开始了我们之间奇特的爱情，这些年来，在这个世界上，阿涅丝一直是我最珍贵的人。在我们的关系里，肉体并没有缺席，我们喜欢感受身体的厮磨，在我们之间，柔情万种无非就是抚摸和亲吻的快感。然而，在很长时间里，甚至一直到生离死别的时刻——我希望后面还有时间提及，我们都没有发展成情人。仿佛我们都心知肚明，一旦跨越这条鸿沟，我们就将进入另一个空间。在这个空间里，我们之间的其他关系都将化为乌有。因此，这种没有满足的欲望，超越了鱼水之欢，它将照耀我们所有的举动、所有的思想，将赋予我斗胆称之为爱情的我们之间的感情以一种无与伦比的强度、一种无法效仿的色彩。

我再也不离开宫廷了。我需要待在阿涅丝身边，需要与她交流，哪怕是一个眼神也好。在国王身边生活，就必须万分谨慎。查理总是疑心重重，我们要尽量不引起他的怀疑。这就得假装冷漠。有时候，很多天我们都不接触，要见面也得提前精心安排。我全盘告诉了马克，实际上我不需要这样做，因为他什么都清楚。阿涅丝用的还是那个丫鬟，跟她一样也是皮卡第人，来自她家隔壁那个村子，算是她的心腹。有时候，一个星期里，下午或者晚上，我们可以有两三次长时间的约会。但是，有时候，一个月或者更长时间里，我们连面都见不上。当然，我说的是私下的约会。因为，在公开场合，见面和说话的机会也不算少。

在美丽堡谈话之后不久，就发生了阿涅丝所说的革命，我们见面也更加频繁。布雷泽一向八面玲珑，但他知道从什么时候开始就没必要再左右逢源了。一旦确定国王已经做好准备，他马上就撕掉了面具。他说安茹家族正在筹划新的阴谋，自己已经掌握了证据，现在十万火急，必须采取行动。应他的请求，国王驱逐了好几个跟安茹家族走得比较近的领主，又命令勒内回到自己的封地。至于他的兄弟，布雷泽则好言相劝，说如果他继续把持内阁的话，就会面临被暗杀的风险。安茹的查理也知道总管大臣神通广大，于是再也没有现身。

就这样，短短几天时间，国王就摆脱了安茹家族，既没有大呼小叫，也没有暴力行为。一下子，他身边焕然一新，大领主从此无影无踪。

因为这些变故，我的地位也发生了变化。此前，跟其他市民一样，鉴于我对宫廷的效劳，我也被允许参与内阁会议。现在，安茹的查理离开之后，我身边环绕的都是其他市民或小贵族，正如布雷泽。现在，他是内阁中最有权有势的人物。我们以他为核心组建起一个小群体，当然主要看的是能力而不是出身。奇怪的是，因为这些人大多没有显赫的门第出身，所以就只有从数量上来加以弥补，他们往往成双结对地入阁拜官：因此，我们中间就有了朱维纳尔兄弟、科埃蒂维兄弟、两位布洛。

在这种转变中，阿涅丝可谓一箭双雕。一方面，安茹的查理将她献给了国王，同时还准备同样残酷、草率地继续为国王物色新宠。从此，这个人销声匿迹了。另一方面，尤为重要的是，现在大部分内阁成员都是她的朋友。此外，她还可以对国王施加影响，完全可以扮演最重要的角色。这免不了会招惹危险。与刚刚同国王交往的时候相比，她的权势也更加惹人嫉妒。王太子很讨厌她，把她视为对手——这也不无道理，她对国事的影响甚至超过了他本人。但是，阿涅丝自己也清楚，她面临的最大危险还是国王。

虽然国王改头换面，但骨子里的反复无常、可恶残忍依旧如故。纵然阿涅丝面面俱圆，而且每天都在细心观察查理的心理状态，但她还是不放心。她一直在用心竭力地讨他欢心，给他惊喜。正如她向我说的那样，她最怕的就是怀孕。怀孕会让她体态臃肿，虽然她想方设法地加以掩饰，但等到最后分娩的时候，还是不得不短暂地缺席，这也是很危险的。对她来说，不幸的是，查理继承了瓦卢瓦王朝的气质，具有强烈的欲望和活力。他让阿涅丝和王后几乎难分伯仲，一直在忙着怀胎生育。然而，两个女人之间也有很大的差别。王后公开地忙着妊娠。从床上到长椅上，她总是故意让人看见自己恶心、浮肿、胃口好。对她来说，生产就是胜利，那时候，整个宫廷都会注意到她的存在，国王还会为她奉上精美的礼物。对于阿涅丝来说，怀孕则是一种隐身的状态，这期间，她需要加倍护理和照料自己的身体。她要抹白铅粉膏，好盖住脸上的孕斑。至于怀孕的其他效果，她要将其发挥到极致，比如乳房的胀大。她注意到国王对这个小细节饶有兴致。裁缝也不知廉耻，做了低胸系带装，可以更好地突出上围，随着时间的推移，衣服上的系带越来越松，胸部曲线也展露无遗。

至于分娩，我从来就不知道在什么地方。阿涅丝会消失差不多一个礼拜，回来的时候，大家都夸她气色好。她生下来的女孩儿，从一开始就被寄养到朋友家里。科埃蒂维家就收养了两个。

我们还是马不停蹄，东奔西走。大家都知道，国王不喜欢巴黎，他从来就不想在那里定都。他喜欢在国内巡游。这种萍飘蓬转的生活，让我们觉得新奇不断。从一个地方到另一个地方，我们也不会形成固定的习惯。因此，始终都可以看到新鲜的风景。我们的生活充满了惊喜。我们在不知名的道路上迷过路，也曾四处敲门才最终找到要去的房间。夜晚的宴饮，也曾让很多沉睡的宅院重新苏醒。

尽管潜意识里总有嫉妒和恐惧的成分，但是在生活里，我们一直都心情大好，况且阿涅丝一向擅长营造这种好心情。如今，国王决定以大胆替代曾经的腼腆，这种大胆甚至近乎挑衅，他公然地将情妇安插在王后的随身侍女中。这种近距离接触很可能会酿成悲剧。但实际情况恰恰相反，两个女人相安无事。王后也有所改变。现在，她腰包鼓起来了，还要我协助她打理生意。她开始销售葡萄酒，还贩卖布料到东方，再用赚来的钱购买宝石。她悉心打理着王室驻跸的城堡，对于装修楼宇和花园，她也颇有品位。

有阿涅丝承欢御前，王后也多少得到解放，因为查理播撒龙种甚勤也给她带来了诸多不便，加之很多孩子早早就夭亡了，她更是时常服丧。她似乎终于达到了一定的年纪，现在，在母亲和妻子的身份背后，她也是一个女人。阿涅丝以自己的方式帮助她实现了自己。因此，王后没有任何理由对这种境况心生怨望。

应该说，在这种新生活来临之际，国家已经进入一个富足、奢华的时代，一切都更加简单，一切都更加舒心。当然，为了点燃这熊熊火焰，对我的请求也纷至沓来。我将御用监的所有财富都投入其中。这些财富一直在不断地增长。我们在生意上的努力也开始大规模地开花结果。我们曾花费那么多时间建立起商业网络，让货源朝我们流动，如今这已然是江河之势。宫廷为我们托底，进行定期采购，支持我们的生意，成果就是无可匹敌的财富，更何况还有我发放的贷款作为基础。

女人们不会错过任何抛头露面的机会，她们要竞相炫耀新的首饰。帽子变得硕大无比，长裙的后摆越拖越长，胸前的领口越开越低。珠宝首饰奢靡华丽；最普通的长裙也是丝绸质地。阿涅丝总想引领时尚。这让国王的任务更加艰难，也让我的工作更加幸福。因为，查理每周都要变着花样为她送礼物，总要找稀奇的物件、独特的首饰，只有这样才能让挑剔的情妇满意。当然，他只有找我才能达到目的。我使尽了浑身解数，这是国王的期许；我还投入了全部的爱情，这是他难以猜测的内容。每当收到国王赠送的罕见的首饰、东方的丝绸、异国的宠物，阿涅丝都知道，这是我为她精心挑选的。这算是小小的背叛，但并没有伤及任何人，而且让我们皆大欢喜。

支持文艺活动也给我提供了机会，让我可以接近阿涅丝，可以大张旗鼓、毫无风险地与她互通款曲。有了和平，有了财富，法兰西宫廷也开始醉心于创造与美。此前，只有勃艮第地区较为富庶、和平，有余力发展文艺活动。查理最终明白，他必须迎接这个挑战。这也让他多了一条理由去关注意大利和东方。英格兰曾经吸引了查理太多的注意力，但这种野蛮人之间的面对面只会带来破坏与暴力。至于优雅和新颖的杰作，则需要到别处去寻觅。

阿涅丝深谙意大利文化，于是开始引导他、鼓励他。我也通过代理人网络运来艺术品，如果他同意的话，还可以请来艺术家。画家富凯从意大利回来，受到内阁成员艾蒂安·舍瓦利耶的接纳和保护，还为保护人画了肖像。我见过这位画家，阿涅丝知道后让我给她介绍。

那时富凯还很年轻，身材矮小，始终脏兮兮的样子，喜欢在酒馆里消磨时日，跟酒鬼一起赌咒发誓。他手上总沾着颜料，穿一身破破烂烂的衣服。这一切都让人敬而远之；然而，他也有魅力、有能量，这都体现在他的眼睛之中。一双蓝眼睛非常清澈，闪耀着热烈的光芒，流转的目光异常灵活，随时都可以强势地盯住某个物体，在那上面融化，将其牢牢地抓住，浑如猛禽伸出利爪攫取猎物似的。我在想，他究竟会对阿涅丝施加什么影响。驻跸图尔期间，有一天，我负责安排他们见面。这家伙自作主张：他拒绝来城堡。他最多只能在画室接待我们。阿涅丝很开心，半开玩笑地跟国王说起这事。我一时有点担心，怕国王要陪她一同前往。但是，他最终没有去，我们独自上了路。又是一个幸福的下午。富凯的画室位于卢瓦尔河畔的一座小村庄里。两名伙计正在为他准备底色，研磨颜料。

一看到他，阿涅丝就顿生好感。应该说，在四壁画作中看见富凯，这是认识他的最佳方式。这些作品光彩夺目，静美闲淡，构图准确，色彩讲究，形式高雅，奇怪的是它们的作者居然如此不修边幅、邋里邋遢，作品与他的真实生活完全两样……尤其是他的肖像作品，其笔下人物似乎被置于一个别样的空间，似乎被从真实的世界里剥离出来，然后在梦想的场景中得以重构。阿涅丝和富凯都具有同样的能力，可以让人物超乎表象，可以参透人物之间隐秘的关联。他们两人一见如故，却并不像恋人，也并不像我与她之间独有的兄妹关系。他们俩更像是惺惺相惜的魔术大师，是蛮荒部族所谓的巫师。除了这种共情之外，还有富凯对美的敬畏，在阿涅丝面前，他佩服得五体投地。

看得出来，他梦想着要为她画幅肖像，而且准备不达目的不罢休。她请他先给国王画像，他表示同意，这让我很是诧异。他本不喜欢宫掖禁地，但还是跟着阿涅丝来到了城堡。在那里，他为查理画了肖像，大家都有幸亲眼目睹过这幅画，或者至少都有过耳闻。在国王面前，富凯表现得规规矩矩，大概是害怕惹阿涅丝不开心。如果说他对君主的厌恶可以深藏不露，那么在画作中，他的心思却昭然若揭。查理的肖像画展现了属于他的品性：嫉妒、恐惧、残忍、戒备，一个都不少。幸好，富凯的作品有一大优点，那就是总能够讨模特的欢喜，即便是展现他们不好的一面。

我付给富凯薪金，让他留在宫中。就这样，我和阿涅丝开始了对文艺事业的长期支持。跟我一样，她也了解意大利风尚，也希望将其移植到法兰西。在我们看来，勒内国王及御用艺术家的做派早已经不合时宜。我们都觉得应该让艺术独立生发。我们应该鼓励艺术家走自己的道路，而不是强迫他们讨我们的欢心。她对王后的评价就很严苛，指责她霸占了一名画家，让其专门为她的祈祷书作画。阿涅丝认为，即便我们也会让艺术家去装饰屋宇，也会举办晚会吟诵他们的诗歌，也会组织仪式演奏他们的音乐，但我们的初衷是为他们提供资助，是为艺术服务，而不是相反。围绕这一点，我们进行了很多讨论。在营建布尔日宫殿方面，我也深受启发。工程进展顺利，很快就要进入装饰阶段了。玛茜让我挑选艺术家，订购他们的作品。在这一点上，她对我很放心，她认为我有独特的艺术品位，加上我最清醒明智的年华都是在宫中度过，对时尚潮流更是如数家珍。

确实，我已经成为十足的宫里人。虽然我在国王身边的职务还是以御用监为依托，但是已经越来越不局限于此了。我说过，吉约姆已经接手打理生意上的事情。他与让一起主持和拓展整个北欧的代理人网络。他们忠实地向我汇报工作，我也很信任他们。但是，向意大利和东方扩展生意的棘手问题，我只得自己解决。通过与国王的接触，我的角色也更多了些政治色彩。

在内阁中，查理让我负责跟进地中海事务。至于东方，他鼓励我增加商船，与东方港口开辟定期的商务业务。在我的建议之下，他选择了拉拢埃及苏丹的政治策略。我为苏丹带去多封信函，还献上了珍贵的礼物，从他那里，我也获得了朝思暮想的各种方便，从而可以在他管辖的土地上做生意。我为苏丹运去各种货物样品，其中也包括穆斯林梦寐以求、但没有任何基督徒有权贩卖的商品——武器。给他们发送武器，我倒不觉得有什么不妥，因为他们并不与我们为敌，武器也不过用来对付正在入侵欧洲的土耳其人。然而，我知道，在为这位阿拉伯君主提供兵器的同时，我也冒了很大风险，给对手提供了口实。不过，这一切都得到了国王的许可（虽然后来他假装贵人忘事），我以为这便足够了……

为了与苏丹搞好关系，我不得不做出其他让步，这也加深了人家对我的仇恨。一天上午，在亚历山大港，一位年轻的摩尔人跳上我们的商船，要求改宗天主教，要奔法兰西而来。船长同意了。等他们返航回来我才得到消息，我召见了船长。因为苏丹对这次诱拐事件非常生气，所以我让船长将摩尔人遣返回去。这是一个艰难的决定，在粗暴与愤怒的表象下，我掩盖了自己的痛苦与无力。我见到了这个孩子：还是个十五岁左右的毛头小子，人家带他来见我的时候，他浑身发抖，一下子就跪倒在我的脚下。船长告诉我说，如果要将他遣返埃及，他的身体与灵魂都将受到审判：他必死无疑，但在此之前，那些人还会逼迫他发誓弃绝上帝，尽管他已经接受洗礼，上帝也接纳了他。我没有让步。年轻人回去了。我给苏丹写信，请求他多多宽容，但是我知道，他一定会置若罔闻。

这是我人生中最痛苦的时刻之一。后来，这件事情让我成为众矢之的，但是远远赶不上我心中的这份自责。在梦中，我时常看见孩子那黑黑的眼睛，他的呼求声也曾经多少次在睡梦中将我唤醒。这真是出乎我的意料：我没有想到，有一天，为了自己的抱负，我必须付出如此大的代价。

不管如何，我还是保全了与苏丹的友好关系。因此，我们才可以你来我往地与东方继续做生意。这种与穆斯林君主的特殊关系也让我在地中海上获得了其他支持，尤其是罗得岛骑士团的支持。这些僧侣骑士在克里特岛登陆，试图从苏丹手里夺取岛屿。苏丹派出了强大的舰船予以反击，骑士们的处境极其不利。骑士团首领请求我代为说情，我也游说成功。因此，我得到了骑士们的宝贵支持，在东方航行必然有用得上他们的时候。

我不想出海，不想再次历经各种危险，亲自处理这些事务，再说国王也不希望我久离宫廷，他已经习惯了我伴驾左右。因此，我主要依靠信使或代表团来实施行动。为了跟踪这些问题，我物色了一名年轻的贝里人，他的名字叫伯努瓦，与我的一位侄女结了亲。

但是，在意大利事务上，我还得亲自出马。

国王要我跟进意大利半岛事务，首先就是关注热那亚局势。那边很久都没有什么新情况了。但是，一天上午，信使从普罗旺斯带来一条惊人的消息。一艘载着热那亚大人物的船只抵达马赛。在这群热那亚人中，有多利亚大家族的一位成员。而幕后操纵此次行动的则是弗雷格索家族中的一员。他给国王写信求援。他想获得资助，好组建一支军队，然后重新征服热那亚。他还保证说在那之后要让该城邦归顺法兰西国王。

我早就提醒过查理，热那亚城动荡不安。他也懂得获取这个地方的重要意义。在整个东地中海，热那亚都开设有商行，它的工业也名声在外。机不可失。

对于弗雷格索的建议，国王的反应非常热烈。哎，对于这些意大利领袖，他可没有切身的体会，他们不过是虚张声势罢了，国王还以为他们有多了不起呢。热那亚人的信件虚荣到顶，几乎让人觉得他是流亡朝廷的统帅。我让国王留点心眼。我太了解这些投机分子了。这很有可能是一群无赖，当然不能惹着他们，但是他们绝对配不上王家的礼仪。查理充耳不闻。他组建起使团，由兰斯大主教担任团长，成员中有三十年前在巴黎屠城期间对他有救命之恩的侍从、已经上了年纪的唐吉·杜·沙泰尔。他让我率领这群大人物。我们南下马赛，所过之处，人家看到这阵势，还以为我们是去迎接拜占庭皇帝呢。热那亚人大概早早得到了消息，都穿得衣冠楚楚，还把我们安顿到一位意大利商人的府上，接待很讲排场。兰斯大主教经常将权力与仪表风度混为一谈。热那亚人的高雅着实愚弄了他，他们无非就是脸皮厚到可以泰然自若，而他却以为这是贵族气质。我比他更了解意大利的风俗习惯，只消看一眼，我就知道这是一帮骗子无赖。他们不仅想从我们手头获得资助以夺取他们的城市，而且从第二天早上开始，他们就希望让我们管吃管喝。我想尽量提醒大主教，但我很快就明白过来，不可能让他改变主意。

就这样开始了可笑的谈判。最后还签署了非常庄重的协定，一方是法兰西国王，另一方却一名不文，因为签署这份协定的人只能代表他们自己而已。他们承诺，一旦主政，就会让热那亚归顺法兰西。我们的全权代表们满意而归。他们让我留下，负责给这帮阴谋家提供帮助，招募军队，策动远征。

弗雷格索也清楚，他的这些把戏并没有让我上当。使团一走，他马上就跟我走得很亲密、很直接。不管如何，他不能一直瞒着我真相：这帮谋反者一无所有。这人可爱、喜庆，会生活，慷慨大方。然而，不管是他的天性，还是他一开始就给自己套上的那副面具，我都不会再相信了。在意大利，我遇到过很多这样的人，他们敢闯敢干、巧舌如簧、很有魅力，但总是今天一套，明天一套，让人摸不着头脑。在这些城邦里，发生了那么多次革命，那么多次改旗易帜，背叛也就成了家常便饭。变节求荣这件武器，大家都得意洋洋地背在身上，就像腰上佩着宝剑那么自然。弗雷格索似乎无所不能，后来证明这确实不假。

靠着我提供的资金，热那亚人在尼斯建立起司令部，这期间，我到蒙彼利埃去了一趟，要打理那边的生意。等我回来的时候，他们还没有什么大的进展。我觉得，可能还需要很长时间才能发动远征。我在当地安排好代理人，然后就到什农去入朝觐见了。

有件事情，后来被人抓住指控我背叛，现在是该解释一下的时候了。确实，在为弗雷格索准备远征的同时，我还与阿拉贡的阿方索保持着联系。他支持热那亚当时主政的派别，也就是那帮流亡人士反对的党系。我已经说过，很久以来，我都为拥有阿拉贡国王的友情而倍感荣幸，他后来还当上了那不勒斯国王。因为这份友情，阿方索国王会定期给我提供安全通行证，在他那些海盗船肆虐的水域，我的商船可以自由航行。

我需要他，也需要热那亚。随着时间的推移，对于自己要在地中海上完成的事业，我有了非常清晰的概念。这也正是我之前希望得到国王支持的想法。在东方，与我对接的是苏丹，为了让商船到达他那里，我必须获得这条水道沿线所有强权势力的支持：那不勒斯和西西里、阿拉贡国王的领地、佛罗伦萨和热那亚、教宗。另外，要自由穿行阿尔卑斯山脉，还需要得到萨瓦家族的帮助。

如果查理七世能够接过接力棒，成功地将影响力扩展到这些地区，那自然最好不过。我也做好了准备，愿意不遗余力地帮助他。但是，如果他做不到，我就必须保留自己的友情。因此，在热那亚，我的所作所为都出于真心实意，以便弗雷格索及其部众能够履行诺言。但是，我与另一边的联系也从来没有断线。再说也值得这样做。因为，最后，由我武装起来的流亡者确实夺取了他们的城市。但是他们马上就宣告，他们没有对法兰西国王做出过任何承诺。在最后一次旅行期间，我忠诚地想扭转局势。我督促国王采取军事行动。弗雷格索大概会害怕，可能会屈服。但是查理正忙于别的事情，无暇采纳我的建议。就这样我们丢掉了热那亚。幸好，我同两边都保持着友好关系，一边是弗雷格索，他很喜欢我，也觉得欠我人情，另一边是阿拉贡国王的追随者，就这样，我与热那亚的生意越做越大。

我知道，后来，当我辩解的时候，别人根本听不进我的意见。大家将我的立场与背叛等量齐观，与我承受的痛苦折磨相比，这更让我受伤。说实话，我只有自艾自怨，怪自己没有找到合适的词语来表达自己的信念。对于这些多少还怀揣骑士理想的人来说，领主的利益是至高无上的。既然我在为查理七世服务，那么从热那亚拒绝为他宣誓效忠的那一刻起，我就应该斩断与它的所有联系。他们很难想象，居然可以与国王的敌人保持友好往来。在我看来，这些观念已经造成了太多的不幸与破坏，人们不该再中规中矩地严格遵守。我相信——但谁会认同呢？——一种高级的关系会将所有人联结起来。商业这种再普通不过的事情，就是这种共同联系的表现形式。有了贸易，有了流通，全人类才能够被联系起来。在出身、荣誉、贵族、信仰以及所有人类创造的观念之外，还有毫不起眼的日常所需，如饮食、服饰、起居，这都是人类天然的需求，在它们面前，人人生来平等。

我与法兰西国王结盟，以支持我的事业，实现我的梦想。他给我支持，我为他服务。但是，他的统治只限于一时一地，而普天之下，人与物的流动却是川流不息，永无尽期。因此，当国王放弃那些我认为有益的事情之时，为了一心一意地为他好，我只有自己动手来做，只有通过别的办法，通过其他接头人，而这些人中很可能就有他的敌手。

命运弄人，今天我已经一无所有。在书写这些伟大行动的时候，我感觉非常地怪异。海岛上空正酝酿着暴风雨，刚才我感觉有雨点穿过葡萄架掉下来。我进到屋里，继续写作。就在挪窝的当儿，我心中突然生出个想法。它否定了我之前所有的说辞。我心想，反对者是不是真的没有道理，国王对我的戒备是不是真的毫无根据。我身上是否深藏着一种不可告人的嗜好，这就是别人所谓的背叛，而我却压根没有将其视为缺点？

事实上，我不可能完全地拥护任何一项事业。在布尔日围城期间，这种心理活动让我居高临下，像苍鹰掠过高空似的俯览一切，这大概是我性格当中最典型的特质。大多数时间里，这算是一大优点，在谈判中更是如此，因为至为关键的一点，就是要懂得设身处地、换位思考。这也算是一大缺点，它使得我终生都不能拿起武器，甚至不能表现得像一名忠诚的战士。在看到可怜的杜努瓦之时，我看到他对仇敌满心的仇恨，而后者也别无选择，要么打败他，要么自取灭亡，当时我就已经衡量到自己的弱点。因为，要是处于他的位置，我也许就会败下阵来，因为在进攻时我会忍不住想到对手。如果用他的视角去审视他正义的事业，去考量他所在的处境，我也许会想，结果他的性命到底是否合理合法。在心里琢磨的当儿，我也许就被打得一败涂地，身首异处。

如果这样审视自己的生活，还会发现一个被掩盖的事实。我一直在不由自主地背叛，背叛一切，背叛所有人，包括阿涅丝。

根据心情好坏，我也许不会将其称为背叛，而且还会找出很多正当的理由来支持自己的行为。但是，现在我已经一无所有，我不想宽容自己，这种卑鄙行径绝对不可饶恕。

我背叛的工具就是王太子路易。这是阿涅丝最可怕的敌人。阿涅丝几乎操纵了整个宫廷，连王后都未能幸免。她对自己周遭的仇恨非常清楚，要是不能斩草除根，至少也要让仇敌丧失杀伤力。但在路易那里，她永远也达不到目的。路易将她和布雷泽视为拦在自己与国王之间的一道障碍，是他们横刀夺取了他一心向往的权力。在反复策划之后，他选择与国王不共戴天的敌人结盟。他制订了大胆的计划，要与外国人成为盟友，才能自由地发挥身上的能量。也许等到有朝一日他羽翼丰满，就可以挑战父王的权威。就这样，太子成天忙着各种复杂的计划，说到底，这些计划也不无道理。很久以来，我们学会了彼此了解。对他的某些事业，我还提供过资金支持，前提是他不能与父王作对。他很尊重我，对于我们之间的关系，他也始终守口如瓶，免得伤害到我。如果他能当上国王，我希望他可以关照我可怜的家人。

终于，一四四七年元旦，他认为大势已去，于是与父亲正式分道扬镳。我不知道国王给他说了什么。总之，他去了太子封地，时至今日，再也没有回来。在那边，他不断地攻击阿涅丝和布雷泽。异地而处，我相信阿涅丝一定会与我同仇敌忾，猛烈地反对太子。而我呢，始终不能专注于战士般的情感，不能坚定信念、摆脱疑虑，所以我惯于协调针锋相对的矛盾，尽量拉拢势不两立的仇敌。最后回头来看，我对两边都不够忠诚。路易一直不知道我与阿涅丝的这层关系，他可能连猜都不会去猜。而阿涅丝呢，她如果知道我与她不共戴天的敌人保持着密切联系，不知道会作何感想。

从我的态度中，可以看到一种简单的商业逻辑。太子的领地正处于通往地中海和东方的道路上。我暗中反对国王的意见，极力主张路易与萨瓦公爵的千金再婚，这样我就可以一举赢得两大关键盟友，为东方商品打开阿尔卑斯山之路。

然而，说真心话，再说在今天的处境里，我也别无选择，只能坦诚相见，我与太子的暗通款曲，绝对没有打什么唯利是图的小算盘。对于人与人之间的深厚友情，我常常无以自拔，这既难以解释，有时又难以饶恕。在我看来，阿涅丝与路易之间你死我活的关系并没有足够的理由让我断绝曾经的友谊。忠诚也会导致背叛。

我得说从与阿涅丝相遇以来，我的整个人生已经打上了这种两面性的烙印。它并不让我厌恶，因为它是我幸福的基石。我暗中背叛国王，与他的情妇保持来往，虽然说还算不上情人关系，但倘若事情败露，他一定会觉得我辜负了他的信任。然而，在面对国王的时候，因为有了这层关系，我反倒更加从容自若。因为我确信，与阿涅丝暗中联手，我在朝中会更加如鱼得水。我不再那么害怕国王的反复无常，也不再那么害怕人家在他面前对我说东道西。

同样，我也背叛了玛茜和家人。此前，我到处拈花惹草，这还只是肉体的背叛。这一次却与身体无关，我的精神已然抛弃了明媒正娶的妻子，完全投向了另外一位女人。然而，有了这种背叛，在面对玛茜的时候，我反而感觉到一种从未有过的坦然。我们之间不可逾越的差异、她对地位的渴望、她对名利场的热爱，如今我都能坦然接受。那些她无法给我的东西，我既不渴望，也不惋惜，因为我已经从别的女人那里得到了。

何况这也是玛茜最春风得意的时期。吉约姆·朱维纳尔以国王的名义将我们的儿子让介绍给了罗马教宗，教宗同意他接替亨利·达沃古尔出任布尔日大主教。对于玛茜来说，这真是双重胜利。社会地位上升让她虚荣心爆满，关键这还是在唯一让她觉得风光的地方：家乡的城市。

不久之后，对玛茜来说，还有一件至关重要的事情：我们的独生女佩莱特出嫁了。

就背叛来说，这段插曲也使我达到了罪恶的极端。佩莱特嫁给了布尔日子爵阿尔托·特鲁索的儿子雅克兰，他们家拥有阿美爵士森林城堡。婚礼就在城堡中举行，玛茜挣足了面子。然而，同一年，国王在得到这座城堡之后，转手就送给了阿涅丝。因此，我人生中不可调和的两部分在阿美爵士森林城堡交会。

阿涅丝很喜欢这座城堡。我们经常去那里小住，主持修复工作，就像曾经在美丽堡一样。每次到阿美爵士森林城堡，想到这种难以置信的结合，我就感觉到非常幸福。在这个地方，也许在整个人世间，只有它能够同时集合我人生中的两大情感记忆，虽然这二者相差甚远。我的太太、女儿、所有的孩子们，都曾经脚踏同样的地面；夏天时节，阿涅丝又光着脚丫踩在上面，一路跑过来拥抱我。因此，我自己身上难以统一的东西，在这座古堡的高墙之内，融合得天衣无缝。

我的心思大都在阿涅丝身上，即便我就在她的身边，当然远离她的时候更是如此。国王交代我的公差，我都尽量缩短行程。然而没有想到的是，热那亚的事情却让我长期滞留南方。我也借此机会在马赛和蒙彼利埃处理了一些事务。在这两座城市里，尤其是在蒙彼利埃，我也让人修建起楼宇，虽然比不上布尔日宫殿那般奢华，但仍算得上富丽堂皇。其实我压根就不需要这样的奢华，因为我很少在这些城市逗留。但是，它好歹也算是一种弥补。这些高墙大院代表的是我，当行人从宏伟壮丽的门前经过，都会想象我住在里面，所以也会让人忘记我的缺席。实际上，布尔日的情形也是如此。我送给玛茜一座宫殿，换来了自由，我从来就没有待在她的身边。

至于阿涅丝，我则从中周旋，让国王送了她不少我本人难以企及的产业。这是我暗中导演的荒诞剧。我已经说过，我喜欢收购古堡，这钱花得没有意义，但又一直停不下来。认识阿涅丝之后，这趋势愈演愈烈，可算是名副其实的病态了。庭审期间，我才惊奇地发现自己坐拥如此多城堡。

刚开始，这还只是一种有些神秘的爱好，后来就发展成疯狂的癖好，宛如一位贪得无厌的神灵，为了满足自己的胃口不断要求人家献上祭品。在阿美爵士森林城堡的逗留给我留下了无限的眷恋，那段记忆如此幸福，以至于我一往情深地想复制这种幸福。每买下一座城堡，我就想象与阿涅丝在其中盘桓。显然，这属于异想天开。皮伊赛或莫尔旺地区这些偏僻潮湿的角落，她有什么理由非来不可呢。当然，她可能会同意陪我一同前往，但总得给国王解释我们到底去干什么……然而，我就像病人似的，虽然已经病入膏肓，却依旧讳疾忌医，自以为命不该绝，每买下一座城堡，我就不失时机地做起清秋大梦，幻想着与阿涅丝在其中相依相伴。

这些梦想只能持续一时，早晚都会黄粱梦醒。我必须不断地寻找别的东西、获得别的场所。但也无妨：怀揣梦想的时候，我也觉得幸福。因此，不管是策马扬鞭奔走在普罗旺斯风尘滚滚的漫漫长路之上，还是与那群热那亚无赖空谈之时，抑或正襟危坐听代理人的述职报告之际，我总爱遐思迩想。刚刚在密林深处购买的古堡总是让我心驰神往，我久久地玩味它那悠久显赫的名字，仿佛一块宝贵、温暖的面料包裹那古老的建筑。我禁不住意马心猿，心思早已经飞到阿涅丝身边，仿若与她一起共赴桃源。我的嘴角流露出一丝淡淡的微笑，总是让人不知就里。实际上，我只不过是暗自开心罢了，人家猜不透我的心思，还误以为我在嘲讽他们。他们以为我识破了他们的谎言，洞穿了他们那可怜的把戏，于是自个儿先乱了方寸，只好对我从实招来。

但是，有时候，如果我的命令受到质疑，如果有人朝我大倒苦水，总之，当我不得不离开温馨的冥想，重新回到当下现实的时候，我便会大发雷霆。因此，由于这些深深的误会，我也被冤枉地扣上了圆滑、无情，甚至暴躁的帽子。

对于这些反应，我当时并没有太多的意识，然而它们却为我招致持续的敌意，有时候甚至是仇恨。直到很久之后，当有人流露出怨望，展露出难以愈合的伤口，我才有所知觉。但是这个时候还没有到来，当时一切都似乎对我颇为有利。

我发现，在蒙彼利埃，在朗格多克海岸，我们与东方的贸易是多么兴旺发达。从今以后，不用再将货物搭放到别人的船上了。我们有了跑运输的船队。还有正在建造的新船，因为现有的货船远远不能满足需求。

我们打通了通往地中海东岸的航线。我派让·德·维拉热去见苏丹，他圆满地完成了使命。穆斯林君主签署了一份对我们非常有利的协定，可以方便我们在他的领地上做生意，他还向法兰西国王赠送了精美的礼物，以表达友好之情。上一次居留热那亚期间，我得到消息，弗雷格索出尔反尔，拒绝履行承诺，拒绝与法兰西结盟。但是，我与这个坏蛋也建立起了友谊，加上如今阿拉贡国王控制了这座城市，他对我又很信任，所以我还是生意照做，硕果累累。我到埃克斯去见勒内国王，他管辖的普罗旺斯地区也朝我打开了门户。萨瓦王太子和公爵是我的客户，我甚至可以夸口有恩于他们。总之，短短数年，与地中海地区的贸易就做得如日中天。意大利的丝绸、巴格达的塔夫绸、热那亚的兵器、希俄斯岛的乳香、叙利亚的绉纱、东方的宝石，这一切都滚滚而来。宫廷的欲壑永远也填不满，休战更是让各种需求日趋旺盛。反过来，弗兰德和英格兰的呢绒、皮毛、饰品、首饰，也源源不断地拥向同样如饥似渴的东方宫廷。

这些成功让我在国王和阿涅丝身边再度风光无限。我又开始出入内阁会议。查理见到我也很高兴。我对他有求必应，他心中非常感激，对我的嘉赏也不计其数。他帮助我打造了船队。他任命我为朗格多克地区的税监，除了缴纳给国王的税款之外，我还趁机大发横财。那一年，为了显示自己龙颜大悦，国王在心满意足之时，又任命我为间接税总监。我们之间的关系可谓互惠互利。在授予我官职的时候，他知道我一定能够取得成功。我呢，不管做什么事情，都会以某种形式给国王留一份好处。一切都再好不过了，我只希望这种情形一直保持下去，不再发生变化。

哎，如果说国王对我的满意让我很受用的话，那也有让我不舒服的地方，因为他又要派我去意大利。虽然热那亚的事最终告吹，但他还是很欣赏我的办事能力。查理也渐渐明白了使团究竟是怎么回事。此前，他一直都深受诸侯的影响。对于这些大领主来说，代表国王也就意味着需要组建起大队人马：主教、元帅，还有那些所谓的大人物。长久以来这些人自视甚高、办事呆板，结果往往是一团糟。这些大人物刚愎自用，相互抵牾，最后总会被对方愚弄，正如今天惯常发生的那样，接见他们的人非但不如他们高贵，甚至可以说是一群混蛋。

在我这里，国王体验了另外一种方法。在热那亚，我跟谁都交际，还不拘礼节。我用的是另一套通行的新语言，哎，它终于取代了那套骑士的密码：这就是金钱。买通张三，贿赂李四，给王五承诺好处，给赵六答应金钱，这种语言，谁都听得懂。同样，与英格兰人打仗的时候，查理也放弃了骑士的方法，采用了低贱的武器，终于凯旋。在通往地中海的风尘仆仆的路上，他现在想打造全新的外交。不幸的是，我很难再得到安宁，他心中所想要假我之手完成。他交给我的任务比热那亚事务还要棘手，因为这次关系到教宗。

对于宗教问题，我从来都没有多少兴趣。从我孩提时代起，教会分化、教宗割据。看来这位置还是太诱人了，所以总有两三个教宗同时宣称自己才是正统。这些教宗的卑鄙行径让母亲深受其苦。她总是祈祷，希望教廷能够再度统一。我的弟弟献身宗教，在罗马的殿堂楼院中行走谋事。我呢，我私下里却有着大不敬的想法。我已经承受了太多的指责，今天也没有什么可怕的了，所以不妨略微透露：我常常想，在有序管理自己的事务上，上帝拥有最得天独厚的条件。如果说连谁在人间做他的代理人他都不能做主，那说明他大概并不像人们认为的那样全知全能。因此，我仍会迁就各种宗教习俗，但不过将其视为义务而已。

虽然我们从来没有谈起过，但玛茜一直都明白，我并不认同她的信仰，她也完全谅解我。她难以原谅的是我对教士的戒备心。一直以来，他们虔敬的热情、祥和的权威，都让她着迷；他们对排场的意识、对奢华的感觉，都让她沉醉。他们所有的花销都是出于上帝的名义，与他们本人毫无干系，因此玛茜也没有任何顾虑，不会对他们的炫富摆阔少见多怪。

我呢，我喜欢天然而不加掩饰的权威，国王或富商的权威。这种实力至少有名有实。它是什么样子，也就如实地展现出来。面对它的时候，谁都可以判断它有多少价值。教士的权威则在谦逊的面纱下缓步前行。行使这种权威，发挥这种能力，从来都免不了要代理人屈从于超自然的力量，而且还要假装身不由己地任其摆布。总之，面对教士的时候，我们常常不知道对方究竟是谁：主人还是仆人，弱者还是强者。在这方面，所有的事情都充满了隐秘与不确定，里面隐藏着秘而不露的陷阱，往往只有感觉到双腿陷落的时候，才会发现已经中招。

我一直避免去冒险。但是，刚刚在御用监履职的时候，我就在布尔日参加了三级会议，以准备国事诏令。自从教宗离开阿维尼翁回到罗马之后，对于法兰西国王来说，教宗已经成为外国势力，不容介入王国的内部事务。通过国事诏令，国王确立了自己对法兰西教会的统治权，从而摆脱教宗的为所欲为。在这一点上，我完全同意查理。加上对诸侯的弹压、对财政的改革，这份诏令可谓赋予了国王在自己王国里的绝对权力。但是，我也不能过分支持国王的主张，否则就会惹恼罗马教宗，而我在生意上还需要他呢。因为，通过弟弟尼古拉，我能定期得到教宗的特许，可以与穆斯林做生意。

宗教纷争日趋复杂，主教们在巴塞尔召集会议，试图削弱教宗的权力，限制他的肆意妄为。这种好事，大家只能表示支持。

然而这次主教大会未免反叛太过，他们居然另选了一名教宗。教会分裂的势头又沉渣泛起。我暗自思忖，对这些教士不能再抱任何希望了。好在我认识巴塞尔的那位伪教宗，其实就是以前的萨瓦公爵，我跟他做生意由来已久。这人很虔诚，也很谦逊，他放弃了权力，打算到修道院里终老一生。但是造化弄人，他偏偏过不上清静日子。主教大会的代表们把他从隐修之地拽了出来，宣布他成为教宗。让他来当教宗，至少在这个位子上的人还算心存信仰、为人正直。查理觉得他没有什么危害，我也表示赞同，因为彼时的罗马教宗实在无所顾忌、道德败坏。然而，在意大利的生意上，一边是法兰西可以发挥影响的意大利北方，一边是安茹家族丢掉的那不勒斯王国，在这二者之间，至关重要的是扶植一位对我们抱有好感且有实权的教宗。

出于这些考虑，国王与我一合计，觉得需要彻底告别这种分裂局面，因此必须把这位被推为伪教宗的可怜公爵送回修道院，而且再也不能让他入世。我率领第一个使团去了洛桑。老公爵很容易说服，但环绕他左右的那一帮议事司铎和教士压根什么也听不进去。他们太擅长这种学术辩论，我自然不会冒险与他们较量。我无功而返。

但不久之后，情况发生了变化。尼古拉五世当选为新的罗马教宗。此人很有修养，也很理性，大部分红衣主教都认可他的权力。因为倒行逆施、固执己见，巴塞尔主教大会逐渐失信于人。这次选举也促使查理下定决心采取行动。

因此，他让我负责与两位教宗谈判，要一次性解决问题。凡是花钱能摆平的事情，就绝不要吝啬。而且，就在我暗中斡旋的时候，他又往罗马派出传统使团。使团的任务就是向新教宗表示朝贺，同时向全世界宣布法兰西国王的好感偏向哪一方。伪教宗会明白，现在，他已经失去了最主要的支持。要想清清楚楚、毫不含糊地传递信息，必须声势浩大。罗马使团喧喧嚷嚷、人数众多，反响所及遍布整个教会。我与使团同时上路，我的首要任务就是提供金钱，让使团达到预期的奇效。

每次见到我远行，阿涅丝总是一副悲戚的样子，而且从不掩饰。

但是，在得知我要去罗马的时候，她却一改常态。我知道她很虔敬，单单从她对教区献祭时的出手阔绰，就可以看出几分端倪。然而，我不知道她究竟何等心诚，我们从来也没有谈起过。这次机会总算让我了解到她有多么虔诚。阿涅丝的宗教热情与玛茜全然不同。她没有半点炫耀的意思，即便考虑到她在宫中的地位，即便对教会的善举都是公开的行为。罗什教会就多次收到过她的献祭，尤其是由十字军带回来的金饰屏，上面嵌有真十字架的碎块。

但是阿涅丝并不喜欢张扬。相反，她的善举、她的虔诚，她都尽力地保守秘密。对她来说，祈祷是私域的事情。在祈祷中，她可以品味自己的痛楚、悔恨、苦闷。我后来才知道这一点。但是，每当独自祈祷或私人弥撒结束，她便马上回到宫中，只展露出一派欢颜。与玛茜不同，她总是逃避那些阴险可怖的教士，尽可能少地参加大型弥撒。

得知我要去见新教宗，她红着脸要我帮她办一件私事。她是当着国王的面说的，这样国王也知道是她在求我办事。不久之后，我们又逮住机会，一起在阿美爵士森林城堡待了整整三天。她单独向我解释了自己的理由。

阿涅丝的请求很简单：希望得到教宗的恩赐，拥有一件便携式祭坛。信徒使用这种工具，再加上配件、圣体盒、挂钩、洒水壶，就可以在宗教场所之外的地方做弥撒。这一请求既体现了阿涅丝无限的骄傲，也显示了她极度的谦虚。她只是一个二十四岁的年轻女子，所有的荣耀无非就是国王的情妇，要想请求这种大人物才般配的恩惠，得需要多大的勇气啊。但她并不是为了在人前显摆。如果得到了这种恩赐，阿涅丝也绝不会炫耀。相反，她会到更加隐蔽的场所，去感受自己的信仰。

我们单独待在一起的时候，我和她更深入地聊起这些。我并不了解她的做法，所以很难相信这是她真心实意的想法。这让我尤其想弄清楚。显然，阿涅丝生活在罪恶之中，一直以来，她似乎自由地利用自己的身体达成目的，同时也维持着如我们之间这种纯粹的感情，教会很难给这种行为定性，更不会允许人们去践行；她连宗教原则都不遵守，怎么会坚持宗教仪轨呢？因此，整整两个晚上，我们肩并肩地坐着，大腿相互交错，我的手臂绕过她的肩头，就这样长时间地谈论上帝。

我没有否定她，更没有嘲笑她的意思，我久久地听她讲述信仰的理由，或者说我已经收集到证据，证明她心中怀有信仰，准确地说，这种信仰超乎理性之外，甚至还与她相互矛盾。在她看来，基督有如同伴一般，既可以保护她，又召唤着她去殉道。由此，她身上滋生出一种混杂的情绪，既无忧无虑，又充满悲剧。她具备特殊的能力，可以感受当下的幸福，但同时又听天由命地坚信，命运不偏不倚地眷顾着自己。耶稣给她带来了考验，并将帮助她快乐地去经受考验。

我们还是首次直接谈起她对国王的感情。安茹家族把她献给了国王，成为国王这种人的新宠，让她感到无比可怕。国王身上的一切都让她厌恶。他的外表让她想避而远之，他那宽大的短袖掩盖着窄狭的肩膀，常常穿一条脏兮兮的裤子，更凸显了极不匀称的双腿，这一切都让她觉得那么滑稽可笑。她既不喜欢他的仪态，也不喜欢他的思想。他的声音，甚至他入睡后的呼吸声，都让她觉得格外不舒服，带给她充满兽性的感觉。然而她并没有反抗。她只是一连好几个小时默默地祈求耶稣给她力量，让她战胜预设好的种种考验。在这段时间里，她感觉与耶稣基督最为亲近。基督在听她诉说，在安慰她，在温柔地给她指出反抗的道路。

如果说她学会了与查理一起生活，那不过是因为基督给了她力量，让她战胜了恶心，将她的讨厌淹没在宴饮的狂欢之中，并且通过大量的香精和珍贵的绸缎来麻痹她的反感。这种烹调方式多少有点强人所难。一开始，在可口的调味汁下面，阿涅丝感受到的是苦涩的菜品。但是，逐渐就产生了奇效。由于爱情和大军凯旋的双重影响，查理也发生了变化。诚然，在新的表象之下，骨子里的那个人并没有改变。在这一点上，我与她都毫不怀疑。然而，与他一起生活的日子总算变得略微轻松。于是，她开始对上帝感恩戴德。她终于明白了忏悔神父的说教——尽管她并没有向他透露自己内心最深处的想法——救赎来自上帝对我们的考验。这种想法让她即便面对诱惑也不对造物主忘恩负义。基督拯救了她，但她并不怀疑，基督还要继续考验她，因为这是为了她好。因此，她一如既往地担惊受怕，确信不久之后还会面临危险，而且希望能够得到帮助，在智慧和救赎的道路上跨越新的阶段。

随着国王的改变，这种恐惧的性质也发生了变化。一开始，阿涅丝害怕与他待在一起，担心命运强加给自己的这种境遇还要持续很长时间。后来，她害怕的却是相反的情形：害怕他突然分手，正如她在美丽堡向我透露的那样。如今，在清除安茹家族之后，她的担心则更加散乱，但不如此前强烈。今天，我觉得，对自己的命运，她有着某种预感。

但我得承认，当时，我并不是很理解她的担忧。在我看来，它们源自一种不太符合基督世界的想象。阿涅丝看到的一切都是符号，但只有在她独自构建的现实里，这些符号才具有意义。因此，我已经说过，在由她构建或者说她想象的世界里，她将我视为孪生兄弟。相应的，根据各自在这个看不见的世界里扮演的角色，某些人则天生邪恶。这些想法本可能会让她变得疯狂，但奇怪的是，它们反倒赋予了她巨大的力量、非凡的才具。她挑战这人，信任那人，对这位严加防范，向那位敞开心扉，任由天然的直觉，凭借模糊的记忆，奇怪的是她几乎没有出过错。

她的头脑中充斥着关于转世、魔法、诅咒、迷信的思想，却没有意识到自己已经远离了天主教的教义。要是发现了这一点，她一定会大嚷大叫：她相信自己是教内最可圈可点的忠实信徒。抛开这些奇怪的想法，在她心中对各种教内机构的虔敬可谓高于一切。她对圣彼得的传人——教宗——毕恭毕敬。的确，她出生的时候，也就是在巴塞尔主教大会强势推出第二位教宗之前，还是只有一位教宗的时代。

阿涅丝的这番告白让我非常感动，我对她也有了更多了解。童年时期，她大概过得很悲惨，既孤独，又不幸。那天，我们还一起到城堡周围的池塘边散了步。贝里的天空流云舒卷，阿涅丝一边笑着一边拾起枯草和苔藓。我看着她，只见她奔跑在红棕色的大地之上，一副又纤弱又喜悦的模样。我突然生出一个出其不意的念头，初看起来，这念头是那么地怪诞：我将她与圣女贞德作比。我并不认识贞德，但是杜努瓦和其他很多人都跟我谈起过她。阿涅丝和她何其相似，她们能够享受自己的孤独，能够从中吸取无与伦比的力量。她们一个成了国王的情妇，一个成了国王的女将。但是，在这些不同的角色背后，隐藏着同样的能力，可以主宰王权，可以让王上服从于自己的意志。身材羸弱、优柔寡断的查理被这种能量牵引着往前走，克服了难以逾越的障碍。但是，他不能忍受长时间地任人摆布、仰人鼻息。他压根就没有尝试拯救贞德，所以有人认为，等贞德一死，立马就少了一位碍手碍脚的盟友，他反倒得到了解放。突然，我有一种痛苦的预感，他会以同样的方式抛弃阿涅丝。

阿涅丝递给我一束干花，问我为什么看着她的时候眼含泪花。我不知道该如何说起，于是拥她入怀。

我希望有时间能够写完这段故事。对我来说，把我对阿涅丝的爱讲完至关重要。重走昔日的道路，直到最后一刻，穿越覆满鲜花的原野，到达冰封的土地……似乎我的生命已经依赖于它。只有达到目的，我的生命才能够名副其实地圆满，才称得上幸福和成功。

我断断不能原谅自己昨天的冒失，艾尔薇拉也狠狠地指责我。距离上次行政长官派人来调查差不多过去了半个月，我觉得再也不会有什么风险了。我的胆子越来越大，散步的时候也逐渐靠近城市。昨天，我甚至认为可以平安无事地入城了。我不知道哪里来的力量，居然冒险走到了港口。我一路上心无旁骛，专心地想着阿涅丝。我在鲜鱼铺子旁边的长木凳上坐下来，长久地观看码头边晃晃悠悠的船只。这样的大意，真是让人难以置信。

黄昏将近，港口内外斜阳投射出长长的影子。我不知道在那里坐了多久，沉思了多久。突然，鱼市的立柱后面闪过一个鬼祟的身影，将我从麻木中惊醒。我打起精神仔细观察。稍后，我又看到了一个身影：有人从一根柱子跳到另一根柱子后面，正朝我这边靠近。每次跳跃之后，他都藏在石柱子后面，但我还是看见了他。他低着头，暗中朝我这边窥视。第三次跳跃的时候，我认出了他：这就是我刚到时发现的那个人，也就是尾随我的杀手。

瞬间我就拿定了主意，最坏的主意，也许是最好的主意？我猛地起身，撒腿跑到近旁那座房子的拐角处。我马不停蹄地跑进了小巷，随后又转了两次弯才放慢脚步。来到这座城市之后，追杀者一定比我更了解迷宫般的街巷。我七拐八拐才最终甩掉他。为了布下迷魂阵，我出了城，但却是与去艾尔薇拉家的路背道而驰。走了片刻之后，我惶恐地发现，追杀者带着两名帮凶，正杀气腾腾朝我追过来。好在我还领先，于是又开始仓皇逃遁。现在，我已经到了乡下。夜幕开始降临，但我仍嫌它来得太慢。真希望月亮迟点爬上山头。终于，夜色漆黑，我差点儿就被捉住。

一整夜我都在担惊受怕、仓皇逃命，后来终于成功地摆脱了敌人。拂晓时分，我才满身大汗淋漓地回到家里。艾尔薇拉通宵都没有合眼，担心得快要发狂。

这个事件让我深受震动。它使我相信，我应该加快写作回忆录的进度，因为真的是时不我待。它还使我做出了决定，要向艾尔薇拉求助。这天之前，我从来没有想过向她解释我的境况。我给她大概说了说我面临的威胁。她将负责摸清更多关于追杀者的情况。在此之前，我并不想她介入此事，但是我已经别无选择。

今天上午，她进城去了，决定把事情弄个水落石出。我呢，我既没有去散步，也没有不着边际地冥想。天亮了，可以写作了，我开始伏案工作，继续我的故事。

春天时节，我动身奔赴罗马，也随身带去了阿涅丝和其他许多人的请求。要知道，像我现在这种情况，在宫中待的时间久了，接触的人自然也就多了。当然，与内阁成员和国王身边的人，我都很熟悉；围着君主转的贵族，我也很了解，此外还有很多批发商、银行家、大法官、艺术家，以及数不胜数上门来求我买东西或贷款的各色人等。为了采购或付款事宜，我与代理人和中间人都保持着通讯来往，从日内瓦到弗兰德，从佛罗伦萨到伦敦。诚然，负责日常生意的是吉约姆·德·瓦耶、让、伯努瓦，以及其他许多新人。但是，重大决定和大客户还需要我亲自出马。因此，在大多数人都闲得无聊的宫廷里，我一直都忙得不可开交。我与阿涅丝也难得一见，约会算得上生活中的例外，这些时刻赋予了生命十足的意义。在这些闲暇的光景，在这些平静交流的时刻，我才发觉自己过着多么身不由己的生活。从前的梦想已经开花结果；现在，我被淹没在日常沉闷的公文和应酬之中。别人羡慕我的成功，而对我来说，这形同枷锁。除了偶尔与阿涅丝分享的那份自由之外，我的四围周遭全是约束，全是义务。无形的鞭子抽打着我的腰身，让我不断地提速，飞快地前进。我不再计较自己的财富。我管理着庞大的生意网络，深得国王的信任。然而，我一直希望，有朝一日能够回归自我。

御用监已经成为彰显王家荣耀的工具。对于各种大型仪式，我们可谓居功至伟。每当夺取了新的城市，国王就会大张旗鼓地举行入城仪式，我们也就有了机会。马匹、兵器、绸缎、大旗、服饰，一切都是那么光彩夺目，让每一个踏上王国领土的人流连忘返。外交使团也是向异邦展示实力的机会。在各种境况下积累的经验都被我派上了用场，以便为前往教廷的使团增光添彩。十一艘船只从马赛出发，朝奇维塔韦基亚而去，船上载着整个使团的辎重。在勒内国王的帮助下，通过罗讷河运来了向教宗进贡的挂毯。还有充当使团代表坐骑的三百匹马，玉辔金鞍，浩浩荡荡，一路随行。

使节中有朱维纳尔兄弟、蓬帕杜、蒂博，以及其他高级教士或学者，他们并不相信祈祷能够让人平安免灾。他们拒绝出海，而是选择骑马旅行。唐吉·杜·沙泰尔是唯一大着胆子陪我坐船的人。他已经年近八旬，一直醉心于葬身茫茫大海的想法，除了决定自己的死亡地点之外，他已经做不得任何主。但是，他并没有如愿以偿。我们的航行顺风顺水：没有海盗，没有风暴，毫发无损。温热的海风将我们带到了奇维塔韦基亚。与这位年迈的阿马尼亚克剑客一起，我度过了许多温馨的时光。我们穿着衬衫，头戴大大的遮阳草帽，在甲板上闲聊。唐吉给我讲了很多查理七世早年的轶闻趣事，那时候，查理还是地位岌岌可危的太子，或者说空有其名的国王。沙泰尔特别憎恶卡博什党，那天晚上，他正是从卡博什党手下救出了年轻的君主。我本来已经将厄斯塔什忘却，他的讲述又勾起了我的回忆，让我想起了旧时的想法，那时候，我也曾试图摆脱强势者的控制。我们还谈到了无畏的让在蒙特罗桥上的凶杀案。他告诉我，他也有份参与其中。查理根本就被蒙在鼓里，在会见期间谋害勃艮第当家人的想法，原本就是他出的主意。后来，这次谋杀事件惹出了很多麻烦，唐吉作为始作俑者心中也总有些懊恼。但是，经历了千头万绪的事情，总算盼来了对国王有利的形势，如英格兰人的战败、诸侯的归附等。今天，他不由得心想，当时决定搞死查理的对手，好歹还是正确的直觉。在行将就木的时候，这种想法也让他多少能够释怀。

他对国王有着深刻的爱，就像爱一个可怜的孩子似的。在这份爱中，更多的是他对国王的效劳，而不是国王对他的恩惠。他也曾失宠，遭受过忘恩负义的对待。他总是如实地看待国王，既不歪曲他的性格，也不掩饰他的缺点。刚刚才过了几天，我们就说了不少知心话，彼此之间的关系也日渐亲密，他郑重其事地提醒我：据他的了解，要想在查理身边既木秀于林，又免遭他的嫉妒和暴行，还从来没有过先例。

云帆竞发，我静静地看着。船队周围白鸟翻飞，浅滩处的海水透出几分淡紫色来。船队载着金银和国王的礼物，这般气势远非寻常可比。这就是御用监：这是一支和平的大军，但是国王也不得不害怕三分。相比于阿涅丝并不理性的恐惧，唐吉对我的警告产生了更多的效果，因为这是基于对国王长期的了解，还有他亲历的恩怨得失。独自待着的时候，我会长久地思考有什么办法能够保住目前得到的恩宠。我暗中拿定了主意，打算等回去之后就付诸实施。

我们到达的时候，走陆路的大使们已经等得不耐烦了。同期，教宗也接见了英格兰使团。特使们一心想展示实力，将英格兰人比下去。看到从船舱里卸下的货物，他们更是志在必得。

使团进入罗马的情形让人叹为观止，就算过去了五年，人们依旧记忆犹新。为了彰显国王对使团的重视、对教宗的尊崇，这般奢华也算是师出有名。但是，至于是否能通过穷奢极欲震住教宗，让他在随后的谈判中多一些通融，那又另当别论了。

教宗尼古拉五世身材矮小，体质羸弱，动作缓慢。每做出任何一个小动作，他似乎都有几分犹豫。就连伸手去拿酒杯再送到嘴边这个简单的动作，他也要踟蹰再三。从房间的一个角落挪到另一个角落，他要反复目测距离，察看有没有什么障碍。因为身居高位、危险重重，所以才不得不如此谨慎吗？抑或相反，因为他一直生性狡诈，所以才能爬到今天的位置？我说不好。唯一可以确信的是，表面上看起来，他的动作犹犹豫豫，这下面却掩藏着果断的意志。这是一个深思熟虑、意志坚定的人，他做出的决定富有智慧，而且一旦决策，就要坚决执行，毫不妥协。

看到我们派来使团，他显然非常高兴。对他来说，法兰西国王的支持算是一张王牌。然而，在与全权代表的会谈中，他暗中打定了主意，必须表现得挑剔严苛，尤其是要在关于对手、也就是主教大会选出来的伪教宗的问题上寸土不让。他期待着对手无条件逊位。

尼古拉五世知道，使团并不是由我负责，他必须与其他人，尤其是兰斯大主教让·朱维纳尔正式会谈。但是他也了解底细，国王的专函做了安排：他知道我真正的角色，以及在所有经济问题上的一言九鼎。这是一位托斯卡纳人，从前在美第奇家族做过家庭教师。他知道，如今，金钱才是关键的价值所在，不管乐意不乐意，谁都要屈从于金钱，即便贵族也概莫能外。因此，他与我进行了交流，当然没有后来的外交会晤那般光彩与正式，不过其决定性的意义却毫不逊色。

他找了个借口，让我住进他宫中，这样我们就可以在私下里不受打扰地交流。一天，在召见使臣的当儿，他突然起身走到我的旁边，用颤抖的指头扯了扯我的下眼皮，大声叫道：

“您生病了，科尔大人，我告诉您。我们这地区正在闹疟疾，您得当心啊，每年都有好多身强力壮的人死于非命。”

大主教和神学家都不寒而栗，纷纷退避三舍。教宗建议让他的私人医生（“治这种病尤其是高手”）给我检查，大家都表示同意。最后，为了方便起见，教宗要我马上搬进宫中的翼楼。这时候，他们脸上才流露出大松一口气的神色。

就这样，开始了两场平行的谈判。一场是下午，在豪华的大厅里，周围是庄严的壁画。大使们竞相发言，声音洪亮，言辞讲究。教宗也热情地回应，但是寸步不让。

与我呢，讨论却是另一番景象。上午，我们常常在小餐厅里面碰头，窗户高大轩敞，外面花园里鲜花盛开。果汁、煲汤、糕点点缀着小圆桌，桌上的银餐具闪闪发光。教宗穿一件简单的祭披，露着小臂。在私下的晤谈中，他压根就不像在公开场合那样一本正经、束手束脚。相反，讲话的时候，他夹杂了很多手势，谈话过程中，他时不时地站起身来，踱到窗户边上，然后再回来坐下。我们之间的对话非常简单，直来直去，就像早已在生意场上习惯的那套话语。我们也是在做交易，从一开始，我就有种预感，双方很快就可以成交，而且彼此都会满意。

在全权大使面前，尼古拉五世一再坚持要伪教宗无条件逊位。他不希望让人觉得自己会接受哪怕一丁点儿妥协。与我呢，他却更加现实。通过特使和高效的间谍网络，他比谁都更了解对手的情况。

“为了说服伪教宗退位，”他对我说，“需要……与他儿子谈判，也就是萨瓦公爵。”

在投身宗教和就任教宗之前，阿梅代已经将萨瓦公爵的头衔传给了儿子路易。然而，路易却野心勃勃：他想夺取米兰。为此，他需要强调自己对这座城市的继承权，尤其是需要通过武力从弗朗切斯科·斯福尔扎手中攫取权力。这需要大量的金钱，需要法兰西国王的相助，需要获得有维斯孔蒂血统的奥尔良家族——他们对米兰有世袭权力——的支持。教宗深谙意大利事务，在行事方式上，他给我了很多建议。我们可以给年轻的萨瓦公爵提供战争资金，但条件是他父亲必须放弃教宗位置。这样就一定能让老阿梅代改变主意。

我采纳了他的建议，心里觉得非常满意。为了处理与伪教宗的关系，我把重心放到了金钱上，而不是与此毫不相关的神学问题。这之后，我执行的与他相关的所有使命，不管是直接还是间接，都取得了更多的成功。

另外，为了促成与伪教宗在米兰人与征服米兰等问题上的谈判，国王凭借我提供的可靠情报，认为应该任命杜努瓦来全权处理。杜努瓦已经帮助萨瓦公爵组织起军队，懂得跟阿梅代讲那套活生生的战争话语。这绝对是结束分庭抗礼局面的不二人选……

对我来说，罗马之行真是一箭三雕。在那里，我找到了破解教廷困局的高招，次年春天，伪教宗就逊位了。过去放贷给萨瓦家族，我捞到了不少好处，现在这种关系则变得更加紧密。最后，至为关键的是，我成了教宗的朋友。

尼古拉五世很乐意与我交流，看到我完全赞同他的建议，于是我要什么好处他都满口答应。阿涅丝要的便携式祭坛，他也一口应允。从特拉斯提弗列街区的手工艺人那里，我订了一件纯金打造镶嵌有红宝石的祭坛。许多亲朋好友托我办的事情，教宗也都一一答应。最后，他甚至延长并放宽了通过海路与苏丹做生意的特许权。从今以后，我的船队再也不会受时间和船只数量的限制。他还允许我运送朝圣者到东方。应我的请求，教宗还增加了武器出口权，名义上当然说是送给法兰西国王的礼物。哎，不知道是出于谨慎还是失误，尼古拉五世从来就没有颁发这一道教谕。

但我们之间的关系并不局限于这种你来我往的交易。在这些问题上，我们彼此都很清楚必须遵守的底线。那些占据强势位置的人，与普通人相比，他们之间的利益关系也更加简单。在这个层面上，你得明白，跟你套近乎的人肯定是有求于你，大可不必为此感到懊闷。对于凡夫俗子来说，一旦心中有了利益期待，也就不可能再有什么友谊、爱情，甚至是信任。相反，对于位高权重者来说，唯一可以建立起真正关系的方法，就是要在利益问题上坦诚相见。首先，他们会提出问题：你对我有何期待？能否拉近关系，能否更进一步，这取决于你回答问题时是否坦率。

在直截了当地讨论过正事之后，我和尼古拉五世就可以天南海北、漫无目的地聊天了，没有了利益瓜葛，也可以更好地彼此了解。当时他当众说我得了病，那不过是权宜的说辞而已。可出乎意料的是，最后我真的中了招。在罗马，我不得不比全权大使待得更久，恢复期间，我一直是教宗的座上宾。我每天都会和他见面，最终了解了这个具有多副面孔的男人。如今他已经作古，我也什么都不是了；于他，于我，都可以实话实说。

他属于这样一类意大利高级教士，在他们身上，宗教之下掩藏着对古代文化的热情。尼古拉学识渊博，喜欢阅读古希腊和古罗马哲学家的作品。拜占庭已经行将崩溃，他从那里网罗到很多逃亡出来的博学之士。他一直坚称自己的行动是为了天主教廷，他致力于在东方收集遗产，如同在西方反对分裂一样。在他的治下，罗马又成为基督教会唯一的中心。然而，跟他走进图书馆的瞬间，我马上就明白过来，他对于古代文化的热情，其实与宗教只有些许的联系，甚至还可以说是在与宗教唱反调。他并不像其他人，一心想从柏拉图或亚里士多德的书中寻找预言基督诞生的思想。他阅读他们，尊重他们。一天，他甚至对我说，他就像毕达哥拉斯的信徒，每天都在践行《金诗》中归纳的训诫。

他决定在罗马修建一座新宫殿，宫殿的庄严气象要能够体现天主教会全新而永恒——至少他希望如此——的大一统。梵蒂冈现在仍在施工；在乘船去希俄斯岛之前，我曾有幸一游。为了设计这座宫殿，教宗求助于那些深受古代范式影响的建筑师。他们一道参观庙宇遗迹，他还身先士卒地爬上断壁残垣，去测量门楣或廊柱的尺寸。

一天，他做出一番坦陈，不禁让我目瞪口呆：他之所以热衷于说服欧洲君主发动新一轮十字军东征，主要目的竟是为了抢救拜占庭的文化瑰宝。而他对土耳其人的指责，主要在于他们对古代作品漠不关心。

“而且，”我大着胆子说，“他们是穆斯林……”

他看着我，耸了耸肩。

“是的。”他说。

他脸上浅浅地一笑，眸子深处流露出几分嘲讽的神情，我由此坚信：他没有信仰。很久以来，他都在心底掂量，自己信奉的宗教多么微不足道。今后，他还有机会向我证明这一点。

意大利、地中海、东方，如今，我们的目光已经投向了这一边。我们三下五除二地忘掉了英格兰人。显然，新上台的英格兰国王不想继续打仗。王后——也就是勒内国王的女儿——代表和平的立场，无疑在国王身边发挥了作用。但是，在那里，并非所有人都会听她的话。我从罗马回来的时候，恰逢五年休战期接近尾声。还没撤离的英格兰驻军再也领不到军饷，于是制造了不少事端。英格兰人还收买了一位投机分子，让他去攻打富热尔。城市横遭洗劫，甚至连最后一把勺子都未能幸免。我看到宫中一片群情激昂。

整整五年，人们已经忘记了英格兰人的危险，仿佛连绵不绝的战事积累起来的恐惧感已经堵塞了记忆的入口，禁止人们再度想起战争。国王也重拾曾经的态度，痛苦不堪、犹豫不决。似乎英格兰人的危险又将他带回年轻时那遥远而背运的辰光。他外在的改变，他全新的仪态，对什么都管用，就是在这一点上毫不奏效。国王举棋不定，武将们则大失所望。我完全可以理解他们的躁动。五年来，我们致力于打造一支神勇的军队。正规军、弓箭手、炮兵部队，一切都已经准备就绪。因为停战，国家很快繁荣起来，虽然说这繁荣还不算太牢固，但倘若重新开战的话，我们已经占据优势，完全可以坚持到底。

我发现，阿涅丝非常焦虑。她脸色惨白，看起来非常虚弱。她告诉我，一个月前，她刚刚生了个女儿，跟前两个女儿一样，孩子一生下来就寄养到别处去了。她先是大出血，然后又发高烧，最近才好转过来。这一次，她没能瞒住国王。他什么都没有说，但是，在阿涅丝缺席的日子里，他一如既往地过着花天酒地的生活，压根就没有什么变化。在宫廷危机四伏的阴影里，有成百上千双眼睛在仔细地观察，这或许就是阿涅丝赴难路的第一站。阿涅丝单膝跪地。很多年轻貌美的女子被殷勤地推到国王的面前。什么也没有发生，阿涅丝站起身来。但是，大家都在等待下一次考验。

她也很害怕。她很快又恢复了精力。我发现，她仿佛多了一丝平素看不到的颓废。但是，她那些在内阁中的盟友，如布雷泽、杜努瓦、布洛等，都求她多吹吹枕边风，让国王拿定主意打一仗。她也一时没有主心骨；我回来之后，她才受到了鼓舞。

我满怀激情地从罗马回来。经过布尔日的时候，我幸福地发现，宫殿的施工进展很顺利。在罗马期间，我参观了很多豪门美宅，自己也深受启发，于是调整了宫殿的设计。我想修一间蒸汽浴室，就像曾经在东方见到过的那种。玛茜有些不情愿。但这不过是私密的爱好，外人压根就看不见，所以也不会影响我们的声誉。出于这种考虑，她终于点头同意。

我先去了图尔，然后才回到宫中。御用监有很多工作，我得先一一应付过去。但是，一有空闲，我就立马跑去见富凯，跟他谈起在罗马发现的那些画家。也是他最早向我谈起阿涅丝的状态。在我离开期间，他经常见阿涅丝，而且也达到了目的：阿涅丝同意让他给自己画像。他画了很多草稿，但还是不知道该如何准确地表现。阿涅丝的美貌一直都让他心醉神迷，然而，擅长于观察面部表情的他，发现阿涅丝多了一份不曾有过的严肃。说实话，阿涅丝的这个特点，他一直都注意到了，只不过如今更加凸显出来而已。此前，这种深层的格调只是略略外露，总是被喜悦的色彩所隐藏。

如今，这种严肃的神态谁都看在眼里。阿涅丝尽量强颜欢笑，惨淡的愁云得以暂时驱散，但是倏尔又飞上了脸庞。在富凯给我展示的那些图画中，她微微低着头，双眼下垂，双唇紧闭。

他把草图摆在桌上，我们静静地一一审视。看到这些画像，我感觉到一种无可名状、难以言说的不安。突然，我明白过来：这是一尊卧像的面孔，一个死亡的面具。我抬眼看了看富凯，只见他已经泪水盈眶。他耸了耸肩，咕哝着收拾起那一堆画纸。

我终于进到宫中，见到了阿涅丝。与我重逢，她非常开心。但是，这不是惯常所见的开心。即便单独待在房间里，她似乎仍担心被别人看见。我们之间的聊天，也明显让人觉得有几分不自在。为了让她放松，我没有多聊私人话题，很快就话锋一转，聊起了战争。我告诉她富热尔遭到了洗劫，在我看来这也是天命。应该借此机会一举收复失地，从此与危险的英格兰人作个了结。一开始，我的热情似乎感染了她。但是，很快，她的目光又开始黯淡下去。她提醒我想想头一年太子对布雷泽的攻击，利用那个名叫玛丽耶特的可怜间谍，我最终让她坐了牢。在阿涅丝看来，太子一直都想给她下狠毒的圈套，要让她失宠。太子采用的办法就是，阿涅丝支持谁，他就把矛头对准谁。英格兰这事会不会还是挑衅？我不知道，从遥远的太子封地，路易有什么办法可以再次引爆与英格兰人的战事，再说我也看不出他的目的何在。阿涅丝也承认，我说的有道理，但是她几乎一下子哭成泪人。她有点神经质，不管实际情况如何，她觉得到处都充满危险。最后，我们达成一致，必须行动，各用各的办法。她告诉我说，在她看来，最好是先说服王后，然后再一起去督促查理，发动战斗。主意倒也不错。其好处在于，战争不会成为阿涅丝的个人立场，要不然那些嫉妒阿涅丝的人肯定会与她针锋相对。

第二天，我去拜见国王，我们聊了很长时间。我向他详细汇报了与教宗的交流。我们具体探讨了意大利事务；他又回到了由让·德·维拉热负责的与苏丹有关的使命。这一切都让他着迷，一提起这些话题，他立马脸上泛光。

等我把话题转向英格兰，他马上就显得十分不快。六月天气，骄阳似火，一股股热气从窗户钻进来，即便如此，查理还是开始战栗。他用手收紧领口，身子窝在扶手椅中。他听着我强加给他的种种理由，然后又说起英格兰国王，略略地反驳我。

“现在，亨利跟我们算是沾亲带故了。看来勒内的女儿干得漂亮，她阻止亨利继续打仗。”

“确实如此，但是那边很多人都在指责他，说他懦弱。”

“不管怎样，英格兰人信守了承诺。休战也坚持了下来。”

“别忘了，我们派出了杜努瓦和一支大军才收回勒芒。他们原本还承诺要从勒芒撤军呢。”

“管理那些省份的英格兰摄政已经就富热尔事件道过歉了。好像是名来自阿拉贡的雇佣兵斗胆干下的事……”

“陛下，”我握住他的手，打断他说，“事实如何已经无所谓啦。借口嘛，怎么都能找得出来。您会获胜的。现在，您有了实力，有了军队，有了钱。”

查理把手抽了回去，抓住这个词开始发问。

“钱，您是说？”

好一阵沉默。他热切地打量着我。

“打这种仗需要很多钱，”他继续说，“现在，即便我可以养一支常备正规军，也不用再看诸侯的脸色，但是打起仗来，那又是另一回事了……”

他一直盯着我。

“钱嘛，”我终于开口了，可能稍稍有点迟，“这不是问题。您知道，我的就是您的。”

要是在东方，说这种空洞的套话不用有任何担心，因为谁也不会信以为真，但是到了查理这种人的耳朵里，那就别有一番意味了。他表示同意，我暗自心想，自己是否已经在他心里浇下毒药，没准某一天会置我于死地。他将眼睛从我脸上移开，陷入从窗户投射进来的明晃晃的光亮之中。

“打这样一场仗得要多少钱？如果投入所有的钱，如果战事一直持续到冬天……三十万……不，不……我想说的是四十万金币。您给我出吗，科尔阁下？”

他转过身来，看我的反应。这是被人问过的最难回答的问题。如果我说不，那就是跟国王对着干，他绝不会原谅我。如果我说行，那么大一笔钱立马就暴露了我的身家。国王对财政问题并不在行。然而，在内阁会议上时常有人提起，王室总管家也会定期向他知会国库的状况。他知道我很富有，也知道我的官职在财富积累中功不可没。但这只是彼此心照不宣的事情，从来就没有公开提起过，如果回答他的问题，事实也就真相大白了：我比他还富有，比国家还富有。

“是。”我回答道，身体微倾。

说出这个字眼的时候，我就知道，它已经锁定了我的命运。同国王这种人实力匹敌是危险的。表面上，他不动声色，然而我仿佛听见自己说的话掷地有声地砸向他内心深处。然后，他对我说，他要考虑考虑。

接下来的日子，他又变得心情大好。阿涅丝和其他侍女陪着王后，兴高采烈地来劝谏，要他统率大军驱除英格兰流氓，也好在女人面前风光风光，他虚荣地笑了笑。不管如何，大家都看见了，敌国的挑战不再让他不快。我们来到什农城堡附近的洛什–特朗什里雍城堡，国王要在那里召开大参事会议。虽然参会人员分为两派，但大家还是达成了一致。出于信念和真诚，有些人——大部分都是阿涅丝的朋友，但也有王后的亲信，还有被英格兰人剥夺了诺曼底产业的小领主，甚至还有少数毫无利益瓜葛的正人君子，当然这类人在宫廷中可谓少之又少——提议要打一仗。其他人善于见风使舵，他们早已经隐约看到了国王改变主意的迹象，于是转而讨好他，也纷纷选择了这一立场。

一旦做出了决定，接下来就非常迅速。召开大参事会议后短短三个星期，查理七世就统率大军离开了都兰地区。勒内国王在自己的领地上独居一隅，自从弟弟被驱除出宫廷之后，他的心情一度糟糕透了，现在他又把一切忘到了脑后，也急着要上战场。

王后想激发丈夫的自尊心，于是开玩笑说国王如何勇敢，又说他会在女人堆里大大风光一场。但是她压根就没想要跟着上前线，去见证丈夫的英雄事迹。阿涅丝却不同，她巴不得有这样的待遇。她大概还向国王提出过请求。她什么也没有对我说，但是看得出来，独自留下来让她非常懊恼。我说服国王让我在都兰多待几天，好准备军需供给，晚些时候再到战场与他会合。他同意了。我得到允许，可以单独跟阿涅丝待在一起。与她见面的时候，我试图弄明白她为什么变得这么神经质。她从来也没有像这样因为国王不在身边而难受过。确实，从他们相识以来，国家从未经历过名副其实的战争，顶多也就是一些局部摩擦。她还从未有过机会为他呐喊助威。

但她为什么焦虑，我却搞不清原因。她是否在为他担心？虽然英军统帅塔尔博特已经年近八旬，但也并不是软柿子。阿涅丝还记得骑士时代的战争，领主与国王都身先士卒、短兵相接，曾经有成百上千的人血染沙场或被生擒活捉。如今有了长炮、短炮、弓箭手、步兵，即将打响的战争将发生天翻地覆的变化，那将是什么样子呢，她难以想象，我也一样。

我觉得，她也在为自己担心。王后说要国王“在女人堆里风光风光”，这让她心神不宁。或许阿涅丝想到了载誉而归的查理，在班师奏凯之际，他将不会再满足于攻城掠地，而是想体验一番情感的征服，那些狂热崇拜他的女人也会向他敞开心扉、展露身体。

她一直都害怕怀孕，可如今已经遭遇了三回，当然大部分朝臣都毫不知情。出发的前夜，她要查理陪她。她向我作了一番奇怪的告白：她希望这最后一夜的鱼水之欢能让她再次（这实际上是她真心愿意的第一次）为国王诞下血脉。

她一直在努力克服对国王的反感，也很清楚他顽冥不化的性格缺陷，他这种人不可能给别人丝毫的信任感，没想到最后她反倒离不开他了。这种关系渐渐变得再也不可或缺，她很难想象离开国王该是什么样的生活。总之，她爱查理。

我尽量宽慰她。我还答应她，要在战争期间监视国王，一有风吹草动就知会她，让她提高警惕。

两个礼拜后，我上了战场。说是战场有点言过其实；因为每到一地，都是大获全胜。各大城市望风响应，纷纷起来反抗，在街巷里围堵英格兰人，打开城门迎接国王的军队。蓬托德梅尔、蓬莱韦克、利雪、芒特、贝尔奈都相继被攻克。八月二十八日，我到达的时候，弗农也应风归顺。杜努瓦希望国王将这个地方赏赐给他，但是查理却决定将它赏给阿涅丝。他收回城市的钥匙，还派信使到洛什去，把钥匙交给阿涅丝。我为她感到高兴。两天之后，我们进入卢维耶，国王首次在诺曼底召开了内阁会议。他决定马不停蹄地朝鲁昂进发。

在做攻城准备的当儿，我又出发奔图尔而去。当然，我还是忍不住去洛什见了阿涅丝。国王的大礼让她恢复了平静。她终于如愿以偿：她怀孕了，而且首次不加掩饰。她脸色红润了几分，眼睛也更加有神。她满面春风，恢复了活力。然而我非常了解她，在她身上，我仍然看到忧郁的底色、阴暗的想法。稍有风吹草动，她都会一惊一乍，一有险情，她眼中马上就流露出小鹿受惊的那种神色。

她长久地缠着我聊起战争，国王胜利的故事让她百听不厌。我特意强调国王的勇敢，还努力让她身临其境地感受到，国王并没有任何危险。她若有所思地听我讲。她的长裙有点瘦，可以让人隐约看出微微隆起的腹部轮廓。她照例穿着心仪的低胸长裙，束衣带下面乳房丰满高耸。明知道她怀了孕，明知道是怀孕带给她这样的变化，明知道在她的魅力和美貌之中，生儿育女这种平素与她毫不相关的事情已然不期而至，但是，在她身边，我还是首次感觉到强烈的、甚或是痛苦的肉体欲望。她心细如丝，不会感觉不到。我们相视而笑，她一把拉过我走进花园，带我去看玫瑰花，仿佛是为了避邪似的。

第二天，我离开了她，对她的状态也算是多少放心。不幸的是，凭我对国王的了解，我还是有些担心，她有理由保持警惕。十月中旬，等重返鲁昂的时候，我的所见所闻不但印证了我的担心，甚至还让我毛骨悚然。

为了减少流血牺牲，我们也展开了与英格兰驻军的谈判。鲁昂居民派出密使，在王师大营和城市之间来来回回，既通报城内的情况，也收集各种指令，传达给那些盼望获得解放的平民。查理还在等待。但是，此前一路凯歌高奏，所到之处无坚不摧，现在这等待也就显得格外让人恼火。每个人——首当其冲的就是国王——都感觉到战事马上就要结束了。这个地区经历过长年累月的暴行，关于往事的回忆让这最后的战争既令人愤怒，又充满了随时都可能爆发的无限快乐。结果就是几乎无时不在的放纵。炮声远远地传来，引起王帐中阵阵欢呼，充满了十足的野性。查理也是强颜欢笑，从早到晚，他都在与朝臣开怀畅饮，但这欢笑中隐约有几分担忧。那些严肃认真的人，如布雷泽、杜努瓦、布洛兄弟等，都对这种任性妄为避而远之：他们要专心打仗。但是，在上位者的身边，献媚取宠者从来就不缺少。他们愿意替主子完成不足挂齿的任务，也懂得见风使舵，看主子的脸色行事。自从安茹的查理离开之后，皮条客这个让人艳羡的职位就空了出来。好多门第无光、格调粗俗的人也都热情昂扬，对这一差事跃跃欲试。传说中瓦卢瓦家族总是性欲旺盛、来者不拒，查理也继承了家族基因，到处拈花惹草，热衷于找年轻的丫鬟甚或诺曼底的妇女，她们当然也是半推半就。

这种放浪行为本身并不让人担心。过去查理也曾乐此不疲，现在仗打到了尾声，情况特殊，也说得过去。在我看来，其他的事情更加严重，而且还关系到阿涅丝的命运，那就是宫中其他几名妙龄女子也跟随大军上了战场。国王没有带王后同行，因为她并不乐意。但是，阿涅丝明确地提出想随军，国王却推脱说不带任何女人上前线。这几位年轻貌美的女子，已然很说明问题，也具有特别的含义。

终于等来了朝思暮想的消息——攻克鲁昂——这荒淫生活的种种表现，我便没有再继续观察。布雷泽和杜努瓦分别率领着精锐步兵，起义的市民为他们打开了城门。英军躲到城堡里负隅顽抗，布洛的大炮随即一番狂轰乱炸。最后，英军都活着出来了，算是躲过一劫，这让鲁昂居民大失所望，他们原本认为英军罪有应得，应该受到相应的惩罚。英军放弃了战略要地，换来了苟且偷生，如今收复了鲁昂，我们也可以认为，整个诺曼底地区已经得到解放。

剩下的就是按照加冕的样子搞一场盛况空前的仪式，庆祝这最终的胜利。我招来了让·德·维拉热和其他几位年轻的伙计，他们都有组织大型活动的经验。大队人马夜以继日地从御用监运来珍贵的面料和奢华的兵器。终于，十月十日，我们列队进城，国王居中，华盖庄严。

这次胜利已经被讲述过无数次，我有幸躬逢其盛，除了个人的印象之外，再也没有其他内容可补充。我骑着马，走在杜努瓦和布雷泽旁边。前面排着六支震耳欲聋的小号。我们三人身穿紫色礼服，清一色貂皮里子。丝绸马鞍一律披金铺绣。我胯下的红色鞍鞯上配有一个白色十字架，这原本是为萨瓦公爵订购的，但是他没有能够留到入城仪式。周围全是乌泱泱的人群，他们给人的感觉不像是单纯为了看热闹，也不像平素围观国王典礼那样常常哀叹自己命苦，一有机会近距离地感受奢华与实力，就又是懊恼，又是眼红。民众在庆祝自己的节日、自由的节日、胜利的节日，国王也作为恩人和亲人受到盛情邀请。老人们想起曾经饱受的痛苦，回忆起那些遇难的不幸同胞，感叹着他们没有看到这个日子。妇女们又觉得孩子的前途有了希望，心想自己生儿育女可不是单单为了让他们来受苦受难的，他们好歹也应该见识一下和平与幸福。年轻人开始放声大笑，声嘶力竭地高喊那个曾经被禁止的名字，从前他们只能低声地念叨，心里充满了恐惧，因为那正是法兰西国王的尊姓大名。

对于我们这些在查理身边肩负国家要职的人来说，节日的意义自然也超出了当下这座城市，它将我们带向更远的地方。对于法兰西来说，它意味着结束了持续一个多世纪的战争、苦难和生灵涂炭。诚然，还需要一鼓作气，将英格兰人从吉耶讷地区驱赶出去。但在那里，他们已经远离了自己的大本营，陷于重重包围；一切不过是时间问题而已。这场旷日持久的战争至少也有一大好处：它消灭了诸侯，曾经，他们可以随意地传承土地和居民，仿佛他们是无生命的东西，是用作嫁妆的石磨、树木、池塘。将民众从桎梏中解脱出来的人，正是法兰西国王。从此，每个人都自觉是他的子民，而不再是某个本地领主的从属。

我时不时也朝查理看几眼。他全身戎装，戴一顶灰狸皮帽子，里面衬着朱红绸缎。我让人在冠冕前面缀上了一颗大钻石。国王骑着马，半眯着眼睛，身子微微摇晃。他有什么感受呢？如果我可以提这个问题的话，不出意外，他可能会回答：烦恼。上马之前，还在准备仪仗的当儿，在乡间的帐篷里，他还要了白葡萄酒。他喝了四五杯酒，但并不是为了压制迫不及待的心情——按理说谁处在他的位置都会有这种感受——而是为了给自己壮胆，要去直面那些他原本希望逃避的考验。

我去见国王，给他汇报仪式的安排情况。他不痛不痒地提了些问题，说想举办小范围的宵夜，身边不要别人，只要前些天在众目睽睽之下到来的那几位女子作陪。

这位国王的命运真是奇怪，他降生在世界上，那么虚弱，那么屈辱，虽然尊为君王，却处处遭人白眼，又兼国家分裂、民不聊生、丧权失地。但他凭着自己的意志克服了所有的障碍，结束了这场原以为永无尽期的战争，终止了西方教会的分裂局面，不但见证了拜占庭的崩溃，还重拾起它的部分遗产，并且打开了通往东方的大门。但他想组织的这场仪礼，却与亚历山大和恺撒的方式截然不同。在类似的凯旋场合，亚历山大和恺撒一定会卸下冠冕、纵马前行、激情飞扬，谁都看得出追随他们的大军既狂热兴奋，又满心爱慕。这一切，查理却是悄无声息地准备，就像一个被伤了自尊的孩子，正兀自思考着如何报复。他完成的大手笔，也不过是各种小算盘投射出来的阴影的集合。懦弱为他赢得了很多能人高手，人家都对他心生怜悯，他却把他们当作迟钝的玩偶，一旦没有了好感，立马就会毫不犹豫地让人粉身碎骨。现在，胜利的时刻已经来临，现在，任性的孩子已经报仇雪恨，于是再也没有了其他野心——而真正的征服者从来都有着与日俱增的宏图大志，除非事败身灭绝不会善罢甘休——如今只剩下小小的、自私的满足感：豪饮、娱乐、奢靡，一个词，空虚。

在大事件的中心，通常都会有一些人物让诗人和空想家徒生慨叹：哎，假如我是他们的话，该是如何意气风发！与想象中的热闹喧嚣相比，这些大人物的镇定被认为是善于自我控制。但是，对于没有梦想的凯旋者来说，胜利的时刻也总是那么单调、乏味，为了挨过这些时辰，他们只有一门心思琢磨些无足轻重的玩意。脚上老是折磨人的鸡眼、难以满足的欲望，不合时宜地想起了被别人拒绝的求吻，抑或朝思暮想的深情一吻，他们的心思浸淫在这温热混沌的意识中，而民众却在为他们热烈喝彩。

这是漫长的一天，充满了激情，洋溢着喜庆。查理参加了教堂的弥撒，多少人三呼万岁啊。民众的欢呼声此起彼伏、无处不在，虽然他们都被挡在外面。醉醺醺的鸣钟人轮班操作着钟摆。葡萄酒、食物、从来就没有当着英格兰人穿的衣服，一下子都汇集到街头。国王真是幸运，十一月的白昼已经很短，而且那一天还格外寒冷。东风吹来，拍打在人们的后背上，虽然凛冽，但还不足以平息如火的热情，回到家里还要继续庆祝。国王也在好几个正式场合露了面，然后才打道回府，赶那一场期待中的私宴。

整个晚上，周围冠盖云集，而我却内心孤独。所有找我借过钱的人都执意邀请我去他们家，仿佛要让我见证他们将资金用得有多么好。他们的盛情简直让我受不了。我不想将他们视为借款人，一般来说，我不喜欢根据财富多寡来品评人。我更不会极端地认为，因为他们欠了我的钱，所以理所当然应该鞍前马后地伺候我。忧郁袭来，借酒浇愁愁更愁。终于，我逃出了一座笑语欢歌高潮迭起的宅院，开始在街头游荡。

我信步闲逛，却遇上了杜努瓦。他坐在一段栏柱上，头埋在双手之间。他看见了我，发出一声微弱的欢笑，已经没有了上午欢欣的气势。他也借酒买醉，陷入了千丝万缕的阴暗想法之中。在金字塔般让人叹为观止的胜利、封号和采邑下面，他让人忘记了自己不合法的身份，在胜利的滚滚浪潮中，今天晚上，他又还原为奥尔良的私生子，那个曾经在宫中接待我的人，那个曾经出生入死追求荣誉的人，直到刚刚经历的这一天，所有的欲望都得到了满足，但同时又顿然幻灭。我们把帽檐压得低低的，挡住脸庞，沿着街向前走。我们聊了很久曾经的岁月，仿佛拒绝接受它已经远去的现实。后来，杜努瓦开始喃喃自语，说起了未来的征服。看得出来，那份热情不过是勉为其难。从今以后，即便还有战斗，其结果也已经少了那看不见却至关重要的不确定性。

最后，我们信步走回了寄宿的城堡。我们向哨兵报了姓名，然后朝宽阔的院子里走去。城堡的主塔上，窗户半掩，那是国王下榻的房间，隐约传来女人的笑声和曼妙的音律。杜努瓦停下脚步，抬头看了看灯火通明的房间，那里正一片莺声燕语。突然，他转过身来：

“你要当心。”他低声道，用下巴指了指国王所在的那层楼。

从他的气息可以大略看出，他说的是酒话，虽然他说起话来颠三倒四、神志不清，但好像还并没有完全失控。

“你救过他的命，现在，他不需要你了。”

“他说过什么吗，竟让你这样想……”

杜努瓦的脸上再也看不到一丝清醒的迹象。他摇了摇头，痛苦地扮了个鬼脸。

“晚安！”他撂下两个字。

他朝卧室走去，消失在楼道里。

我辗转难眠，第二天清晨，天刚破晓，我就早早起了床。因为烂醉和狂欢，城堡还在沉沉昏睡。马克也不见人影。纵情欢娱，他绝不甘心落在人后。我自个儿下到厨房，想找点吃的。两个伙计干脆就睡到了菜板上面，紧挨着温暖的炉灶。我打开橱柜，只见一罐黄油，柜子底部还有一截面包头。从一摞脏兮兮的餐具中，我抽出一个陶碗来，随手抓起熟睡中的伙计身上的围裙擦了擦。

我端着食物上楼，来到城堡鲜花簇拥的露台，在酒瓶狼藉的石桌上清理出一块空间。太阳升起来了，城市笼罩在温热的气息中，让那些实在太困露宿街头或倚门而卧的人格外受用。我差不多遐思迩想了个把时辰，突然，大厅的门口现出一个人影。他一手拿着水壶，一手拿着一罐腌菜，罐子上面盖着块红白相间的格子布。这是艾蒂安·舍瓦利耶。欢庆期间我们打过照面。他属于另外的编组，骑马随侍在勒内国王身后。看那样子，他并不比我睡得好。远不像平时那样精心打理，他满脸胡子拉碴，眼睛又红又肿。他挨着我坐下来，拿掉罐子上面的盖布，开始在里面翻来找去。他大概也刚到厨房里胡乱搜索了一番。

我们开始聊这庆祝活动，发现不过一夜之隔，它离我们已然遥远。虽然有了很多人生阅历，但我们还是很吃惊，热情居然这么快就轰然消退。

睡意朦胧的仆人开始在楼道里走来走去。他们好像朝国王的寝室而去。我敢肯定舍瓦利耶跟我想法一致。他认识阿涅丝，也很喜欢她，当然方式不同，他只是远远地守望，充满了敬畏。

“据说这些女子当中，有一位最得圣宠。”夜里不知道在哪里听来的这句话，我斗胆重复了出来。

“迈涅莱的安托瓦妮特，”舍瓦利耶嘀咕道，眼睛恶狠狠地盯着国王的窗户。

好一阵沉默，有几分尴尬。我们还不是太熟悉，不可能深入地说知心话，毫不顾忌地谈论国王的行径。

“我从来没有想到，”他回过神来，继续说，“我会经历这个时刻。想不到某一天我会与你们一道，在鲁昂，在这座解放的城市……”

他噗噜噗噜地吸了吸鼻子，抓起一片食物，在送到嘴边之前，又叹了口气：

“我从来没有想到，这样的时刻会让我这么难受。”

我又在鲁昂留了三天，处理御用监的事务。收复了城市，商机也多了起来，我们要尽快抓住机会：诺曼底，它的产品、它的海上贸易，都对我们敞开了大门。在逗留期间，我只见了国王一面。他召见了我，他在御用监订制过一件绣花上衣，有点不合身，并不算大问题。大事小情他都要找我，对此我早已见怪不怪。然而，在这次召见中，我发现了一个不可告人的意图。对衣服那种小事，我当然全然不知，在盘问我的过程中，查理一直盯着我看，还诡秘地朝我微笑。朝臣和几位随军的侍女都在场，我想搞清楚到底谁是迈涅莱的安托瓦妮特。但是国王没有给我留出细细考察的工夫。他开始指责我，说御用监的事务弄得一团糟。在众人面前，他压根都不正眼看我。显然，公开侮辱给他出钱打胜仗的人带给他邪恶的快感。因此，我的预感非常准确。我出了四十万金币，这深深地伤害了他，而对和谐的君臣关系来说，更有如致命的打击。对我来说，当众挨了第一棒，也意味着日后少不了其他考验，少不了更大的危险。

我若无其事地离开了鲁昂。谁也想象不到我内心的波澜。这警示至少也有一大好处：我被胜利冲昏了头脑，现在无疑是当头一棒。现在，我确信，赛跑已经开始了。国王要复仇，在大难临头之前，我必须先躲过此劫。他喜欢复杂的算计，喜欢冷酷无情的报复，我唯一的机会在于，他需要时间来跟我玩，来折磨我，在这期间我可以采取行动。因此，我只有伤心透顶地期望，苦难历程最好能多延宕些时日。

我先朝图尔方向进发，吉约姆·德·瓦耶在那里等我，要处理生意上的事情。我们上了路。夜幕降临，我们在图尔大道上的一家驿站投宿。我匆忙中又叫来马克，他刚给牲口洗了澡，把马安顿进了马厩，我让他赶紧装上鞍鞯。我们又马不停蹄地原路折回，一直来到通往洛什的岔路。月影朦胧，我们趁着夜色，冒着严寒，一路紧走慢赶，终于在黎明前到达阿涅丝所在的城堡。

我害怕见到她，怕她问起国王的表现，怕我自己对她说假话。但是，怯懦可算不上有担当。我对她有过承诺；我必须言而有信。在大壁炉的旁边，我靠着一口满当当的箱子休息，阿涅丝早上才来见我。她还是我爱的那副模样：没有矫揉造作，头发自然地垂下来，一件随意的披风和一袭精致的吊带，既掩盖住她的胴体，又展露出她凹凸有致的身材。然而，我很快就明白过来，这种慵懒并不是好现象。她睡眼惺忪，鼻子泛红。她的双手轻轻地抖动，动作很急促，有点笨手笨脚的感觉，这可是绝对少见的情形。经过的时候，她差点打翻烛台，稍后一会儿，在举杯往嘴边送的时候，又打碎了杯子。更有甚者，她看起来颇有些瑟瑟寒意，仿佛无形的保护伞已然消失，她变得那么脆弱，就连古老城堡中潮湿的空气都可以伤着她似的。

高大的壁炉前暖意洋洋，在那里睡觉我十分满足。但是阿涅丝哆嗦着把我拽进她的卧室。在床帏四周，她让人摆上了国王赠送的尼布甲尼撒挂毯。这是我专门定制的，连续好几个月时间，我都盯着工匠，一直到最后完工。在这里看到挂毯，发现阿涅丝中意又受用，我喜上心头。一进入卧室，她就爬上床去，还要我坐在她旁边。在远离了潮气的温暖被窝里，她才微微放松下来。她的四肢逐渐舒展，仿佛要将全身的能量重新送回精神世界似的。她开始激烈地说话，情到深处几乎喘不过气来。

我发现她什么都知道：我担心她问起的国王的行为，其实她连细枝末节都已经了然于胸。她看见我一头雾水，于是对我说，艾蒂安·舍瓦利耶两天前来过这里，将他知道的情况全都毫无隐瞒地告诉了她。她的痛苦倒不是因为国王的不忠。如果说他花很多时间与随军的婊子厮混，她还可以理解，也不会觉得惊慌。但是，让她受不了的却是双重的背叛：查理的背叛和表妹的背叛。迈涅莱的安托瓦妮特是她母亲那边的直系亲属，还是阿涅丝介绍她入宫的。至于国王的背叛，在宠爱的表象下，他一贯如此。因为，即便在给她弗农城钥匙的当儿，他还在床上与另一位女人鬼混。

我试图安慰她，对她说，这一切都不会持续太久，国王还会回到她身边，会回来找她。

“不会长久？你可不了解安托瓦妮特！这是个心机很重的女人，很有野心。她得到的地位，绝对不会放手。”

今天，我已经知道故事的下文，我得承认，她看得很准。用不了三个月，安托瓦妮特就正式坐上了国王情妇的位置。但在当时，我认为阿涅丝有点夸张。我的反应让她很生气。她很快又平静下来，但取而代之的是痛苦和沮丧，让人看着无比难受。

她看了看因朝思暮想的妊娠而日渐隆起的小腹。她的双手有点浮肿。她焦急不安地摩挲着国王送她的那枚紫水晶戒指，在她那肉嘟嘟的指头上，戒指滑动起来有点费劲。

“我在这里，肥胖、丑陋、身体虚弱，远离他的身边。她在那边，分享着他生命中最美好的辰光，陪伴着他，快乐着他的快乐。”

我拥她入怀。她把头埋在我的胸前，开始低声地哭泣。我感觉到她的泪水浸湿了我的右手。她微微地颤抖。我从来没有见到她这么虚弱，这么无助。从前，在任何境遇，尤其是在逆境中，她都具有异乎寻常的活力；现在，她痛苦不堪、浑身乏力。也许是怀孕使然，也很有可能是生了病。我万分心疼，只要能减轻她的痛苦，至少再也不继续恶化下去，我什么都愿意为她付出。这里面绝不掺杂怜悯，因为我知道，她最厌恶这种情绪，无论如何，她都不会祈求别人的怜悯。我头一回对国王产生了有意识的憎恨。他把阿涅丝拴在身边，表现出对她的宠爱，却暗中毁了她，她还一直以为这是彼此心有灵犀的爱；再后来他又公开地羞辱她，让大家都瞧不起她，这太卑鄙了。这种行径，之所以我如此严厉地抨击，是因为与他对待我的方法如出一辙，虽然情形完全不同。

这两种体验互相强化。我呢，我有办法摆脱他，我财力广大，即使没有了他的庇护，照样可以找到其他的支持、高层的保护。阿涅丝则一无所有。这个委身于他的女子压制自己的个性，真心实意地爱着他。她拥有的一切，他都可以随时剥夺。看一看他是如何对待那些遭到抛弃或罢免的人，就别指望失了宠他还能对你宽厚，尤其当新的情妇想立即抹掉前任留下的记忆，自然会对他施加影响。

这纷纷扰扰的想法让我心如刀绞，我必须寻找一个出口，好排遣心中激烈的情绪。阿涅丝完全信任地依偎在我身边，我们的身体亲密相拥，柔软的被单造成保护的假象，然而在它之下的我们是那么不堪一击，这一切都前所未有地拉近了我们之间的距离。身体的欲望淹没了平日朋友间的那份羞怯。我的手慢慢地靠近她的胸部，试图拨开她胸前的薄纱。她有点反对，这初露的一丝拒绝也让我相信，我的激情还不算粗暴。要是她毫不反抗，我反倒害怕是在乘人之危。在表露意愿的同时——即使是拒绝——她也向我证明，她依旧保持着清醒：因此，得到她的同意意义非凡。事实上，我很快就感觉到，对于我的爱抚，她的反抗无非就是纵容更进一步的动作。在假模假样推开我双手的同时，她实际上是在加以引导。我曾经很多次拥抱她的身体，但始终心无杂念，所以这一次感觉像是在探索似的。她的身体那么羸弱，让我非常吃惊。她的四肢瘦小，但胸脯和腹部非常饱满，充满了生命力，比我想象的还要烫热。贴得这么近，曾经熟悉的花草和香料的气息，早已盖不住她金色皮肤散发出来的体味，这淡淡的辛香让我的欲望达到了高潮。这是明摆着的事情，她不可能感觉不到，如果她不再拒绝，那说明她也有着同样的欲望。没必要极力掩盖。她目不转睛地看着我，紧紧地握住我的双手，随后，她将双唇贴在我的嘴上，缓慢而享受。长久的亲吻之后，我们盖上被子，昏暗的亚麻帐幔仿若一个原始、温馨的小窝，在这里，身体与痛苦交织，爱抚与叛逆同在。在炽热的肉欲中，在亲热的时间里，伤害与怨恨、失望与幻灭，仿若熊熊火焰一起燃烧，融化了我们的灵魂，让我们彼此合二为一。

请理解我：这个时刻有着难以估量的价值，它与征服的满足感毫无关系，与男人的虚荣心毫无瓜葛。回头看来———一切也因为回望而更加清晰——对我来说，这个时刻成为了人生的转折点，有两股相反的力量，超乎想象的强大，将这一时刻拉扯甚至撕裂。一方面，我们肉体的融合丝丝入扣，完美和谐。我们更加坚信所有的预感，我们相互吸引，这既不是幻想，也不是错误，而是一种象征，我们注定永远心心相印。但是，从我们融合的那一刻起，就打上了原罪的烙印。我们刚刚消弭了横亘在彼此之间的距离。一旦跨过了这条线，一切都将无情地降临在我们的头上：国王的愤怒、阿涅丝的悔恨、我摆在那里的年纪以及朝不保夕的处境。仿佛打破了一个装满血液的器皿，我们身上溅满了血污，很快就会大祸临头。

必须马上逃跑，逃离这一切。但是，爱情的力量只足以维持自身的激情，除了继续在肉欲的压迫中痴痴追寻感官享受之外，早已无暇他顾。四围周遭，显然已经危机四伏，这就催生出唯一的热望，也就是让我们继续相爱。开始便是结束，越这样想就越绝望，越希望延长这个过程。

欢娱让我放松了下来，我唯一还清醒的意识，就是发现自己此前从来就没有爱过，多亏上天厚爱，让我得以品味这其中的幸福，哪怕仅此一次。

就这样，我们一直待到了黄昏。丫鬟敲门要送烛台进来，阿涅丝将她喝退，叫她晚点再来。薄暮的余晖穿过彩绘玻璃投射进来。阿涅丝拉开床幔，赶紧跑出去套了一件睡袍。我也手忙脚乱地从床里床外找来衣服，忙不迭地穿在身上。我们异常窘迫。我们陡然意识到刚才的所作所为，就像亚当与夏娃从伊甸园出来，看到自己赤身裸体，不免惊慌失措。我们压根就没有任何克制，毫无廉耻。我们很后悔，恨不得要抹掉之前的所有痕迹。

也许爱抚激发了她身上早已缺乏的活力，也许她想做点什么好尽快忘记刚刚沉溺其间的鱼水之欢，等我们穿上衣服，收拾停当，阿涅丝又开始信誓旦旦地说话，向我阐述未来的规划。

“我可不想遭人践踏，”在下到客厅的当儿，她说道，“我要斗争。我很快就要去见国王。他必须让步，或者做出解释。”

看她又恢复了信心和决心，我很高兴。然而，我并不认为她说过的话会真的付诸实施。在当下的兴奋背后，她的脸上流露出一种疲惫的神色，还有我不知道该如何形容的病态。按照我的吩咐，马克点着榆树和桦树柴火，火焰熊熊，屋子里温暖如春，在这里谈起出游和骑行似乎毫不费劲。但外面正逢隆冬，天寒地冻。我希望，在行动的时候，阿涅丝能够仔细思考严酷的气候、艰险的道路。

宵夜之后，她与我拥吻道别，然后便回了房间。我与马克开始安排次日的出行，我回到平时在洛什住的那个房间睡觉。半上午的时候，我离开了城堡。阿涅丝起得很早。她穿着一件貂皮领子红天鹅绒长裙。她祝我一路平安，对我们千叮咛万嘱咐，好像要确信我们带足了吃喝似的。她悄悄在我的兜里塞了尊圣雅各象牙雕像。这是富有的朝圣者随身携带的护身符，他们希望得到圣人的保佑。我一直有去孔波斯特拉朝圣的想法，但从没有时间来完成这个夙愿，为了自我安慰，对那些找我帮忙的苦修者，我都是有求必应。当然，并不是因为我信奉这些所谓的圣迹。而是我一直觉得，我的命运与这种朝圣之旅有着秘密、强劲的联系。不正是圣雅各让全欧洲的人都行动起来了吗，是他建立起相互的交流，让农民离开了土地，让北方的人去发现南方，让东方的人去了解西方？因为战事连绵，所以朝圣也就成了人们最古老的出行理由。我毕生的精力都致力于让货物与商人在所有的空间里流动，不管是在陆上还是在海上，我都继承了这位圣人的名字，我感觉自己是他的传人，或者说继承了他的衣钵。阿涅丝可能猜出了我的心思。不管如何，在我看来，选择这样一件礼物绝非偶然。后来，在丢失的所有财物中，这是我唯一深以为憾的。

那天上午，天空黄云密布，看不见太阳。凛冽的空气里能够嗅到大地的气息，乌鸦在围墙周围飞来飞去。阿涅丝站在门边，稍稍退后，大概是为了让暗影挡住她的脸庞，掩饰那一丝不安的神色。我们越过了雷池，打破了规矩，彼此心知肚明。我心中比她还要纷乱。因为，她与我不同，她应该知道，这种误会不会有什么结果，而且其他事情很快就会将其掩盖、不了了之。她挥手告别，还没有等我的马走出院子，就又退了回去。她随手关上了门。从此，我再也没有见过她。

第五章
走向新生

后面的事情已经人尽皆知。她成为历史的一部分。阿涅丝去世之后，国王把葬礼办得极其隆重，几乎可以与他的凯旋相提并论。但是，她的陵寝、国王拨付的款项、为了救赎她的灵魂而每周举行两次的弥撒、查理给她追封的侯爵夫人头衔等等，这传之后世的形象，与我认识的那位女子截然不同。对我来说，在关上洛什城堡大门的时候，她就已经消逝，谁知道她最后的感受、最后的想法？我们只了解她的一段履历、几个日期。人们知道，在我离开后不久，一月初旬，在清霜薄雾里，她离开了都兰地区。她不畏旅途的严寒和艰险。那时候，路上还不安定，曾经投靠英军的甲士如今成了流寇土匪，四处游弋。国王要继续征战，跟他一道在鲁昂庆祝胜利的女子也先后离开。那些还需要征服的战略要地，几乎都没有什么抵抗。查理骑着高头大马，耀武扬威，甚至还可以冲锋陷阵，其实压根也没有什么大不了的危险。

阿涅丝直面了更大的危险，但她却敬佩国王。国王很高兴把她带在身边。所有见证人都对我说，这为数不多的时日非常幸福。她是否会埋怨他的不忠，抑或因为当着众人的面又抢回自己的位置而感到心满意足？我认为，她那么机智，绝不会冒风险去大吵大闹。

再说考虑到我们之间发生的事情，她也不会认为自己无可挑剔，非要去占据道德制高点。最后那些日子里待在查理和她身边的人，都一再强调说他们琴瑟和谐。我完全有理由相信，他们说的是实话。又回到国王身边，分享他的荣光，这让阿涅丝真心感到快乐。他作为大元帅的那份虚荣，她睁只眼闭只眼；他对另一位女子的意乱情迷，她也忘到了脑后。

对于这个古怪的人物，我和阿涅丝都有着同样矛盾的感情。我们都很清楚，他绝对干得出背叛的勾当，可以无情无义地将我们出卖给势不两立的敌人，然后再像曾经对待圣女贞德那样，袖手旁观我们如何毁灭。然而，一想到我们也曾经背叛过他，我们竟害怕让他哪怕有一丁点痛苦，于是也就不战自败。

不管如何，总算度过了一段幸福的日子。后来，她的侍女向我透露，阿涅丝这一趟非常劳累，再说她本已经疾病缠身，她用尽了自己最后的力气去回应国王的热情，与他彻夜欢娱，与他嬉笑玩闹。二月初旬，他又要出发，开始新的征战，他前脚一走，她就病倒了。

人们经常讲起她生命垂危的时刻，而且众口一词地赞扬她的虔诚。在教宗赠送我的礼物中，还有颁赐给她的全大赦，可以在最后时刻赦免她的全部暂罚。全大赦文件留在洛什城堡，听忏悔的神父相信她所说为实。现在，为了冥世，我也需要这一道临终圣餐，我意识到，在我与宗教之间有多么宽的鸿沟啊。那些打着上帝名义的人其实压根就不知道上帝的存在，更不懂得上帝的意志，但是阿涅丝却天真地坚信这种种承诺，一想到这些，我又觉得无比宽慰。

一切都发生得那么突然，我既不知道这特殊的荣光，也不知道这最后的时刻。因为生意上的事情，我已经南下蒙彼利埃。二月十五日，有信使带来消息，说阿涅丝已经辞世，而且还指定我、艾蒂安·舍瓦利耶以及她的医生罗伯特·普瓦特万作为遗嘱执行人。

阿涅丝去世之后，生活还得继续，行动还得坚持，遇到我的人都会坚信我丝毫也没有改变。然而，我深深地感到空虚、心寒。想到我们最后一次见面的情形，我心中再也不能像从前那样平静。想念她，也就是感受这误解的苦痛，疯狂地渴望能够让时间倒流，能够消弭某些行为，重新找回已然被击碎的纯净无邪。但是，不想念她，那就是对她的抛弃，无异于让她再死亡一次。

这种两难的处境让我百般纠结。我四处奔波、埋头工作，试图从中得到解脱，但依旧徒劳无益。

阿涅丝去世的一大影响就是她的朋友们顿时面临更大的危险。她一直保护着布雷泽，好多次都曾救他于危难之中，几周之后，布雷泽就尝到了苦头。国王借口赏他一个华而不实的封号，把他打发出了内阁，派去诺曼底。这也让我更加害怕。阿涅丝的离世也带来了一个有益的后果：除了怀念她之外，我已经没有其他任何情感。既没有欢乐，也没有痛苦，亦没有恐惧。诚然，我照旧像从前那样精心组织，让我的生意——很快还要让我的身体——躲过国王的迫害。这一切，我都在按部就班地推进，但并没有激情。前途未卜的处境曾经让我备受折磨，夜里我常常从梦魇中醒来，惊出一身冷汗，在某个意想不到的时刻，一想到可能会失宠，一想到借给国王四十万金币时他那冷若冰霜的眼色，我就心如刀绞，如今，这一切都随风消逝。对任何事情，我都表现出异乎寻常的淡漠，可以从容地冷眼旁观。我做好了最坏的打算，但是已不再恐惧。

再说，在阿涅丝去世后的那个春天，间接来看形势对我还算有利，短时间内也没有失宠的危险。鲁昂战败后，英格兰军队由萨默塞特统率，一直驻扎在诺曼底，英格兰又派出增援大军，在这里登陆，与他们会师。战火重燃。国王很害怕。在另一条战线上，杜努瓦脱不开身。匆忙中，国王任命了一位经验不足的司令官。他打着如意算盘，以为有了精锐的军队和精良的设备就可以弥补司令官的不足。他比任何时候都更需要钱，而且需要很多钱。他又一次找我帮忙。我不再担心显露自己的财富：他已经知道我的家底。我出了军饷。一开始，战况还不是很明朗，但是后来形势对我们非常有利。尽管双方谁也不愿意，但还是在福尔米尼村展开了战争。法兰西军队大获全胜，这是英军的最后一次进攻。

在诺曼底，唯一需要收复的战略要地只剩下瑟堡。国王决意一鼓作气，永久断绝英军再次入侵的危险。哎，杜努瓦和其他武将都很清楚：没有得力的舰船封锁港口，不能指望围城。需要想别的办法。办法倒有一个，但是必须再次经过我的手。

事实上，驻瑟堡英军司令的儿子成了法兰西的俘虏。一般的做法是，根据俘虏的身价不同，国王论功行赏，将他们赏赐给立下战功的臣属。我出了军饷，也顺理成章领赏到几名战俘，其中就包括这名英格兰军官的儿子。国王委托我去跟他父亲谈判，我们释放俘虏，希望换来瑟堡的投降。还有很多具体的细节需要处理，自然不能指望英格兰人白白送我们大礼。他们让我们承担军队返回英格兰的所有费用。当然，我出了这笔巨款。完美收官。父亲与儿子团圆；八月十二日，瑟堡也获得解放。

我懂得通过这种介入来拖延时间。在诺曼底之后，国王又挥师吉耶讷，追剿英格兰的残兵败将。对我来说，每一场战争都是一次机会，可以为我赢得时间，暂时规避危险。然而，我也知道，这种平静不堪一击。即便我有所大意，这期间仍有一段插曲提醒我，国王随时随地都可以雷霆震怒：对让·德·桑宽的审判就是如此。

让·德·桑宽比我年轻，他一辈子都在国王身边当差。然而，我们有很多共同点。他也是贝里人，出身贫寒；他负责财政事务，管理过国库和税收；国王任命他为利穆赞地区税务官，而我则是朗格多克地区税务官；两年以来，他也是内阁成员。他之所以失宠，是因为卑鄙的指控。司法程序没有给他留任何可乘之机。在所有的判决中，似乎最关键的就是要支付给国王六万金币罚款。

事情刚刚爆发，还没等判决结果出来，我就决定加快行动，以避免类似的遭遇发生在自己身上。我请求登记成为马赛市民，但是进展非常缓慢。我督促当地的中间人尽快落实这事。我不能突然离开蒙彼利埃去马赛，这一切必须做得神不知鬼不觉。但是，我尽量延长商船在那里的停留时间，装货的时候，我也为普罗旺斯货物留出了更多的空间。

我暗中派让·德·维拉热去拜见阿拉贡和西西里国王。他为我带回了通行证，让我得以将部分财物运抵那不勒斯。

表面看来一切都风平浪静。国王很友好，还经常对我格外开恩，格外照顾。除了我之外，所有人都相信，他对我的好感还是一如当初。然而，气氛越来越紧张。布雷泽遭到排挤，老唐吉·杜·沙泰尔已经作古，随着战场上的胜利和财富的积累，杜努瓦的粗俗也与日俱增，这一切都让我失去了此前在国王身边拥有的支持。其他人陆续登场，影响也越来越大。他们中的很多人都找我借过钱，这让我不太受用。我倒不是觉得危险，而是觉得不舒服：经验告诉我，坦诚相见与债务带来的羞辱绝对水火不容，所有人都不能免俗，除非少数高贵的灵魂，他们不会据此评价自己与他人。

大部分新贵我都不认识，因而与他们关系疏远。就这样，不知不觉中，我更加伤害了他们的自尊心。我并不是看不起他们，只不过有点厌倦罢了。直截了当地说吧，十到十五年前，我与老相识们分享的那份默契、信任、友谊，现在再也没有力气来重建，今天，他们已经四处星散，或者有求无应了。

我财源茂盛，加之阿涅丝去世之后平素里我总是落落寡合，这些都让人觉得我不苟言笑、难以接近。甚至我的动作也变得更加缓慢，脚步也更加沉重。在阿涅丝忌日前的冬天，恰逢淡季，一天晚上，我在图尔得到了圆满的开示。

整整一天我都在御用监忙前忙后，还有吉约姆·德·瓦耶新雇的会计作陪。他身边还有好几位伙计，虽然他们人很年轻，但是工作起来很认真，在生意上也算行家里手。正逢主显节，我知道他们中间好几位都是新婚燕尔，家人也在盼他们回去一起过这个小小的节日。晚上六点钟光景，柜台上开始笼罩着沉沉暮色，我让他们打烊回家。我借口要写一封信单独留下。值夜人待在门外，要等我离开后再合上大门。

房间里一片静寂，夜色深深，只有一盏微弱的烛台。我一动不动地待了好几分钟，随后，我站起身来，端着铜烛台打开通往仓库的房门。我穿行在货架和衣帽架之间。我的脚步声在地板上回响，最后消弭在仓库宽阔的空间里。在微弱的烛光中，压根就看不见头上高高的房顶，也看不见仓库深远的四壁。我在黑暗中走着，四周全是物件，只能够看到色彩艳丽的反光，闻到各种特殊的味道。成堆的布料、新兵器亮澄澄的黄铜表面、装着奇珍异物的坛坛罐罐，这一切都散落在空间里，从低到高，从近到远。有时候，烛光照亮了毛皮细小的起伏、铠胄上的铁甲钢衣、中国青花瓷表面的釉彩。我继续前行，不管往哪个方向，都会出现新的宝物，但很快又被其他珍奇取而代之。人世间的所有财富，不管是来自西伯利亚森林，还是来自非洲沙漠，都在这里齐齐汇聚。大马士革的手工匠、弗兰德的织布师，他们的技艺都在这里得到了体现；东方温热气息中成熟的香料，与矿石、宝石、化石等大地的瑰宝交相辉映。这里是世界的中心。它的获得并不是因为征战或抢劫，而是因为交易、人类的自由、巧夺天工的才华。从战争中分身出来的精力可以分散到各项和平的事业里。这精力将支撑织布师的双臂，将引导农夫的脚步，将赋予年轻人以勇气，将赠给手工匠以机巧。

这个世界，曾经让我朝思暮想。但是，现实绝非梦想那般轻盈。我的计划获得了成功，甚至超出了我当初所有的想象，我感觉自己被掩埋在这如山的重负之下。我仿佛又回到了鲁昂的入城队列中，盛装华服让我压抑难受，天鹅绒衣冠让我大汗淋漓，胯下的坐骑金鞍玉辔，却步履迟迟。

这就是我现在的处境。我孜孜以求的自由与和平已经无处不在，但是在我自己身上却付诸阙如。我心中洋溢着疯狂、痛苦和紧迫的愿望，想告别这种生活，想平静地享受小富即安的日子，想重新找回闲适、梦想、爱情……如果阿涅丝还活着，她会理解吗？我们是否会决定一起远走天涯？我多么希望与她一起踏上东方的道路，请求苏丹开恩让我们在大马士革居留，哪怕要为他奉上我所有的财富。

阿涅丝已经不在人世，但是我对自由的渴望却挥之不去。那天晚上，我心想，对国王的畏惧可能是天意使然：天意要我逃离祖国，要给我提供机会，结束由官职和不近人情的财富带给我的奴隶般的生活。运到那不勒斯的财富已经足够我在那里安身立命。在那里，我还可以让商船从马赛航行过来。谁知道呢？也许我可以陪着商船去往东方。我依稀看到了全新的生活。沉沉的黑暗中，浸满了新皮革和香料的味道，我仿佛看到了一点昏黄的光线，飘浮不定、左右摇曳，很难稳稳地将其把握。我继续往前走，在这财宝如山的洞窟里，我怎么也看不到边界。突然，我看到了一个名字，仿佛星光闪耀般指引着我前进。亮光不是来自身边的物件，虽然蜡烛的反光常常给我这样的幻觉。这光亮来自我的心底，它一直被深深地掩藏，直到今天晚上，它才得以重见天日，在每个人生的关键时刻，它都为我指引着前进的道路：这就是童年时期的豹子。

我知道自己要做什么。然而，在抛弃当下的生活开始新生活之前，我还必须将就某些义务。这是我负担加重的一个信号：我已经不能立即采取行动。我驾着一辆极为沉重的马车，上面载着太多的人，没法一下子就完全停下来。

我的生意也是负担，但这并不算最沉重的负担，假如我不想继续扩大财富，假如我只想留存必要的财物。实际上，那时我之所以一拖再拖，最大的障碍还是来自家庭。

这些年来，与玛茜在一起，我们也建立起某种形式的关爱和尊重，但早已算不上爱情。不过我们还是保持着默契，虽然我已不会向她倾诉任何不开心。她的野心得到了满足，甚至超出期待。她培养起这样的性格，炫耀中有几分朴实，挑剔中有几分爽直，卖弄中有几分随意，这些特质要么表明从来家底丰厚，要么标志确实心灵高尚。她学会了组织各种喜庆的仪式，喜欢召集大批有名望的显贵、高级教士、大商人，同时也不乏优雅的贵妇和风流的名士。大家都感觉很自在，气氛也很热烈，加上精美的菜肴和音乐，非常适合闲聊。假如她还是像从前那样渴望鹤立鸡群，渴望别人钦佩她的美貌与虔诚、财富与教养，那么她永远也不可能对别人如此慷慨。诚然，她发生了很大的改变。但岁月也在她身上打上了深刻的烙印。有两个异常寒冷的冬天，她都长时间卧床不起。她已经满头白发，牙齿有了毛病，笑容也失去了光彩。她本可以像其他人那样，人为地去掩饰岁月的侵袭。相反，她不再卖弄，她坦然地接受。

从意大利回来，我看到她变得更加苍老，但更加平和，这让我有点吃惊。在我看来，她似乎觉得自己的时间已经到头。如今，对她来说，重要的无非两点：孩子和信仰。孩子们日渐长大成人，她也可以全身心地献身于信仰。一天，她向我提起自己的计划，她打算到修道院去静修，但并不会加入修会。孩子们的最后一件大事，就是儿子让被任命为布尔日大主教。就在这一年，阿涅丝离开了人世，英格兰人在福尔米尼彻底战败，让也到了法定的年纪，可以开始履行教宗在两年前就已经委派给他的圣职。

玛茜痛苦又焦急地等待着这一刻。她曾经渴望，曾经梦想，为了这一切，她做出了那么多牺牲，对她来说，这个时刻形如她生命中的一道地平线，越过这条线，所有的期望不过就是宁静。

这个大日子定在九月五日。此前，组织大型活动的本领，我只是用来为国王服务，现在终于可以为玛茜和儿子派上用场。全城居民都聚集到主教座堂，里三层外三层围得水泄不通，大家一起庆祝这个时刻。让英姿勃发，他穿着朱红礼袍，在教堂大殿中缓步前行。周围鲜花点缀，唱诗班在高大的穹顶下演绎着圣歌，九月的阳光透过彩绘玻璃，点染出一层强劲的蓝色。

我们的宫殿也已经竣工，除了几个不大惹人注意的细节。一段张扬的铭文爬上了墙面，那是玛茜的奇思妙想："勇敢的心，无所不能。"那时候，我安排了堪比王室的欢庆活动。这是最后的疯狂。这些惊人的花费，一定会有人向国王打小报告。在当下的境况中，他的嫉妒只能是火上加油。但我才不管那么多呢。我想让玛茜开心，也许通过这烈火烹油、鲜花着锦之盛，可以弥补我这么多年的缺席，弥补我对她逐渐的抛弃，还有无数次无疾而终的背叛，以及我与阿涅丝之间那段臻于极致的姻缘，更加严重，更加不值得原谅。

这庆典也是为了让，这个孩子，我从来就没有理解过他，也许从来就没有爱过他，很久以来，他都是听从玛茜的安排。从我这里，他只是继承了雄心壮志，然而我的意志如今已经消磨殆尽。他将这抱负用来为上帝服务，也在上帝身边找到了一席之地，而且很快还要迎接自己的母亲。

这些欢庆活动只让我徒增烦恼，因为它们带来了鱼贯而入的求助者。人家想得也对，在这样的日子里，不管有什么请求，我怎么好意思拒绝呢。幸好庆祝活动结束之后，我还差不多有一个礼拜的时间可以待在新落成的宫殿中。我深爱着这栋建筑。在我修造或收购的所有建筑中，我觉得，只有与它算得上十足的谐调，在某种意义上，它仿佛是我人格与生命的具象。宫殿分为两个世界：一边是旧世界，与领主的建筑毫无二致；另一边是意大利的气息，还有东方的考究。到处都是旅行的记忆，大门上雕刻的棕榈树、彩绘玻璃上勾勒的船只，还有正倚窗翘首期盼我的管家与最年老的女佣石像……

然而在这个礼拜中，我没有一刻放弃过绝对的信念：我再也不会在这里生活。不管发生什么，我已经决定要远走高飞。这座宫殿算是我对未来的献祭，当然并不是为了徒劳地希望自己能够被铭记在时间的长河里，而是为了证明梦想的力量。皮货匠家里的那个小小少年，曾在离这里两条街的地方遐思迩想，最终却成就了这座古城墙边的石头殿宇；等我死去之后，那些还能够看到它的人，他们会明白，这得需要多么强大的精神力量，我也希望他们能够正经八百地对待自己的异想天开。所有的东西都是身外之物。石头成其为石头，它并不需要人。只有不存在的东西，只有我们催生到这个世界上的东西，才属于我们。

冬天来了，每逢这个季节，我总是变得迟钝、慵懒。今天，当我想起这些日子的时候，我明显察觉自己犯了错误。我失去了宝贵的时间。这期间并没有什么忙碌的事务。吉约姆·德·瓦耶将生意打理得井井有条。让也扩大了活动范围。从苏丹那里回来之后，他又出发了，一直走到了鞑靼地界。然而，一天一天，冬天就这样过去了，再也没有什么推力将我从麻痹中唤醒。

春天，国王又开始制订征服吉耶讷的计划。或者说是别人为他做了嫁衣，他只是欣然接受。他的性格还是变幻不定。他感官的觉醒、他对享乐的归宗、他对世界的兴趣，在阿涅丝时期，这一切都具有较为高贵的形式。国王的浅薄仿佛是对长期幽居生活的报复，这也是他羞涩的反面；如今，他决定要克服羞涩的障碍。阿涅丝帮着他在享乐和王权之间建立起平衡，但是随着她的去世，这种平衡也立即打破。查理完全走到了荒淫的一面。他的新情妇，也就是那位跟他去诺曼底的安托瓦妮特，采取了与阿涅丝完全相反的策略，真是又卑鄙又让人瞧不起。她为国王提供妓女，以满足他难填的欲壑。与此前阿涅丝和安茹的查理之间的关系不同，她不需要担心中间人使坏，因为她本身就是皮条客。我从来就不善于陪人纵酒狂欢、肆意享乐。国王也知道这一点，便不让我染指这些丑陋的勾当。然而，他还是一如既往地要我出军饷，我也像从前那样表示赞同。

春天姗姗来迟。春天来了，我才慢慢苏醒过来。然而，我还是没有拿定主意马上出发。也许因为我很少见到国王，这种距离感又给了我幻想，以为危险已经平息下来。

但是，现实绝非如此。我后来才知道，在前一年年底，国王已经接见过好几位揭发者，他们对我进行了猛烈的指控。在嫉妒之外，如今又多了几分怀疑、几分警惕。山雨欲来，但我依旧充耳不闻。我没有看出某些兆头，还以为自己一直稳坐朝中。我到南方远行了一次，解决生意上的事务，也拖延了远走他乡的决定。初夏时节，我还迟迟没有动身。一般来说，这个季节，也就开始雷声滚滚了。

就这样，我开始走向最终的悲剧，这期间，我又两次见到了阿涅丝。重逢让我心潮起伏，我面对危险时的麻木大概与之不无关系。

第一次是在五月份。早在几周之前，画家让·富凯就给我捎来消息，说等我到了都兰地区，一定要去看他。我对他还算熟悉，知道绝不是为了钱的事。即使缺钱，他也从没有向我开过口，他宁愿过苦日子也绝不会亏欠别人。我没有磨蹭，立即赶去见他。五月初旬，我到达图尔。马克前去报信，但画室里连个人影都没有，虽然上午的时间已经不早。最后，快接近晌午的时候，他才拖着懒洋洋的步伐沿着街道一路上来。马克回来告诉我，说他在等我。春天的阳光露出了笑脸，穿透了前些日子阴雨连绵的云层。一走进画室，我就闻到空气里浸润着颜料和油彩的味道。炉子上正小火熬着密陀僧溶液，上面浮着一个黑色的洋葱。富凯朝我迎过来，热情地拥抱我。

画室深处，画架上摆着个蹩脚的橡木板。我先看见画板的背面，只注意到棕色的木纹和线条。我跟着富凯来到另一侧，突然一阵激动。木板的另一面经过精心打磨，光滑如镜。画像已经完成了四分之三，只剩轮廓还需要精心描绘，但是中间部分已经定稿：这正是阿涅丝。她的脸庞是根据画家以前给我看过的草图绘制而成，当时我们就依稀觉得那是死亡之作。与此对应，既然阿涅丝已经作古，这样的形象同样也就是生命本身。它重构了我们以前经常见到的那种表情，若有所思，心不在焉，高高的额头淡粉轻匀，双唇紧闭，黛眉低敛，眼睑仿佛在轻轻地颤动。

在奇异的构图中，富凯将脸庞置于中心位置。阿涅丝穿着祖母绿长裙，外罩一件白貂披肩。她胸前的束带轻轻松开，长裙的上缘有些低垂，露出了一侧坚挺的乳房、淡淡的乳头。圣子耶稣坐在她的膝头，看着远方，仿佛已然在审视其注定要献身的命运。阿涅丝头戴一顶珍珠红宝石王冠，仿若天后的仪态，这也说明，富凯要将她表现为圣母马利亚。

但是，这种神圣的寓意，如同她身下那尊堆珠砌玉的宝座一样，难以掩盖肖像的另一层含义：对于我们这些认识阿涅丝的人来说，这幅油画表现的是她永驻天国的意象。在这种假设里，画像也具有更加模糊的意义，更加让人惶惑不安。因为，天国的生活既让人想起地狱，也让人想起天堂。阿涅丝身边环绕的小天使大都低眉敛目，一副上品天神的神态，似乎象征着真福。然而，富凯将他们画成了红色，也就是魔鬼的颜色。我看在眼里，不由得心想，按照阿涅丝生命中的罪孽来看，她一定该堕入地狱，但是她那么虔敬、温柔、富有魅力，她在人世间表现得那么真诚，就连最顽固的对手也会缴械投降，这一切都让她赢得了撒旦派来看守她的那些魔鬼造物的芳心，因此天使才被画成了红色。他们有如圣婴耶稣一样温柔，在她身边围成一圈，但并不是为了折磨她，而是为了保护她，以免她被地狱之火灼伤。

我觉得，这幅油画以后会成为祭坛背景画的组成部分，那些看到它的人中大概很少会将其与阿涅丝联系起来。随着时间的推移，这样的人只会越来越少，直到某一天，谁也不再记得她。她的形象将被永久地改变。我更加了解富凯，了解他的绝望，了解他在绝望中的醉生梦死。艺术赋予了他奇异的能力：与冥界交流的能力，让活人进入阴曹的能力。他对人生不抱任何幻想。关于永恒的想法，我们谁都需要，他却不能享受：他知道，我们的存续仅仅源自艺术。

另一次、也是最后一次重见阿涅丝，是在她去世后第二年的夏天。她离世之后，在颓废与痛苦中，我已经煎熬了十八个月。有关我可能失宠的传言沸沸扬扬，早已传出了宫廷，就连远离王家事务的玛茜都有所耳闻。她给我送来一封便笺，提了很多问题，看得出来她非常焦虑。我让信使传话回去，说在国王身边，我从来就没有像现在这样备受青睐。查理最近的几个举动中确有这样的端倪。但是我却并不相信。七月的暑热又激发了我身上的活力，我悄然下定决心，八月初旬我就要出发去意大利。

为了不引起怀疑，我打算陪国王出行，到塔耶堡的科埃蒂维家看他的女儿们。阿涅丝的大女儿就寄养在这户人家，对他们来说，多几个少几个孩子其实无关紧要。德·科埃蒂维夫人喜欢听见她们稚嫩的声音在古老的城堡走廊间回响。我理解她。我收购了那么多领主的产业，看到它们空空荡荡的，只听得见乌鸦阴郁的聒噪，也会觉得失望。

我们原计划第二天到达，但是国王心情大好，坚持要早早上路，所以我们提前一天抵达城堡。孩子们压根就没有做好迎接的准备。他们在花园里成群结队地嬉闹奔跑，根据各自的年龄忙着结队玩游戏。在他们中间，有些男孩子身材已经很高，另外还有一群小姑娘。他们远远地看见了我们，于是都争先恐后地跑过来。国王身边跟着一小队近侍，仆人和行李则远远地跟在后面。查理下到地上，周围围着一圈孩子。一个十来岁的小姑娘蹦上去，搂住他的脖子。这是王后玛丽的女儿，她大部分时光都在塔耶堡度过。我们开始朝城堡走去，孩子们前呼后拥、叽叽喳喳。大孩子牵着马笼头，其他孩子则你争我吵，纷纷要拉着我们的手一起走。要去护城河，得先穿过小树林，然后再走过楷木拱卫的林荫道。我来到最后一棵树旁边，只见有个小孩儿藏在大树后面。身边的小淘气们也都看见她了，于是开始吆喝："玛丽，玛丽！"

那个小不点开始围着大树打圈，继续躲藏。我们接着往前走，没有再作理论。大多数孩子都跟着国王，远远地走在前面，大孩子们已经离开我们，朝马厩方向而去。我不知道中了什么邪。也许是因为玛丽的名字引起了我暗中的警觉。也许是因为我从远处接收到无形的信号。不管如何，我决定原路返回。我朝身边的孩子们示意，让他们跟上国王周围的大队人马，而我则独自慢慢靠近那个小女孩。她还躲在大树后面，时不时鬼鬼祟祟地探头探脑。我耍了个小花招，绕过大树，把她抓个正着。她用手捂住脸，一边笑，一边挣脱。

“你叫什么名字？”我问道，虽然我已经知道答案。

“玛丽。”

她不再害怕，也不再跑了。她的害羞不过是闹着玩而已，这样别人就可以注意到她，单独与她待着，把她看成一个真正的人，而不是混在一群孩子中间。

“你几岁了？”

“四岁。”

我开始心跳加速。我想看看她的脸蛋，但是她固执地把头扭到了一边。

“你妈妈叫什么名字？”

她能感觉到我略略颤抖的声音吗？或者我的问题正中她的下怀，可以打开她的心扉？她没有回答。但是，她理了理垂到鼻头上的一缕金发，默默地转过头来，睁大眼睛盯着我。

阿涅丝。

有些孩子——应该说大部分孩子——都肖似双亲，不同的表情，不同的年纪，都可以让人想起他们的父亲或母亲，仅仅因为某种明显感觉是来自别处的影响而改变了父母的五官特征。相反，还有些孩子仿佛与父母来自同一源头，没有任何别的干扰，完全就是同一基因的再现，只不过身处的时间不同而已：玛丽就是幼年的阿涅丝。如果她妈妈还活着，她们看起来宛如一个模子刻出来似的，说起来这无非是一段轶闻、一段感人的趣事。但是阿涅丝已经离世，在孩子的脸蛋上又看到她的影子，仿若复活一般。阿涅丝的生命延展到了小女孩稚嫩的身体里，不管理智上对这种想法有多么抵制，但是很难不这样想象。

虽然没有什么能验证我的想法是否在理，但是，孩子马上就对我表现得很亲近、很亲热，这让我在自己的幻想中得到了慰藉。她伸出小手，摩挲我的脸庞。随后，她又活蹦乱跳，一定要带我去树林转转。她指给我看松鼠藏身的地方，还有小鹿那覆满叶子的窝，她几乎每天都可以碰到小鹿。她郑重其事地给我解释生活中的事情，间或故弄玄虚地低声告诉我，森林中不时有神秘的东西出没，还会跟她对话。

我们在园子里走了差不多一个小时，一直走到牧场边缘。玛丽说了很多知心话，这也拉近了我们之间的距离，我蹲在她前面，问了那个一直在我心中萦绕的问题。

“你知道妈妈在哪里吗？”我问道。

我的话并不唐突，我只是想看看她知道什么。凭着敏锐的直觉，我隐隐觉得，她一定比我知道得更多，虽然她大概对很多东西都毫不知情。

她正面看着我，要判断一下我是否值得信任。

“妈妈，”她目不转睛地看着我，说道，“已经不在世上了。”

接着，大概是觉得我应该了解更多，但是最好又不要一次性全部告诉我，她将手指放到嘴边，做了个闭嘴的动作。

随后，她拉着我的手，我们朝着城堡往回走。钟声响起，孩子们该吃饭了。他们专用的饭厅紧挨着厨房，我将她放在了厨房门口。

与玛丽相逢，又通过她与她妈妈重逢，这让我产生了矛盾的感觉。突然，阿涅丝的去世又变成了让人震撼的现实，就像我初次得到噩耗时那样出乎意料。同时，我从来都没有想到过，她留下的这个女孩，还有我没有见过的另外两个，对我来说，即便算不上安慰，至少也可以弥补她的缺席，可以在现实世界里留下她曾经的模样。

我爬上宽大的楼梯，随着仆人往房间走去。我心头又产生了新的计划。我心想，科埃蒂维家是否会同意让我参与对玛丽的教育。毕竟我还是她妈妈的遗嘱执行人。可以看着她成长，看着她踏入生活，可以追寻哪怕一丁点阿涅丝的踪迹，一想到这些，我满心欢喜。

重要的是，我正这样想着的时候，在卧室门口等我的马克将我拉到一边，然后把门掩上，有点惊慌地坚持马上跟我说话。他告诉我说，国王一到达就举行了朝会。除了惯常的杂务之外，他还专门召集了小范围的内阁会议，要讨论我的问题。最近几周，对我的诬告可谓甚嚣尘上，今天上午，又有两个朗格多克地区的代表进行了新的揭发举证。此时，大家正在决定我的命运。

刚刚遇到了阿涅丝的孩子，本来我心头正暖意洋洋，这条消息有如劈头给我浇了一盆凉水，让我出离愤怒。我想都没有多想就穿过楼层，从城堡的另一端下去，推开想阻挠我的卫兵，闯入了内阁会议。

国王看起来很尴尬，通过他的眼睛可以看出来，告密者已经获得成功。他朝我看了一眼，他的眼神本想表达弱小和温和的意味，但是早已被嫉妒和警惕的利刃撕裂。这一切都告诉我，必须谨慎行事，我身上被唤醒的力量——哎，已经太迟了——本应该催促我赶紧逃避，但是它却鬼使神差地让我去直面。我开始抗议，毫不顾及任何礼仪。我真是胆大妄为，所以国王的眼睛开始闪耀着更加强烈的邪念，既凶残，又卑鄙。

我看到了他的武器，但是这一次，我拒绝使用同样的武器来自我防御。相反，纯粹为了假充好汉，我提议把我投进大牢，直到我拿出证据来，证明所有的指控都是凭空诬陷。

国王回答说，他同意，但我并没有当真。他让我继续辩白，再也没有人反驳我，我退了出来。

如果我说自己心平气和地上楼回到了房间，你会相信吗？一切都已经明了。我再次躲过一劫，但这也是最后一次了。当天晚上，我就要离开塔耶堡。七月末，白昼很长。我们可以无惊无险地骑马飞奔九个多小时。我想好了歇脚的地方，然后就是到普罗旺斯和意大利的路程。我要给科埃蒂维家写信。他们家借了我很多钱。我不需要他们直接参与，只需要他们睁只眼闭只眼就行了，我将策划对小玛丽的绑票，让她来到我身边。她会跟她妈妈一样了解意大利，在那里接受有益的影响。

马克按照我的吩咐重新装好了行李。我让剃须匠上楼来，刮胡子的时候，我品味着刀锋在皮肤上轻轻划过的感觉。我正要出去宵夜，一支五人小分队突然上门，指挥官是一位诺曼底小贵族，我依稀在哪里和他打过照面。

他低着头，宣布了对我的逮捕令，我则让他重复了两遍。

今天上午，我又恢复了希望。艾尔薇拉从城里带回了消息，这是我无意中从某句话中捕捉到的，在她看来也许毫无价值，对我来说则是一条核心情报：追杀者不是热那亚人，而是佛罗伦萨人。看起来无关紧要的一个细节，可能会带来全盘的改变。

如果是热那亚人追踪我，这就意味着幕后主使是法兰西国王。在热那亚，我有太多的朋友，还不至于会有人自作主张，要谋害我的性命。如果追杀者是佛罗伦萨人，那又另当别论，我也知道他们是受谁的指使。

不管如何，今天我总算弄清楚了。而在我被逮捕的那一天，要是有人问起我的仇家，我大概会无言以对。那时候，我当然觉察得到自己周围到处都是嫉妒；而且，我也得到提醒，有人在国王面前中伤我；然而，我觉得自己并没有特别的敌人。在我的案子审理期间，他们才一露真容。

失去一切，遭受判决，这是多么大的痛苦啊，然而受审也算是一条深刻的教训，我敢说这几乎算得上是一种特权。没有经历过失宠、潦倒和指控的考验，谁也不能声称真正了解人生。我的案子预审时间特别漫长，这也是我经历的最恐怖的岁月，同时它教会了我进一步认识自己，去了解我半个世纪人生之外的人与事。

以前，我从未如此直面周遭真实的人性。不管是友好的人，还是反对我的人，我都根据感觉来判断他们是否坦诚。但是，他们到底怎么想呢？我始终都有点疑问，跟所有人一样，我学会了带着怀疑生活。当我变得富有和强势之后，也就更加难以识破虚伪的面具了。我自己呢，也总是表面上彬彬有礼，丝毫不显露自己真实的感觉，甚至在大部分时间里，干脆就直接取缔了真实的感觉。有时候，当我代国王行事之时，我也表现得很粗暴，比如在朗格多克收税的时候就是这样。我需要不断接手自己并不感兴趣的任务，去处理交易和账目问题，所以也滋生了不耐烦的情绪、疲劳的状态、易怒的心理，有时候也表现得冷酷无情。在这个案子之前，我想，如果我有敌人的话，那也不过是我以势压人的受害者。

预审让我明白，情况完全不是这样。除了少数几个例外，我毫不留情对待的那些人反而会更加尊重我。总之，我只是做了他们在我这个位置上也会做的事而已。在他们看来，强权和财富是毫不让步和态度粗鲁的理由。另外，对他们粗暴，其实也算是赏脸给他们；让他们觉得在我眼里，他们好歹还算存在着，哪怕是遭到践踏。

审判期间，我才明白，那些让我不屑一顾的人，其实才是最可怕的敌人。

他们中间有些人道德败坏、毫无自尊，只要谁比自己日子过得好，出于嫉妒心理，他们就会千方百计与人家过不去。冒犯了这种人，当然我绝不后悔。人们最多指责我触发了根本在所难免的冲突。

但另一些人呢，恰恰相反，他们非常忠诚，渴望为人服务，愿意参与我的事业。我的错误在于不了解他们，通常都是因为我压根就没有注意到他们。十年前，蒙彼利埃来了位佛罗伦萨年轻人奥托·卡斯泰拉尼，当时我正在那里紧锣密鼓地做大生意。他就属于这种情况。在朗格多克地区，还有很多其他佛罗伦萨商人，我与他们关系都很好。其中一位还与我同船去过东方，我们成了朋友。

年轻人卡斯泰拉尼，我也算勉强认识。有人告诉我说，他想尽了办法，希望在路上与我相遇。他也许做到了，但是我并没有注意到他。这种无心的蔑视让他产生了怨恨，他一开始有多么爱我，后来就有多么恨我。

他人很聪明，充满了活力，如果能把这些优良品质用对地方，我将非常高兴。他却不这样想，他要用这些品质来为自个儿的野心服务，为炽热的报复欲望服务。他去了朗格多克。凭着与故乡的关系，他进入了地中海地区的批发贸易行业。他努力地向法兰西北部拓展，一直到弗兰德地区。说到这里，我的案子也帮我重构了我最疯狂的指控者的人生履历。显然，我并不知道我一直是他的心腹大患。既然没办法为我所用，他就只有野心勃勃地效仿我、超越我，而且为了稳稳地达到目的，还要摧毁我。

所有可能对我产生怨望的人，他都极力拉拢。这粒种子，他努力地让它发芽、开花。很快，他就在身边构建起刻薄和仇恨的网络，而且还把触角一直伸到了国王的周围。阿涅丝去世之后，在混进大参事会的那些庸才中，他物色到一个名叫吉约姆·古菲耶的人。对于吉约姆·古菲耶，我只是礼节性地保持着不冷不热的态度，为此他非常痛苦。卡斯泰拉尼还利用我经历的烦心事。譬如那个年轻的摩尔人，他悄悄上了我们的商船，还改了宗，但我却将他遣返给苏丹。我指责船长的行为，他却和我大吵一通。他自个儿生生气也就罢了，但是卡斯泰拉尼却火上浇油，让事情不断升温，直到我倒台才最终熄火。

关于这个摩尔年轻人的事，我只单纯考虑了我们与苏丹的关系。苏丹的友情是我们与东方贸易的基石。因此，重要的是不能惹他不高兴。卡斯泰拉尼却看到了另一面：一心信仰天主教的人被我拱手送还给了穆斯林。换句话说，我辜负了一个请求并获得基督救赎的人。在教会内部，我弟弟的成功，儿子的快速晋升，这都让人心生醋意和嫉妒。卡斯泰拉尼毫不费力就找到了同盟，一起指责我的背叛。

现在，我知道，这个佛罗伦萨人的不懈努力正是我失势的主要原因之一。卡斯泰拉尼彻底达到了目的，看到我受审还不满足，他又成功地策划了阴谋，占据了我空出来的职位。他成了我在御用监的继任者。

人们大概会认为胜利应该已经让他如愿以偿了。但事实远非如此。他已经与仇恨难分难舍，没有了仇恨，他似乎不知道该怎么生活。除了我的官司之外，他还继续对我和家人打击报复。当艾尔薇拉告诉我追捕者是佛罗伦萨人，我马上就明白过来，其实我早应该明白这个事实：在卡斯泰拉尼的授意下，那些人一直追到了希俄斯岛上。这条消息给我带来了强烈的希望。

如果追杀者只是卡斯泰拉尼报私仇的工具，那相对于由法兰西国王派出杀手来说，我的处境还没有那么让人绝望。此前，我并没有要求管理岛屿的热那亚行政长官采取任何行动，我一直以为是查理强迫他来监视我，甚至抓捕我。假如是这样的话，我之前始终有一点想不明白，为什么这么长时间都是欲擒故纵：对热那亚人来说，如果只是要逮住我，那简直易如反掌。如果是卡斯泰拉尼自作主张实施追捕，则恰好可以解释凶手为什么很难强行下手。我也刚好有机可乘。尤其是那位热那亚行政长官，不但不是可怕的仇敌，甚至还可以成为盟友。

因此，昨天，我给热那亚的弗雷格索家族写了一封长信。今天早上艾尔薇拉去了港口，让一艘出海的船把信捎过去。我请求他的帮助，希望他到希俄斯岛行政长官那里疏通一下，确保我的安全。

还得再坚持几天，要等他的回信。

我心中又燃起了希望。我原本已经坦然地接受一切，哪怕是悲剧性的命运。但是，这些日子，我又变得异常焦虑，强烈地希望得到保护。艾尔薇拉曾建议我藏到别的地方，更靠近小岛的腹地。她有个表哥住在山里。在高山上，他有座羊棚，从那里可以俯瞰四围的山谷，谁要靠近一步，马上就可以发现。我拒绝了，因为这并不是解决问题的出路。如果没有了希望，死也要死得体面一点，就死在艾尔薇拉家中。但是，今天，我又多了一份乐观，我还想努把力。虽然羊棚条件很差，但是三天之后我们还是搬了过去。

我一边等待，一边写作。

原来我以为，等讲到被捕的时候，我的热情大概会泯灭殆尽。其实压根就不是这样。很奇怪，回忆起这一切，竟还不算太糟糕。今天，我甚至明显地觉得，对我来说，失宠可以说算作新生。从这一天开始，我经历的一切都更加强烈、更加深刻，仿佛是要让我重新理解人生似的，但仍需利用我积累多年的阅历。

我换了一座又一座监狱，有时候，看守对我很尊敬，甚至还很友好，有时候，他们又横竖看不上我。

刚开始的日子非常艰难。命运发生了突如其来的改变，我甚至怀疑一切是否都是真的。我仿佛觉得随时都会有人进来告诉我："咳，我们就是想吓唬吓唬您。还是回内阁来吧，对国王要忠心哟。"但是恰恰相反，这样的好戏从来就没有上演过。案件开始审理，对我的监禁也越来越严。

那时候，我浑身上下洋溢着一种意想不到的感觉，几乎算是一种感官的愉悦：我感觉到强烈的放松。肩头曾经的负担，在御用监闲逛时感受到的那种沉重，财富和义务带给我的种种压迫，在我被捕之后，这一切都突然消失殆尽。失势了，反而得到了解放，被捕了，反而获得了自由。

乍听起来让人难以置信，灾祸居然成了名副其实的放松。然而，情况确实如此。我再也不用操心车队、订单，不用操心要追讨的债务、要发放的贷款、要征收的捐税、要供应的市场、要派遣的使团、要资助的战事。我曾经身处这样一个十字路口，一边通往图尔，一边通往里昂，一边通往弗兰德，一边通往蒙彼利埃，我在法兰西打拼的生意，围绕着这条条道路渐次展开。从此，我再也不用关心这一切了，还有意大利的复杂局势、东方的权谋斗争。这一切，我已经置身其外，我遭到关押，再也不能参与其中。我可以专心致志地从事一项久违的活动：成日地躺着，梦想。我坐在窗前的石凳上，看远处的地平线上慢慢暮色四合。

首先，冥想可以让我重新审视在忙碌中度过的这些岁月，它们缺少退后一步的观察，缺少对人与事从容的判断。这起官司倒有助于勾起我对往事的回忆。因为这宗案子，曾经遗忘的人，我又看见他们从过去走了出来，很多连我自己都不知晓的往事，我又听见被重新提起。各种控诉铺天盖地，信口雌黄：说我卖武器给穆斯林啦，窃取了国王的一方玉玺擅自起草上谕啦，醉心于炼金术啦，用巫术制造金币啦……

唯一让我真正害怕的软肋，就是与阿涅丝的亲密关系。我知道，这种罪责绝对得不到宽恕，我可能会为此付出生命的代价。而且，我更害怕的是，这会玷污阿涅丝的形象。她去世之后，虽然国王马上从她表妹那里得到了宽慰，但他对阿涅丝还算情深义重。如果有证据表明自己被戴了绿帽子，他一定会撤回所有的封赏。阿涅丝离世后，国王为她塑造了几乎形同圣人的形象，这形象也必将轰然倒塌。

我的警觉并没有什么根据。事情的进展恰恰相反，而且出乎我的意料，又有人冒出来指控说，我想毒害阿涅丝。讲这话的女人有些疯疯癫癫。这话怎么听都不像是真的，再说举证的时候又漏洞百出，很快她就失信于人了。

这样的诬告倒也有一大好处：我发觉阿涅丝多么巧妙地隐藏了我们之间的关系。我们常常假装闹别扭、发脾气，彼此冷若冰霜，这些都让人弄假成真，一想起类似闹矛盾的场景，人家马上就会想到去告状，说我投毒。甚至还需要其他人——如布雷泽、舍瓦利耶、杜努瓦——的证言才能说服法官，我和阿涅丝相处融洽。

在漫长的预审期间，我生活在彻底的孤独之中，唯一可以排遣寂寞的方式就是与曾经的见证人对质公堂，对我的罪行，他们都有话可说。我了解了很多人对我的真实看法，仿佛突然揭开了谜底似的。仇恨、嫉妒，这些不断重复的字眼，这些具有共性的字眼，很快就只催生出厌倦和冷漠。然而，当某位素来诚实和谦卑的男人或女人进来作证，说我曾经对他们做过善事，或者只是来表达一下敬意或关心，我都会激动得热泪盈眶。

随着案子往下审，我遭受的不公正待遇也略有改善。我也曾不公正地对待过别人，这更让我良心上受到谴责。

在这一点上，相对来说，我对玛茜最有犯罪感。我回顾了我们的初逢、我们最初的岁月，我想回忆我们之间到底是如何逐渐彼此疏远，相互冷淡。我还能定期得到她的消息，但是再也没有见过她。显然，我倒台之后，她非常难受。万幸的是，我遭殃的时候，玛茜已经实现了最高的梦想：参加了让就职大主教的典礼。她没有给我写信，我心想，她是否还没有达到她所谓的放松状态。她并没有授人以柄，或者大演苦情戏，她不声不响地做了自己希望的事情：退隐到一家修道院，专心静修和祈祷。在我被监禁一年之后，她就去世了。我很想念她，但没有办法祈祷，只能为她祝福，祝福她平静地终了。

监禁的头一年过得出奇地快。我换了地方，转移到吕西尼昂，由夏巴纳的手下人看管。他曾经做过盗匪、杀手，也背叛过国王，还是王太子不共戴天的敌人。在这里，他找到了机会，可以表现自己的热情，因为对他来说，我的失势算是有利可图，他觊觎着我的很多财产。

我想躲过审判，理由是我拥有教内的特权，但是这一企图并没有得逞。诚然，我在圣礼拜堂做过学生，但是我并没有参加剃度礼，所以得不到豁免。审判又重新开始。

证人鱼贯而入，连绵不绝。显然，法官们和我都不好受。在他们看来，这纷乱的流言蜚语，这些语焉不详的错处——一般来说，我都能够自圆其说——还不足以构成铁案。那时候我首次听说了酷刑，时至今日，一提起来，我的手还会不由自主地颤抖。

如果说此前我从来就没有想到过酷刑，谁会相信呢？之前，审判还只停留在精神层面；但是很快就转移到身体层面了。我似乎已经身无长物，但好歹还有这一层薄薄的衣衫，可以对我有所保护、有所遮掩。首先，他们便要剥掉这一层衣衫。我坐在阴森的木凳上，衣不蔽体，长久地接受拷问。以前我曾经草率地认为，自己可以与法官平起平坐，但他们很快就显得盛气凌人、高人一等，倒不是因为他们的指控有多么鞭辟入里，而是因为他们坐在主席台上，可以居高临下地跟我说话，而我则坐在低矮的凳子上；他们都穿着法袍，而我则赤裸裸的，毫无遮掩，完全暴露在他们的眼前。首次在公开场合露出畸形深陷的胸膛，这让我备受侮辱。加之从呱呱坠地那天起，这道暴力印迹就铭刻在我的身上，宛如上帝的拳头留下的烙痕，我担心它会唤起其他暴力行为，因为按照自然法则来看，受伤的动物总会让捕食者更加兴奋地扑上来。

在前期的庭审中，虽然我没有尝到太多的苦头，但精神却受到了可怕的影响。我在心里盘算着，我害怕的倒不是疼痛，而是意志衰弱。我已经有过好多次机会考验自己，尤其是每次经历事故之后，我都具有较强的耐受痛苦的能力。但是，对他人的依赖让我难以承受，也就是说毫无反抗之力地受制于别人的好心或恶意。我甚至在想，是否可以用一种热望来解释我的整个人生，即逃脱同类的暴力。从孩提时代起，从布尔日围城以来，我早就发现，精神帝国是——也许是唯一的——一种手段，可以让男孩子避免在他们之间建立起等级观念的暴力冲突。父亲从来就没有对我动过手。我至今仍记得自己头一回挨打还是在圣礼拜堂门口，一大群学生彼此你推我搡。刚刚宣讲完做人要温文尔雅、爱汝邻人，出门就看见强烈的反差，我后来对宗教的警惕与此不无关系。在混战中，我倒在地上。我眼眶下方挨了一拳，当时我还不算慌张，随后，十来个大呼小叫的小子一股脑儿摞到我身上，差点没把我憋死。有半年时间，我经常做噩梦，也很难拿笔写字。一握住羽笔，手就开始痉挛，手腕非常僵硬，写出来的字乱七八糟、不堪卒读，有如天书一般。直到布尔日围城之后，等我发现了精神力量，焦虑才慢慢缓解。

坐在凳子上，我又生出了曾经的恐惧，这种感觉虽被深深隐藏，但依旧浑如当年。监禁还不至于引发恐惧。但是，一旦来到法官面前，赤身裸体、五花大绑，门口还站着两名虎视眈眈的刽子手，只待法官一声令下，就可以使用挂在墙上的铁刑具，这一切都让我浑身无力、彻底绝望。

在这种待遇下，我迎来了第三天。我还一直没有挨过打，对此两名施刑者非常失望，烦躁得直打呵欠。我对法官做出了郑重声明。我告诉他们，没必要对我使用酷刑。倘若他们想这样解决问题，我可以直接签字画押。我愿意不打自招，一部分法官对此很满意，其他人则表示反对。他们决定休庭讨论。我不知道不同意的缘由。除了冗长、详尽、异想天开的全面招供，他们还有什么要求呢？其中一名看守对我还算友善，我跟他聊了聊，才明白法官的棘手之处。他们认为，只有让酷刑发威，囚徒才会坦白招供。恐惧时说出来的供词，与被折磨得不堪忍受时说出来的话相比，自然有着不同的价值。因为，在这种观念中，恐惧还只是人类意志的表现。恐惧将让位于疼痛，这痛苦似乎才是人的本性；我们很难确定恐惧中是否夹杂有几分阴谋、谎言、算计，但疼痛却可以让人身上那神圣的部分开口说话，当灵魂暴露无遗之时，或是阴暗，或是纯净，也都昭然若揭了。

这种逻辑让我非常反感。首先，我觉得很荒唐，这是对人类的蔑视，同时还带有可笑、虔敬的印迹。但是，法官需要两天时间作出决定，然后再重新开庭，我也有时间进行深入思考。令我震惊的是，我发现自己居然部分赞同这个讨厌的观念。如果我能免受酷刑，如果法官觉得我已经足够恐惧，我很清楚，他们让我承认的罪行真是荒唐透顶，这会让他们的指控毫不可信。说到底，在这种假设中，我签字画押的供词并非我本人的供词，而只是他们的供词。他们指控我的罪行，无非都来自他们自己心里，与实际情况的联系微乎其微。国王非常了解我，他可能会发现招供时我说的都是假话。

如果对我施以酷刑，我只能老实地坦白。在被折磨得发狂的时候，谁知道我会不会交代那些核心内容，比如与王太子的关系、与阿拉贡国王的友谊，尤其是与阿涅丝的私情。

最后，我的建议被驳回。

酷刑开始了。

不幸中的万幸，我感觉法官们彼此不睦，所以很难做出真正的决定。一开始，他们还没有对我用太难受的酷刑。一般来说，出于本能，刽子手都倾向于狠狠地用刑。但是在拷问期间，他们也只是违心地把我五花大绑，让我的身体处于不舒服的姿势，时间一长自然也就难受了。酷刑的目的在于把我折磨得筋疲力尽，这样我才会坦白交代，庭审也可以加快进度。我意识到这是个陷阱，于是开口闭口只谈商业上那些鸡毛蒜皮的错失。譬如，我承认在罗讷河地区盐务方面偷税漏税，这事国王原本就知情，只不过睁只眼闭只眼罢了。

几周之后，酷刑越来越严厉。我被打得很惨，虽然还算能够忍受，但真的已经非常惊惧。我再次向法官提出建议，说无论他们希望得到什么，我都可以全数招供。

连续十天，棍打鞭抽，暴力不断升级，我开始考虑自尽。正当我在囚室里思考什么东西可以用来结果性命的时候，一队法官欢天喜地地来宣布，他们最终接受了我的请求。一个礼拜之内就将起草起诉书，我必须承诺签字。我点头答应，尽量掩饰心中的狂喜，免得被人误解。写起诉书的日子恰逢岁末。因为我已经同意全盘接受，所以就轮到法官们来为事先早就安排好的判决寻找依据，罗列各种以假乱真又足够严重的理由。

我明白，不管如何，最后都会是欺君犯上的罪行，怎样都会性命不保。

然而为了达到目的，有时候他们使用的办法几乎等同于闹剧。直觉告诉我，国王更在意的是我的财产，而不是我的性命，他只有留我一命才可以轻松占有我的家业，因此我压根就没有想到会被判处极刑。

国王派来法官，公开宣读了最终判决书，宣判死刑。不到一个礼拜，又进行了改判，只要求我公开认错。惩罚的关键是要没收我的财产，同时要给国王上缴几十万金币的罚款。我必须得想办法支付罚款。只有付清这一大笔款项，我才能获得自由。也可以说，我成为了自己的人质。我保住了性命，但条件是要用我的生命来赎回自由，而且代价高昂，也许穷尽余生都难以达到目的。

国王派出检察官，专门负责清算我的财产，首先就要进行盘点。让·多维接手了这件苦差事，我曾与他一起出使过罗马，我们彼此很熟悉，记忆中，多维没有任何可以指责我的地方。然而，这是一名司法官员。被捕之前，我很少和这类人来往；此后，我得学着详细了解他们这个群体。职业使然，他们投身于法律这项抽象的事业，也就是说选择了与人情划清界限。对他们来说，既没有道歉，也没有错误，既没有痛苦，也没有弱势，一句话，没有任何有人情味儿的东西。有的只是法律，不管有多么不公道。他们是在为法律这位铁面无私的神灵布道，为了让他开心，他们可以昧着良心运用谎言、暴力，也可以无耻粗暴地动用刑具，还可以相信最不要脸的告密者。

因此，多维用自己的热情、才具甚至是正直，来盘剥我的财产。按照判决书的要求，他用心工作、讲究方法，开始盘点。在他看来，这是名正言顺的行动。国王身边的强势人物、审判我的法官，一旦发现我有什么产业，全都会恬不知耻地据为己有。对多维来说，这并不重要。在他看来，只要遵循了白纸黑字的法律，就足够了。

判决书宣布之后，我多少松了一口气，这之后的监禁生涯让我深受教益。首先，随着多维的深入盘点，我更全面地了解了自己的生意。生意发展得很快，从来就没有间断，这让我们操碎了心，平时根本就没有工夫来仔细审视。另外，在大部分时间里，我的角色不过是为生意提供原动力，随后再由其他人将其发扬光大。总的来说，我并不知道他们究竟将生意做到了什么地步。

能够衡量我们的生意网络有多么宽广、多么强大，真让人满意。

同时，我也发现了成功的秘诀：不管是多维还是那些想瓜分财产的捕食者，他们恰恰都没有明白这一点。商行之所以发展得如此壮大，那是因为它始终是鲜活的，没有任何人想去控制它。在这个庞大的团队里，所有成员都拥有行动的自由。多维及其狗腿子虎视眈眈，争先恐后地一拥而上，查封我的财产，就连库房里的呢绒也被一一瓜分，形同在肢解死兽的内脏。这一切，经过他们的巧取豪夺，已然没有了自由，也不再有鲜活的生命。对于这些僵死的物件，他们过早地评估了价值，现在它们已经开始贬值，因为只有在自由和连续的交易活动中，它们才真正具有价值。

多维的盘点结果又给了我希望。因为，在检察官统计和确定的清单后面，我发现还有没被触及的东西，也就是说根本没有被统计在册，我当然不会告诉他。我知道，与我同时被捕的吉约姆·德·瓦耶已经成功逃脱。让·德·维拉热、安托万·努瓦尔以及其他人大多流亡普罗旺斯、意大利，或者躲藏在国王控制力较弱的地区，他们都在尽力逃避多维的致命盘点。他们手头的储备、仓库、货船，还一如既往地在流通，具有鲜活的生命。

他们还给我捎来消息。因此我明白，虽然我们的事业已经元气大伤，但还没有彻底死亡。

形势已经比较明朗。虽然多维对我进行了掠夺，但他永远也拿不到期望中的那么多款项。劫后余生的事业，躲过他魔掌的生意——我希望永远如此——都还将继续存在，还在产生巨大的利润。选择非常简单。我是否应该让朋友们为同一个目的而努力：把他们赚的钱全数交给国王，将我保释出狱？或者说我更珍爱我们的事业，在没有我的情况下，还要让生意更加兴旺发达？这也意味着，我将永远地失去自由。

于是就有了这丑陋的一幕，在囚禁我的普瓦捷城堡里，当着国王代理人多维的面，我不得不屈膝下跪，请求上帝、君王和法律的宽恕。

这无以复加的屈辱让我获得了双重的解放。首先，我深刻地意识到，自己已经全盘皆输，我无权要求吉约姆和其他伙计牺牲自己，来为我赎得自由。国王既然做得出如此不公道的事情，那他绝不会让我重获自由。第二天，我就告诉了他们。

其次，这个仪式也终结了我的案子，让我进入一种全新的状态。我曾经说过，这很像人质的处境，他期待着人家为自己凑出赎金。从各方面来看，条件已经大大改善。狱卒再也榨不出什么口供，也就没必要继续折磨我了。他们给我更加舒服的生活待遇。我提出的第一项特殊要求，就是让仆人马克回到我的身边，真没想到他们居然满口应允。

说实话，马克从来就没有离开过我。他一路追随着我，根据不同的关押地，他换了一座又一座城市。此前，他还不能来看我。通常，在粗陋的客栈里，他很快就可以捕获某位女佣或厨娘的芳心。

从他回到我的身边、可以跟我说话以来，第一座监狱就轰然倒塌：也就是那座自我禁闭的监狱。一下子，我不再对自己的命运逆来顺受，我还抛弃了此前一直犹豫不决的心理状态。不能让别人来为我赎得自由，也不能在监狱里坐以待毙。与马克在一起，我豁然开朗：我必须解救自己。

事情却并不简单。在普瓦捷，在监禁我的那两间囚室里，窗户早已被封得严严实实。通向外面的大门装上了铁板，还上了三把锁。门外面，好多个打手吃住都寸步不离。大门的上方有扇小窗户，横竖交错装满了铁杆，只略微能透进几缕阳光。

快近晌午的光景，马克可以带着衣物和午饭来见我。他可以待在我身边，直到礼拜堂响起晚祷的钟声。

他跟我谈起越狱，让我兴奋了好一阵子。但是，一想到物质上的障碍，尤其是孱弱的身体状况，我马上就开始打退堂鼓。二十个月的牢狱生涯，已经摧毁了我的体力、肌肉和健康，在制订逃亡计划之前，我先得全面恢复身体。在马克的带领下，背着狱卒，我神不知鬼不觉地开始体能训练，胃口也好了起来。马克在厨房有些关系，于是我的日常生活益发得到了改善，饭菜中增加了肉食，还可以吃上新鲜水果。

在我的要求下，每天上午，我获准可以在城堡的院落中放风。昏暗的囚室生活让我整个人变得愚钝，冬末还显得苍白乏力的阳光终于让我走出了这种状态。就像刚刚身陷囹圄的日子，我重新感受到新境遇带来的放松，我摆脱了沉沉的责任，如释重负。监禁生活妨碍了我行使这种全新的自由，也更让人如坐针毡。越狱的念头与日俱增。

这期间，马克一直背着我在暗中打点，在城堡内外，他不停地打探安保环节的漏洞。初春时节，他看见我身体上已经做好准备，可以接受自由的考验了，于是向我通盘交了底。

所有的人员他都已经摸得一清二楚，至于城堡的驻军，从监狱长到最不起眼的挑水工，他都搞得明明白白，诸如他们的毛病、习惯、怪癖等。马克不会读，不会写，但他的头脑却有如缀满注脚的天书一般精准。就连那些与我的自由只有一星半点关系的人物，他也都一一记在心中，而且掌握了他们的弱点。谁喜欢酗酒，谁被戴了绿帽子，谁是吃货，谁喜欢寻花问柳，事无巨细，他全都了如指掌。顺带说一句，在马克的世界里，并不存在丑陋。对他来说，这些恶习不过是人类命运中的天然元素。他审视这一切，却不会横加评判，他只是想利用它们达到自己的目的。他身上有几分检察官多维的气质。他们两人都认同法则，一个是人类的法则，一个是自然的法则。面对他们，我觉得自己对法则是多么无知和蔑视，一心想着不受束缚。可以说，我们代表着人类意识既对立又互补的两个极端：对存在的屈从和对创造另一个世界的渴望。虽然我认可想法如多维或马克的人的价值，但我还是执着于自己的梦想。我相信，完全认同既存法则的人，虽然他们可以生活得很舒心，可以身居高位，可以战胜困难，但他们永远不能创造伟大。

然而，在当下的境遇中，我无能为力、别无选择，只好对马克听之任之。对他的付出，我心中无限地感激。

马克并不满足于掌握城堡中各色人等的弱点。他还要对症下药，也就是将每一项恶习换算成相同的价值单位：金钱。因为酗酒、通奸抑或犯罪，那些人染上了恶习，最后都殊途同归，难以抵御金钱这种普世的财富。金钱不算什么，但又无所不能。马克给城堡中的每个人都估了价，然后又与我一道制订了周密的计划，看我们到底用得上谁。也就是说，看到底需要多少钱。

昨天，我与艾尔薇拉一道，辗转来到她表哥家的羊棚，我不得不中断了写作。我们趁着夜色出了门，免得负责暗中监视的奸细发现我们的行踪。岛屿并不算大，但是岛上的土地让人惊奇连连。从海岸线上望过去，你看不出岛屿有多大面积，也不知道中间是什么地形。我们走过了羊肠小道，跨过了木桥，绕过了怪石嶙峋的山岭。

现在，我们置身牧羊人的破屋子里。这里远远赶不上艾尔薇拉家舒适。想当年我见识过多少美轮美奂的宫殿，不过现在我早已贫无立锥之地，如此看来，这也算是半斤八两。

不出所料，房子的好处就是非常安全。要来到这里，必须攀爬曲曲弯弯的小径。房子周围有峭壁险峰作为天然屏障，山上覆盖着茂密的灌木和荆棘。就算人家发现了我，也不可能无声无息地爬上来，再说这里还拴着一条癞皮狗，远处一有风吹草动，它就会发出警报。黄杨丛中还有个隐蔽的地窖，必要时可以藏身其中。在这里，我们将安然地等待弗雷格索的回音。艾尔薇拉还委托港口的一位女伴，只要有热那亚的船只过来，就马上给我们捎信。

艾尔薇拉表现得比任何时候都忠诚多情。我还曾经怀疑过她，真有点惭愧。不管如何，在我的心底总有几分对女人的戒备，我始终觉得她们过于感性，但这种心理无非是虚荣和愚蠢的表现。这种盲目也使得我难以对她们区别对待，尤其是难以关注她们各自不同的特质。这些天来，我对艾尔薇拉温柔体贴，也算是弥补曾经的怀疑。我不知道她是否能够准确理解我内心的变化。不管如何，她都心平气和地看待这些，压根不曾改变自己的态度。

马克帮我拟定的从普瓦捷城堡逃跑的计划，我不打算再详细描述。这有点枯燥，也没有必要。我只想说，这个计划需要满足两个条件：我既要成功逃脱，同时又不能让那些同谋留下任何蛛丝马迹。之所以要强调第二个条件，是因为要想让越狱行动中的多位关键人物接受贿赂，那就不能败露他们里通外合的行为。因此，还得收买一个上面的管事，而且他必须守口如瓶。如果只收买一两个狱卒，这样的计划不大可靠，于是马克劝我说，索性把大家一并买通，这样等我逃走之后，调查起来谁也不会担责，最后就会不了了之。人家不是还怀疑我懂得炼金术，多少会点巫术吗？马克负责制造舆论，逢人便说我会……摇身一变就地消失的法术。

算好了打通所有关节需要的款项之后，我就派马克到布尔日主教府去见儿子让。几个月之前，多维大发善心，允许我和让见了一面。我们谈话的时候有狱卒在场，也不便多说。我只是对让说，如果有一天马克去拜访他，一定要信任他。让毫不费力地凑齐了款项，马克拿着钱回到了普瓦捷。

大家都捞到了油水，于是也到了实施计划的时候。秋天已经来临，不能再等到天寒地冻的时节。但是，马克有点迟疑不决。最近，情况有些变化，城堡里新来了几名守卫，他还不太熟悉，在没有了解他们的弱点之前，对于能不能让他们助一臂之力，他心里还没有谱。我费了很多时间才接受逃跑的想法，现在这个想法占据了我全部的心思，我不断催促他。我夜难成寐，他却拖延着行动。今天，我很后悔自己当初那么心急！对未来的事情，马克还是一如既往保持着很好的直觉，我本该信任他才对。最后，为了博得我的欢心，他做出冒险的决定。在掌握了卫兵轮班执勤的时间之后，他选择了一个没有陌生面孔上岗的时段，并且建议我在这个日子采取行动。我满心欢喜地同意了。

这是一个星期天的上午。除了看守我的狱卒之外，其他人都在城堡的礼拜堂做弥撒。看守也比平常更少。一切都按计划进行。到了约定的时辰，马克走了进来，示意我跟着他走。从看守身边经过的时候，他逢人就递上一个红包：这是他当初许诺的余款。我们走下宽大的楼梯，里面空无一人。狱官早已捞得盆满钵满，所以在汇报出逃事件的时候，一定会为手下人开脱。谁也没有看见什么。也许只有借助于超自然的力量，才能解释我的不翼而飞。

我们穿过空旷的院落。在清晨潮湿的空气里，我打着寒战。城堡大门处也看不见执勤卫兵的踪影，我们走了出去。只需要穿过塔楼周围的空旷地，就可以进入城市纵横交错的小巷中。

我们正撒腿奔跑，突然一声吆喝止住了我们的脚步。在城堡外围，两位巡逻的卫兵刚好绕过近处塔楼的转角，发现了我们。其中一位似乎有点窘迫，连动也没有动：他大概是马克的主顾，得了好处自然睁只眼闭只眼。我后来才得知，他的同伴是个新人，在最后关头才顶替另一位生病的卫兵，当然不知道个中原委。他抽出长剑，朝我们走过来。

我抓住马克的袖子准备逃跑。本来我们很容易就可以逃脱。但是，计划中包含一个关键：不能太早被人发觉。因此，我们选择在早上动手，这样就有一整天的时间，可以尽量逃得更远。如果这名卫兵不能保持中立，他一定会惊动整个城堡。一旦有人将逃跑事件做了汇报，那些被我们收买的人也不得不发出警报。

这一切，马克都心知肚明。他转过身来，朝卫兵走去。

“朋友，朋友。”他一边靠近卫兵，一边说道。

那人对他并不放心。我放风的时候他曾经见过我，认出了我来。然而，马克的友好语气让他无言以对。他放下长剑，但仍是一脸严肃。

“你们去哪里？这是那位犯人吧？”

现在，马克紧挨着那名卫兵。他咧开嘴，满脸堆笑，即便此情此景，他仍镇定自若，颇具迷惑性。那人让他靠得很近，要是说悄悄话，或者做一番友好的解释，这么近的距离真是再适合不过。等他意识到自己的错误，已经为时已晚。马克掏出匕首，插向他的腹部。卫兵掉以轻心，挨了一击。但他马上意识到，匕首并没有插进去。在制服下面，他穿着铁罩衫，真是刀枪不入。他用剑还击，虽然距离很近，有点碍手碍脚，马克肩头还是挨了一剑。然而马克的急智值得我永远感激。他调头转向另一名卫兵吼道：

“你不杀死他，他会告诉国王，说你们全部都得了好处。”

这番话后，大家都一阵惊愕。马克趁势往后退，哎，退得还不够。卫兵回过神来，重重地出剑，击中了马克的头部。鲜血喷射而出，马克倒地而亡。另一名卫兵被马克的警告弄蒙了，只一刹那工夫，还没等凶手转过身来，他就抓住了同伴的脖子，一下子就砍掉了他的头颅。

看到同伴倒在地上，卫兵示意我赶紧逃跑。我后来才知道，他把那两具尸体扔进了城壕，清理了现场。谁也没在意马克的死。至于那名失踪的卫兵，大家就谎称他开了小差。这是个坏蛋，以前当过土匪，是个杀人不眨眼的刽子手：要说他在别处谋财害命，谁也不会大惊小怪。

我沿着倾斜的小巷慌不择路地往下跑。我向右转了两次，向左转了一次，然后来到一家客栈，那位和马克要好的厨娘正在等我。这是一个脸色红润的女子，身材有点丰腴，脸上带着劳苦命的印痕。她看到我来了，站起来扬头看了看我身后，确认马克是否跟在后面。她盯着我，我摇头表示“没有”，却什么也说不出来。她将痛苦埋到心底，强忍着悲伤，专心于既定的安排。我敢肯定，要是她自个儿待着，一定免不了会大哭一场。这就是马克的本事。所有女人都知道他很花心，或者说都知道他只能或长或短地陪伴，但是终有离别之日。然而，他会激发出一种真诚而深刻的情感，会具有爱情的力量，虽然这还不能称为爱情。

厨娘送给我一些御寒的衣物，然后带我来到马厩，那里有两匹马正在候命。她不敢直视那匹为马克准备的坐骑。我翻身上马，马鞍两侧的皮袋里装满了食物，马屁股上罩着织物。她打开马厩的门。我骑着马出去，经过她身边的时候，握了握她的手。我们相互交换了一个眼神，那短暂的一瞥交织着感激、悲伤、希望。随后，我快马加鞭，一溜烟出了城。

一切都经过了马克的精心策划，即便他不在场，也并不影响计划的成功实施。但是，他的离世让我非常难受。最近这些日子，在我的思想中，他占据了所有的位置。出逃是我们共同策划和构想的冒险。我必须强打精神重返一个人孤独的状态。

在普瓦图地区，十月已经寒意料峭。田野上，一阵阵北风从篱笆间呼啸而过。我按着既定路线前进，路上遇到的商队和骑兵都向我致意，当然他们万万想不到，我是一名逃犯。空气清新，刚过正午时分，天气转晴，天空露出几分浅淡的色彩，可以看见种着庄稼的村落、成群的牛羊、载满货物的马车，这一切扫除了越狱的伤心记忆。我浑身上下洋溢着一种全新的感觉，如果说这就是自由的感觉，那又显得有些平淡。需要别的词语才能准确描述我的感受。这不仅仅是囚犯脱离樊笼的自由。这是一条漫漫长路的终点，在这条路开始的地方，我遭到了逮捕，失去了财产，远离了事业，告别了前呼后拥的名利场。这条路继续延展，伴随着马克的到来，健康与体力的回复，求生的欲望，还有长时间深思熟虑的逃亡计划。这一切都幻化成唯一的感受，寒风拍打着我的面颊，我早已泪眼模糊，但这泪水并非来自灵魂的痛苦，而是缘于寒冷的空气。一切又应时回归：人群、风景、色彩、运动。我合着声声马蹄，幸福得高声欢叫。厨娘送给我的灰马似乎也在马厩中待得太久了，不待我挥鞭，它就自个儿奋蹄疾奔。孩子们看见我们经过，都开怀大笑。我们象征着幸福和生命。

晚上八点钟光景，蒙特莫里隆附近，通往圣马夏尔修道院的森林里黑影重重。一位修士提着灯笼，正在等我。我躲到了圣殿牢不可摧的围墙里面。

我不认识修道院院长。马克肯定以我的名义做了慷慨的献祭，他们对我的接待很是周到，但总归有些冷冰冰的感觉。我不能久留。僧侣们最担心的是有人发现我躲在这里，到时候就很难再脱身了。我休息了几个小时，喂完马之后，拂晓时分，我离开了圣马夏尔。

当初和马克商量的时候，我们决定往东南方向逃跑。首先，我的救星在普罗旺斯，那是勒内国王的地盘。那之外就是意大利。

今天，我已经知道，在我逃跑之后，普瓦捷发出了警报。对于追兵来说，第一大障碍来自对我逃亡方向的争论。有人认为我会朝东逃跑，会经过布尔日，再到勃艮第公爵的地盘。有人觉得我要朝北逃窜，去往巴黎和弗兰德。但是，多维分析得更为缜密。他知道，只有两个人乐意收留我：王太子和勒内国王。因此，他给里昂方面发了函，下令要重点监视城北、城南通往太子封地或普罗旺斯的交通要道。他的先见之明也让我上了当。逃跑前期，一路畅通无阻，我甚至迫不及待地认为路上大概畅行无碍。一座座修道院、一座座城堡，沿着与马克规划好的路线，我毫发不爽地前进。修道院通过内部网络来保护我的安全。在那些精心挑选的城堡中，我见到了朋友、合伙人、债务人，他们都盛情地接待我。相对于毒辣的庭审，这简直有如一剂解药。关爱我、感激我的人纷至沓来，纷纷伸出援手，那些鱼贯而入眼红我、揭发我的人不见了踪影。十一月，在去往奥维涅的路上，阴雨连绵。幸好马很得力，每天晚上，我就着壁炉翻来覆去地烘烤衣服，这样可以更好地御寒。在沿途经过的那些荒凉的省份，间或可以看到兵匪抢劫的痕迹，但是没有了全副武装的大队人马，也不用再担心在路上遭遇不测。终于，我来到了山坡另一侧：通往下面罗讷河平原的坡地。雨后如洗的远方，依稀可见一条灰绿色的天际线，那是普罗旺斯。北风吹散了天空的阴云。我一路飞奔，苍白的阳光只是暖在心头。我得救了。我想到了在那边等我的吉约姆和让。

哎，还是回到现实中来吧。在雷哥尔达纳驿道上，我在一座修道院里停下来歇脚。在那最后的山岭高处，可以俯瞰脚下的大河，僧侣们告诉我说有军士正在找我。他们已经搜遍了周边地区，而且还在修道院做了停留，查问是否有人看见过我。到河谷下面集市卖木柴和牲口的修士也都一再提醒我，所有河上的要冲都加强了巡视。巡逻兵丁在这个地区来回穿行，盘查路上的行人。

听到这条消息，我再也乐观不起来。没有了马克的帮助，我怎么才能穿越这最后的屏障？我又想到了酷刑和监狱。骑马的时候并不觉得冷，现在我却感到浑身冰凉，我病倒了。整整一周，高烧不退。僧侣们精心地照料我，但是我觉得他们巴不得我赶紧动身。修道院很贫穷，孤零零的，四面当风，如果士兵再折回来，他们大概会毫不犹豫地背信弃义。

我刚刚痊愈他们就建议我去博凯尔，在那里，强势的方济各会修士有一座铁桶般的修道院，谁也别奢望能够强行抓人。天晚祷后，我又上路了。从集市上回来的僧侣告诉我说，从这里一直到河边，道路都很安全。

夜里，我来到了河边。明月如镜，映照着脚下的路。我并没有右转往博凯尔方向而去，而是决定小心翼翼地溯流而上，来到一个停泊着盐船的小码头。在这个地区，大部分盐船都归我所有。船工都是忠心耿耿的汉子，假如他们中间的某人认出我来……

我慢慢靠近盐船。几盏灯笼透出昏暗的光，投射在水面上，阵阵说话声划破了寂静的夜空。突然，左边传来了叫声。一名男子大声地招呼我。

"哎，你，靠近点！"

只见树林的入口处有人扎营。几名士兵席地而坐，围着一堆篝火，光圈扩散开来，依稀可见不远处系着他们的坐骑。

我随即掉转马头，朝南疾驰。我生病期间，那匹灰马也得以养精蓄锐，而且最近这些日子我也是一路徐行。马蹄生风。虽然月色朦胧，但足以保证一路安全飞驰。差不多跑了一个小时，我拽住缰绳，让坐骑朝一条小路上踱了几步，就着夜色，我听了听动静。万籁俱静。我明白，巡逻队并没有对我穷追不舍。他们大概只负责看守一段河岸，也不敢擅自离开太远。我放慢速度，继续赶路。等我看到博凯尔城墙时，离天亮还有好几个时辰。我在一块林间空地上睡了会儿觉，天刚蒙蒙亮我就起身朝城门走去。值夜人还睡眼惺忪，朝他打过招呼之后，我迈步向修道院走去。看门的修士接待了我，我要求和修道院院长见面。我们是老相识，因为我经常来这座城市参加交易会，还给过修道院许多慷慨的馈赠。

安塞尔姆神父对我很热情，把我安顿到小单间里。白天稍晚的时候，我们做了长聊。他的修会很富裕，我可以多待些时日，这没有什么大碍。但是，他提醒我说，有可能我再也出不去了。城里驻满了兵丁，随时在盘查各个路口。现在，他们大概知道了河边发生的事情。自然而然，他们会认为我逃到了这里。虽然院长也承诺要保护我，但是如果有人问起来的话，我躲在修道院的事实，他也不敢隐瞒。

第二天，就有军士上门来调查我的行踪。虽然我安然无恙，但不得不又开始幽闭的生活。从房间的窗户望出去，可以看见罗讷河，对岸就是普罗旺斯，那是我可以自由生活的地方。有朝一日，我是否能够到达那里，谁知道呢？为了无尽的报复，国王刚刚专门为我发明了一道新的酷刑。

博凯尔方济各会修道院的气氛很快就变得诡异起来。现在，追捕者已经明确知道我的位置，他们不用再分散精力，可以集中力量对我围剿。如今，城里的监视空前紧张。每道城门处都加派了两倍的护卫，专门负责抓我。暗探在街头和市场上游荡。在修道院内部，我很快也发现了危险。安塞尔姆神父年事已高，我必须接受这个现实：修道院已经不在他的控制之下。僧侣们暗中拉帮结派，大概都是想承继院长的位置。我感觉他们大部分人都对我怀有几分敌意，认为收留我压根就是个错误，也许还算是背叛。很多僧侣都来自朗格多克地区，多年来，我代替国王在那里催租征税。这差事非常不光彩，不过我也给教会做过很多好事，算得上是一种弥补。近些年来，我的生意开始转向马赛和普罗旺斯，蒙彼利埃居民和很多教内人士都很愤怒，所以在我出事之后，很多控诉者都来自朗格多克地区。不用怀疑，某些僧侣绝对跟敌人多少有些瓜葛，不管怎么说，肯定对他们抱着同情的态度。

南方的冬天，修道院里非常寒冷，有时候北风连续刮上好几天，更是雪上加霜。很少有修士愿意跟我说话。在冰天冻地的走廊里，我看见很多匆匆逃离的身影。我费尽九牛二虎之力才交了几个朋友，或者说才可以与三四位最不起眼的修士略微交流：一位帮厨、一位斜眼的杂役……一位园丁。就这样，虽然我的日子还是很空虚，但是至少这几位熟人多少有点用处，他们可以知会我修道院发生的事情，可以让我与外界保持联系。

气氛很沉闷，我不可能不明白。对我来说，一切都那么模糊、神秘。在那之后，我学到了很多，今天我可以重构修道院内外的人事物景，然而在当时，我只能抓住某些零散的碎片。

在修道院里，不知不觉中，敌人已经极端地朝我靠近。院长并不清楚，他也不监管自己的队伍，修士的群体中出现了两个陌生面孔。我后来才知道，在向看门人介绍的时候，他们以修士自居，说是得到了教宗的召见，要到罗马参拜。从玛茜去世之后，我也被视为“鳏夫教士”，我可以以这个名义参加所有祭礼。我花了点时间，认出了两位新人。在一次晚课上，我偶然与其中一位四目相对。说到有没有修士关注我，即使不能说完全没有，至少也很罕见。一般来说，大家都会公然忽视我的存在。然而，这个人好似在刻意窥探我。他旁边坐着另一位修士，尽管身上也穿着棕色粗呢祭披，但是他的气魄和举止让我心生好奇。他像一名雇佣兵，已经习惯了野外风餐露宿的生活，身上这身行头让他觉得碍手碍脚。而且这两个人还不会唱圣歌，他们只是装模作样，动动嘴唇。

向厨师打听过这些人的情况之后，我就没有了什么疑虑。他们跟我一样，不算什么僧侣，他们打入内部就是为了监视我。当时，我想这可能是国王的帮凶，过了很久，我才了解他们的真实身份。

一开始，他们在这里盘桓的唯一目的似乎只是监视我。就算各道城门都有军士严密把守，追捕者大概还是担心我会逃之夭夭。因此，两位假僧侣要确认我出席了所有的祭礼和用餐。渐渐地，我明显感觉到，他们在想方设法地接近我。他们很可能准备绑架我，但是我又很难相信，因为博凯尔方济各会修士的保护也算来头不小，任何的袭击都会引起全教廷甚至教宗本人的愤怒。然而，也不排除他们想杀我，比如给我投毒，或者暗下黑手，然后伪装成一起事故，或者干脆嫁祸给流浪汉。

至于投毒，厨房的朋友可以帮着留点心。我自己也得当心才行，大家都吃的菜我才吃，而且要等别人先开动。为了避免袭击，只要在修道院里活动，我就始终待在人群的中央。有一次我睡过了头，得独自穿过几道走廊去听晨经。柱子后面露出一个身影来，颇让人怀疑。我掉头就跑，一口气跑进了暖阁，还反锁住房门。门外面传来气喘吁吁的声音，还有人想破门而入。后来，脚步声渐渐远去。我独自一人待到了祭礼结束，等管理图书的修士要进来的当儿，我才把门打开。在得知这件事情之后，院长召见了我。我以懒怠为由向他解释了自己的行为。有一阵子，我还有些犹豫，是不是该将自己面临的威胁告诉他。他肯定不会相信我，而且我知道他倚老卖老，如果我老老实实地把想法告诉他，真害怕他误以为我在侮辱他的盛情。即便他不再提供保护，至少还让我有避难之所，他对我的殷勤之意，我没必要质疑。

在沉寂的修道院里，我忙着规避潜在的危险。在外面的世界里，正在进行铺天盖地的行动，而我还茫然无知。

到达博凯尔之后不久，我就成功地说服了做园丁工作的修士雨果，让他帮我捎信给阿尔勒的代理人，那位代理人应该会去阿尔勒购买某些稀缺的种子。他回来告诉我说，没有找到人。他把信件交给了某个熟人，那位不识字的农工时不时要去代理人开设的缝纫工场。也就是说，我压根就不能确定信是否到达了目的地。

实际上，信很快就准确无误地到达代理人手上。他马上通知让·德·维拉热和吉约姆·德·瓦耶，说我在博凯尔。他们已经知道我从普瓦捷成功逃脱，因为在整个王国里，这事早已传得沸沸扬扬。他们不知道我之后的情况，变得更加忧心忡忡。

后来我才知道，得知我藏身博凯尔之后，他们进行了激烈的讨论。吉约姆还是天性不改，主张游说而不是暴力。可以花钱去收买守城的将士，甚至包括他们的首领，好让他们假装粗心大意。这也是马克的办法，但是这一次却少了些成功的机会，因为不管是吉约姆还是别人，都和这些将士没有直接关系。不管如何，这套办法都需要时间。

虽然让已经上了年纪，而且随着家底丰厚也更显持重，但还是保留着年轻时的那份暴烈。听说我就在附近，只有一河之隔就可以获得自由，再说他经常来我藏身的这座城市，对这里可谓了如指掌，这一切都让他怒火中烧。对他来说，交涉、谈判、等待，这万万不可。唯一的解决方法就是采取暴力行动。吉约姆和其他人都不无道理地指出，他们不过是商人而已。虽然他们也有保镖可以护送商队，但却无力指挥真正的军队，而只有后者才可能与博凯尔的驻军抗衡。

他们最后达成了妥协。让赢了，他们决定进行征讨。但是，正如吉约姆建议的那样，必须耐心系统地筹备。为此，让找来了两名船长，他们每人手下有十几条汉子，大家一起准备行动。

对于这些准备工作，我压根就不了解，因为没有外面的消息，我只得安排自我防御。追捕者胆子很大，从夜间听到的响声来看，我相信他们会在我入睡之后采取行动。为了讨我的欢心，院长给我安排了一个单间。我要求院长把我转到集体宿舍，借口是没准他还需要那间卧室，好方便安排别的客人入住。他却坚持拒绝，以为这样我会很满意。结果我只有在这个房间里独自过夜，而且还没有门锁，很容易遭到暗算。我想了个办法来保护自己：虽然空间狭小，睡觉的时候，我还是直接躺到了床铺下面的地板上，床上照样放着铺盖，让人以为我还睡在上面。另外，园丁雨果给我准备了一把工具，可以充作武器。这是他用来打木桩的铅锤。拿到铅锤的第二天，就派上了用场。深夜，房间里进来一个人，把我惊醒。从床下面，我看见一件僧袍的下摆。有人在悄悄地靠近。不速之客大概想走得更近，好精确地出手。我没有给他时间，顺手给了他大腿一锤。那人一声吆喝，踉踉跄跄地跑了出去。

这件事情惊动了整个修道院。第二天，所有僧侣都在交相议论。我发现其中一位追捕者不见了人影。一周之后他才回来，大概已经治好了铅锤留下的伤口，不过走路的时候还是有点一瘸一拐。

碰壁之后，假僧侣就开始拉拢其他修士来帮忙。对我来说，自保也变得更加困难，因为危险的不再仅仅是他们两位，还牵扯进来其他不认识的人。幸好那几位朋友消息灵通，给我提了醒。在铅锤事件发生十几天之后，正直的厨师来通知我说，有人想在葡萄酒中下毒。我不知道他如何得到的消息，但事实就是，第二天，我发现拿着短颈大腹瓶添酒的僧侣行为古怪。他抓起我的杯子，转过身去，好一阵子才递给我，仿佛刚刚才倒满酒似的。实际上，他已经调了包，换成了同伙递过来的一个特意准备的酒杯。

开始用餐了。当天，诵读的经文讲述的是耶稣和撒玛利亚妇人在井边相遇的故事。我们吃着饭，默不作声，只有一位修士读着福音书中的句子，打破这沉沉的宁静。那伙人秘密地交换着眼神，看得出来是他们联手干了下毒的坏事。他们假装不在意我的动作，实则全都在暗中观察我，看我是不是会拿起杯子，喝下那杯毒酒。饭吃到中间，我故作镇定，慢腾腾地饮干了葡萄酒，当然也是为了让大家都看得清楚。在那伙坏人中间掠过一丝战栗，仿佛松了口气似的。我必死无疑。

厨师得到了情报，给我通风报信说，差不多要等一个礼拜毒药才会置人于死地。凶手无非是想制造出疾病的假象，所以没有使用可以立刻让我死于非命的剧毒。

我并没有表现出什么不舒服，照样正常地吃完了饭。诵经的时候，大家都不得不一本正经、保持缄默。等用完餐，也就是相对比较热闹的时候，大家都站起身来收拾桌子。我趁机将毒酒倒进长颈水瓶中，刚才我假装喝下了毒酒，其实连动也没有动。

次日，我假装身体不适。厨师给我描述过药性发作起来的状态，于是我开始有板有眼地模仿。我住进了病房。敌人平静地等待我一命呜呼。又赢得了一个礼拜的时间……

这期间，要来救我于水火的征讨军正准备出发，但是在某些细节上有所延宕。让、吉约姆和整个团队都在忙前忙后，全力解决最后的问题。机缘巧合，恰恰就在所谓中毒事件一周之后，他们准备就绪。

早上，我刚刚从病房出来，就参加了教堂的晨祷，这让投毒者大为诧异。看到他们愤怒的眼神，我心知他们很快就会再次谋划袭击，到时我绝对在劫难逃。然而，也有一丝迹象让我依稀觉得，我可能会得到外部的救援，这种愿景又给了我些许希望。

头一天，雨果修士在集市上碰见一个熟人，向他打听我的消息。显然，那人知道园丁是我的同盟；还告诉他说，知道是他代我转交的信件。后来我才得知，这位陌生人不是别人，正是吉约姆·吉马尔，他以前做过船长，让将他招进了征讨队伍之中。他冒充商人来到了博凯尔。在谈话中，他还讯问雨果修士是否知道城墙的薄弱环节在哪里。修士有些警惕，在咨询我的意见之后，第二天才给他回了话。我让他把知道的信息都告诉这人。如果是我们的人，那就不用再害怕什么，一切都充满了希望。

因为要做园丁的活计，每天雨果都得满城跑来跑去。他还负责看管修道院的几只羊，因而要到城墙下面放羊，这样真是一举两得，既可以放羊，又可以保持城墙周边的整洁。雨果修士对各种植物都充满了好奇，喜欢观察城墙缝隙中长出来的一小簇一小簇的植物。他常常看到这样的地方，如泥地上的根基不稳啦，城墙上开裂啦。他会向长官汇报，然后再进行必要的修整。然而，上个月，在追一头脱群的母羊时，他看到了一道比较宽的豁口，那是春天暴雨的杰作。入口很隐蔽，掩映在山楂树丛中。城墙下方，流水汇成一道小渠，然后穿墙而出。雨果还没有向市政当局汇报。另外，他还告诉我说，虽然不知就里，但是他个人认为，即便这个豁口太过于窄小，人很难从中通过，也许某一天还是会对我有点用处。他向吉马尔做了描述，这条消息让吉马尔大喜过望。

外面正在准备行动，很快就会有人来救我。我担心敌人不会留给救星太多时间。为了排除风险，我决定和打杂的修士同吃同住，尽管这样肯定会有人向院长报告，惹他生气。但这期间，我又可以赢得时间。

我不知道的是，还有人比我更着急：让坚决不想再拖延下去。听说城墙上有道豁口，吉约姆建议先派出探子去摸个究竟。让没有同意，说到时可以见机行事。吉约姆则表示反对，仍是满月，他主张在月黑风高的夜晚动手，这样才神不知鬼不觉。让非常生气。他们之间展开了激烈的争论，也决定着我的生死。让寸步不让，当天晚上，普罗旺斯一侧河岸的芦苇丛中划出一条小船，上面载着二十人组成的征讨军，小船横渡罗讷河而去。

对岸有兵丁巡逻，为了不打草惊蛇，小船行进得很缓慢。死士们都藏在布匹下面，船上看起来仿佛装着普通货物。他们在城市偏北的河湾靠岸，幸好那里没有任何士兵。他们留下两人看船，其他人在让的率领下飞速往城墙而去。他们直奔雨果透露的豁口。很容易就找到了那个地方，因为头天夜里刚刚下了雨，城墙下有潺潺流水。他们随身带着挖开豁口的镐和铲，除了一块费事的巨石之外，打洞的其他工程都比较容易。他们三两下就用四根桩子和一块木板支撑好豁口。打通了进口之后，他们扔下十字镐，拿上长剑，一个个先后进入这条短小的通道。

夜晚即将结束。礼拜堂传来了细长的晨祷钟声。宿舍里挨挨挤挤的修士都是我的亲信，尤其是雨果。我从宿舍走了出来。两名假僧侣稍微有点迟到，我心想，是不是因为他们去我的房间里捣过鬼。

烛光映照着金光灿灿的祭坛。围着烛光，在半明半暗中，僧侣们站成一圈，后面几排已经在光影之外。有位修士站起身来，走向唱诗班，起了一首圣歌《主啊，我来到你面前》。雄壮的男声一起合唱，歌曲中充满喜悦，在润湿的空气里回荡。在这和谐、温柔、催人入眠的祈祷声中，隐藏着残暴而不可告人的目的，涌动着行凶害命的热情，这歌声非但不能改变那些口口声声要效仿上帝的俗人，反而会成为罪恶和报复的保护伞，这一切，谁能够想象得到呢？

突然，仿佛千呼万唤的上帝显灵似的，礼拜堂的两扇大门应时开启。十五六个挥舞着长剑的汉子横冲直撞来到教堂中央。烛光摇曳，不速之客马上从灯笼中取出火苗，点燃了两个火把。僧侣们吓得直往后退，大声尖叫，似乎比唱圣歌底气还足。

在通红的光影中，一个人冲上前来，直呼我的名字。我认出那是让·德·维拉热。我上前两步，正要拥抱他，斜刺里闪出个人影，我感觉肩头一麻。其中一个假僧侣眼看我就要获得自由，拿着匕首向我扑过来。幸好雨果神志清楚，上前拦住去路，刺客没有瞄准目标。剑尖划过我的衣服，只擦破了点皮。让和他的手下先是吃了一惊，随后马上就反应过来，见刺客想逃跑，纷纷一拥而上。他的同伙想趁机溜走，也同时被擒。随后是短暂的混乱，两人被乱剑杀死。

不管当中还有没有他们的同伙，看到了这个场面，僧侣们都惊恐万状。让高举着长剑，厉声对他们说话。他说要留下两个人守在修道院门口，我们撤退期间，如果有人胆敢通风报信，绝对不会手软。

在混乱中，我们离开了修道院。我穿着粗呢袍子，有点碍手碍脚，跑不起来。好在街巷里一片昏暗，空空荡荡的，再说到城墙下洞口的距离也不算远。

我们上气不接下气地来到船上，在寒风中，在河面潮湿的空气里，我心情激动，瑟瑟发抖。渡河的时候，让握着我的手，我不禁热泪横流，深深地拥抱他。马匹正在对岸等我们。吉约姆考虑得很周全，他让我穿上旅行装。我换过衣服，翻身上马。太阳升起来了，天空万里无云。前面是无垠的橄榄树，宛如灰绿色的海洋，被一条笔直的石板路一分为二。我有一种难以言说的重获新生的感觉，但又不像婴儿那般无知、脆弱，更像是一位希腊的神灵，在年富力强的时候才展露真容，既拥有了漫长的阅历，又乐于分享闻所未闻的人间乐趣。骑马走了两天之后，我们来到了勒内国王的驻地埃克斯。

我在埃克斯只待了不到一个礼拜，但是仿佛过了一个月似的。我又见到所有的朋友，让、吉约姆、商船老板、代理人，好多代理人来自法兰西，他们也在普罗旺斯避难，免得遭到追剿。

在监狱深处，在黑暗中，我度过了差不多三年时光。从他们那里，我才了解到这期间发生的天下大事。我已经收到过某些消息的遥远回响，但是一旦从他们嘴里说出来，又具有了全新的色彩。他们向我谈起土耳其人攻陷了君士坦丁堡，还给我描述其广泛的影响：艺术家和博学之士的流亡，与埃及苏丹更加密切的关系——看到土耳其人的势力如日中天，苏丹也非常恐惧。他们确认说，国王最终与英格兰人缔结了和平。无疑，这是一个新生的世界。他们还在继续开发这个世界所有的潜能。他们告诉我已经让尽可能多的资产避开了多维的盘点。正如我的预感那样，盘点其实只触及了枯枝败叶。树还活着，还会朝不同的方向伸展。吉约姆用其他船旗换下了法兰西国王的船旗：普罗旺斯、阿拉贡、热那亚。商船依旧穿梭往来。他把我的大部分财产都放到了别人名下，还通过钱庄的操作洗钱。多维可以掌控我的房产与城堡，但这并不是我生意上的活资产。

我还了解到一条消息，这不仅让我觉得踏实，而且让我多少有点乐观。背着检察官，国王私下允许吉约姆在王国内做某些交易。换句话说，他似乎已经明白，在报复、大贵族的贪心以及占有我财富的欲望之外，让我们继续做生意也符合他的利益。因此，即使没有原谅我，他也打算保全我们的生意，让其继续存活。

如果说几乎他身边所有人都还停留在骑士时代的话，至少他本人还算具有先见之明，懂得自己的统治不可能一成不变；从今以后，他的势力将取决于流通、交易和商业，然而他并不能完全控制这一切，除非将其扼杀。我多少感到满足，可以说还有一丝得意。

让、吉约姆与我的家人保持着来往。他们不大清楚玛茜的死亡，因为我已经说过，她在远离红尘的隐修里与世长辞。但是，他们有不少关于孩子们的好消息。儿子让在大主教的位置上，如今还安然无恙，他对弟弟妹妹也多有保护。只有小儿子拉旺吃了些苦头。他跑去向多维求情，多维则断然拒绝，不肯帮忙。很遗憾，他居然如此低三下四，这种行为又无用，又自取其辱。后来还是普罗旺斯这帮朋友向他伸出了援手，他生活得不错。

最让我感动的是，不管是让、吉约姆，还是其他人，大家一直打理着商行，谁都没有私心要窃为己有。他们认为这是我的私产，还一五一十地向我报账。实际上，这其中也有着乐观的理由：他们对我们的生意太过于了解，认为它不属于任何一个人。我们的生意靠的是大家出力，也是为大家服务。他们认可我在其中的特殊作用，虽然这作用也不过是弥补了他们所扮演的角色。

不管如何，尽管宫中各路人马虎视眈眈，尽管多维在盘点时吹毛求疵，我们的商业网络依旧坚实，资金依旧充裕，这让我非常欣慰。勒内国王颇具审美趣味，我也受到他的激励，开始乐于缝制雅致的华服，分享精美的佳肴，参观巍峨的宫殿。我早已经厌倦了粗布衣衫、硬邦邦的床板、犯人的伙食。粗糙不平的墙壁磨损了我的视力。我受够了透过装有铁栅栏的天窗，努力地搜寻那一片灰蓝色的狭窄天空。如今我陶醉于考究的生活、灿烂的阳光、曼妙的音乐、漂亮的女人。

哎，普罗旺斯的驻足也是好景不长。同伴提醒我说，有可疑人物在来回逡巡。相对于法兰西国王来说，虽然勒内国王拥有了自主权，但他始终还是查理的封臣，他的土地也向法兰西的子民开放。在这些人当中，显然有些探子是奉命来抓捕我的。勒内真是菩萨心肠，拒绝将我交给查理七世。但是我很快就明白，这种抵制并不能保障我的安全。我决定继续旅程，到佛罗伦萨去。

从马赛经过的时候，那里的房子差不多快要完工了。我只停留了两天。让还在等待商船的到来。他给我提供了人马充实的保镖队伍，我沿着海岸线出发了。海滨的花园色彩缤纷。天气炎热，乱蝉嘶鸣。我们停下来歇脚，这里是浓荫如盖的私人产业，耸立在岩石的高处。我喜欢眺望远方的天际线。

一些变化让这次行程与此前的旅行完全不同。经历过监禁生涯、重新获得自由，如今我出奇地漫不经心。我又重新接手了生意；吉约姆给我交了底，谁也不能质疑我的权威。然而，我缺少的——今天，我知道我将永远不会再拥有——是欲望、焦虑、急切的心情。从前，这些使得我不停地奔赴下一时刻，也让我不能充分地审视当下。我全然没有了这种躁动的心情。在烟尘滚滚的路上，我身心俱在，要么在怪石嶙峋的山上，俯瞰着大海，要么在花园之中，临近明澈的泉水。我的身心曾经多么渴望这自由的生活，我完全陶醉其中。我贪婪地享受着世界之美，就像一位饥渴的行人忘情地饮用清凉的甘泉。我享受到纯净的幸福。

让又给我安排了一名仆人。说起来，在戈蒂埃陪我去东方之后，在马克为我牺牲之后，这算是第三位伺候我日常起居的仆人。

我只用过这三名仆人。今天，我栖身在希俄斯岛高处的这个羊棚中，我怀疑未来是否还会有其他仆人出现。三名仆人，三种性格，生命中三个不同的时段。最后一位叫艾蒂安。当然，他也来自布尔日。让和吉约姆身边一直有大把来自家乡的汉子。这些人还被培养成船长，虽然他们出生的地方与大海远隔千山万水。因为同乡的缘故，这些人可以放心使用。此外，还有做事业所需的关键品质：相互信任。艾蒂安是小农出身，最后一批从国内撤离的流匪杀害了他的父亲。父亲的去世在孩子身上产生了奇怪的反应：他不再睡觉。这既不是病，也不会难受或痛苦。他只是不再睡觉，仅此而已。也许有时候他会打盹，但是在他伺候我期间，不管什么时辰，我每次叫他，他都处于清醒的状态。他没有其他长处，既不机灵，也缺少勇气，既不善言辞，也不会察言观色，而马克可谓样样精通。但是，在我仍面临威胁的当下，艾蒂安的缺陷（不睡觉，我很难想象这不是缺陷）却极其有用。

从马赛出发一个礼拜之后，在朝热那亚进发的路上，护卫队长老兵博纳旺蒂尔来通知我说，我们后面有追兵。

我最终决定不去热那亚。在这座城市里，军警心怀不轨，充斥着可怕的阴谋、陌生的奸细，真是策划袭击的不二之选。我们继续前行，来到托斯卡纳地区。每天，我们都会看到全新的风景，绿色的山岭、密布的树林、堡垒耸峙的村庄，还有成千上万无处不在的黑柏，仿佛诸神在平滑如缎的庄稼地里投下了一道道林立的标枪。

博纳旺蒂尔刻意留了人断后，后卫们一路飞奔追了上来；他们确认，后面有追兵在一路追赶，还挨个村庄调查我们的行踪。我们一直行进到佛罗伦萨。在这里，我再见到尼古拉·迪·博纳克索。当年的毛头小子如今已经年届不惑。他那黑色的络腮胡、庄重的腔调，以及意大利人那种无论成功失败永远自信安然的神态，都让他完全变了个样。幸好有两点没有变：他的精力和他的忠诚。他开的丝绸作坊扩大了规模。他雇了很多工人，丝绸产品发往全欧洲。跟吉约姆、让和其他人一样，他还是继续把我视为合伙人，虽然我在法兰西失了宠，他还是照旧坚称我是作坊的老板和创办人。

他建议我在佛罗伦萨待下来。自从我入狱以来，每一年他都一丝不苟地把我的收益存入银行。他将资产原封不动地还给了我。这些钱在城里买套院子绰绰有余，可以在那里住上几年。尼古拉让我住到他家里，但是我不想打搅他，自己也想图个自在，于是住进了客栈。

在佛罗伦萨的前两天，我沉醉在到达目的地的欢欣之中。我很想在这座温馨的城市里打发自己的余生，在这里，有河流上雾霭沉沉的落日，有周围的山岭，还有不断拔地而起犹如森林般的宫殿。

不幸的是，从第三天开始，警报就连连不断。此前，追捕者的距离还相对较远，不敢明目张胆。然而，在佛罗伦萨，恶意的监视无处不在，已经达到无所顾忌的程度。一到这里，我关心的头一桩就是给保镖放假。在这座讲究的城市里，哪怕最富有的人都努力表现得非常谦卑，要是身边围着博纳旺蒂尔等一群保镖，那样子会非常滑稽可笑。上街的时候，我只随身带上艾蒂安。正是他最早发现有两个人在跟踪我们。在一个广场的拐角处，还有另外两人也在窥视。稍远的地方，在教堂的门廊下面，我自己也发现了一群假乞丐，他们盯着我们看了很久。其中一位还蹒跚着一路尾随，直到丝绸作坊的门口。我打发艾蒂安去找博纳旺蒂尔，让他不要靠得太近，等我们回到客栈之后再远远地观察事态发展。他的发现让人揪心：城里遍布尾随我的奸细。不管是在普罗旺斯，还是在路上，我从来就没有遭遇如此严密的盯防。尼古拉建议直接找当局来保证我的安全。我不同意这个想法，因为我还不清楚危险的源头何在。如果他们是法兰西国王派来的探子，那就成了政治事件，正式向城市当局汇报我的存在，对我们并没有好处……博纳旺蒂尔出了高明的一招：跟踪我的人为数众多，也许可以盯住一个，然后抓个现行。再突击审问，就可以了解更多的内情。那天，我故意在城里漫无目的地晃荡。博纳旺蒂尔则远远地详加清查。他发现那些人分为四组，其中一组里面只有两个孩子，要吓唬他们还是比较容易的。

我回到客栈，保镖们则四散追击跟踪者。他们抓住了其中一个正打算回家的孩子，把他带到了客栈。尼古拉也过来了。他开始用佛罗伦萨方言审问那个小乞丐。

审问的结果极其有用。孩子也不是全都知情，但好歹说出了很多有所耳闻的名字。总之，我受到了威胁，危险不是来自法兰西国王，而是来自佛罗伦萨人……始作俑者就是奥托·卡斯泰拉尼，他先是揭发我，后来占据了我的职位，在瓜分我的财产之际，又大捞了一把。因此，我得当心两大危险：一是国王的复仇，他拥有政治手段，幸好我们已经逐渐远离了法兰西，他是鞭长莫及；二是卡斯泰拉尼及其同党的个人恩怨。我选择在佛罗伦萨避难，对他们来说真是再理想不过了。卡斯泰拉尼和弟弟跟家乡一直保持着密切联系。可以说我已经深陷虎穴之中。

我必须赶紧离开这里，寻找更加安全的地方，这既让我遗憾，也让尼古拉失望。我觉得唯一安全的地方就是罗马。原则上来说，教宗的保护是最高的保障，但是对于卡斯泰拉尼这种混蛋来说，只要涉及金钱或者复仇，也就没有什么神圣不神圣了。然而他并不了解那座城市，也更难采取行动，在那里我至少可以毫无顾忌地安全出行。

我们又上路了。我并不讨厌现在这种流浪奔波的生活，因为我曾经在四壁高墙之内困居了那么久。夏天日近，越往南走暑气越盛。我派了两名护卫到罗马送信，说我即将到达。离城市越来越近，我们歇息的地方也都经过了精心的准备，在修道院中，抑或豪华的别墅里。最后，我们来到了台伯河畔。梵蒂冈还在施工，教宗驻跸在圣母马利亚大教堂。君士坦丁堡的陷落、土耳其人的不断推进，这些都改变了他的计划，也耽误了教堂的扩建工程。

甫一到达，我就受到尼古拉五世的接见，他一直在焦急地等待我。说实话，他担心活不到我回来的时候。他病入膏肓。我差点都认不出他来。他已经瘦成皮包骨。正如那些在一生保持微胖体型的人，这些丰满的血肉已经成为他身体的一部分，突然间变得形销骨立让我们觉得他仿佛换了个人似的。

这是位文人，这是位书斋中的雅士，他本不该直面成为教宗的重大考验。奇怪的是他获得了完全的成功：在西方教廷分裂局面结束之后，在东罗马帝国崩塌之后，他已经没有任何敌手。在他之前，这种让人渴望的大一统总是难以梦想成真，然而，这一切还是来得太迟了。他耗尽了自己的力气。他跟我聊了很久世界形势，还有他本想坚守的理念，如果他还有时间和金钱的话。他的根本看法并没有改变：需要巩固教廷的统一，需要继续梵蒂冈的伟大工程，让教廷拥有一个名实相副的中心。在君士坦丁堡陷落之后，他向西方的王族鼓吹和平，希望他们团结起来面对危险。但是，人家压根没把他的话当回事，彼此对立的局面一如既往。

结果，如今只有罗马教宗独自面对穆斯林的进袭，在赢得一切之后，他可能又会失去一切。因此，鉴于欧洲君主不冷不热的态度，尼古拉五世认为，现在必须摒弃任何东征的想法。哎，他也感觉到了，大部分红衣主教，尤其是那些来自东欧的红衣主教，他们的故土直接面临土耳其人的威胁，所以极力主张对抗。

一见面，还没有来得及打听我的计划抑或我在法兰西的遭逢，教宗就跟我聊起这些话题。就像所有死期迫近的人一样，他满脑子都是大限将至的想法，逢人便说起将直面虚空世界的那套伤心独白。我空前地坚信，他不但不相信上帝，而且在当下的境遇中，他也不相信永生。

我们每天都要见面长谈。他还让人带他到梵蒂冈的花园，在那里可以看见大教堂的工地。他指给我看尼禄马戏场的遗址，圣彼得就是在那里殉难的。环绕在他周围的这种种历史的存在，仿佛是他唯一的慰藉，他即将奔赴的那个阴冥世界，仿佛就是由这些石块构筑而成，还保留着古人的遗迹，苍绿的青松在上面投下清新的疏影。

如我所愿，对我来说，罗马是更加安全的庇护所。尼古拉五世让我住进拉特朗大殿的翼楼。教宗流亡阿维尼翁期间，这里无人居住，需要彻底的整修。我居住的那些房间，我让人进行了维修、绘饰，还添置了家具。博纳旺蒂尔让人轮班执勤，就算我不在的时候也毫不马虎，又因为我大部分时间都待在教宗身边，所以同样可以得到他的保护。一些迹象让我相信卡斯泰拉尼的奸细一直在盯梢我们，但是从来就没有什么险情发生。

教宗的身体每况愈下。他的医生告诉我，夜里他会流很多血。祭披下，只见他的腹部日渐隆起，与瘦骨嶙峋的四肢形成鲜明对比。在这最后时刻，他向我坦诚，塞内加的作品给他的安慰远远超过了福音书。他为人率真，不喜铺张，脆弱而孤独。三月二十四日拂晓，他平静地离开了人世。

主教会议等待着——如果不说期待着的话——他的末日。枢机主教马上召开大会，指定了继承人，也许在人选问题上他们很早就达成了一致。这就是瓦伦西亚主教阿方索·德·博尔哈，被尊为加里斯都三世。

去世前几天，尼古拉五世把我引荐给了他。他七十七岁，精力充沛，不知疲倦。他完全不具备尼古拉五世的古典文化修养。与前任不同，他心头洋溢着自然而真诚的信仰，没有一丝怀疑，任何与上帝和基督不相符的文化，他都认为是一无是处，值得怀疑。他将真正完美的信仰与异教徒的世界对立起来，在他看来，异教徒的世界里不光有赤身裸体的野人，还有伯里克利时期的雅典哲学家。他热衷于东征，前任放弃的东西，他不获成功绝不罢休。

从前，尼古拉五世的愿望，无非是借助东征的名义，调和欧洲各位国王君主，好共同面对土耳其人的威胁。这个目标太难实现了，因为即便这些强权者在公开场合说得天花乱坠，他们谁也不会打算削减自己的野心，放弃复仇的计划。

加里斯都三世的要求少得多：他让君主们照样争吵，只要他们同意出钱让他武装用以进攻小亚细亚的舰队。他的愿望很简单，也容易实现：军旗和战船，声势浩大的骑士团，但军队数量要少，因为需要运兵的船只。在各个王国里，少不了那些无货可掠的强盗，不长脑子的没落小贵族，他们会给那些瘦骨嶙峋的马匹套上从先祖那里继承来的锦绣铺陈的甲胄。因为很难找到舰船，所以教宗没有凑齐想要的船只。但是船队看起来还是威仪非凡，他还一本正经地在奥斯提亚港口的塔楼上为舰队祈福。

很多像在大马士革遭遇的贝特朗东·德·拉·布罗基里埃那样的军士，从欧洲各地向罗马汇聚而来，看到他们我非常难受。教宗一心想出征土耳其，却又缺少军饷，这样一来反倒让土耳其人将其视为仇敌，不断地在欧洲攻城略地。在欧洲大地上，内部依旧纷争不断，也削弱了自身的力量。然而，我没有别的选择。加里斯都三世延续了尼古拉五世对我的盛情。现在，我住在罗马。我生活得很安全，但是，我的靠山有什么需求，我也必须尽力满足。教宗问我要钱，还指派给我好几项任务，尤其是要在普罗旺斯人和阿拉贡国土那里找到新的船只。

在罗马度过的那半年光阴，大概是我人生当中最彻底沉迷于奢侈生活和眼前享乐的一段时光。对于这一段幸福的时日，我并没有留下特别详细的记忆。在这种气候里，同样的阳光，同样的温暖，让我无法辨别季节的更替。我只记得起那些美丽的花园、奢华的宴饮，还有在这座圣彼得的城市里，古代遗迹赋予宗教的那种无可比拟的芬芳气息。我还记得几位美丽女子的形象。然而，罗马的氛围与佛罗伦萨或热那亚不同，更不用说威尼斯了。罗马人总想配得上教廷驻地的身份，尤其是在悲惨的“巴比伦之囚”时期——这是他们对教宗远迁阿维尼翁的指称——之后。与别处相比，这里并非少了些强烈的激情或罪恶，只不过人们都小心地加以掩饰而已。艾蒂安不是马克，别想指望他来帮我揭开这薄纱般的道德遮羞布，尽管在遮羞布的后面，女人隐藏着她们对享乐的癖好。因此，我也只是简单地遵循表象，她们的仪态既优雅又高冷，作为回应，我只有礼貌地避而远之，这样大概扫了不止一位女人的兴。说到底，不只是因为尊重礼仪和在风月场上一直放不开，实际上，我没有心思逢场作戏。阿涅丝和玛茜都去世了，我遭到过监禁，还受过酷刑，在罗马这些灿烂的日子里，过去经历的考验又一一浮现出来，仿佛一件褪色的布料上又泛起了星星的斑点。

当你可以重新体会快乐的时候，痛苦和哀思会让你去追寻乐趣。同时，它们也会搅乱快乐。在这些经历之后，精神再也不能完全地沉迷于温馨、奢华和爱情，因为要想享受这一切，这种体验就必须具有永恒的感觉。黑色的记忆为其设立了边界，让人猛然想起，苦难和死亡无可避免，当你醉心其中的时候，无非就是延迟了它们的回归而已。这时候，想体验快乐的欲望也就顿然消逝。我从来就不是一位开心的宾客，在法兰西宫廷的时候，人家邀请我无非是看中我的势力，或者是因为借了我的债。在罗马，我很快就赢得了不苟言笑、一本正经的名声，大概还会有人认为我是扫帚星。

我真心希望做出点努力，让自己看起来讨人喜欢。但是我做不到。探究其原因，我发现了一个非常简单的事实，而此前我根本就没有意识到：从逃亡以来，我还不知道如何使用失而复得的自由。在罗马的经历告诉我，我并不希望再过上失宠前的生活。回归上流社会，不管是在教宗身边，还是在国王左近，享受财富的利好，继续扩大财富的规模，对于劫后余生的我来说，这压根就不是消磨时日的好方法。相反，我认为这绝对会重新将我禁锢到监狱之中，虽然这监狱看起来金碧辉煌，但也同样壁垒森严。

因此，在一番胡思乱想之后，我做出了一个奇怪的决定：我要向教宗请命，出海参加东征。

主动请缨参加东征的想法真是始料未及，因为就在前些日子，我还担心教宗要建议甚至强迫我参与其中。

我为什么改变了主意？因为，在我看来，东征突然成为一种手段，而不是结局。出海东征，既不是为了迎合这次荒唐之旅的目的，也不是打算要一战到底。只不过战船会将我带往东方，我感觉东方在召唤我。

诚然，我本可以坐自己的船出海，但要是那样的话，中途停靠的港口都会经过精心安排，身边还会有亲信照料，很难有脱身的机会。而东征不会将我带向任何地方，因为教宗的远征本身就没有明确目的。对基督教区来说，它有的只是象征意义，但这足以让加里斯都三世心满意足。这支海军还太势单力薄，无法在地面上与土耳其军队交手。它充其量也只能给那些遭到入侵威胁的基督教岛屿施以援手。很可能它只会在海上来回打转。

这种困窘让人遗憾，甚至形同灾难，但突然间我改变了想法，相反，我从中看到了出乎意料的机会。漫漫东征会将我带往未知的世界。难以预料与自由，二者彼此调和。

我已经无事一身轻，没有了牢狱的束缚，没有了家庭的后顾之忧，在荣耀和金钱方面，也没有了劳劳扰扰的更大野心，因为我已经实现了抱负，我决定从此了断这些念头。为了滋养这十足的自由，我要赋予自由以出其不意、毫无预备、不可思议的色彩。我再次看到了大马士革商队的形象，我想，在经历了发家和衰败这个漫长的轮回之后，也许我最终会有机会在其中获得一席之地。

我把决定告诉了老教宗。他紧紧地拥我入怀，热泪横流地感谢我。要是信教的话，我一定会埋怨自己欺骗了圣彼得的继承人。但是，我更愿意在误解中将计就计，我从心底里表现得很激动，不是因为要冲锋陷阵去杀土耳其人，而是要作别这奢华的生活，从此了无牵挂。

我的计划很简单。一旦时机成熟，我可以要求下船，假装得了重病，赖在岸上不走。

我加入了一队杂牌军，这是准备出海的达官贵人。这群所谓的骑士、野心勃勃的教士、罗马那些臭味相投的贵族，他们在东征中寻找机会，要为家族再增光添彩。要是换在其他时候，他们这笔生意一定会让我欣喜若狂。这群人的恐惧，这群人的急切，都与我漠不相关。我置身他们中间，目的就是要尽快与他们分道扬镳。我再也不会受到什么干扰了。

出发前，唯一令人难过的插曲就是艾蒂安。我不知道该怎么说，听到的人一定会觉得好笑，但是这个从来不合眼的年轻人，居然在我出发的前夜睡着了。拂晓时分，我看见他睡在卧室旁边的走廊里。他仰面而卧，双眼紧闭，睡得很安详。看到他睡着了，我很诧异。前些日子，他看起来很焦虑。后来我才明白，出海的想法吓着他了。难道是这种恐惧扰乱了他，击垮了他？不管如何，在观察了好一阵子之后，我不再有任何怀疑。他不是在睡觉；他死了。

他的去世让我由衷地感到伤心，因为我很喜欢他。但是，我并不像逃跑初期那样从中看到不祥的兆头。

罗马的生活非常安全，我早已踏实下来。很久以来，博纳旺蒂尔再也没有在附近发现过奸细，我还让他精简了保镖队伍。东征期间，我不想他在我身边碍手碍脚，因为如果有他在场，要重获自由也就更加困难。我本来只想随身带上艾蒂安。最后，我独自上了路。

人们在帆船上给我安排了位置。出发的仪式很漫长，周围全是追逐的人群。说到底，东征的关键正在于此：在全欧洲广为传播的东征消息。典礼持续了三天三夜。教宗的祈福奏响了出发的号角。战船一马当先。我们的船要沿着码头一直拖拽，费了不少周折才张开风帆。等我们离开港口来到海上，早已日上三竿。

舰队绕过西西里岛，向东方进发。我们对船的操作缺少精度，还常常遇到逆风，让船只偏离了航向。对于一群没有明确目的地的人来说，这倒也并不严重……

我们在罗得岛停靠。我与当地的骑士有太多的来往，所以并不敢在岛上停留。我与其他人继续航行。从罗得岛开始，船队调转航向，一路往北，傍着小亚细亚海岸的岛屿航行。大部分都是弹丸之地的小岛，所以我很难脱身。最后，我们来到了希俄斯岛，我暗中做出决定，时候到了。

我启动了预定的计划。首先，我开始痛得满地打滚，卧在床上不吃不喝。糊弄医生是很容易的事情，只要你拿出同等的精力，假装与病魔作斗争就行了。如我所愿，对我的身体状况，随船的医生很快就变得悲观起来。他马上宣布我在劫难逃，这样也就免去了要救我的责任。这一切都再完美不过。我成功地说服了船长，不要因为我而耽误东征。这样的冒险活动很少有人牺牲，如果我不幸牺牲的话，那必将位列东征荣耀榜。那大可不必吝惜。大家哭哭啼啼地让我下了船，还郑重其事地为我举行告别仪式，我在回忆录的开篇已经讲过。

几天之后，在城里溜达的时候，我就发现了卡斯泰拉尼的暗探。就像船队有时候可以从热带带回瘟疫一样，它从意大利带来了这些想置我于死地的可怜虫……本以为早已平息的报复，不过是暂时休眠而已。

终于。

我全部说了出来，我大大松了一口气。昨天，在写完这最后几行文字时，我走出房间，来到羊棚前面。此时，我独自一人，艾尔薇拉回港口去了。天空的高处，清风卷着天上的流云；玉壶低转，云影浮动。这就是我的自由之梦：像白云一样自由舒卷。

奇怪的是，与事实恰恰相反，我感觉自己即将实现这个理想。然而，我困居在这冷冰冰的石头小房子里，周围是密布的荆棘，岛上全是搜寻我的敌人，危险重重，让我插翅难飞。如此强烈的自由的感觉来自何处？我从木头长凳上站起来，正准备书写这些文字，答案却不期而至。走了这么远的路，我依旧在徒劳地追寻自由，而在书写这些手稿的时候，我却发现了自由。过往的生活充满了努力、约束、战斗、征服。为了讲述我的故事，这重新体悟的人生却如梦想一般轻盈。

我从造物变成了造物主。

日暮时分，艾尔薇拉回来了。我远远地看见她沿着羊肠小径往我们的羊棚攀登而上。她提着沉沉的篮子，走一段路就要停下来歇气。她很吃力，浑身大汗淋漓，挥着袖子擦去前额的汗水。在她登山途中，我在思考自己对她的感情，我心想，虽然我一开始很提防她，对她什么都不说，但是她的善良、忠诚、温柔已经让她成为了名副其实的爱人。我急切地等着她回来，好听听她带回来的消息，也更想深情地拥抱她。我飞跑下去迎她，一走到她身边就从她手中接过篮子，揽过她的腰肢。我们喘着粗气走完了后面的路，彼此搀扶着，默默无语。艾尔薇拉挽着我的手臂，我觉得她比平时把我搂得更紧。我有种直觉，她带回了坏消息。

回到家里，她先到屋檐下的木桶中去洗了脸和手臂，我在旁边等她。再过来的时候，她仿佛已经洗去了脸上泪痕留下的盐晶。我们在木头长凳上坐下来，背靠着石墙。她深深地吸了口气，用颤抖的声音给我讲起她知道的消息。热那亚的船只已经靠岸。船长也给我带来了口信。因为一场新的政治革命，弗雷格索在城市中失去了影响力，还被投进了监狱。新的掌权者是一位年轻的显贵，他主张与法兰西结盟。然而，我们并不相识，他只知道我是逃犯，一定会乐意将我交给查理七世。对热那亚人，不能再抱任何希望。

我赶快想了想。阿拉贡国王、罗得岛骑士，甚至苏丹，在我的脑海中，迅速闪过了这些可以投靠的强权者的名字。

艾尔薇拉似乎也猜出了我的心思，她摇了摇头，看着我。她的双眼红红的，她那浮肿的眼睑，再也抑制不住伤心的泪水。她握着我的手。她告诉我，他们已经封了山。卡斯泰拉尼的人已经找到我们。他们收买了牧羊人和猎户，得到了他们的帮助。在山脚下，平原上星罗棋布的巨石宛如绿毯上散落的骨头，几十名全副武装的汉子正虎视眈眈，随时准备发起冲锋。他们让她通行，但是命令她不能在这里久留，不然也会和我面临同样的命运。

我站起身来，朝远方眺望。一切都那么平静，但是我并不怀疑，她说的全是真话。我们赢得了时间，藏身在这个山头之上，但是一旦被发现，这里也就成了死亡的陷阱。唯一的道路就是艾尔薇拉刚刚攀登的那条路。周边遍布岩石和荆棘，没有任何逃生的去处。房子后面的地窖也不能藏身，因为根本躲不过地毯式的搜索。全完了。

我最后一次停笔，整理好物件。我决定让艾尔薇拉早上就离开，正如杀手建议的那样。一开始，她什么也听不进去，坚决不离开我，还不停地低泣，焦虑地大喊大叫。我又耐心又温柔地宽慰她，大半夜的时间我们都在欢爱。在性爱中，人们很少会意识到这就是最后的体验。但是，如果谁清醒地体验过这最后的激情时刻，那么一定会知道，这种感受，这种明天的未知，这种当下共享的活力，从美、痛苦和快乐的角度来看，绝对超越一切，无与伦比。艾尔薇拉从集市带回来一些蜡烛。我们点燃了所有的蜡烛，烛光照亮了整个房间。在烛光中，不规则的刺槐方柱、粗糙不平的石墙表面、被牧羊人长满老茧的双手摸得油光发亮的家具，这一切都焕发出金色的光晕，投射出金色的光影。我们喝了壶中的淡红葡萄酒，吃了橄榄。艾尔薇拉深情地一展歌喉，听着希腊语字正腔圆的调子，我们光着脚丫，在细腻的泥地上翩翩起舞，这泥地比都兰宫中打了蜡的地板还要柔和。夜已经很深了，艾尔薇拉才在我怀里沉沉睡去，我将她放到了绳床上。随后，我举着蜡烛来到房外，在书写回忆录的那个木台上，我草就了几封书信。我把艾尔薇拉推荐给了某些代理人。她可以用我剩下的钱出海奔赴第一个目的地，在那些亲信的帮助下，尽量到达罗马、佛罗伦萨、马赛。我给吉约姆写了一封信，处理了遗产问题。一部分财产留给孩子们，他们会有用钱的地方，还剩下一大笔钱，全都留给艾尔薇拉。

我折叠好这些信函，放进她要带走的包中。过一会儿，我还要把这些文字也放进去。月亮落下去了。艾尔薇拉黎明就要动身，已经箭在离弦。即将到来的这一天，对我来说，也将开启无尽的黑夜。我等待着它的到来，无惊无恐，无欲无求。

我可以死了，因为我曾经活过。我已经感受过自由。

后 记

某些历史人物先后被埋葬过两次。第一次是被埋葬在坟墓之中；第二次是被埋葬在他们的声名之下。雅克·科尔就属于这种人。有关他的著作已经数不胜数。有些著作较为宽泛，有些著作则特别专业[①]。所有的作品都将他封闭在商人、御用监总管或“财务总管”——也就是财政部长，这是错误的说法，他从来就没有担任过这个职务——这些多少让人生厌的角色里。通过很多历史研究，我们可以了解雅克·科尔的财富及其商业活动的诸多细节[②]。但是，这些林林总总的原始资料、名目清晰的文件、财产盘点[③] 的清单，并不足以重构一个鲜活的人物。它们顶多只能勾勒出一个了无生趣的侧影：生意人、权谋家、一位爬得很高很快的朝臣，为后世大批失宠

---

① 较近的著作有：雅克·黑斯，《雅克·科尔》，佩兰出版社；克洛德·普兰，《雅克·科尔》，法亚尔出版社；乔治·博尔多诺夫，《雅克·科尔和他的时代》，皮格马利翁出版社；克里斯蒂安·帕卢，《雅克·科尔》，莫莱出版社；罗伯特·吉洛，《雅克·科尔的败落》，热风出版社。现任布尔日市长塞尔日·勒佩勒捷也在米歇尔·拉封出版社出版过雅克·科尔的传记。很多综合性著作也提起过雅克·科尔的形象，如让·法维耶（尤其是《百年战争》，法亚尔出版社）和默里·肯德尔（《路易十一》，法亚尔出版社）等的作品。

② 在这方面，米歇尔·莫拉·杜雅尔丹（《雅克·科尔：进取之心》，奥比耶出版社）的作品包含大量准确的信息，是有关雅克·科尔从事的商业活动的所有历史研究工作的总结，如他的产业、旅行、个人和工作关系等。

③ 还在他身前，检察官多维就做了第一次盘点。

的重臣开了先河，如路易十四治下的尼古拉·富凯。

雅克·科尔在布尔日的宫殿已成为名胜古迹，供游人参观，这是一个承上启下的时代的见证，从两堵迥然不同的外墙，可以看到中世纪让位于文艺复兴的历史趋势①。总之，人们只能记住它之前或之后的历史，这种过去与未来的分割让它缺失了自身的现实。

为什么我想取代那些死气沉沉但非常准确的形象，代之以文学的现实（虽然这会多出几分虚构，但却能唤醒这个活生生的人物）？大概是还债吧。我在宫殿脚下度过了童年岁月。我打量过这座宫殿的一年四季，在某些冬日的黄昏，我感觉宫殿里似乎一直有人居住。我曾经在下面某些狭窄的门前驻足流连，在那些铁把手上面，我似乎还感受到主人双手留下余温的印痕。

雅克·科尔出生的地方（或者是人们的妄传）离我家不远。与宫殿真是天壤之别！这个贫寒的出发之处，与他发迹之后的栖身之所，二者之间的对比完美地诠释了他异乎寻常的命运。在二者之间，还有东方、旅行、地中海沿岸的港口……在我青涩而阴晦的童年岁月里，正是他给我指明了道路，向我展现了梦想的力量，以及那个崇尚细腻和充满阳光的他乡的存在。他为我所做的一切，我应该向他致谢。有一阵子，我甚至想从他去世的希俄斯岛运回他的遗骨。我还与让-弗朗索瓦·德尼奥谈起过，他也喜欢雅克·科尔，一如其他难以企及的任务那样，这个计划让他热情洋溢。但是，我们很快就接受了现实：在希腊，压根就没有他的遗骨，也没有他的墓地。只能通过文学的手段来纪念雅克·科尔。

---

① 布尔日雅克·科尔之友协会通过各种活动、研讨会和学术出版物来纪念这位伟人，延续关于他的记忆。网址：www.jacques-coeur-bourges.com。

因此，我逐渐产生了为他树立一座文学之墓的念头。我想到了《哈德良回忆录》，于是我开始做笔记，准备像玛格丽特·尤瑟纳尔那样创作一部文学作品，当然不敢奢求与她的才华相提并论。一如平常，在阅读过程中，在旅行的闲暇里，兴之所至，我搜录了很多符号、激情、肖像，它们都有助于构建这座大厦[①]。

在这个过程中，如果涉及人尽皆知的事实，我就尊重历史事实[②]。幸好，要勾勒雅克·科尔的形象，还有很多东西付诸阙如，首先就是没有他的肖像传世。事件都是真实、准确的事件，他人生的细节也都得到了严格的遵循，包括他最后逃亡和越狱的曲折经历。但是，在这个已经给定配饰和道具的舞台上，还有关键的东西，也就是要激活这些人物，要刻画他们的角色。在阿涅丝·索莱尔（画家富凯给我们留下了一张她的画像）的华服下，应该放入怎样一位女子？雅克和她走得很近，而且成为她的遗嘱执行人，他们之间是什么样的关系[③]？在科学上缺乏准确的了解，对小说家来说反倒成了巨大的机遇。如此一来，放飞想象并不会遭遇文献的障碍。雅克·科尔的整个人生也概莫能外[④]。很快，我就感觉他复活了，他在轻轻地颤动，在思考，在决断，在行动，在生活。

我希望在这本书中，读者能够追随他童年的机智、少年的梦想、

---

① 谨感谢米雷耶·帕斯图罗夫人以及法兰西学士院图书馆的整个团队，他们为我的研究工作提供了巨大支持。

② 小说创作中的不忠实主要涉及让·德·维拉热，我自由地塑造了这个人物。

③ 阿涅丝·索莱尔的传记，尤其是弗朗索瓦丝·凯尔米娜的《阿涅丝·索莱尔》（佩兰出版社）对他们之间的关系没有任何明确的交代。

④ 通常，我们只能通过某些零星的迹象、某些间接的记叙来了解他的行动，同样他在大马士革遇到的贝特朗东·德·拉·布罗基里埃也是如此，关于他的记载让我得以想象雅克·科尔在这座城市的逗留。

成年的选择、他的怀疑、他的错误。需要信任他，需要行囊空空地出发，奔赴这场旅行。我们不知道中世纪是什么模样。他也不知道。他会在其中生活，去了解中世纪，而我们则可以看着他生活。

雅克·科尔具有得天独厚的条件，去更好地了解他的时代，他的经历会将他带到所有的地方。很少人能够拥有机会去游走世界，去认识一切，去理解一切。从战争期间最阴暗的法兰西领土到东方，从弗兰德到意大利，从朗格多克到希腊，他游历了所有的地区，或者说当时已知的世界。这种探索还伴随着无比传奇的浮沉生涯。他出身微寒，却成了国王、教宗和所有欧洲大领主的座上宾。后来，他的败落又将他带入牢狱深处，带入朝不保夕的流亡生活。没有他不曾经历过的感受：雄心勃勃，但是成功很快又让他一败涂地；无尽的恐惧；唯一的爱情，直到阿涅丝·索莱尔出现在他的人生路上，他才明白人的内心可以何等地幸福，何等地痛苦。

那个时代，他不仅仅满足于理解它，他还要改变它。他降生人间的时代是一个大动荡的时代。与英格兰人的百年战争已经告一段落；教廷重新实现了大一统；悠久的罗马帝国因为拜占庭的陷落而寿终正寝；伊斯兰教已经与基督教分庭抗礼。在欧洲，一个世界行将就木：骑士的世界、农奴的世界、十字军东征的世界。即将取而代之的是商业带来的财富流通，是取代了土地的金钱的能量，是创造大师、匠人、艺术家和发现者的天才。雅克·科尔是这场革命的策动者。他彻底改变了西方对东方的视野，从征服的观念过渡到了交易的想法。

如果认为雅克·科尔已经意识到了风起云涌的革命，那显然是错的。他不是现代人。他不是先知。他只是有着自己的梦想，并让梦想有了切实的开端。让他鲜活起来的唯一方法，就是将其投入小说创作那浑浊滚烫的溶液之中。我们需要想象日常生活中的他，既富有远见，又盲目冲动，既充满坚定的信念，又满怀无端的质疑，既对未来毫无意识，却又远远超乎他想象地属于未来。

我不知道他怎样看待这幅肖像，也许它更像是我本人而不是他。

读者诸君尽可见仁见智。关键在于，我唯一的愿望是希望这座由文字堆砌而成的陵墓不要禁锢死去的英雄，而是要释放出一个活生生的人。

图书在版编目（CIP）数据
造梦人 /（法）吕芬著；龙云译 .—上海：
上海译文出版社，2017.10
ISBN 978-7-5327-7547-7

Ⅰ. ① 造… Ⅱ. ① 吕… ② 龙… Ⅲ. ① 长篇历史小说
-法国-现代 Ⅳ. ① I565.45

中国版本图书馆 CIP 数据核字（2017）第 153161 号

Jean-Christophe Rufin
Le Grand Cœur

图字：09-2015-493 号

造梦人
Le Grand Cœur

JEAN-CHRISTOPHE RUFIN
[法] 让-克里斯托夫 · 吕芬　著
龙　云　译

出版统筹　赵武平
责任编辑　张　鑫
装帧设计　@broussaille 私制

上海世纪出版股份有限公司
译文出版社出版
网址：www.yiwen.com.cn
上海世纪出版股份有限公司发行中心发行
200001　上海福建中路 193 号　www.ewen.co
启东市人民印刷有限公司

开本 890 × 1240　1/32　印张 11.75　插页 2　字数 220,000
2017 年 10 月第 1 版　2017 年 10 月第 1 次印刷

ISBN 978-7-5327-7547-7/I · 4616
定价：49.00 元